대 산 세 계 문 학 총 서 **0 2 2**

서유기 제2권

西遊記

吳承恩

서유기 제2권

오승은 지음
임홍빈 옮김

문학과지성사
2003

지은이 오승은(吳承恩, 1500?~1582?)
중국 명나라 효종-세종 때 문학가로서, 자는 여충(汝忠), 호는 사양산인(射陽山人), 지금의 장쑤성(江蘇省) 화이안(淮安) 지역에 해당하는 산양현(山陽縣) 출신이다.
1550년 성시(省試)에 급제, 공생(貢生)이 되고, 1566년 절강(浙江)의 장흥현승(長興縣丞)으로 재임하였으며, 만년에는 형왕부(荊王府) 기선(紀善) 직을 맡았으나, 평생을 청빈한 선비로 지냈다. 전통적인 유학 교육을 받았고, 고전 양식의 시와 산문에 뛰어났다. 평생 동안 구전된 기록과 민간설화 등의 괴담에 각별한 흥미를 가졌는데, 이것들은 『서유기』의 바탕이 되었다. 『서유기』는 그가 죽은 지 10년 뒤인 1592년에 처음 발표되었다. 저술에는 『서유기』 이외에, 장편 서사시 『이랑수산도가(二郎搜山圖歌)』와 지괴 소설(志怪小說) 『우정지서(禹鼎志序)』가 있다.

옮긴이 임홍빈(任弘彬)
1940년 인천 출신으로, 한국외국어대학교 중국어과를 졸업하고 민족문화추진회 국역연구부 전문위원을 거쳐 국방부 전사편찬위원회 민족군사실 책임편찬위원과 국방 군사연구소 지역연구부 선임연구원을 역임하고, 1992년부터 현재까지 개인 연구실 '함영서재(含英書齋)'에서 중국 군사사 연구와 중국 고전 및 현대문학을 번역하고 있다. 역저서로는 『중국역대명화가선』(I·II) 『수호별전』(전6권) 『백록원(白鹿原)』(전5권, 공역) 등 여러 종과 『현대중국어교본』(상·하), 그리고 한국 군사문헌으로 『문종진법·병장설』 『무경칠서』 『역대병요』 『백전기법(百戰奇法)』 『조선시대군사관계법』(경국대전·대명률직해) 등, 10여 종의 국역본이 있다.

대산세계문학총서 022
서유기 제2권

지은이 오승은
옮긴이 임홍빈
펴낸이 이광호
펴낸곳 ㈜문학과지성사
등록번호 제1993-000098호
주소 04034 서울 마포구 잔다리로7길 18(서교동 377-20)
전화 02) 338-7224
팩스 02) 323-4180(편집) 02) 338-7221(영업)
전자우편 moonji@moonji.com
홈페이지 www.moonji.com

제1판 1쇄 2003년 4월 12일
제1판 10쇄 2023년 10월 9일

ISBN 89-320-1405-1
ISBN 89-320-1246-6(세트)

한국어판 ⓒ 임홍빈, 2003
이 책의 판권은 옮긴이와 ㈜문학과지성사에 있습니다.
양측의 서면 동의 없는 무단 전재 및 복제를 금합니다.

이 책은 대산문화재단의 외국문학 번역지원사업을 통해 발간되었습니다.
대산문화재단은 大山 愼鏞虎 선생의 뜻에 따라 교보생명의 출연으로 창립되어 우리 문학의 창달과 세계화를 위해 다양한 공익문화사업을 펼치고 있습니다.

서유기 제2권
| 차례

제11회 저승 세계를 두루 유람하던 태종의 혼백이 돌아오고, 염라대왕에게 호박을 바치러 죽어간 유전(劉全)은 새로운 배필을 얻다 · 17
제12회 태종이 정성으로 수륙대회 베풀어 불도를 선양하니, 관세음보살이 현성(顯聖)하여 금선 장로를 깨우치다 · 53
제13회 호랑이 굴에 빠진 삼장 법사, 태백금성이 액운을 풀어주고, 쌍차령에서 유백흠이 삼장 법사 가는 길을 만류하다 · 98
제14회 심성을 가라앉힌 원숭이 정도(正道)에 귀의하니, 마음을 가리던 육적(六賊)도 흔적 없이 스러지다 · 127
제15회 신령들은 사반산에서 남모르게 삼장을 보호하고, 응수간의 용마는 소원 이뤄 재갈을 물리다 · 164
제16회 관음선원의 승려들 보배를 탐내어 음모를 꾸미고, 흑풍산의 요괴가 그 틈에 금란가사를 도둑질하다 · 196
제17회 손행자는 흑풍산에서 일대 소동을 일으키고, 관음보살은 흑곰의 요괴 굴복시켜 거두다 · 231
제18회 당나라 스님은 관음선원의 재난에서 벗어나고, 손대성은 고로장(高老莊)에서 요마를 없애러 나서다 · 270
제19회 운잔동에서 오공은 팔계를 굴복시켜 받아들이고, 삼장 법사는 부도산에서 『심경(心經)』을 받다 · 295
제20회 황풍령(黃風嶺)에서 당나라 스님은 재난에 봉착하고, 저팔계는 산허리에서 사형과 첫 공로를 앞다투다 · 327

서유기 — 총 목차 · 357
기획의 말 · 365

제13회 호랑이 굴에 빠진 삼장 법사, 태백금성이 액운을 풀어주고,
쌍차령에서 유백흠이 삼장 법사 가는 길을 만류하다

제14회 심성을 가라앉힌 원숭이 정도(正道)에 귀의하니,
마음을 가리던 육적(六賊)도 흔적 없이 스러지다

제16회 관음선원의 승려들 보배를 탐내어 음모를 꾸미고,
흑풍산의 요괴가 그 틈에 금란가사를 도둑질하다

제17회 손행자는 흑풍산에서 일대 소동을 일으키고,
관음보살은 흑곰의 요괴 굴복시켜 거두다

제19회 운잔동에서 오공은 팔계를 굴복시켜 받아들이고,
삼장 법사는 부도산에서 『다심경(多心經)』을 받다

일러두기

1. 이 책의 번역 대본은 중국 베이징 인민출판사(北京人民出版社)가 펴낸 『서유기』이다. 이 판본은 명나라 만력(萬曆) 20년(1592)에 간행된 금릉 세덕당(金陵世德堂) 『신각출상 관판대자 서유기(新刻出像官板大字西遊記)』의 촬영 필름과 청나라 때에 간행된 여섯 종류의 판각본을 참고하여 수정 정리한 것으로 1955년 초판을 발행한 이래 교정을 거듭하였으며, 특히 1977년 제4판부터는 1970년대에 발견된 명나라 숭정(崇禎) 때(1628~1644)의 『이탁오(李卓吾) 평본 서유기』를 대조 검토하여 이전 판을 크게 보완하였다.

2. 대조 보완 작업을 위해 그밖에 수집, 참고한 대본은 다음과 같다.
(1) 명나라 판본: 『서유기』 단권, 악록서사(岳麓書肆), 1997. 1, 제23판.
『이탁오 평본 서유기』, 상하이 고적출판사(上海古籍出版社), 1997. 4, 제2판.
(2) 청나라 판본: 장서신(張書紳) 편 『신설 서유기 도상(新說西遊記圖像)』, 건륭(乾隆) 14년(1749), 영인본.
황주성(黃周星) 주해본 『서유증도서(西遊證道書)』, 강희(康熙) 3년(1664).
『진장본 서유기(珍藏本西遊記)』, 지린문사출판사(吉林文史出版社), 1995.
『서유기(西遊記)』, 상무인서관(商務印書館)(H.K.), 1997, 전6권.

3. 『금릉 세덕당 본』이 비록 여러 면에서 장점을 많이 지녔다고는 해도 그 역시 결함이 없지 않아, 나머지 다른 판본의 우수한 점을 채택하여 고쳐 썼는데, 특히 현장 법사의 출신 내력을 다룬 대목은 주정신(朱鼎臣) 판본의 내용을 추가하는 과정에서 궁

색하게 '부록(附錄)'이란 형식을 썼으므로, 이를 청나라 때 장서신의 영인본 『신설 서유기 도상』의 편차(編次)에 따라 다음과 같이 재구성하고 번역하였다.

『세덕당 본』의 편차

부 록　진광예는 부임 도중에 횡액을 당하고,　　　附　錄　陳光蕊赴任逢災
　　　강류승은 아비의 원수를 갚고 근본을 되찾다　　　　　江流僧復仇報本

제9회　원수성의 신묘한 점술에 사사로이 굽힘이 없고,　第九回　袁守誠妙算無私曲
　　　어리석은 용왕은 치졸한 계략으로 천조를 어기다　　　　老龍王拙計犯天條

제10회　두 장군은 궁궐 문에서 귀신을 진압하고,　　第十回　二將軍宮門鎭鬼
　　　당 태종의 혼백은 저승에서 돌아오다　　　　　　　　唐太宗地府還魂

제11회　목숨을 돌려받은 당나라 임금이 선과를 지키고,　第十一回　還受生唐王遵善果
　　　외로운 넋 건져주려 소우가 부처의 교리를 바로 세우다　　度孤魂蕭瑀正空門

제12회　현장 법사가 정성으로 수륙 대회를 베푸니,　第十二回　玄奘秉誠建大會
　　　관음보살이 현성하여 금선장로를 깨우치다　　　　　　觀音顯聖化金蟬

재구성한 편차

제9회　진광예는 부임 도중에 횡액을 당하고,　　　第九回　陳光蕊赴任逢災
　　　강류승은 아비의 원수를 갚고 근본을 되찾다　　　　江流僧復仇報本

제10회 어리석은 용왕 치졸한 계략으로 천조를 어기고,　　第十回　老龍王拙計犯天條
　　　 승상 위징은 서찰을 보내어 저승의 관리에게 청탁하다　　 魏丞相遺書託冥吏

제11회 저승을 두루 유람하던 태종의 혼백이 돌아오고,　　第十一回　遊地府太宗還魂
　　　 호박을 바치러 죽어간 유전은 새로운 배필을 얻다　　　　 進瓜果劉全續配

제12회 당 태종이 정성으로 수륙 대회를 베푸니,　　　　　第十二回　唐王秉誠建大會
　　　 관음보살이 현성하여 금선 장로를 깨우치다　　　　　　　 觀音顯聖化金蟬

4. 번역에 있어서, 광범위한 독자를 대상으로 원문의 뜻을 충분히 살려 의역(意譯)하고, 될 수 있는 대로 한자(漢字) 용어를 배제하고 우리말로 쉽게 풀어 썼으며, 당시의 제도상 관용어는 그대로 사용하였다.

5. 역주는 중국의 역사적 인물, 사회 제도상 우리나라와 다른 관습, 종교적 용어, 내용과 관계가 깊은 배경 사실, 그리고 관용어와 인용문에 대한 설명을 주로 하였으며, 특히 본문 가운데 우리에게 생소한 중국 속담이나 사투리, 뜻 깊은 경구(警句)는 번역문 다음에 이어 원문(原文)을 부록하였다.
　【예】"다섯 가지 형벌을 받아야 할 죄목이 3천 가지가 있으되, 그중에서 불효보다 더 큰 죄는 없다(五刑之屬三千, 而罪莫大於不孝)."
　　　 "집안의 살림살이를 맡아봐야 땔나무 값 쌀값 비싼 줄 알게 되고, 자식을 길러봐야 부모님의 은혜를 알아본다(當家才知柴米價, 養子方曉父娘恩)."
　　　 "아무리 술맛이 좋다마다 해도 고향 우물 맛이 최고요, 친하니 어쩌니 해도 고향 사람이 최고(美不美, 鄕中水, 親不親, 故鄕人)."

서유기 西遊記

제11회 저승 세계를 두루 유람하던 태종의 혼백이 돌아오고, 염라대왕에게 호박을 바치러 죽어간 유전은 새로운 배필을 얻다

이런 시가 있다.

백 년의 세월은 강물처럼 흘러가고,
한평생 사업은 물위에 떠도는 거품 같다네.
어제 아침 얼굴에는 도화색 피었으나,
오늘은 귀밑머리에 희끗희끗 눈발이 날린다.
흰 개미집 싸움터¹는 꿈속에 남은 환영(幻影)이요,
두견새 우는 소리 애절하니 고향 쪽으로 머리를 돌리네.
예로부터 음덕은 수명을 늘려주고,
착한 이는 동정을 바라지 않아도 하늘이 스스로 돕는다네.

아스라한 의식 속에서, 당태종의 혼령은 오봉루(五鳳樓) 앞을 빗어

---

1 흰 개미집 싸움터: '남가일몽(南柯一夢)', 즉 덧없는 한바탕 꿈이요, 부귀와 권세도 꿈만 같다는 뜻. 당나라 이공좌(李公佐)가 쓴 『남가기(南柯記)』에 실린 고사. 옛날 광릉(廣陵) 땅에 순우분(淳于棼)이란 사람이 살았는데, 그 집 남쪽에 해묵은 느티나무가 한 그루 있었다. 하루는 그 나무 밑에 누워 잠이 들었더니, 꿈속에 괴안국(槐安國)이란 나라의 임금이 초청하여 남가군(南柯郡)의 원님이 되어 20여 년 동안 부귀영화를 누리고 잘살았다고 한다. 그러던 어느 날 적국과의 싸움에서 크게 패하고 사로잡혀 추방을 당했는데, 놀라 깨고 보니 여전히 뜰 앞의 느티나무 밑이었다. 순우분이 느티나무 뿌리를 파헤치고 보니, 그곳은 흰 개미집이었고, 꿈속에서 보았던 것과 똑같은 곳이었는데 괴안국 임금은 왕개미였다고 한다.

났다.

누각을 나와서 보니, 그곳에는 어림군 인마가 정렬하고 서서, 황제에게 사냥을 떠나시자고 청한다. 태종은 흔쾌히 수락했다. 어렴풋한 가운데 그는 어림군 인마를 뒤따라 휘적휘적 걷기 시작했다.

얼마쯤 나갔을까 한참을 정신없이 걷다 보니, 사냥 가자던 인마는 온데간데없이 사라져 보이지 않고, 자기 혼자서 황량한 벌판, 시들어빠진 풀섶을 디뎌가며 산보를 하고 있었다. 그는 놀랍고 당황하여 길을 찾느라 이리저리 헤매고 다녔으나, 좀처럼 나갈 길이 보이지 않았다.

이때 한쪽 변두리에서 누군가 고함쳐 부르는 소리가 들려왔다.
"당나라 황제 폐하! 이리로 오소서, 이쪽으로!……"
태종은 황급히 고개를 돌려 소리나는 쪽을 바라보았다.
고함쳐 부른 사람은 위엄 있게 관복을 차려입은 장년의 사나이였다.

머리에는 오사모 감투 쓰고, 허리에는 물소 뿔 서각(犀角) 띠를 둘렀다.

머리에 쓴 오사모 부드러운 감투 뿔이 하늘하늘 흔들리고, 허리에 두른 서각 띠에는 금빛 네모 장식이 달렸다.

손에 잡은 상아 홀(笏)에 상서로운 아지랑이 엉겼고, 몸에 걸친 비단 도포 자락에 서광이 보일 듯 말듯 번뜩인다.

두 발에는 분저화(粉底靴) 한 켤레, 구름에 올라 안개를 잡을 듯 가뿐하기도 하다.

품에 안은 생사부 한 권, 인간의 생사존망이 그 책 한 권에 달려 있다.

부승부승한 머리터럭 귓결에 나부끼고, 텁석부리 수염은 양 볼에서 흩날려 춤춘다.

저 옛날 당나라 일국의 재상 노릇하더니, 이제는 풍도지옥(酆都地獄) 사안 맡은 염라대왕 시중꾼이라네.

태종이 허우적허우적 그리로 다가갔더니, 그 사람은 길 한 곁에 무릎 꿇고 엎드려, 큰절을 올리면서 이렇게 말하였다.
"소신의 불찰로 멀리 영접 나오지 못한 죄, 용서하여주소서!"
영문 모르는 절을 받으면서, 태종은 뜨악하게 물었다.
"그대는 누구인가? 무슨 일로 여기까지 나와 짐을 영접하는가?"
"소신은 보름 전, 귀신이 된 경하 용왕이 삼라전(森羅殿)에 나타나 폐하께서 목숨을 구해주겠노라 약속하시고 오히려 죽게 만들었노라고 고소하는 것을 보았사옵니다. 그래서 제일전(第一殿)의 진광대왕(秦廣大王)께서 삼조(三曹)²가 고소인, 피고인, 증인 셋을 불러들여 삼자 대질 심문을 벌여 사안을 처리할 수 있도록, 귀부 사자(鬼府使者)를 이승으로 보내 폐하를 속히 오시라고 재촉했던 것입니다. 소신은 그 사실을 알고 미리 이곳에 와서 영접하려 했사오나, 뜻밖의 일이 생겨 오늘에야 뒤늦게 나오고 말았습니다. 부디 소신의 죄를 용서해주소서."
"그대는 성명이 무엇이며 어떤 벼슬에 있는가?"
"소신의 성은 최, 이름은 각이옵고, 이승에 살아 있을 때에 선군(先君, 당고조 이연)을 모시고 처음에는 자주령을 지냈으며, 후에는 예부시랑을 제수받았사옵니다. 지금은 저승 음사(陰司)에서 풍도판관의 직분을 맡아 사안을 담당하고 있나이다."
태종은 그 말을 듣고 크게 기뻐, 최각 앞으로 다가가서 손수 부축해 일으켜주었다.

---

2 삼조: 인간 세상의 재판소 인조(人曹), 저승 세계의 재판소 음조(陰曹), 그리고 원고 경하 용왕의 본거지 바다 속의 재판소 수조(水曹), 이 세 군데를 말한다.

"선생, 머나먼 길에 수고 많으셨소. 짐의 조정에 있는 승상 위징이 선생에게 전하라는 서찰 한 통을 여기 가져왔는데, 마침 잘 만났구려."

"황공하나이다. 하온데 서찰은?……"

"여기 있소."

태종이 소매 춤에서 편지를 꺼내 건네주니, 최각은 그것을 공손히 받아서 겉봉을 뜯고 읽어보기 시작했다.

편지 내용은 이러했다.

항상 아끼고 돌보아주시는 덕을 욕되게 하는 불초 아우 위징이, 머리 조아려 최 노선생 어른께 삼가 이 글월을 올리나이다.

그 옛날 교분을 나누던 일을 생각하오니, 선생의 음성과 모습이 아직도 살아 계실 때나 다름없이 생생하게 떠오릅니다. 세월이 빠르게 흐르고 흘러 몇 해가 지나도록 선생의 맑은 가르침을 듣지 못하였사오나, 절기 때마다 소박한 예물이나마 차려놓고 제사를 올렸는데 흠향하셨는지요?

그리고 불초 아우를 저버리지 않으시고 꿈속에 나타나셔서 일러주신 덕분에, 비로소 형님께서 영광스러운 직위에 오르셨음을 알 수 있게 되었나이다. 그러나 저승과 이승이 서로 막히고, 하늘 끝이 아득하게 서로 달라 찾아뵈옵지 못하오니, 이를 어찌하오리까.

사뢰올 말씀은, 이제 우리 태종 문황제꼐오서 홀연 작고하시니, 이는 삼조 대질 심문을 거쳐 사안을 처리하시려는 지부(地府)의 뜻인 줄로 생각되오며, 또한 필경은 그 과정에서 형님과 상면하게 될 것으로 아옵니다. 바라옵건대, 생전에 나누던 정리를 생각하시어 편리를 보아주시와, 우리 주상 폐하를 방면하셔서 이승으로 돌려보내주소서. 불초 아우의 뜻을 용납해주신다면 그 감사하는 마음이를 데 없겠나이다.

사례는 훗날 올리기로 하고, 이만 사연을 그치나이다.

풍도판관 최각은 편지를 다 보고 나서 가슴 벅찬 기쁨에 어쩔 바를 몰랐다.

"인조관 위징이 전날 꿈속에서 경하 용왕을 참수한 사실은 소신도 이미 알고 있사오며, 또한 무척 감탄하고 있었사옵니다. 뿐만 아니라 위징은 소신이 이승을 하직한 뒤로 항상 소신의 자손들을 보살피고 돌봐 준다는 사실도 알고 있사옵니다. 그런데 오늘 이처럼 서찰까지 보내오다니, 정말 고맙기 그지없는 일이옵니다. 폐하, 안심하소서. 소신은 무슨 일이 있더라도 폐하께서 인간 세상에 다시 돌아가셔서 옥궐(玉闕)에 오르실 수 있도록 주선하오리다."

"그렇게 해주시겠다니, 정말 고맙소, 선생!"

태종은 진심으로 감사했다.

이렇듯 두 사람이 얘기를 나누고 있는데, 저편에서 푸른 옷을 차려입은 동자가 쌍쌍이 깃발과 일산을 받쳐들고 나타나더니 큰 소리로 외쳐 불렀다.

"염라대왕께서 모셔오라 하나이다!"

마침내 태종은 처판관과 두 동자를 뒤따리 앞으로 걸어 나갔다. 얼마쯤 가려니까, 어마어마한 성곽이 눈앞에 불쑥 나타났다. 성문 위에는 커다란 팻말이 하나 걸렸는데, 거기에는 큼지막한 금빛 글씨로 '유명지부 귀문관(幽冥地府鬼門關)'이란 일곱 글자가 씌어 있었다. 청의 동자는 깃발을 흔들면서 태종을 인도하여 성안으로 들어가더니, 길거리를 따라 계속 걷기 시작했다.

정신없이 뒤따라 걷는 태종의 귓결에 누군가 악을 쓰는 소리가 들려왔다.

"세민이 왔다! 세민이 왔어!"

흘끗 돌아보니, 길거리 한쪽 곁에 죽은 아버지 이연(李淵)과 자기 손에 죽임을 당한 형 이건성(李建成),³ 그리고 역시 같은 일당으로 반기를 들었다가 처형되었던 아우 이원길(李元吉)이 고함을 지르면서 달려들고 있는 것이 아닌가!

"세민아, 이놈! 우리 목숨을 돌려다오! 우리 목숨을 돌려달란 말이다, 이놈!"

태종은 미처 그들의 손길을 피하지 못하고 멱살을 붙잡혀 몰매를 맞기 시작했다. 그가 형제들에게 붙잡힌 채 쩔쩔 매고 있을 때, 다행스럽게도 최판관이 재빨리 귀사(鬼使)를 불러내어 그들 사이를 떼어놓게 하였다.

"물러가지 못할까!"

얼굴 시퍼렇고 송곳니가 비죽 튀어나온 저승사자가 무섭게 호통을 치는 바람에, 건성과 원길 두 형제는 와들와들 떨면서 비척비척 물러났다. 가까스로 빠져나온 태종은 뒤도 안 돌아보고 그저 앞만 바라고 걸어나갔다.

일행이 2, 3리를 채 못 나갔을 때였다. 눈앞에 또다시 건물 한 채가 나타났다. 벽록색 푸른 기와를 얹은 누각이었다. 그 장엄하고도 화려한

---

3 이건성: 당나라 고조 이연의 맏아들, 이세민의 형. 고조 이연은 맏아들 이건성을 태자로 책봉하여 후계자로 삼았으나, 이건성과 또 다른 아우 제왕(齊王) 이원길(李元吉)은 이세민의 위세와 명망이 날로 높아가는 것을 시기한 나머지 그를 제거하려 음모를 꾸몄다. 그러나 이세민은 626년 7월 2일, 이 음모를 미리 알아채고 울지경덕을 비롯한 심복 장수들과 병력을 장안성(長安城) 태극궁(太極宮) 북쪽 현무문(玄武門)에 매복시켜, 이건성 일파를 습격, 이세민이 손수 태자 이건성을 사살하고 울지경덕이 이원길을 잡아 죽였다. 형제간의 골육상쟁을 본 고조 이연은 마침내 이세민을 태자로 책봉하고 두 달 후 양위하였으며, 이세민은 황제의 자리에 올라 태종이 되었다. 이 숙청 사건을 가리켜 역사상 '현무문의 정변'이라 일컫는다.

규모는 실로 상상을 뛰어넘는 것이었다.

    채색 노을이 바람결에 흩날리듯 중첩첩 일만 겹으로 쌓였고, 붉디붉은 안개가 보일 듯 말듯 천 갈래로 드러난다.
    밝게 빛나는 처마에는 괴수들의 머리가 날렵하게 얹혔고, 다섯 겹 원앙 조각이 휘황찬란하구나.
    정문에는 몇 줄기 적금(赤金)의 못을 박았고, 난간에는 백옥 계단이 한 줄기 가로질렀다.
    들창 가에는 새벽녘 아지랑이가 연기처럼 서리고, 성근 주렴 틈새로 붉은 섬광 번갯불이 밝게 비쳐 나온다.
    누대(樓臺)가 높이 솟아 푸른 하늘에 닿았고, 가지런히 늘어선 복도는 보원(寶院)으로 잇닿았다.
    짐승을 아로새긴 세 발 솥, 향기로운 구름이 임금의 옷자락에 스며들고, 망사(網紗)로 가린 등불 빛은 궁궐 벽의 부채를 밝힌다.
    왼쪽에 정렬한 것은 사납기 짝이 없는 쇠머리 귀신들이요, 바른편에 우뚝우뚝 늘어선 것은 말대가리 귀신들이다.
    망자를 받거나 귀신을 보낼 때는 금패(金牌) 돌리고, 혼백을 부를 때는 소백(素白, 흰 비단 폭)을 늘어뜨린다.
    이름하여 '음사 총회문(陰司總會門)'이라 부르니, 그 아래가 바로 염라왕의 삼라전(森羅殿)이라네.

태종이 밖에서 들여다보자니, 벽면에 둥근 패옥끼리 맞부딪쳐 쟁그랑쟁그랑 하는 소리가 울려 나오고, 기이한 향내가 진동하면서 코를 찌르는 가운데, 바깥으로 불을 밝힌 촛대 한 쌍이 마주 섰고, 그 뒤편에서 십대 염왕들이 줄지어 계단을 내려오고 있다.

'시왕(十王)'이라고도 일컫는 이들 유명 세계의 임금들은 진광왕(秦廣王)을 비롯하여, 초강왕(楚江王)·송제왕(宋帝王)·오관왕(仵官王)·염라왕(閻羅王)·평등왕(平等王)·태산왕(泰山王)·도시왕(都市王)·변성왕(卞城王)·전륜왕(轉輪王), 이렇게 열 명이나 된다. 이들은 삼라전으로 나서더니 허리를 굽히고 정중하게 태종을 맞아들였다. 뜻밖의 과분한 예우를 받으니 태종은 송구스러운 마음이 들어, 감히 앞으로 나아가지 못하고 겸손한 자세로 한 발 내려섰다.

시왕들이 말했다.

"폐하께서는 이승의 임금이시요, 우리들은 저승의 귀왕들이라, 분수대로 예우하는 것이 마땅한 일인데, 어찌 그리 겸양하실 필요가 있으시오?"

"짐은 유명부 휘하에 죄를 얻은 몸인데, 어찌 감히 이승과 저승, 인간 세상과 귀신 세계의 도리를 따질 수 있겠소이까?"

태종과 시왕들은 끝까지 겸양의 태도를 버리지 않았다. 마지못한 태종은 곧장 삼라전 안으로 들어가, 전상에 오른 다음 시왕들과 상견례를 나누고, 주객이 자리를 잡고 앉았다.

얼마쯤 있으려니, 이윽고 진광왕이 공손히 두 손을 모으고 질문을 던져왔다.

"경하 용왕의 귀신이 고소하기를, 폐하께서 목숨을 구해주겠노라 언약하시고도 오히려 그와는 반대로 목숨을 해쳤다는데, 어찌 된 일이오니까?"

"짐이 꿈속에서 경하 용왕을 만나 구명의 부탁을 받고 승낙한 것은 사실이었소이다. 또 아무 일 없이 그렇게 되리라고 생각한 것도 틀림없는 사실이오. 그러나 그가 저지른 죄는 마땅히 형을 받아야 되는 것이오. 그것도 인조관 위징이 참수형을 집행하게 될 줄은 정말 몰랐소. 짐은 위징을 금란전에 불러들여 함께 바둑을 두기 시작했소. 짐과 같이 있는 동안에는 궁궐 밖에 나가서 형을 집행하지 못하리라는 생각에서였소만, 뜻밖에도 그가 꿈을 꾸는 가운데 참수형을 집행할 줄이야 누가 알았겠소? 이 모든 일은 인조관이 신출귀몰한 능력을 가진 탓이요, 또한 그 용왕의 죄가 당연히 죽음을 받아야 할 만큼 무거운 것이어서 그렇게 된 일인데, 이를 어찌 짐의 잘못이라 할 수 있겠소?"

시왕들이 그 말을 듣자, 고개를 숙이고 엎드렸다.

"그 용은 태어나기 전부터, 남두성(南斗星)[4]이 기록한 사부(死簿, 죽음의 장부)에 이미 인조관의 손에 죽임을 받기로 운명이 정해져 있었기에, 우리 시왕들도 그렇게 될 줄 미리 알고 있었습니다. 다만 그 용귀(龍鬼)가 이곳에 와서 변명을 늘어놓고, 무슨 일이 있더라도 폐하를 참석시켜 삼자 대질하여 흑백을 가려달라고 고소하였으므로, 이렇듯 폐하를 모셔오게 되었던 것입니다. 지금 우리는 그 경하 용왕의 혼백을 환생시키기로 결정하고 윤회장(輪廻藏)으로 보내어, 전생(轉生)의 과정을 거치게 하는 중입니다. 이런 사유로 폐하를 번거롭게 이곳까지 강림하시도록 괴로움을 끼쳐드린 점을 부디 양해하시고, 그것도 너무 급박하게 재촉한 죄를 용서해주소서."

해명을 끝낸 시왕들이 생사부를 맡은 판관에게 명령을 내렸다.

"속히 장부를 가져다가 인간 세상에서 폐하의 수명이 얼마나 남았으며, 군주로서 재위 기한이 어떻게 되는지 상세히 살펴보고 아뢰도록

---

4 남두성: 도교 『성경(星經)』에 따르면, 북방 하늘에는 북두칠수(北斗七宿, 북두칠성)가 있어 인간 세상의 길흉화복과 단명(短命), 흉작과 풍작을 주관하며, 남방 하늘에는 남두육사(南斗六司)의 여섯 별자리가 있다고 한다. 남두성은 제왕의 수명과 재상의 작록(爵祿)을 주관하는데, 『상청경(上淸經)』에 그 여섯 별자리의 성군(星君)을 다음과 같이 나누어 기록했다. ① 천부 사명성군(天府司命星君), ② 천상 사록성군(天相司祿星君), ③ 천량 연수성군(天梁延壽星君), ④ 천동 익산성군(天同益算星君), ⑤ 천추 도액성군(天樞度厄星君), ⑥ 천기 상생성군(天機上生星君).

하라!"

명령이 떨어지자, 최판관은 급히 집무소로 달려가 생사부를 꺼내 들춰보기 시작했다. 그 문서에는 천하 만방의 국왕들이 누릴 재위 기한 이 낱낱이 기록되어 있었다. 최판관이 처음부터 하나하나씩 조사해 나 가다 그만 깜짝 놀라고 말았다. 남섬부주 대당국 태종 황제의 재위 기한 이 뜻밖에도 정관 13년에 끝나기로 운명지어져 있는 것이 아닌가? 최판 관은 부랴부랴 큼지막한 붓에 짙은 먹물을 듬뿍 찍어 '13년(一十三年)' 의 '일(一)'자 위에 두 획을 덧붙여 써넣었다. 그리고 이 조작된 생사부 를 가져다 시왕 앞에 바쳤다.

시왕들은 머리를 맞대고 생사부의 첫 장부터 읽어 내리다가, 태종 의 이름 아래 수명과 재위 기한이 정관 '33년(三十三年)'으로 운명지어 져 있는 것을 보았다. 먼저 놀란 것은 염라왕이었다.

"폐하께서 등극하신 지 몇 해나 되셨나이까?"

태종은 무심결에 대답했다.

"짐은 즉위한 지 십삼 년째가 되오."

그 말에 염라왕은 가슴을 쓸어 내린다.

"폐하, 염려 마시고 안심하소서. 이승에서의 수명이 아직도 이십 년이나 더 남았사옵니다. 이것으로 확실한 조사가 다 끝났으니, 밝은 인 간 세상으로 돌아가셔야 되겠습니다."

태종은 공손히 시왕들에게 허리 굽혀 고마움을 표시했다.

염라왕은 최판관과 주태위(朱太尉) 두 사람을 시켜 태종을 유명계 바깥으로 전송하게 하고 거기서 혼백을 돌려보내도록 분부하였다.

태종은 두 사람을 따라 삼라전을 나서다가, 갑자기 무슨 생각이 들 었는지 손을 번쩍 쳐들고 시왕들에게 한 가지 질문을 던졌다.

"잠깐만! 짐의 궁중에 있는 노소 가족들의 안부는 어떠하겠소?"

시왕들이 대답했다.

"모두 아무런 탈이 없겠으나, 다만 한 사람, 어매(御妹, 임금의 누이동생)의 수명이 길지 못하오리다."

태종은 사례를 하고 다시 물었다.

"짐이 이렇게 무사히 인간 세상으로 돌아가게 되어 고맙소만, 이승에는 아무것도 저승에 사례할 만한 물건이 없을 듯하구려. 과일 따위라면 혹 모를까……"

태종이 여운을 남기자, 시왕들은 반색을 했다.

"우리가 있는 이 저승에는 박이나 수박 따위는 많이 있사오나, 호박 한 가지만은 빠져 없습지요."

태종은 선선히 대답했다.

"짐이 돌아가는 길로 호박을 곧 보내드리리다."

이래저래 작별 인사를 나눈 태종은 최판관과 주태위를 뒤따라 그곳을 떠났다.

주태위가 혼백을 이끄는 깃발(引魂幡)을 잡고 앞길을 인도하는 가운데, 최판관은 그 뒤를 따르면서 태종을 보호하여 저승을 벗어났다.

태종이 눈을 들어 바라보니, 전에 왔던 옛길이 아니었다.

"길을 잘못 들지 않았소?"

최판관이 대답한다.

"다르지 않사옵니다. 저승에서는 이처럼 가는 길만 있고, 오는 길이 없습니다. 지금 폐하께서 '전륜장'을 돌아서 나오시게 한 것은, 두 가지 이유에서였습니다. 그 하나는 폐하께 저승 지옥의 실상을 돌아보시면서 눈으로 직접 보실 수 있도록 해드리기 위해서요, 둘째는 폐하께서 전탁초생(轉托超生)하여 다시 이승에 환생할 수 있으시도록 해드리기 위해서입니다."

얘기가 이러니, 태종은 그저 두 사람이 앞길을 인도하는 대로 따라가는 수밖에 없다.

2, 3리쯤 나갔을까. 이번에는 까마득히 높은 산이 눈앞을 가로막았다. 그뿐 아니라, 험산준령 일대에는 우중충한 먹구름이 지면에 닿도록 드리우고, 시꺼먼 안개가 허공을 온통 뒤덮을 정도로 자욱하게 끼어 있는 것이었다.

태종은 속으로 찔끔 놀라 최판관에게 물었다.

"어이구! 최선생, 저게 무슨 산이오?"

"바로 유명계의 배후 음산(陰山)이옵니다."

태종은 겁이 더럭 났다.

"짐이 저 산을 어떻게 넘어간단 말이오?"

"폐하, 안심하소서. 신들이 모시고 무사히 넘어가시게 해드리겠나이다."

그래도 태종은 전전긍긍, 두 다리를 벌벌 떨어가며 그들의 뒤를 따라 음산한 바위 절벽을 타고 오르기 시작했다.

바위 위에 올라서서 고개를 들고 좌우를 둘러보니, 과연 무시무시한 광경이 눈앞에 펼쳐졌다.

산세는 들쭉날쭉, 기구하기 짝이 없는데, 우여곡절 험준하기는 촉산(蜀山)의 영마루 같고, 까마득히 높기는 여산(廬山)의 낭떠러지가 따로 없다.

이곳이 어디냐, 이승의 명산이 아니요, 실로 저승의 험지라네.
얽히고 설킨 가시밭은 귀신과 요괴들을 감추고, 번들번들 빛나는 바위 절벽마다 사악한 마귀가 숨어 있네.
귓결에는 길짐승 날짐승 우짖는 소리가 들리지 않고, 눈앞에 보이는 것마다 오락가락하는 요괴들뿐이다.

　음산한 바람결이 쏴아아, 쏴아아 불어닥치고, 시커먼 안개 장막이 자욱히 뒤덮였다.

　쏴아아 쏴아아! 불어닥치는 음풍은 신병들의 입에서 쏟아져 나오는 연기 줄기요, 자욱하게 뒤덮인 검은 안개는 악귀들이 남몰래 뿜어내는 독기운이라네.

　울퉁불퉁 치솟은 산등성이 골짜기, 어디를 바라보아도 경치는 없고, 좌우를 둘러보아도 보이는 것은 온통 미쳐 날뛰는 망령들뿐일세.

　산등성이, 봉우리, 고갯마루, 바위 동굴, 절벽 아래 골짜기를 두루 갖추었으되, 산등성이에는 풀이 자라지 못하고, 봉우리는 하늘까지 치솟지 못하였으며, 영마루 턱에는 올라서서 다리 쉬는 나그네가 보이지 않고, 바위 동굴에는 구름장이 서리지 않았으며, 절벽 아래 계곡에는 시냇물이 흐르지 않는다.

　산기슭마다 이매 망량(魑魅魍魎),⁵ 도깨비 떼 유령들뿐이요, 영마루 밑에는 귀신과 마귀 떼, 동굴 속에는 떠돌이 들귀신을 받아들였고, 계곡 밑바닥에는 사악한 영혼들만 도사려 앉았다.

　앞을 보나 뒤를 보나, 산중에는 온통 쇠머리 귀신하며 말대가리 귀신들이 어지럽게 아우성치는 소리뿐이요, 보일 듯 말듯 모습을 감춘 아귀들과 궁상 떠는 영혼들이 마주 서서 흐느끼는 소리뿐

---

5 이매 · 망량: 모두 산천에 살면서 괴상한 소리를 질러 사람을 홀린다는 도깨비와 정령들이다. 중국 고대 신화 전설에 따르면, 이 도깨비들은 천지개벽 이래 황제(黃帝)와 패권을 다투었던 치우(蚩尤)의 군대에 소속되었는데, 이매(魑魅)는 사람의 얼굴에 들짐승의 몸뚱이를 하고 있으며 다리 넷이 달렸다고 하고, 망량(魍魎)은 세 살 난 어린애같이 생겼는데 온몸이 검붉으며 기다란 두 귀에 붉은 얼굴빛을 띠고 사람의 소리를 흉내 내어서, 그 소리를 듣게 되면 정신이 몽롱해지고 감각을 잃어버린다고 한다. 모두 산울림, 메아리를 신격화한 것이라고 볼 수 있다.

이다.

목숨을 재촉하는 최명판관(催命判官)이 부랴부랴 신표(信標)를 전하고, 넋을 쫓는 추혼태위(追魂太尉)가 왁자지껄 목청 높여 공문을 돌린다.

급박하게 치닫는 걸음걸이에 돌개바람이 휘몰아치고, 죽은 사람의 혼백을 옭아 잡는 구사자(勾使者)의 입에서 먹구름 안개가 뿌옇게 쏟아져 나온다.

이렇듯 무서운 곳을, 태종은 오로지 최판관의 보호를 받으며 아슬아슬하게 음산을 넘어, 앞으로 앞으로 나아갔다.

지나가는 동안에도 숱하게 많은 아문 앞을 통과하였으나, 가는 곳마다 비명 소리와 슬프게 울부짖는 소리가 고막을 찢고, 무수한 악귀들이 나타날 때마다 태종은 깜짝깜짝 놀라고 간담이 오그라들었다.

"이곳은 어디요?"

태종의 물음에 최판관은 한마디로 대답한다.

"음산의 배후, '십팔층 지옥'이옵니다."

그 말을 듣고, 태종은 저도 모르게 등골이 서늘해졌다.

"십팔층 지옥이라니, 그게 무엇 무엇이오?"

"말씀드리오면 이렇습니다. 들어보소서······"

힘줄을 잡아 뽑는 적근옥(吊筋獄), 몸뚱이를 휘어 꺾는 유왕옥(幽柱獄), 불구덩이 화갱옥(火坑獄), 이들 세 곳은 적막하고 번뇌로 가득 찬 지옥, 이 모두가 살아생전에 온갖 죄업을 저지른 끝에 죽어서 그 죗값대로 벌을 받으러 오는 곳이요,

칼로 살점을 도려내는 풍도옥(酆都獄), 혓바닥을 뽑아내는 발

설옥(拔舌獄), 살갗을 발라내는 박피옥(剝皮獄), 이들 세 곳은 울고 불고 통곡 소리 그치지 않는 처참한 지옥, 생전에 불충불효하여 천리를 거역한 죄인들이며, 입으로는 부처님의 말씀을 늘어놓지만 그 속에는 독사의 심보가 도사린 죄인들이 벌받는 곳이요,

맷돌에 갈아 고통을 주는 마애옥(磨捱獄), 방앗간 절구로 찧는 대도옥(碓搗獄), 수레바퀴에 치어서 고통을 주는 거붕옥(車崩獄), 이들 세 곳은 살갗이 터져 근육이 튀어나오고, 주둥이를 찢기고 이빨을 뽑히는 지옥, 살아생전에 제 양심을 속이고 불공평하게 일을 처리하거나, 달콤한 거짓말로 남을 괴롭히고 해악을 끼치던 간사한 인간들이 벌받는 곳이요,

차가운 얼음 천지 한빙옥(寒冰獄), 껍질을 벗겨내는 탈각옥(脫殼獄), 오장육부를 뽑아내는 추장옥(抽臟獄), 이들 세 지옥에는 때가 덕지덕지 낀 얼굴에 까마귀 둥지 더벅머리, 이맛살 눈살을 잔뜩 찌푸리고 수심에 가득 찬 사람들이 득시글거리는데, 모두가 살아생전에 됫박 말을 속여먹고 저울의 눈금을 속여 어수룩한 손님들을 등쳐먹던 죄인들로서, 그 앙화가 자신에게 돌아가 벌받는 곳이요,

펄펄 기름 끓는 가마솥의 유과옥(油鍋獄), 달빛 없는 그믐밤보다 더 어두운 흑암옥(黑暗獄), 창칼을 산처럼 꽂아놓고 맨발로 걷게 하는 도산옥(刀山獄), 이들 세 곳에 갇힌 인간들은 하나같이 전전긍긍, 소리쳐 구슬프게 우는 소리가 절박하니, 모두가 강하고 포악한 힘만 믿고 선량한 이를 업신여기고 못살게 굴었던 탓으로, 이렇듯 머리통을 처박고 외롭게 따로 떨어져 벌받는 곳이요,

시뻘건 핏물이 출렁대는 연못 혈지옥(血池獄), 갈고리에 코를 꿰어 바닥 없는 낭떠러지에 매달리는 아비옥(阿鼻獄), 저울대에 올려 세워 기울면 떨어지는 칭간옥(秤桿獄), 이들 세 지옥에서는 껍질

벗겨 뼈마디를 드러내고, 팔뚝을 비틀어 꺾거나 힘줄을 끊어놓는데, 살아생전에 남의 재물을 후려 가로챌 욕심으로 인명을 해친 죄인, 짐승을 잡아 죽이거나 애꿎은 생령을 도살하여, 천 년이 가도 풀리지 않는 고통의 나락에 떨어진 채, 세상이 다하도록 길이 벗어나지 못하는 죄인들이 벌받는 곳이옵니다.

죄수들은 한결같이 쇠사슬로 말뚝에 결박짓고, 다시 밧줄에 온몸뚱이를 칭칭 동여매인 채, 머리 붉은 적발귀(赤髮鬼), 냄비 솥 밑바닥처럼 얼굴 시커먼 흑검귀(黑臉鬼)들은 장창 단검으로, 쇠머리 귀신 우두귀(牛頭鬼), 말대가리 귀신 마면귀(馬面鬼)들은 쇠도리깨 구리 몽치로 그저 닥치는 대로 찌르고 베고, 후려치고 두들겨, 잔뜩 찌푸린 얼굴에는 핏물이 줄줄, 아무리 땅을 치고 하늘을 우러러 울부짖고 통곡해도, 구해준다는 감응이 없사옵니다.

이야말로 사람으로 태어났으면 양심을 속여선 안 될 것이니, 신령귀사(神靈鬼使)가 모든 것을 꿰뚫어 보고 있기에, 결국은 이르나 늦으나 차이는 있을 망정, 선과 악은 언젠가는 반드시 그 인과응보를 받게 되나이다.

한 대목이 끝날 때마다, 태종은 놀라다 못 해 가슴이 서늘해지더니, 나중에 가서는 마음이 아프고 참담한 생각마저 들었다.

다시 얼마쯤 더 가다 보니, 졸개 귀신 한 떼가 저마다 깃발을 하나씩 들고, 길가 한 곁에 넙죽 엎드려 아뢴다.

"교량사자(橋梁使者), 풍도판관 어른을 영접하나이다."

"일어나거라!"

최판관은 호통쳐 그들을 일으켜 세우더니, 그들을 앞장세워 태종을 금빛 다리 위로 인도하게 했다.

다리를 건너던 도중에, 태종은 저편 한쪽에 다리가 또 하나 놓여 있는 것을 발견했다. 이쪽이 금교(金橋)인데 비해 그것은 은빛 다리〔銀橋〕였다. 태종이 궁금해하는 것을 본 최판관이 설명을 해주었다. 은교를 건너고 있는 사람들은 충신과 효자, 어질고 착한 이들과 공명정대한 사람들로서, 이들 역시 혼백을 이끌어주는 귀사(鬼使)가 깃발을 잡고 맞아들여 인도하고 있었다.

반대편에는 다리가 또 하나 놓였는데, 그쪽에는 얼음보다 더 차가운 바람이 쌩쌩 휘몰아치고 다리 밑에는 핏물의 파도가 도도하게 물결치면서 흘러내리고, 다리 위 상판에는 애통하게 울부짖는 소리가 그칠 새 없이 이어지고 있었다.

태종은 그 다리를 가리키면서 물었다.

"저 다리는 뭐라고 하는 다리요?"

최판관이 대답했다.

"폐하, 저 다리는 '내하교(奈何橋)'라고 부릅니다. '기왕에 저지른 죄, 어쩔 수 없다'는 뜻입니다. 이제 말씀을 올리겠사오니 잘 들으시고 기억해두셨다가, 이승에 돌아가시거든 모름지기 인간 세상에 널리 전하여 알리소서."

호호탕탕, 급박하게 치닫는 물의 흐름, 비좁고도 험준한 다리 윗길.

비단 폭을 장강(長江) 위에 걸쳐놓은 듯하나, 불구덩이가 상계(上界)에 떠오르지 않았는가 싶은데,

음산한 냉기가 사람의 뼛속으로 차갑게 스며들고, 피비린내 풍기는 바람이 코를 찌르며 그 냄새에 가슴은 송곳으로 찌르는 듯하더이다.

핏물결 넘실대는 파도가 뒤집혀 출렁출렁 물결치니, 오나가나 건네줄 나룻배조차 없고,

	넘나드는 것은 모조리 맨발에 쑥대머리, 업보를 저지른 귀신의 무리들뿐.

	다리 길이는 2, 3리나 된다지만, 다리 폭은 기껏해야 대여섯 자, 높이는 1백 척이요, 깊이는 천 길이옵니다.

	상판에는 붙잡고 건너갈 다리 난간이 없고, 교각 밑에는 죄인을 낚아챌 악귀가 기다리옵니다.

	목에는 칼 씌우고 손발에는 항쇄 족쇄, 온몸이 형틀에 휘감겼으니, 험악한 이 다리 길을 어이 건너가리오.

	다리 주변에는 흉악스런 신장들의 소름끼치는 몰골이요, 강물 속에 죄를 진 영혼들이 괴로워 허우적댑니다.

	가장귀 나무 위에 얼기설기 내걸린 것은 울긋불긋 비단 옷에, 노랑빛, 자줏빛 망사옷이요, 까마득한 절벽 끝에 웅크려 앉아 남의 흉보고 욕설을 퍼붓는 것은, 시부모 구박하던 며느리년에 외간 남자와 간통을 일삼던 갈보년들이라, 구리 뱀과 무쇠 개가 마음대로 뜯어먹고 있으니, 영원히 내하교 아래 강물에 떨어진 채 헤어 나오지 못합니다.

시에 이런 구절이 있다.

	이따금 귀신들의 통곡 소리 아우성치는 소리가 들리니, 출렁대는 핏물결 만 길이나 높이 치솟는다네.

	무수한 쇠머리와 말대가리 귀신들이 험상궂은 몰골로 내하교 다리를 지키니, 이를 어찌할꼬! 내 어이하리!

이런저런 얘기를 듣고 있으려니, 아까부터 길을 인도하던 교량 사자들이 벌써 어디론가 돌아가고 없다.

태종은 속으로 놀랍기도 하려니와 두렵기 짝이 없는 마음을 진정하지 못하고, 그저 고갯짓만 끄덕이면서 탄식을 내뱉었다. 묵묵히 내딛는 발걸음마다 서글픔에 젖어들고, 온몸이 비탄에 휩싸인 채, 풍도판관과 주태위를 뒤따르다 보니, 어느 틈엔가 내하교의 모질고도 거친 물결, 괴롭고도 고통스러운 피바다의 경계를 넘어섰다.

이윽고 왕사성(枉死城)에 다다랐을 때였다. 갑작스레 수많은 군중이 와자지껄 아우성치는 소리가 또 들려왔다. 그것은 틀림없이 태종 자신을 지목하고 외쳐대는 아우성이었다.

"이세민이 왔다! 으아아아!⋯⋯ 이세민이 왔다!"

그 외침을 듣는 순간, 태종은 가슴이 덜컥 내려앉고 온몸에 소름이 오싹 돋았다. 앞을 바라보니, 허리를 흉기에 절반쯤 베여 질질 끌고 달려오는 귀신, 팔뚝이 썽둥 잘려나간 귀신, 두 발은 있으되 머리통이 댕겅 날아간 귀신들이 무수하게 떼를 짓고 아우성을 치면서 달려오더니, 태종의 앞길을 가로막고 일제히 고함을 지르는 것이 아닌가!

"이세민! 내 목숨을 돌려다오! 내 목숨을 물어내란 말이다!"

태종은 허겁지겁 그들의 손길을 이리 빠지고 저리 피해가면서, 정신없이 소리를 질러댔다.

"최선생! 날 구해주시오! 최선생, 어디 있소? 날 좀 구해주시오!"

정신없는 귓결에, 최판관의 목소리가 들렸다.

"폐하, 고정하소서. 저 사람들은 모두 폐하께서 일으킨 예순네 차례의 남정 북벌[6]과 천하 일흔두 군데에서 반란을 일으켰던 적당들을 토

---

[6] 예순네 차례의 남정 북벌: 이세민이 전쟁에 종군한 것은 16세(615년)부터이다. 아버

벌하는 전쟁터에 무참하게 희생을 당했던 여러 왕자들과 우두머리들이 옵니다. 이들 모두가 억울하게 죽은 원혼이오나, 거두어주는 손길도 없고 보살펴주는 이도 없어 환생을 못 하고 있을 뿐 아니라, 용돈이나 노잣돈마저 없어 모두들 외롭게 추위에 떨며 굶주림에 시달린 채 떠도는 아귀들이옵니다. 폐하께서 돈을 다소나마 융통하여 저들에게 주신다면, 소신이 구해줄 방도가 있사옵니다."

그 말에 태종은 어리둥절, 대꾸할 말을 잊고 반문했다.

"과인이 빈 몸으로 여길 왔는데, 어디서 돈을 융통한단 말이오?"

최판관도 그럴 줄 알았다는 듯 내처 대답했다.

"폐하, 이승에 아직 살고 있으면서 금과 은을 다소 이 저승에 여축해놓은 사람이 있습니다. 폐하께서 이제 본명으로 차용증을 한 장 쓰시고 거기에 소신이 보증을 선다면, 그 사람의 금과 은을 한 곳간쯤 빌려서 이 아귀들에게 나누어주실 수 있사오며, 또 그래야만 이곳을 무사히 지나갈 수 있게 되나이다."

태종은 미심쩍어 뜨악하게 물었다.

"그 사람이 누구요?"

"그는 하남성(河南省) 개봉부(開封府) 사람으로, 성명을 상량(相良)이라 하옵니다. 상량은 이 저승에 금은보화로 열세 곳간이나 되는 돈을 쌓아두었습니다. 폐하께서 그 사람의 돈을 빌려 쓰셨다가, 이승에 돌아

지 이연과 남정 북벌을 시작하여 전국 통일 전쟁과 국내 반란을 진압할 당시의 국내외 정세는, 만리장성을 경계로 그 서북방에 동서 돌궐족(突厥族)·투르판(吐藩族)·철륵족(鐵勒族) 등 강대한 유목민의 세력이 끊임없이 국경을 침범하고, 수나라가 멸망한 이후에는 전국 각처에서 왕을 자칭하고 나라를 세운 지방 군벌만도 17개 지역이나 되었으며, 통일되기까지 혼란기에 농민들의 반란이 약 40여 년에 걸쳐 그칠 새가 없었다. 여기에 다시 동쪽으로 신라와 연합하여 백제·고구려를 침공하여 숱한 전쟁을 겪었으므로, 64차의 남정 북벌과 72군데의 반란을 평정하였다고 말한 것이다. 당나라의 명장 진숙보가 당태종을 따라 크고 작은 전투를 200여 차례를 치렀다는 기록만 보더라도 과장이 아님을 알 수 있을 것이다.

가서 액수대로 갚아주시면 되지 않으오리까."

그제야 태종도 사뭇 기뻐하더니, 즉석에서 본명을 걸고 차용증 한 장을 썼다.

"자, 여기 차용 계약서가 있소. 이 문서로 돈을 한 곳간만 빌려다가 이들에게 골고루 나누어주도록 하시오."

최판관은 차용증을 틀림없이 받은 다음, 돈을 한 창고 빌려오더니, 주태위를 시켜 모조리 풀어서 나누어주게 하였다. 그리고 다시 아귀들에게 분부를 내렸다.

"이 돈을 똑같이 나누어 쓰고, 여기 계신 당나라 천자님을 보내드리도록 하라. 이분의 수명은 아직도 이승에서 한참을 더 오래 사셔야 끝날 것이다. 나는 이제 삼라전 시왕의 윤허를 받들어 이분께 혼백을 돌려보내드리러 가는 길이다. 이분께서 인간 세상에 돌아가시면 '수륙대회(水陸大會)'7를 크게 베풀어 너희들의 원혼을 환생시켜주실 것이니, 더이상 시끄럽게 소동을 일으키지 말 것이다."

이 말을 듣자, 아귀들은 별다른 말 없이 노잣돈과 용돈을 나누어 받고 순순히 물러났다.

일을 끝낸 최판관은 주태위에게 명령을 내려 혼백을 이끄는 깃발을 휘두르게 하고 왕사성을 떠나 계속해서 태종을 인도해 나아갔다. 이윽고 닫관을 빠져나온 일행 세 사람은 평탄 대로를 향하여 호호탕탕, 거침없이 전진했다.

---

7 **수륙대회**: 수중과 육상의 중생들에게 음식을 베푸는 법회. 하천과 바다, 육지에 제물을 뿌려 모든 영혼을 구제하려는 법요(法要)로, 부처를 예배하여 죄를 참회하는 참법(懺法)과 굶주린 영혼에게 베푸는 시아귀회(施餓鬼會) · 방생회(放生會) 등이 포함된다. 중국 양(梁)나라 무제(武帝)가 꿈의 계시를 받고 505년 금산사에서 행한 것을 기원으로, 우리나라는 고려 광종 22년(971년) 수원 갈양사에서 처음 베풀었다고 한다. 수륙재(水陸齋).

한참 동안을 나가다 보니, 이번에는 '육도윤회(六道輪廻)'란 여섯 갈래 길이 나타났다. 그리고 또 일신에 노을 서린 어깨걸이 옷을 걸쳐 입고 구름을 탄 사람하며, 허리에 금어대(金魚帶)를 띠고 신선의 천록 (天籙)을 받은 사람, 비구승과 비구니, 도사와 속인(俗人), 그리고 길짐 승과 날짐승에 온갖 유령 허깨비, 하다못해 이매 망량과 같은 정령 도깨 비들에 이르기까지 온갖 생령들이 밀물처럼 '육도윤회'의 갈림길로 달 려오더니, 모두들 한 갈래씩 길을 잡고 저 갈 데로 뿔뿔이 흩어져가고 있었다.

태종이 물었다.

"이들은 어째서 이렇게 흩어져 가는 거요?"

그러자 최판관은 새삼스레 얼굴빛을 가다듬고 엄숙히 말하였다.

"폐하, 부디 잡념을 떨치시고 명철한 마음으로 진리를 깨우치시와, 저 광경을 잊지 마시고 기억해두셨다가 인간 세상에 전하소서. 저 갈래 길은 '육도윤회'라 하옵는바, 생전에 선행을 베푼 자는 '신선의 길〔仙 道〕'에 올라 승화하고, 나라에 충성을 다한 자는 '고귀한 길〔貴道〕'에 올 라 초생하여 높은 벼슬을 누릴 것이며, 효도를 행한 자는 '복록의 길〔福 道〕'에 올라 다시 태어나 복을 받으며 살아갈 것이요, 공평하게 일을 행 한 자는 '사람의 길〔人道〕'에 올라 인간으로 다시 태어나며, 덕행을 쌓 은 자는 '부유의 길〔富道〕'에 올라 전생하여 풍요로운 삶을 누릴 것이 요, 모질고 악한 자는 '귀신의 길〔鬼道〕'에 올라 영원토록 나락에 떨어 져 고통을 받게 되옵니다."

최판관의 명쾌한 설명에, 당태종은 고개를 끄덕이면서 탄식을 금치 못하였다.

옳거니, 옳도다! 착한 일을 하면 재앙이 없다니, 진실로 옳은

말이로세!

착한 마음씨가 늘 간절하니, 선행을 베푼 길도 활짝 크게 열리는 법.

악념을 일으키지 말라. 그러면 교활하고 비뚤어진 행동도 반드시 적어질 터.

내 행한 일에 인과응보가 없다 말하지 말라. 신령과 귀사의 안배가 있으리니.

판관은 당태종을 곧장 '초생귀도문(超生貴道門)'으로 데리고 가더니, 문 앞에서 공손히 예를 올렸다.

"폐하, 이 문이 바로 인간 세계, 이승으로 나가는 길이옵니다. 소신은 여기서 작별하고 돌아가야 하오나, 주태위에게 조금 더 배웅해드리도록 하오리다."

"멀리까지 나오셔서 수고해주시니 감사하오."

"폐하, 이승에 돌아가시거든 부디 잊지 마시고 '수륙대회'를 베푸시어, 주인 없이 떠도는 저 억울한 원혼들을 건져내어 구원해주소서. 저승에서 한을 풀어달라는 원성이 없어야만 인간 세계 이승에서도 태평스러운 경사를 누리게 될 것이옵니다. 선하지 못한 폐단을 낱낱이 고쳐주소서. 모든 백성들이 선을 지향하도록 깨우쳐주시오변, 태평성대는 후세에도 끊임없이 이어질 것이오며, 천하 강산도 길이길이 굳힐 수 있사오리다."

태종은 그 말을 한마디도 놓치지 않고 귀담아들었다. 이윽고 최판관과 작별한 그는 주태위를 뒤따라 문턱을 넘어섰다. 문 안에는 안장과 등자가 고루 갖추어진 해류(海騮) 준마 한 필이 기다리고 있었다. 주태위는 그것을 보자, 태종을 재촉했다.

"폐하, 어서 이 말에 오르소서!"

태종이 말 위에 오르니, 주태위는 곁에 부축하여 고삐를 끌고 나아가기 시작했다.

해류 준마는 검정 갈기 터럭을 흩날리면서 쏜살같이 치닫더니, 어느새 눈에 익은 위수(渭水) 강변에 다다랐다. 물위에는 금빛 잉어 한 쌍이 물결을 헤쳐가며 펄떡펄떡 뛰놀고 있었다.

태종은 가슴 뿌듯한 느낌이 들어, 준마를 멈춰 세우고 흥겹게 바라보기 시작했다.

얼마나 넋을 잃은 채 바라보고만 있었을까. 문득 귓결에 주태위의 독촉하는 소리가 들렸다.

"폐하! 어서 속히 앞으로 나가소서. 시각에 늦지 않도록 입성하셔야 하옵니다!"

하지만 물고기 구경에 정신이 팔린 태종은 그 말을 듣지 않고 계속 강물만 바라볼 뿐, 좀처럼 떠날 기색이 아니었다.

주태위가 성질이 났던지, 태종의 다리를 거머잡고 번쩍 쳐들면서 냅다 고함을 지른다.

"이래도 안 갈 테요? 뭘 꾸물거리는 거요!"

뒤이어서 "풍덩!" 하는 물보라 소리…… 태종의 몸뚱이는 말 위에서 중심을 잃고 떨어지더니, 그만 강물 속으로 빠져들고 말았다.

이리하여 태종은 마침내 저승을 벗어나 이승으로 돌아오게 되었던 것이다.

한편, 당나라 조정에서는 서무공 · 진숙보 · 호경덕 · 단지현(段志賢) · 마삼보(馬三寶) · 정교금(程咬金) · 고사렴(高士廉) · 이세적(李世勣) · 방현령(房玄齡) · 두여회(杜如晦) · 소우(蕭瑀)[8] · 부혁(傅奕) · 장도

원(張道源)·장사형(張士衡)·왕규(王珪) 등 문무 백관들이 동궁 태자(東宮太子)를 모시고 황후(皇后)와 비빈(妃嬪), 궁녀·채아, 시위장(侍衛長)들과 함께 태종의 영구를 모신 백호전에서 애통해하는 가운데 사흘간의 장례 절차를 진행하고 있었다.

장례식이 거행되는 동안, 다른 한쪽에서는 금상 천자가 세상을 떠났음을 천하에 두루 알리는 태후의 애도문을 반포하는 문제와 태자를 등극시키기 위한 절차를 논의하고 있었다.

승상 위징은 그 자리에서 태자의 등극을 막기 위해 동료 신하들을 설득하느라 진땀을 빼야 했다.

"여러분 잠깐만 의논을 멈추시오! 태자의 등극은 아니 되오! 절대로 안 됩니다! 만약 지방의 대소 주현(州縣) 고을들을 놀라게 했다가, 온 천하가 발칵 뒤집혀서 걷잡을 수 없는 사태가 벌어질지도 모릅니다. 주상 폐하께서는 반드시 혼백을 되찾아 돌아오실 테니까, 우리 하루만 더 기다려봅시다."

그러자 회의석 아래쪽에서 허경종(許敬宗)이 선뜻 반대를 하고 나섰다.

"위승상의 그 말씀은 매우 틀렸소이다. 자고로 '쏟아버린 물은 다시 주워담지 못하고, 사람이 세상을 떠나면 다시 돌아오지 못한다' 하지 않았소이까? 승상의 자리에 계신 분이 그런 허무맹랑한 말로 민심을 현혹시키고 어지럽히다니, 이게 도대체 무슨 이치요?"

그래도 위징은 뜻을 굽히지 않았다.

"허선생, 내 솔직히 말씀드리다. 소관은 어려서부터 신선의 술법

---

8 소우: 당나라 초기의 학자, 정치가. 경서(經書)와 산술(算術)에 능통했으며, 어사대부(御史大夫)를 거쳐 조정(朝政)에 참여한 후 동중서문하삼품(同中書門下三品)을 제수받았다.

을 익혔기 때문에, 예언과 점술에 아주 능통하오. 장담하거니와, 폐하께서는 절대로 돌아가시지 않았소!"

이렇듯 옥신각신 말다툼을 벌이면서 열을 올리고 있을 때였다. 갑자기 관 속에서 큰 소리로 마구 악을 쓰는 소리가 잇따라 들려 나왔다.

"아이구, 나 빠져 죽는다! 사람 살려라!…… 짐이 물에 빠져 죽는다!…… 으아아!……"

난데없는 고함 소리에 문무 백관들은 기절초풍을 하도록 놀라 자빠지고, 황후 비빈들은 저마다 등골이 오싹해져서, 하나같이 북풍한설에 사시나무 흔들리듯 와들와들 떨기 시작했다.

얼굴빛은 늦가을철 누렇게 시든 뽕나무 잎새요, 허리는 봄철 오기 전 꽃샘 추위에 나부끼는 버드나무 여린 가지 꼴이다.

맥이 풀린 두 다리가 상장 막대를 짚고서도 예의범절을 지키지 못하고, 애절하게 통곡하던 목소리조차 꽉 막혔다.

시위장은 혼비백산을 하고 나자빠졌으니, 상복이 흐트러지고 건이 삐뚤어진 마당에 어찌 효례(孝禮)를 극진히 지키랴.

비빈들은 앞으로 고꾸라지고 뒤로 엉덩방아를 찧는데, 채녀(彩女)들은 휘청휘청 맥없이 주저앉아 까무러친다.

고꾸라진 비빈들의 모습은 일진광풍에 휩쓸려 꺾인 부용화가 따로 없고, 주저앉은 채녀들의 꼬락서니는 모진 소나기에 꽃망울이 뒤틀려 망가진 연꽃일세.

뭇 신하들은 두렵고 송구스러워 뼈마디가 흐물흐물, 근육이 마비되어 감각조차 모른 채, 전전긍긍 떨리기만 할 뿐, 바보 천치 벙어리가 되어 말도 못 하고 어리둥절.

엄숙하던 백호전이 아수라장을 이루어 모진 풍파에 끊어진 다리 꼴이요, 제물을 차려놓은 제단도 엉망진창, 폭삭 주저앉은 절간 꼴이다.

이제 궁궐 안의 사람들은 사면 팔방으로 뿔뿔이 흩어져 달아나고, 어느 누가 감히 영구에 접근하여 손을 대려는 자가 없다. 천만다행히도 뚝심 있고 성격이 우직스러운 서무공, 그리고 천성이 침착하고 깐깐한 승상 위징, 배짱 큰 진경(秦瓊), 여기에 또 멧돼지보다 더 용맹스런 호경덕, 이렇게 네 사람만이 남아서 관곽 앞으로 달려가, 기우뚱기우뚱 마구 요동치는 관을 부여잡고 그 중에서도 담력이 가장 큰 호경덕이 버럭 소리쳤다.

"폐하! 편치 않으신 점이 있으시거든 소신들에게 분부하소서. 이렇게 유령으로 나타나셔서 권속들을 놀라게 하지 마소서!"

이때 위징이 차분하게 말했다.

"유령이 아니오! 바로 폐하께서 혼백을 되찾아 돌아오시는 거요. 관 뚜껑을 열어야 하니까, 어서 빨리 연장부터 가져오시오!"

이윽고 관 뚜껑이 활짝 열렸다. 과연 위징의 말대로 태종은 그 안에 앉아 있었다. 앉아 있으면서도 가위에 눌렸는지, 연신 고함을 지르고 있는 것이다.

"아이구, 빠져 죽겠다! 누구 없느냐? 날 좀 건져다오!……"

사태를 알아차린 서무공과 두어 사람이 달려들어 폐하를 부축해 일으켰다.

"폐하, 겁내지 마시고 정신을 차리소서! 소신들이 여기서 호가(護駕)하고 있나이다."

그제야 태종은 두 눈을 번쩍 떴다.

"어이구, 혼났다! 짐이 얼마나 괴로웠는지 아느냐? 저승에서는 악귀들의 손아귀에서 겨우 빠져나왔다 했더니, 또다시 수재(水災)를 만나서 하마터면 물속에 빠져 죽을 뻔했다."

"폐하, 두려워 마시고 마음 놓으소서. 물이 어디 있다고 수재를 당하셨다는 말씀이오니까?"

"내가 말을 타고 위수 강변에까지 오기는 잘 왔는데, 물위에 금빛 잉어 두 마리가 사이좋게 놀기에 그것 좀 구경하려는데, 저 괘씸한 주태위가 양심도 없게 짐을 냅다 말안장 아래로 떠미는 바람에, 그만 강물에 풍덩 빠지고 말았지 뭔가. 그래서 하마터면 꼼짝없이 물귀신이 될 뻔했단 말이야."

위징이 아뢰었다.

"폐하, 저승에서 쐰 귀기(鬼氣)가 아직도 깨끗이 풀리지 않으셔서 그런 것입니다."

이어서 그는 급히 태의원(太醫院)에 분부하여 정신을 안정시키는 '안신정백탕(安神定魄湯)'을 달여 오게 하고, 한편으로는 미음 죽을 쑤어 태종에게 연거푸 두어 차례 마시게 하였다. 그때서야 비로소 태종은 겨우 제정신으로 돌아와, 모든 것을 알아볼 수 있었다.

날짜를 따져본다면, 당태종은 세상을 떠난 지 꼬박 사흘 낮 밤을 보낸 뒤에, 이제 이승으로 돌아와 또다시 인간 세상의 임금이 된 셈이었다.

만고강산이 몇 번이나 바뀌고 또 바뀌었던가, 몇 대를 걸쳐 패하기도 했고 이기기도 했다.

주(周)·진(秦)·한(漢)·진(晉) 역대 왕조에 기이한 일도 많았다지만,

누가 당나라 태종처럼 죽었다가 다시 살아난 적이 있었을꼬?

그날은 해도 이미 저물어 어둑어둑해졌다. 중신들은 태종을 침궁으로 옮겨 모셔놓고, 편히 쉬시라는 말씀을 남겨놓은 채 조용히들 물러 나왔다.

다음날 이른 아침, 문무 백관들은 상복을 벗어버리고 화려한 채색 예복으로 갈아입은 다음, 겉에는 붉은 도포, 머리에는 오사모, 허리에는 자수를 늘어뜨리고 어깨에는 금장을 얹은 차림새로, 일찌감치 대궐 문 밖에 모여들어 이제나저제나 조회가 열리기를 기다렸다.

한편 태종은 '안신정백탕'을 들고 두세 차례나 잇따라 미음을 마신 끝에, 측근 신하들의 부축을 받으면서 침궁으로 자리를 옮긴 뒤에, 그날 하룻밤을 편히 잠들 수 있었다. 한잠 푹 자고 난 그는 심신이 거뜬해져서 이튿날 해가 훤히 밝아서야 침상에서 일어나더니, 맑은 정신으로 위엄 있게 의관을 갖추고 금란전으로 나갔다.

대당 제국 금상 천자 폐하의 차림새는 과연 천하를 위압하고도 남음이 있었다.

　　머리에 쓴 충천관은 하늘을 무찌르고, 몸에 걸친 용포는 붉은 황토빛 자황포.
　　허리에 두른 띠는 남전(藍田) 특산의 벽옥대(碧玉帶)요, 두 발에 신은 것은 창업무우리(創業無憂履).
　　장하구나! 늠름한 기품, 당당한 위풍이 오늘의 중흥 이룩했으니, 청평 세계 도덕 갖춘 위대한 당나라의 제왕이요,
　　기사회생의 천자 폐하 이세민이로다!

태종이 금란전에 오르자, 문무 백관들은 만세 삼창을 부르고 품계에 따라 좌우로 나뉘어 늘어섰다. 이윽고 전지가 내렸다.

"아뢸 것이 있으면 앞으로 나서서 아뢰고, 아뢸 일이 없으면 퇴조하라!"

말끝이 떨어지기가 무섭게, 동쪽 반열에서는 서무공·위징·왕규·두여회·방현령·원천강(袁天罡)·이순풍(李淳風)·허경종 등 문관이 반열 앞으로 나서고, 서쪽 반열에서는 은개산·유홍기(劉洪基)·마삼보·단지현·정교금·진숙보·호경덕·설인귀(薛仁貴) 등 무관들이 일제히 반열 앞으로 나와 백옥 계단 아래 꿇어 엎드렸다.

"폐하, 일전에 꿈을 꾸신 뒤로, 어찌하여 이렇듯 오랜만에 깨어나셨나이까?"

신하들의 질문은, 태종이 세상을 떠났다가 다시 살아난 일을 꿈에 견주어 묻는 말이었다.

태종은 자신이 겪었던 사연을 신하들 앞에서 낱낱이 말해주었다.

"그날 짐은 위승상이 써준 서찰을 받아 넣고 눈을 감았는데, 갑자기 혼백이 오봉루 바깥으로 벗어나 훨훨 날아가는 듯한 느낌이 들었소. 바깥으로 나갔다고 생각했을 때 우림군 소속 인마 한 떼가 짐더러 사냥을 떠나자고 청하기에, 짐은 혼곤한 가운데 그들을 따라 나섰소. 한참을 따라가다 보니 인마는 온데간데없이 사라지고, 갑자기 돌아가신 선군 부왕과 형님 아우가 나타나더니, 짐을 붙잡고 마구 고함을 지르는 것이었소.

짐이 어쩔 바를 모른 채 옥신각신 다투고 있으려니까, 오사모에 검은 도포를 걸친 사람이 나타났소. 그가 바로 풍도판관 최각이었소. 최각은 호통을 쳐서 형님과 아우를 쫓아 보냈소. 짐은 위승상의 서찰을 그에게 건네주었소. 최판관이 서찰을 보고 있는데, 청의 동자가 깃발을 잡고 나타나더니, 짐을 삼라전으로 인도하여 십대 염왕들과 만나게 해주었소. 그들은 경하 용왕이 저승으로 찾아가, 짐이 자기 목숨을 구해주겠노라고 언약했다가 오히려 죽게 만들었다고 무고한 일을 알려준 다음, 짐더러 해명하라고 요구했소. 짐은 앞서 일어났던 사실을 낱낱이 설명했소. 그랬더니, 염왕들은 그 사건은 이미 삼조의 대질을 끝내고 처리되었다면서, 최판관을 시켜 급히 생사부를 가져오게 하였소. 그리고 이승에서 누려야 할 짐의 수명이 얼마나 되었는지 조사해보더니, '폐하의 재위 기한은 삼십삼 년인데, 이제 겨우 십삼 년을 지내셨으니 아직도 이십 년을 더 누리셔야 합니다'라고 말해주었소. 그리고 주태위와 최판관을 시켜 짐을 돌려보낸 거요. 짐은 시왕들과 헤어지면서, 그 답례로 저승에 없는 호박을 보내주겠노라고 약속했소.

삼라전을 떠나 저승 안을 두루 구경하였는데, 살아생전에 불충불효했던 자, 예의범절을 지키지 않았던 자, 오곡을 소홀히 여겨 짓밟았던 자, 겉으로만 공명정대한 척하고 남을 음해하였던 자, 됫박 말의 크기와 저울눈을 속여먹었던 자, 간음하고 도둑질하고 사기 치고 위선적인 행동을 저질렀던 자, 음란하고 사악하며 약한 자를 괴롭히고 업신여겼던 무리들은 맷돌에 갈리고 절구질을 당하고, 톱에 썰리는 고통에 시달리고 있으며, 끓는 물에 튀기고 지지고 볶으며, 거꾸로 매달리고 껍질을 벗기는 등, 온갖 끔찍스러운 극형을 받는 무리가 몇 천만 명인지 아무리 보아도 그침이 없었소.

다시 왕사성을 지나는 동안, 무수한 원귀들이 짐의 앞길을 가로막았는데, 그들은 모두 남정 북벌 전쟁터에서 죽음을 당한 도적들과 전국에서 반란을 일으켰던 역적들의 혼령이었소. 다행히도 최판관이 보증을 서서, 하남 지방에 살고 있다는 상 노인이 저승에 여축해둔 금은 한 곳간을 빌려 아귀들에게 풀어주고 나서야 다시 앞으로 나아갈 수 있게 되었소. 최판관은 짐더러 '이승에 돌아가거든 부디 수륙대회를 크게 베풀어, 임자 없이 외로운 원혼들을 구해주라'고 신신당부를 하였소. 그 말을 남기고 최판관은 거기서 짐과 헤어져 돌아갔소.

짐이 '육도윤회'를 한다는 길 문턱에 나서자, 주태위는 짐더러 마상에 오르라고 하더니, 날듯이 치달려 위수 강변까지 다다랐는데, 강물 위에 잉어 한 쌍이 재미있게 놀기에, 짐은 구경을 하느라 정신이 팔렸소. 이때 주태위는 내 다리를 붙잡고 훌쩍 치켜올려 강물 속에 밀어 넣고 말았소. 그때야 짐의 혼백이 돌아와 이렇게 살아난 것이오."

황제 폐하의 얘기를 듣는 동안, 뭇 신하들은 찬탄을 금치 못하다가, 나중에는 한결같이 입을 모아 경하해 마지않았다. 그리고 이 사연을 책으로 엮어 온 천하에 널리 전파하니, 전국의 모든 주현 고을을 다스리는 벼슬아치들도 표문(表文)을 조정에 올려 하례하였음은 더 말할 나위가 없다.

한편, 태종은 특명을 내려 천하의 죄수들을 크게 사면하고, 감옥에 갇혀 있는 중죄수들도 사건을 다시 조사하여 형기를 감해주었으며, 형부 소속 관원들을 전국에 파견하여, 교수형이나 참수형의 판결을 받고 형 집행 날짜를 기다리던 죄수들의 숫자를 조사하게 하였다. 그리하여 사형수 4백여 명의 명단이 올라가니, 태종은 그들을 일단 고향으로 돌려보내 부모 형제들과 작별 인사를 나누고 가산을 정리할 시간을 준 다음, 내년 오늘 되는 날 다시 관청에 출두하여 받아야 할 형벌을 받게 하였다. 대사면을 받은 죄수들과 1년간 말미를 얻은 사형수들은 천자 폐하의 너그러운 은혜에 감사하면서 제각기 고향으로 돌아갔다. 그는 또 다시 전국 방방곡곡의 홀아비와 과부 고아들을 구제하라는 방문을 내걸고, 궁궐 안에서 일하던 궁녀 가운데 나이 들었거나 어린 채녀(彩女) 도합 3천 명을 내보내 군인들과 짝지어주었다. 이렇게 하여, 대궐 안 궁녀들의 한을 풀어주고, 지방에서 근무하는 장병들의 외로움을 한꺼번에

풀어주었던 것이다.

이 같은 태종의 치적을 찬양하는 시가 있다.

대당나라 임금의 은덕이 너르고 넓어, 백성을 사랑하는 그 마음 요순(堯舜) 시절보다 더 풍성하네.
사형수 4백 명이 모두 감옥을 벗어나고, 한 맺힌 여인 3천 명이 해방되어 궁궐을 떠났다네.
천하의 많은 벼슬아치들이 금상 천자의 장수를 칭송하고, 조정 안의 모든 재상들이 원룡(元龍)을 하례하네.
착한 마음씨 일념뿐이니 하늘이 마땅히 보우하고, 그 음덕은 의당 십칠대(十七代)에 길이 전하리라.

삼천 궁녀를 해방시키고 사형수들을 가석방시키는 일이 끝나자, 태종은 다시 손수 방문(榜文)을 써서 천하에 두루 반포하였다.

하늘과 땅은 너르고 크다 하나, 해와 달이 고루 비추고,
우주는 가없이 너르다 하나, 간악한 무리를 용납할 천지는 없도다.
아무리 마음을 쓰고 재간을 부려도, 인과응보는 오로지 금생에만 있으며,
선행을 널리 베풀고 요구하는 바가 적으면, 그 복을 얻음이 후세에만 있다고 하지 못하리라.
천만 가지 계교를 다 부려도, 사람다운 본분을 지키느니만 못하리니,
온갖 부류의 강포한 무리가 빼앗는 것이, 어찌 분수에 따라 절

약하고 검소하게 사느니만 같으랴.

　　진심으로 자선을 실행에 옮길 수 있다면, 굳이 사서삼경(四書三經)을 읽기에 애쓸 필요가 어디 있겠는가.

　　남을 해치고 싶은 뜻을 품었다면, 석가여래의 일장(一藏)을 읽어도 모두가 공염불이로다!

　　이때부터 천하의 모든 백성 가운데 착한 행동을 실천하지 않는 사람이 하나도 없게 되었다.

　　태종은 또다시 어진 선비를 초빙한다는 방문을 전국에 내걸어, 저승으로 호박을 바치러 갈 사람을 구하는 한편, 궁궐의 보물 창고에서 금은 보화 한 곳간을 꺼내게 하고, 그것을 악국공(鄂國公) 호경덕〔胡敬德, 울지경덕, 즉 울지공(尉遲恭)〕에게 맡겨 하남성 개봉부로 상량을 찾아가 저승에서 빚진 돈을 갚도록 하였다.

　　방문을 내건 지 2, 3일이 지나자, 과연 황제 폐하의 명을 받들어 저승으로 호박을 가져가겠다는 어진 선비가 한 사람 나타났다. 그는 균주(均州) 출신으로 유전(劉全)이란 선비였는데, 집안에 만관(萬貫)이나 되는 재산을 가지고 있는 거부였다.

　　이런 사람이 어째서 죽음을 자청하고 나섰을까? 사연은 이러했다.

　　유전의 아내 이취련(李翠蓮)은 어느 날 대문 앞에서 동냥을 받으러 온 스님에게 금비녀를 뽑아 보시했는데, 이 일을 알게 되자 유전은 아내더러 부녀자의 도리를 지키지 않고 대문 밖에 함부로 나섰다고 몇 마디 꾸짖었는데, 그 아내는 분함을 참지 못하고 그만 대들보에 목을 매어 자결하고 말았다. 남겨진 두 어린 아들딸은 죽은 어미를 찾으면서 밤낮으로 울고불고 보챘다. 어린것들의 이런 꼴을 보다 못한 유전은 마침내 자신도 목숨을 끊어 아내의 뒤를 따르기로 결심하고, 친권을 포기하여 아이들을 남에게 주어버린 다음, 황제의 명령을 받들어 호박을 저승에 갖다 바치기 위해 방문을 뜯어 가지고 천자 폐하를 만나뵈러 나타났던 것이다.

태종은 어명을 내려 유전을 일단 금정관(金亭館)에 묵게 하였다. 그리고 그날 밤이 되자, 유전의 머리에 호박 두 개를 얹어놓고 누런 지전(紙錢) 한 꾸러미를 소매 춤에 넣어준 다음, 독약을 마시게 했다.

마침내 유전은 독약을 마시고 죽었다. 이승을 떠난 그의 영혼은 어느 결에 귀문관(鬼門關) 앞에 당도했다. 머리에 호박을 인 사람이 불쑥 나타나자, 관문을 지키던 귀신 사자가 버럭 호통쳐 물었다.

"너는 무엇 하는 놈이냐! 누군데 감히 여기가 어디라고 온 거냐?"

유전이 대답했다.

"나는 당나라 태종 황제의 칙명을 받은 사신으로, 폐하께서 십대 염왕에게 약속하신 호박을 바치려고 이렇게 찾아왔소."

그 말을 듣더니, 귀신 사자는 유전의 혼백을 흔쾌히 맞아들여 삼라전으로 안내했다.

유전은 삼라전에 이르러 십대 염왕을 배알하고 호박을 바쳤다.

"당나라 황제 폐하의 성지를 받들어, 염라대왕님들의 너그러우신 은혜에 보답할 호박을 진상하고자 이렇듯 멀리서 찾아왔나이다."

저승에 희귀한 호박을 눈앞에 보자, 십대 염왕들은 크게 기뻐 어쩔 줄을 몰랐다.

"참으로 의리 있고 믿음직스러운 태종 황제로다!"

염왕들은 호박을 받아들인 다음, 목숨까지 내던져가며 그것을 바치러 온 이 갸륵한 심부름꾼의 성명과 출신지를 자상하게 물었다.

유전은 숨김없이 대답했다.

"소인은 균주성 사람으로 이름을 유전이라 하옵니다. 아내 이씨가 어린 자식들을 내버리고 목을 매어 자결하였기에, 아이들을 돌보아줄 사람이 없어 소인 역시 가산과 자식들을 다 버리고 죽기로 결심하였사옵니다. 그런데 때마침 폐하께옵서 저승에 호박을 바치러 갈 사람을 구한다 하기에, 이렇듯 목숨 바쳐 나라의 은혜에 보답하고, 염라대왕님들의 크신 은덕에 감사를 전하러 찾아뵙게 된 것입니다."

유전의 기특한 말에 감동을 받은 염왕들은 그 즉시 귀사를 시켜 그의 아내 이씨가 어디 있는지 조사하라는 명령을 내렸다. 귀사는 단걸음에 달려 나가더니 이씨의 혼백을 찾아 가지고 삼라전 아래 데려왔다. 이리하여 유전 부부는 저승에서 다시 만나게 되었다. 아내와 감격스러운 상봉이 끝나자, 유전은 다시 십대 염왕에게 감사를 표했다.

염라왕은 생사부를 뒤져보더니, 그들 부부가 등선(登仙)할 만큼 장수를 누릴 운명인 것을 알고 황급히 구혼 사자(勾魂使者)를 시켜 이승으로 돌려보내게 했다.

그러나 구혼 사자는 난처한 기색으로 아뢰었다.

"이취련은 저승에 들어온 날짜가 너무 오래되었으므로, 시신이 남아 있지 않사옵니다. 그러니 이 혼백을 어디다 붙이오리까?"

이 말을 듣고 염라왕은 잠깐 생각해보더니, 이렇게 분부했다.

"당나라 황제의 누이동생 이옥영(李玉英)은 오늘 이승을 하직할 운명이다. 구혼 사자는 이 길로 그녀를 찾아가 죽음을 재촉하라. 그리고 그녀의 시신을 빌려서 이취련의 혼백을 돌려보내도록 하라."

구혼 사자는 염라왕의 명령대로 유전 부부의 혼백을 데리고 그들 두 사람과 함께 저승을 떠나갔다.

이들 부부의 혼백이 과연 어떻게 돌아갈 것인지, 다음 회에서 풀어보기로 하자.

제12회 태종이 정성으로 수륙대회 베풀어 불도를 선양하니, 관세음보살이 현성하여 금선 장로를 깨우치다

마침내 구혼 사자는 유전 부부를 데리고 저승을 나왔다. 그리고 음산한 바람이 휘몰아치는 가운데 장안 도성 넓은 땅에 이르더니, 유전의 혼백은 금정관에 안치된 시신에 붙여주고, 이취련의 혼백만을 데리고 황궁 내원으로 들어갔다.

그곳에는 태종 황제 이세민의 누이동생 이옥영이 꽃 그늘 아래 푸른 이끼 낀 오솔길을 산책하면서 바람을 쐬고 있다가, 때맞춰 마주 오던 구혼 사자와 정면으로 맞부딪치고 말았다. 이옥영은 그 자리에 털썩 고꾸라졌다. 구혼 사자는 그녀의 영혼을 덥석 낚아채더니, 이취련의 혼백을 이옥영의 몸뚱이에 붙여 넣었다. 그리고 다시 저승으로 돌아간 것은 말할 나위도 없다.

황궁 내원에서 어매(御妹)의 산책길을 시중들던 대소 시종과 비녀들은 옥영이 갑작스레 고꾸라져 죽은 것을 보고 기절초풍을 하도록 놀라, 허겁지겁 삼궁 황후에게 달려가 아뢰었다.

"황후 마마, 큰일났사옵니다! 옥영 궁주 마마께서 갑자기 쓰러져 돌아가셨나이다."

황후는 대경실색, 그 즉시 태종에게 알렸다.

태종은 그 말을 듣고서, 고개를 끄덕이면서 탄식을 금치 못했다.

"과연 그런 일이 생겼구나. 짐이 십대 염라왕에게 '궁중에 있는 노소 가족들의 안부는 어떠하겠소?' 하고 물었더니, '모두 아무런 탈이 없

겠으나, 다만 한 사람, 옥영의 수명이 길지 못하리라'는 대답을 들었는데, 어쩌면 그 말이 이렇게 딱 들어맞았단 말인가!……"

궁궐 안의 사람들은 모두 슬픔에 잠긴 채 꽃 그늘 아래로 달려갔다. 가서 살펴보니, 옥영 궁주의 가슴에는 아직도 미약하게나마 숨결 한 가닥이 남아 있었다.

태종은 슬피 우는 사람들을 만류했다.

"울지들 말라! 놀라게 해서는 안 되니, 울음을 멈추거라!"

그는 땅에 쓰러진 누이동생 앞으로 나아가 두 손으로 머리를 감싸 안고 일으켜 앉혔다.

"정신 차려라, 누이야! 정신 차려라!"

이때였다. 옥영 궁주가 별안간 몸을 뒤채더니 버럭 고함을 지르기 시작하는 것이 아닌가!

"여보! 천천히 가요! 거기 잠깐만 기다리라니까!"

태종은 누이동생이 다시 살아났구나 싶어 반색을 하면서 진정시키려 했다.

"오냐! 누이야, 내가 여기 있다!"

그러자 옥영 궁주가 고개를 쳐들면서 두 눈을 번쩍 떴다.

"당신, 누구예요? 누구시기에 이렇게 날 붙잡고 있는 거예요?"

"나다, 나야! 잘 보려무나, 네 오라비가 아니냐? 여기 네 올케도 있고……"

"나한테 무슨 오라버니가 있고 올케가 있단 말이에요? 내 친정댁은 성이 이씨고, 내 이름은 이취련이에요!"

"이취련이라니, 어매 옥영이 아니고?"

"어매가 뭐 말라비틀어진 거예요! 내 남편은 성이 유씨요 이름은 전, 우리 부부 둘 다 균주 사람이에요. 석 달 전에 내가 금비녀를 뽑아 동냥하러 온 스님한테 주었다가, 남편이 날더러 부도를 지키지 못하고 대문 밖에 나갔다고 몇 마디 욕을 퍼붓기에, 나는 기가 막혀 분김에 하얀 비단 폭을 대들보에 걸어놓고 목을 매어 죽었던 거예요. 그랬더니 남아 있는 두 어린것들이 밤낮으로 울부짖고 난리법석을 떨었죠. 그래서 내 남편은 금상 천자님의 사신으로 뽑혀 독약을 먹고 죽어서 호박을 머리에 이고 저승까지 와서 염라왕께 바쳤어요. 염라대왕은 우리 부부를 불쌍히 여기시고 이승으로 되돌려 보내주셨는데, 남편이 앞서 가고 나는 뒤처져 따라가다가, 그만 발을 헛딛고 자빠졌지 뭐예요. 그런데 당신들은 누구죠? 성도 이름도 모를 사람이 무례하게도 어째서 날 붙잡고 놓아주지 않는 거예요?"

태종은 어처구니가 없어 곁의 사람들에게 도리질을 해 보였다.

"아무래도 누이가 넘어지는 바람에 실성을 한 모양이다. 이렇게 터무니없는 소리를 지껄이는 걸 보니……"

그는 태의원에 탕약을 달이라는 전교를 내리는 한편, 누이 옥영을 부축하여 궁궐 안으로 들이게 했다.

태종이 금란전에 다다르자, 앞서 기다리고 있던 당가관이 이렇게 아뢰었다.

"폐하, 오늘 호박을 진상하러 저승에 갔던 유전의 혼백이 돌아왔나이다. 지금 조문(朝門) 밖에서 폐하의 성지를 기다리는 중이옵니다."

태종은 깜짝 놀라 황급히 전지를 내려 유전을 불러들였다. 금란전에 들어온 유전이 섬돌 앞에 꿇어 엎드리자, 그는 다급하게 물었다.

"호박을 바치러 갔던 일은 어찌 되었는고?"

"아뢰오. 소신이 호박을 머리에 이고 귀문관에 당도한 다음, 귀사의 인도를 받아 삼라전으로 들어가 십대 염왕을 뵈옵고 호박을 진상하였나이다. 그리고 주상 폐하께서 하명하신 대로 감사의 뜻을 전하였더니, 염왕들도 무척 기뻐하시어 '참으로 의리 있고 믿음직스러운 태종 황제로다!'라고 하시면서, 주상 폐하께 고마운 뜻을 전하라 하셨나이다."

"그대는 저승에서 어떤 것들을 보았는가?"

"소신은 저승 안에서 멀리 간 곳이 없사와, 별로 본 것도 없나이다. 다만 한 가지, 염왕께서 출신지와 성명을 묻삽기에, 소신은 아내가 목을 매달아 죽었기 때문에 가산과 자식들을 버리고 자청해서 호박을 바치러 죽었다는 얘기를 말씀드렸사옵니다. 염왕께서는 급히 구혼 사자를 시켜 아내를 데려다가 삼라전 밑에서 상봉하게 해주시는 한편으로, 생사부를 뒤져보시더니 저희 부부의 수명이 모두 등선할 만큼 장수를 누릴 운명이라면서, 구혼 사자에게 명하여 저희 두 사람을 이승으로 돌려보내셨나이다. 그런데 소신이 앞장서고 아내가 뒤따라오던 도중, 어디서 길을 잃고 헤어졌는지 그만 종적을 놓치고 말았나이다."

태종의 놀라움은 더욱 커졌다.

"혹시 염라왕이 그대의 아내에게 무슨 말을 하지 않던가?"

"별 말씀은 없었사오나, 구혼 사자가 하는 말이, '이취련은 저승에 들어온 날짜가 너무 오래되었으므로, 시신이 남아 있지 않사옵니다' 하였더니, 염라대왕께서 '당나라 황제의 누이동생 이옥영은 오늘 이승을 하직할 운명이다. 구혼 사자는 이 길로 그녀를 찾아가 죽음을 재촉하라. 그리고 그녀의 시신을 빌려서 이취련의 혼백을 돌려보내도록 하라'고 분부하시는 말씀을 들었사옵니다. 소신은 당나라 황제의 누이동생이 어디 사는 누구인지도 모르므로, 아직껏 아내를 찾지 못하고 있나이다."

태종은 그 말에 귀가 번쩍 트였다. 그는 가슴 뿌듯한 감동을 받으면서, 여러 중신들을 돌아보고 이렇게 말하였다.

"짐이 염라왕들과 작별할 때, 궁중 일가 친척들의 안부를 물은 적이 있었소. 염라왕은 '다른 사람들은 모두 탈이 없겠으나, 짐의 누이동생만큼은 수명이 촉박하다'고 했소. 그런데 과연 옥영이 꽃 그늘 밑에서 쓰러져 죽었기에, 짐이 급히 안아 일으켜보니 잠시 후에 깨어나기는 했는데, 미친 사람처럼 황당한 소리를 지껄이는 게 아니겠소. 뭐라더라, '여보! 천천히 가요! 잠깐만 기다리라니까!'라고 악을 쓰는 것이었소. 짐은 그녀가 기절해서 헛소리를 지껄이는 줄만 알았는데, 그 다음에 얘기하는 말이 방금 유전이 아뢴 말과 한마디도 틀리지 않고 똑같았소."

위징이 아뢰었다.

"어매께옵서 우연히도 수명이 짧으시어, 이제 돌아가셨다가 또 숨을 돌리시고 방금 그러한 말씀을 하셨다면, 유전의 처가 어매의 시신을 빌려 혼백을 되돌려 받았다는 말이 과연 사실이라고밖에 할 수 없나이다. 폐하, 궁주 낭랑을 이리 나오게 하시고 무슨 말을 하는지 들어보도록 하소서."

"짐이 조금 전 태의원에 명하여 탕약을 올리게 하였는데, 그 뒤에 어찌 되었는지 모르겠구려."

태종은 즉시 비빈을 후궁으로 보냈다.

허나 후궁에서는 일대 소동이 벌어지고 있었다. 죽었다가 살아난 옥영 궁주가 악을 고래고래 쓰면서 난리법석을 떨고 있었던 것이다.

"나한테 무슨 약을 먹이겠다는 거야! 여기가 우리 집이라고? 내 집은 시원하고도 깔끔한 기와집이지, 이 따위 황달 걸린 병자들이나 사는 싯누런 집구석도 아니고, 여우 낯짝처럼 알록달록 꾸며놓은 장식문짝도 달리지 않았단 말야! 날 내보내줘! 어서 날 내보내달라니까!"

한참 떠들썩하니 소동을 부리고 있는 판에, 여관 네댓 명과 태감 두셋이 그녀를 꽉 붙잡고 금란전으로 모셔갔다.

태종이 물었다.

"그대 남편을 알아볼 수 있겠는가?"

옥영 궁주가 대답한다.

"무슨 말을 그렇게 하는 거예요! 우리 두 사람은 어릴 적부터 한 동네에서 부부가 된 사이요, 또 아들딸을 낳아 길러온 터인데, 왜 못 알아본다는 거예요?"

태종은 내관들을 시켜 그녀를 부축하여 전각 아래로 내려보냈다. 금란전을 나온 옥영 궁주가 백옥 계단 아래로 내려섰을 때였다. 거기에는 유전이 기다리고 있었다. 옥영 궁주는 유전을 보기가 무섭게 단숨에 달려가 부여잡고 악을 썼다.

"당신, 어딜 간 거예요? 날 기다려주지도 않고서!…… 내가 발을 헛딛고 자빠졌더니, 저 엉터리 같은 사람들이 에워싸고, 가둬놓고 약사발을 안기랴, 양쪽에서 꽉 붙잡고 이리저리 끌고 다니랴, 못 살게 굴지 않겠어요? 세상에 이런 법이 어디 있단 말이에요!"

유전이 가만히 듣고 있으려니, 말투는 분명 자기 아내인데, 생김새는 영 딴판이요 처음 보는 낯선 여인이라, 아는 체도 못 하고 모르는 척도 못 한 채 엉거주춤 서 있기만 했다.

그들 두 남녀가 하는 양을 멀찌감치 바라보고 있던 태종이 탄식을 금치 못했다.

"이야말로 산이 무너져 내리고 땅이 갈라졌다는 말은 들어본 적이 있으나, 산 사람의 몸뚱이에 죽은 사람의 혼백이 뒤집어씌워지다니, 참말 희한한 일이로다!"

태종은 역시 덕망 있는 군주였다. 그는 즉시 누이동생이 쓰던 화장 도구와 옷가지, 머리 장식 노리개를 모조리 가져오게 하더니, 마치 누이동생을 시집 보내듯이 유전 부부에게 하사하였다. 그리고 유전의 부역(賦役) 의무를 평생토록 면제한다는 전지를 내린 후, 누이동생 옥영을 데리고 고향으로 돌아가게 하였다. 새로이 부부가 된 두 남녀는 백옥 계단 아래 무릎 꿇어, 금상 천자 폐하의 너그러우신 은혜에 깊이 사례하고, 희희낙락 기쁜 마음으로 고향에 돌아갔다.

　　사람이 살고 죽는 것은 전생의 연분이니, 길거나 짧거나 저마다 수명이 있는 법.
　　유전은 호박을 진상한 덕분에 다시 살아 인간으로 돌아오고, 이취련은 남의 시체를 빌려 혼백이 돌아왔다네.

　　그들 부부가 임금에게 고별 인사를 드리고 균주 성내로 돌아가, 내버렸던 재산과 자식들을 되찾은 다음, 평생토록 선행을 널리 베풀면서 살아간 얘기는 그만두기로 한다.

　　한편, 태종의 특명으로 금은 보화 한 곳간분을 가지고 하남 지방에 내려간 악국공 울지경덕은 개봉부에 도착하는 즉시 상량이란 사람을 찾아 나섰다.
　　온 성내를 뒤져 가까스로 찾고 보니, 상량은 강물을 져다 팔아 근근히 생계를 이어가는 가난뱅이 물장수였다. 그의 아내 장씨는 집 문턱 앞에서 오지 그릇을 팔아 생계를 보탰다. 그러나 돈을 좀 벌게 되면, 살림살이 비용으로 쓰고 남을 때마다 그것을 모조리 탁발승에게 보시하거나 금빛 은빛 지전(紙錢)을 사다가 불살라서 죽은 이들의 영혼을 위로하는 데 쓰곤 했다. 이렇듯 선행을 베풀었기 때문에 좋은 응보를 받았으며, 이승에서는 비록 선량한 가난뱅이에 지나지 않았으나, 저승에서는 금은 보화를 산더미처럼 쌓아놓은 부자가 되어 있었던 것이다.
　　울지경덕이 금은 보화 한 곳간을 실어다가 상량의 집에 부려놓고,

게다가 그 고을 벼슬아치들마저 한꺼번에 들이닥치니, 난데없는 돈벼락 하며 지체 높으신 고관 대작들의 행차에 놀라 자빠진 상량 부부는 그만 혼비백산을 해 가지고 땅바닥에 엎드린 채, 그저 연거푸 이마를 조아리기만 했다.

"노인장, 어서 일어나시오. 내가 비록 칙명을 받들고 온 흠차사신이기는 하나, 금상 천자께서 빚진 금은 보화를 노인장에게 전해드리려고 왔소."

울지경덕의 말에, 상량 영감은 더욱 송구스러워 와들와들 떨면서 대답했다.

"아이구 맙소사! 소인에게 무슨 금은 보화가 있다고 남한테 꾸어주었단 말씀입니까? 소인네는 이런 출처도 모르는 재물을 받을 수가 없습니다요!"

"나도 찾아와보니, 노인장이 가난하신 분이라는 것을 알게 되었소. 하지만 노인장은 스님에게 보시를 하고, 또 그나마 번 돈을 허튼 데 쓰지 않으시고 금 지전, 은 지전을 사서 불태워, 저승에서 고통받는 외로운 영혼들을 위로해주고 계셨소. 그렇기 때문에, 저승에는 노인장이 쌓아놓으신 음덕의 금은 보화가 산더미를 이루고 있소이다. 우리 태종 황제께서는 돌아가신 지 사흘 만에 혼백이 다시 돌아와 소생하셨는데, 저승에 계신 동안 노인장의 돈을 한 곳간 빌려 쓰셨소. 그래서 이제 그 빚진 액수대로 갚아드리는 것이니, 또박또박 셈하여 받으셔야 본관도 돌아가서 정확히 아뢸 것이 아니겠소?"

상량 부부는 그저 하늘을 우러러 절만 할 뿐, 도무지 금은 보화를 받아들이려 하지 않았다.

"소인네가 이 돈을 받는다면 명 재촉을 해서 빨리 죽을 겁니다. 종이돈을 불사른 것이 저승 곳간에 쌓였다고는 하나, 그것은 역시 저승에서의 일일 뿐이요, 또 천자 폐하께서 그 돈을 빌려 쓰셨다는 증거도 없는데 어떻게 믿을 수가 있단 말입니까? 소인네는 절대로 이 돈을 받지 못하겠습니다."

일이 이쯤 되면, 울지경덕은 통사정을 해야 할 판이다.

"제발 좀 받아주시오. 폐하께서 말씀하시기를 '노인장의 돈을 빌릴 때, 그 차용증에 최판관이 보증을 섰다'고 하셨소. 저승의 판관을 보증인으로까지 세우셨는데 믿지 못할 것이 어디 있겠소?"

그래도 상량은 고집불통이다.

"저는 죽어도 받지 못하겠습니다!"

상대방이 한사코 거절하는 데야, 악국공 대감 나리도 별 도리가 없다. 울지경덕은 하는 수 없이 이런 사실을 낱낱이 적어서, 현지 관원을 시켜 장안 도성으로 올려보냈다. 보고서를 통해 상량이 빚돈을 받지 않으려는 사연을 알게 된 태종 황제는 찬탄을 금치 못했다.

"진실로 선량한 노인장이로다!"

그리고 울지경덕에게 다시 특명을 내려, 그 돈으로 상량을 대신하여 사찰(寺刹)을 세우게 하고, 상량 내외의 공덕을 기리는 생사당(生祠堂)을 한 채 세운 다음, 스님을 초빙하여 법회를 열도록 하였다. 그리하여 태종이 저승에서 빚진 돈을 갚은 것이나 다름없게 하려는 처사였다.

치명이 당도하던 그날, 울지경덕은 대궐 쪽을 향해 사은례를 올리고, 천자 폐하의 어진 뜻을 현지의 모든 백성에게 두루 알렸다. 그리고 나서 금은 보화를 풀어 성 밖의 토지 가운데 군대와 주민들에게 아무런 누도 끼치지 않는 땅을 사들였는데, 그 너비가 50묘(畝) 남짓 되는 면적이었다. 터가 마련되자, 울지경덕은 즉시 공사를 시작하여 사원을 짓고, '칙건 상국사(勅建相國寺)'라는 이름을 붙이는 한편, 절간 곁 왼쪽 터에 상량 부부를 위한 생사당을 한 채 지은 다음, '울지공이 공사를 감독하여 짓다(尉遲公監造)'라고 아로새긴 비석을 세워놓았다. 이 절간이 바로 오늘날의 대상국사(大相國寺)¹가 된 것이다.

공사를 끝낸 울지경덕은 다시 조정으로 돌아와 금상 천자에게 보고를 올렸다. 태종은 크게 기뻐하면서 다시 문무 백관을 소집해놓고, 덕망 높은 고승을 초빙하여 수륙대회를 베풀라는 방문을 내걸도록 명하였다. 저승에서 최판관에게 약속한 대로, 주인 없이 떠도는 외로운 원혼들과 아귀들을 좋은 곳으로 환생할 수 있게 초도(超度)하려는 의도에서였다.

방문이 천하에 두루 나붙으니, 도처의 지방 관원들은 너 나 할 것 없이 덕망 높다는 고승을 천거하여 장안 도성으로 올려보냈다. 이리하여 한 달도 못 되는 사이에 명망깨나 있는 천하의 승려들이 장안 성을 가득 메우다시피 몰려들었다.

태종은 태사승(太史丞) 부혁(傅奕)에게 고승을 선발하는 책임을 떠맡기고, 아울러서 불사(佛事)를 베풀 준비를 갖추도록 명하였다.

그런데 전지가 내리자, 태사승 부혁은 불사 계획을 즉각 중지하라는 상소문을 올렸다. 그는 부처님의 존재를 부정하는 반대론자였던 것이다.

상소문의 내용은 이러했다.

> 서역(西域)의 법에는 군신(君臣) 부자(父子) 관계를 인정하지 않고, 다만 삼도(三塗) 육도(六道)²만으로써 어리석은 무리들을 현

---

1 대상국사: 지금의 하남성(河南省) 개봉시(開封市)에 있다. 『수호전(水滸傳)』 제6회에, 화화상(花和尙) 노지심(魯智深)이 살인을 저지르고 도피한 사찰로 유명하다.
2 삼도·육도: 삼도는 악업에 대한 결과로 떨어져 고통을 받는 세 가지 세계. 곧 지옥·아귀·축생의 삼악도(三惡道). 지옥도(地獄道)는 맹렬한 불길에 타며 고통받는 화도(火塗), 아귀도(餓鬼道)는 창칼에 찔려 고통받는 도도(刀塗), 축생도(畜生道)는 서로 잡아먹는 곳이라 하여 혈도(血塗)라고 부른다. 육도는 중생이 업보에 따라 생사를 거듭하는 여섯 가지 세계. 지옥·아귀·축생의 삼악도와 수라도(修羅道)·인

혹하니, 이는 우매한 백성을 속이는 행위라 할 수 있나이다.

이미 지은 죄를 추궁하여 장래의 복록을 넘보고, 입으로 범어(梵語)를 읊조리게 하여 구차스럽게 그 죄를 모면해보려 하옵니다. 그러나 인간의 생사와 수명은 하늘에 달려 있어, 그 길고 짧음이 자연의 이치를 좇으며, 형벌과 덕망, 위엄과 복록은 오로지 군주의 뜻에 매여 있사옵니다. 이럼에도 불구하고, 오늘날의 속된 무리들은 이 모두가 부처에게서 비롯된다고 거짓 꾸며 말하는즉, 자고로 삼황·오제 때에도 부처의 법이 없었으나, 군주는 현명한 정사를 베풀었고 신하들은 충성을 다하여 나라의 연조(年祚)가 오래도록 길이 보전되었나이다.

한(漢)나라 명제(明帝) 때에 이르러 비로소 이 오랑캐의 신을 받아들여 세웠으되, 서역의 상문(桑門)³에게만이 그 교리를 전한다 하였으니, 이는 실로 오랑캐의 법이 중원을 침범함이요, 믿을 만한 것이 못 된다 하겠나이다.

상소문을 읽어본 태종은 그것을 중신들에게 내려 타당성을 논의하게 하였다.

제일 먼저 반열 앞으로 나서서 머리 조아려 아뢴 이는 재상 소우(蕭瑀)였다.

"부처의 법은 역대 조정에서 일어나, 선을 널리 펼치고 악을 억눌러 국가 정사를 도왔사오니, 함부로 내칠 까닭이 없나이다. 부처는 성인이요, 성인이 아니고는 법이 있을 수 없사온즉, 부처의 법을 폐하자고

간도(人間道)·천상도(天上道)를 합쳐 일컫는다. '육취(六趣)'라고도 부른다.
3 상문: 불교 용어 śramaṇa의 음역. 또는 사문(沙門)이라고도 쓴다. '선법(善法)'을 수행하여 악법을 멈추게 하는 자, 고행을 거쳐 불도를 수행하는 자'라는 뜻. 후에 와서 속세를 떠난 사람, 출가 수행자를 일컫는 말로 쓰인다.

주장하는 자는 엄벌에 처하소서."

이에 부혁이 반박하고 나섰다.

"예(禮)의 근본은 어버이를 섬기고 임금에게 충성을 바치는 것입니다. 이에 반하여, 부처는 어버이를 배반하고 출가하여, 필부의 신분으로서 천자에게 항거하고, 가문을 이어가야 할 몸으로서 어버이를 배척하고 있나이다. 소우는 불문에 태어나지도 않았으나, 아비를 알아보지 못하는 교리를 지키니, 이야말로 『효경(孝經)』에 이른바 '효도를 행하지 않는 자에게는 어버이가 없다(非孝者無親)'는 말과 같다고 하겠나이다."

이에 소우는 합장을 하고 아뢰었다.

"불가의 지옥이 바로 그런 자를 처넣기 위해 만들어진 것이라 하겠나이다."

태종은 태복시경(太僕寺卿) 장도원(張道源)과 중서령(中書令) 장사형(張士衡)에게 "불사를 베풀어 복된 일을 하면 그 응보가 어떻겠느냐?" 하고 물었다. 두 신하는 이렇게 대답했다.

"부처의 뜻은 맑고 어진 데 있은즉, 그 인과응보 또한 바르며 부처는 공(空)이라 하겠나이다. 주 무제(周武帝)는 유(儒) · 불(佛) · 도(道) 삼교(三敎)의 서열을 나누어 세웠사오며, 대혜선사(大慧禪師)는 부처의 그윽하고도 원대한 교리를 찬양한 일이 있사옵니다. 그리하여 역대 중생들이 공양을 바치되 그 보응이 드러나지 않은 적이 없나이다. 오조 선사(五祖禪師)[4]는 환생하였고, 달마대사(達摩大師)[5]는 그 형상을 드러냈나

---

[4] 오조선사: 중국의 오조선사는 화엄종(華嚴宗) · 정토종(淨土宗) · 연사(蓮社)의 세 갈래로 나뉜다. 화엄종의 오조(五祖)는 두순 · 지엄 · 현수 · 징관 · 종밀이고, 정토종의 오조는 담란 · 도작 · 선도 · 회감 · 소강이며, 연사 오조는 선도 · 법조 · 소강 · 조상 · 종색이다.

[5] 달마대사: 달마는 보리달마(菩提達摩)Dharma의 약어. 중국 남북조 시대의 선승(禪僧)으로 중국 선종의 시조. 남인도 향지국(香至國)의 셋째 왕자로 태어나 대승 불교의 승려가 되어 선(禪)을 통달하고 반야다라(般若多羅) 존자의 법통을 이어받은 뒤,

이다. 자고로 유교와 불교와 도교, 이들 삼교는 지극히 존엄하여 훼손할 수 없으며, 폐지하여서도 안 된다고 하였사옵니다. 엎드려 바라옵건대, 폐하께옵서는 밝게 헤아리시어 현명한 결단을 내리소서."

그 말을 듣고, 태종은 매우 기뻐하면서 단안을 내렸다.

"경들의 아룀이 사리에 부합하는도다. 더 이상 반대 의견을 아뢰는 자는 벌하리라!"

이리하여 태종은 마침내 위징과 소우, 장도원을 시켜 여러 스님들을 초빙하고 그 가운데 덕망 높은 고승을 가려 뽑아 단주(壇主)로 삼아, 도량(道場)을 세우게 하였다. 성지를 받든 세 중신들이 머리 조아려 사은하고 물러났다.

이때부터 승려와 부처를 비방하는 자는 팔뚝을 끊는 법률이 생겨나게 되었다.

다음날, 세 중신들은 스님들을 산천단(山川壇)에 불러 모아놓고 한 사람 한 사람씩 엄격히 면접한 끝에, 그 중에서 덕행을 고루 갖춘 고승 한 분을 선출하는 데 성공했다.

이 고승이 누구일까?

영통한 이 고승의 본명은 금선 장로(金蟬長老), 부처님의 강론을 듣기에 무심한 죗값으로,

속세에 범태육골로 전생하여 모진 고초를 당하고, 세속에 태어나 마귀들의 그물에 걸려들었도다.

어미의 뱃속에 투태(投胎)하고 흙바닥에 떨어져 태어날 때부터

오랜 항해 끝에 중국 광동(廣東)에 상륙, 남조(南朝) 양(梁)나라를 거쳐 북위(北魏)로 건너간 후 소림산(少林山)에서 9년 동안 면벽(面壁) 참선하고 "사람의 마음은 본래 청정하다는 이치를 깨달아야 한다"고 주장, 그 선법을 제자 혜가(慧可)에게 전수하였다. 이로 말미암아 후세에 중국 선종의 시조로 숭앙받게 되었다.

흉한 운명에 봉착하였으며, 이 세상에 나오기 전에 악당과 마주쳤
도다.

아버지는 해주 출신의 장원 급제 진광예요, 외조부는 일국의
총관(總管), 조정의 어른이시다.

태어날 때 운명이 강물에 떨어지는 낙강성(落江星)을 범하여,
강물 따라 물결 따라 흘러가는 팔자였네.

바다 섬 금산사와 깊은 인연 있어, 천안화상(遷安和尙)⁶이 건져
다가 길러주도다.

방년 십팔 세에야 어머니를 알아보고, 경사에 올라가 외조부에
게 구원을 청하니,

총관 은개산이 대군을 동원하여, 홍주성의 흉악한 도적을 소탕
하고 간당(奸黨)을 주살하였다네.

장원 급제 진광예 천라지망을 벗어나고, 부자가 상봉하니 더없
이 경하할 일이로세.

금상 천자를 다시 뵙고 주군의 은혜를 받으니, 능연각(凌煙閣)
공신상(功臣像)에 어진 명성 떨치네.

은혜로운 벼슬 받지 않고 스님 되기를 원하니, 사문(沙門)의 홍
복(洪福)이요, 장차는 불도를 찾아 나서리라.

어릴 적 이름은 강류 고불(江流古佛)이요, 법명을 진현장(陳
玄奘)이라 부른다네.

그날 수많은 스님 가운데 뽑혀 나온 고승은 현장 법사였다. 이 사람

---

6 천안화상: 강류승 현장 법사를 구해 길러준 스님은 법명화상(法明和尙)이다. 제9회
본문 참조. 여기서 천안화상으로 착오를 일으키게 된 사유와 경위에 대해서는 제10
권 끝 「작품 해설」(「『서유기』의 탄생과 변천 과정」 중 III. 그 변천 과정. 4. 재구성
되는 『서유기』) 참조.

은 어릴 적부터 중이 되었고, 어머니의 태중에서 나왔을 때부터 부정을 피하여 수계하였다. 그의 외조부는 당대 조정에서 총관의 요직을 맡은 은개산이요, 아버지 진광예는 장원 급제 출신으로 문연전(文淵殿) 대학사(大學士)의 자리에 오른 분이다. 현장 법사는 부귀영화를 탐내지 않고 오로지 적멸에 몸바쳐 기꺼운 마음으로 도를 닦았다.

세 중신들이 그의 내력을 자세히 캐어보니 근본 출신이 좋을 뿐 아니라, 덕행이 높으면서도 천경만전(千經萬典), 온갖 경전에 통달하였으며, 불도는 물론이요 선도(仙道)에 이르기까지 모르는 것이 없었다. 이리하여 세 중신들은 현장 법사를 어전에 이끌고 나아가 무도례(舞蹈禮)를 올린 다음 이렇게 아뢰었다.

"소신 우 등은 성지를 받자와 고승 진현장을 선출하였나이다."

태종은 그 이름을 듣고 한참 동안이나 깊은 생각에 잠겨 있더니, 불쑥 이렇게 물었다.

"진현장이라…… 그렇다면 혹시 대학사 진광예의 아들 현장이 아닌가?"

강류 스님 현장이 머리를 깊이 조아리고 아뢴다.

"바로 그러하오이다."

태종은 반색을 하면서 흐뭇하게 고개를 주억거렸다.

"과연 잘 뽑았도다! 참으로 덕행 있고 선심(禪心)을 갖춘 스님이로다. 짐은 그대에게 좌승강(左僧綱), 우승강(右僧綱), 천하 대천 도승강(天下大闡都僧綱)7의 직분을 내리노라."

---

7 도승강: 승강(僧綱)이란 승려와 비구니의 규율을 담당하는 자. 고대 중국에서는 모든 승니(僧尼)와 사찰(寺刹)을 통솔하는 승강 제도를 설치하고, 단계적으로 승강·우승강·좌승강을 두었으며, 도승강은 전국적으로 이 모든 승강 조직을 총괄하는 최고위 직책. 현재는 사문통(沙門通)·승통(僧統)·승정(僧正)·승주(僧主)의 칭호를 쓰고, 우리나라에서는 승정(僧正)·승도(僧都)·율사(律師)의 삼강(三綱) 체계를 두고 있다.

현장 법사가 돈수 사례하고 대천관의 작위를 받으니, 태종은 다시 다섯 가지 채색으로 짠 금빛 가사(袈裟) 한 벌과 비로모(毘盧帽) 한 개를 내려주면서, 아무쪼록 성심성의껏 훌륭한 고승들을 가려 뽑아 임명하고 그 우두머리가 되어, 이들의 직급 석차를 매기되 이를 문서로 작성하여 올릴 것과, 화생사(化生寺)로 가서 좋은 날 좋은 때를 정하여 경법 강론을 개설할 것을 당부하였다.

현장 법사는 재배를 올려 사례한 다음, 성지를 받들고 물러났다. 그리고 화생사로 가는 즉시 모든 승려들을 소집하여 선탑(禪榻)을 만들고 공덕(功德)을 꾸미는 한편, 음악을 정리하였다. 이 과정에서 그는 대소 명승 도합 1천 2백 명을 가려 뽑은 다음, 이들을 상·중·하, 삼당(三堂)으로 나누어 배속시켰다. 부처님 앞에 놓아야 할 물품들하며 그밖에 만반의 준비를 빠짐없이 모두 갖춰놓으니, 하나같이 질서정연했다. 현장 법사는 그해 9월 초사흗날을 황도길일(黃道吉日)로 잡고, 그날부터 49일 동안 '수륙대회'가 베풀어질 것임을 선포하였다.

모든 계획과 준비가 끝나자, 그는 조정에 표문을 올려 태종 황제는 물론이요 황실의 모든 인척들마저 때맞춰 수륙대회에 나와 향을 사르고 경법 강론을 듣도록 주청하였다.

진룡이 정관 13년에 모여드니, 임금은 대중에게 강경(講經)을 선포한다.

도량(道場)이 열리고 무량법(無量法)을 강연하니, 운무(雲霧)의 광채가 대원감(大願龕)을 타는구나.

어명으로 은혜 드리워 상찰(上刹)을 수축하니, 금선 장로 탈각(脫殼)하여 서함(西涵)으로 화하도다.

선과(善果)를 보시하여 침역(沉疫)을 초도하니, 병교(秉教)를 선양함이 전후 세 차례라네.

정관 13년, 세차(歲次)로는 기해년(己亥年) 9월 갑술(甲戌) 초사흗날 계묘(癸卯) 좋은 시각에, 진현장 대천 법사는 고승 1천 2백 명을 모두 장안 도성 화생사에 모아놓고, 여러 가지 오묘한 경법 강연 대회를 개설하였다. 아침 일찍 조회를 마친 태종 황제도 문무 백관들을 이끌고 봉련용거(鳳輦龍車)에 올라 화생사를 향해 출발했다. 수륙대회가 열리는 첫날, 부처에게 향불을 올리고 강연을 듣기 위해서였다.

황제 폐하의 거둥은 사뭇 으리으리했다.

 온 하늘에는 서기가 어리고, 길거리 거리마다 상서로운 광채로 뒤덮였는데,
 인자한 미풍은 가볍고도 담담히 불어, 한낮에 내리쪼이는 햇볕을 더한층 아름답게 만든다.
 환패(環佩) 잡은 1천 관원들이 앞뒤로 나뉘어 모시고, 정기(旌旗) 잡은 오위(五衛) 부대가 양 곁에 늘어서서 호위하며 나아간다.
 큰 도끼수, 작은 도끼수에 무쇠 도리깨 든 무장대가 쌍쌍을 이루고, 청사초롱, 홍사초롱에 향로를 받든 시종의 위세 당당하기 그지없다.
 황룡이 날아오르고 봉황이 춤을 추며, 물수리가 뜨고 새매가 난다.
 거룩하고 명철하신 천자 폐하 올바르며, 충성스럽고 의로운 신하들은 어질기 짝이 없으니,
 크나큰 복록 천년이 요순(堯舜) 시절을 능가하고, 승평 세계 만대가 우왕(禹王) 탕왕(湯王) 시대와 맞먹는다.

자루 굽은 곡병산(曲柄傘) 아래 나부끼는 용포 자락, 휘황찬란한 빛깔이 마주 대하고, 백옥 고리 옥련환(玉連環)과 오색 봉황 채봉선(彩鳳扇)에 상서로운 아지랑이 나부껴 흩날린다.

구슬 달린 주관(珠冠)하며 옥으로 꾸민 옥대에, 자줏빛 수실과 황금빛 견장이 눈부시게 빛난다.

어가를 호위하는 군사가 1천 대(隊), 난여를 부축하며 두 줄로 행군한다.

태종 황제 목욕 재계하고 경건한 마음으로 부처님을 뵈러 가니, 선과에 귀의하는 기쁨으로 향불을 사르도다.

거둥 행렬이 화생사 앞에 다다르자, 태종은 음악을 멈추라고 분부한 다음 수레에서 내리더니 신하들을 이끌고 법당에 들어가 부처님께 절하고 향을 꽂았다. 삼잡례를 마치고 고개 들어 좌우를 둘러보니, 과연 생각했던 것보다 더 훌륭한 도량이었다.

당간지주(幢竿支柱)에 깃발이 펄럭펄럭, 보개(寶蓋) 일산이 찬란하게 나부낀다.

당간지주에 깃발이 펄럭이니, 허공에 가닥가닥 늘어뜨린 비단 폭이 노을처럼 흔들린다.

보개 일산이 찬란하게 나부끼니, 햇볕이 나풀나풀 반영되어 붉은 번개처럼 꿰뚫는다.

석가세존의 금신상은 그 모습이 완벽하고, 나한의 옥 같은 용모에는 위엄이 서렸다.

화병에는 신선의 꽃떨기요, 화로에는 단강(檀降)을 불사른다.

화병에 꽂은 신선의 꽃떨기, 비단으로 꾸민 나뭇가지 보찰(寶

刹)을 가득 메워 으리으리하고.

　화로에 불사르는 단강의 향기는 구름처럼 떠올라 맑은 하늘빛을 아련히 뒤덮는다.

　제철 맞은 햇과일이 붉은 쟁반 위에 괴이고, 기이한 모양의 사탕 과자 채색 제단 위에 쌓였다.

　줄줄이 늘어선 고승들이 진경(眞經)을 낭송하니, 저승의 외로운 넋들은 고난에서 벗어나기 원하네.

　태종을 선두로 문무 백관들이 차례차례 향을 올리고 부처님의 금신상(金身像)과 나한상에 절하고 나자, 대천도승강 진현장 법사는 1천 2백 명의 승려들을 이끌고 나와 태종 황제에게 배례를 드렸다. 모든 예절이 끝난 뒤, 그들은 반열을 나누어 각자 선위(禪位)에 편안히 자리 잡고 앉았다.

　현장 법사는 미리 준비해두었던 방문(榜文)을 태종에게 바쳤다. 고혼들을 제도(濟度)하는 내용의 방문이었다.

　　지극한 덕은 아득히 멀고, 선종은 적멸에 들었노라.
　　청정하고 영통하여 삼계에 두루 흐르노니,
　　친변민화하여 음과 양을 하나로 다스리도다.
　　사물의 본체와 작용은 참된 것이니, 무궁무진하여 끝이 없다.
　　저 외로운 넋들을 보건대 가엾고 슬프기 그지없으니,
　　이제 태종 황제 폐하의 거룩하신 명을 받들어,
　　고승들을 가려 뽑아 참선하고 불법을 강론하리로다.
　　방편(方便, 부처)의 문정(門庭)을 활짝 열어,
　　자비를 실은 배를 널리 띄워 보내고,

고해에 허덕이는 중생들을 널리 구제하며,

육취(六趣)[8]에 빠져 헤매는 괴로움을 해탈하게 하리라.

진리에 귀의하는 길로 인도하여,

천지 자연의 원기를 두루 즐기게 하며,

움직이거나 멈추거나 무위(無爲)가 되게 하고,

혼합하여 순소(純素)가 되게 하리라.

이 좋은 연분(緣分)을 빌려 천자 폐하를 모셨으니,

우리가 베푸는 수륙대회를 호기로 삼아,

지옥의 온갖 속박에서 벗어나,

하루속히 극락에 올라 뜻대로 소요하고,

서천에 자유자재로 왕래할 것이다.

이런 시구가 있다.

화로에 영수향(永壽香), 몇 권의 초생록(超生籙).

묘법(妙法)을 끝없이 펼치고, 천은(天恩)을 한없이 입도다.

억울한 업보를 모조리 쓸어내고, 외로운 넋이 모두 지옥을 벗어나다.

바라노니 우리나라 보우하사,

맑고 밝은 태평성대 만년의 복을 누리리라.

태종은 그 문장을 보고 마음에 흡족하여, 기쁜 낯으로 승려들에게 당부하였다.

---

8 육취: 육도(六道)와 같음. 앞의 주 **2** 및 제8회 주 **3** '사생 · 육도' 참조.

"그대들은 성심성의로 불사에 임할 것이며 추호라도 게을리 하지 말라. 나중에 공을 온전히 이룩하면 모든 사람에게 각자 돌아갈 복이 있을 것이요, 짐도 마땅히 큰 상을 베풀어 결코 헛된 수고로움이 안 되게 하리라."

1천 2백 명의 고승들은 일제히 머리 조아려 천자에게 감사의 뜻을 표했다.

그날의 삼재(三齋)를 마치자, 태종은 어가를 대궐로 돌렸다. 그리고 이레째 되는 날 정식 법회가 열리게 되면 다시 거둥하여 향을 올리기로 했다.

이윽고 해가 저물고 날이 어두워지자, 남아 있던 관원들마저 모두 물러갔다.

수륙대회가 열리던 첫날 저녁은 실로 아름다운 밤이었다.

만리 장공 빈 하늘에 땅거미가 내리고,
까마귀 몇 마리가 둥지 찾아 느긋이 돌아가누나.
도성은 온통 등잔불 빛, 인적은 고요한데,
바야흐로 선승이 입정할 시각이로다.

다음날 아침에도 현장 법사는 사리에 올라앉아 1천 2백 명의 승려들을 모아놓고 경을 읽었음은 물론이다.

한편, 남해 보타산의 관세음보살은 석가여래의 법지를 받들고 장안 도성에 온 이래 경을 가지러 갈 적당한 사람을 찾아다녔으나, 시일이 오래도록 참되고 덕행 있는 선인(善人)을 구할 수가 없었다. 그러던 어느 날, 금상 천자가 불법을 선양하고자 고명한 승려 1천 2백 명을 가려 뽑아 수륙대회를 베푼다는 소문이 들려왔다. 그리고 단주(壇主)로 선발된 법사는 강류 화상이라는 소문도 파다하게 퍼졌다.

관세음보살은 그 법사의 전생이 서천 극락 세계에서 강림한 부처요, 보살 자신이 태중에 넣어 이 세상에 태어나게 만들었던 금선 장로의 화신이라는 것을 잘 알고 있었다. 보살은 그 소문을 듣고 속으로 무척 기뻐하면서, 부처님이 내리신 보배를 꺼내 가지고 제자 혜안 행자와 함께 길거리로 나섰다. 그 보배란 무엇일까? 그것은 금란가사(金襴袈裟) 한 벌과 구환석장(九環錫杖) 한 자루, 그리고 금고아(金箍兒)·긴고아(緊箍兒)·금고아(禁箍兒) 세 개였다. 관음보살은 둥근 테 세 개는 훗날 쓸모가 따로 있으리라 생각하고 단단히 간직해둔 채, 가사와 석장만을 팔려고 길거리를 돌아다녔다.

장안 성내에는 지난번 고승 선발에서 떨어진 땡추 스님이 한 분 계시는데, 실력이나 덕행은 별 볼일 없어도 수중에 제법 돈푼깨나 있는 위인이었다. 관세음보살께서 문둥병자 행색으로 변신하고 몸에는 누더기를 걸친 채, 빡빡 밀어버린 까까머리에다 맨발 차림으로 광채가 번쩍번쩍 나는 금란가사를 받들고 길거리를 서성대고 있으려니, 이 땡추 스님은 두 눈이 휘둥그레져서 보살 앞으로 다가와 시비조로 물었다.

"여봐, 옴 붙은 화상! 그 가사를 얼마에 팔 거야?"

보살이 대답했다.

"가사는 오천 냥, 석장은 이천 냥을 받아야겠소."

그 말을 듣고 땡추 중은 기가 막혀 껄껄 웃었다.

"허어! 이 문둥이 화상, 미친 것들 아냐? 미치지 않았으면 바보 멍텅구리가 분명하네그려! 그 따위 너절한 물건 두 개를 놓고 칠천 냥씩이나 받겠다니, 그걸 입으면 불로장생을 할 텐가, 성불해서 노조(老祖) 노릇을 할 텐가? 설령 그럴 수 있다 해도 그렇게 비싸지는 않을 거다.

안 사겠다 안 사! 허튼 수작일랑 집어치우고 안 살 테니까, 어서 썩 가져가거라!"

관음보살은 더 이상 왈가왈부 흥정을 걸지 않고, 목차 행자와 함께 앞만 보고 걸어나갔다. 얼마쯤 가다 보니 동화문(東華門) 앞에 이르렀는데, 때마침 조회를 끝내고 돌아가던 재상 소우의 행차와 마주치고 말았다.

"쉬이! 길 비켜라, 대감님 납신다!"

벽제 소리가 기세 좋게 울리면서 조라치들이 앞길을 여는데도, 관음보살은 피할 생각은커녕 여봐란듯이 가사를 떠받들고 길바닥 한가운데 우뚝 서서 대감의 행차를 맞았다.

재상이 말고삐를 당겨 멈추고 바라보니, 두 손으로 받쳐 든 가사에서 광채가 번쩍번쩍 빛나고 있다. 그는 아랫사람을 시켜 그 가사의 값이 얼마나 되느냐고 물어보았다.

관음보살은 두 마디로 대답했다.

"가사는 오천 냥이요, 석장은 이천 냥입니다."

재상 소우는 이것 봐라 싶어 두 눈을 휘둥그레 뜨고 다시 물었다.

"얼마나 귀한 것이기에 그리도 값이 비싸단 말이냐?"

보살이 또 대답했다.

"이 가사에는 좋은 점도 있고 나쁜 점도 있습니다. 그래서 값을 받는 경우도 있고 받지 않는 경우도 있습니다."

"좋은 점은 뭐며, 또 나쁜 점은 무엇인고?"

"이 가사를 입으면 윤락(淪落)에 빠지지 않고, 지옥에 떨어지지도 않으며, 모진 환난을 당하지 않고, 호랑이나 이리 같은 맹수에게 횡액을 입지 않게 될 것이니, 이것이 좋은 점입니다. 그러나 만약 음탕한 짓을 탐내고 다른 사람이 재앙에 빠지는 것을 즐거워하는 어리석은 중이나,

재(齋)와 계율을 삼가 지키지 않는 중이나, 경전을 헐뜯고 비방하는 범부(凡夫)가 입는다면, 이 가사의 좋은 점을 발휘하지 못하게 될 것이니, 이것이 나쁜 점입니다."

"흐흠! 그건 그렇다 치고, 어떤 경우에 값을 받으며 또 어떤 경우에 받지 않는다는 말인가?"

"부처님의 법을 지키지 않고, 삼보(三寶)9를 공경하지 않는 자가 억지로 이 가사와 석장을 사려고 할 때에는 에누리 없이 칠천 냥을 꼭 받아낼 것입니다. 이것이 돈을 받는 경우입니다. 그러나 삼보를 공경하고, 착한 행실을 보고 기뻐하며, 우리 부처님께 귀의하여 이것을 받아 마땅한 이라면, 값을 받지 않고 이 가사와 석장을 기꺼운 마음으로 그 사람에게 주어서, 저와 좋은 인연을 맺을까 합니다. 이것이 값을 받지 않는 경우입니다."

그 말을 듣자, 소우는 상대가 예사로운 인물이 아님을 알아보았다. 그래서 얼굴에 화색을 띤 채 냉큼 말에서 내려와 보살에게 정중히 인사를 건넸다.

"큰 법을 갖춘 장로님이신 줄 미처 알아보지 못하여 이 소우가 실례를 범한 점, 부디 용서하시오. 우리 당나라 황제 폐하께옵서는 착한 행실을 무엇보다 좋아하시고, 만조의 문무 백관들 역시 폐하의 그런 뜻을 받들지 않는 자가 없소이다. 지금도 폐하의 특명으로 수륙대회를 베풀어 저승의 원혼들을 제도하는 중인데, 아무래도 그 가사는 수륙대회를 주재하는 대천 도승강 진현장 법사에게 입히면 딱 좋겠소. 어떻소, 이 길로 나와 함께 입궐해서 주상 폐하를 뵙지 않으시겠소?"

관음보살은 흔쾌히 그 말에 따랐다. 이리하여 소우는 두 스님을 데

---
9 삼보: 불교 용어. 부처님(佛)과 불법(法), 승려(僧)를 세 가지 보배에 견주어 일컫는 말.

리고 동화문으로 들어가 황문관(黃門官)을 거쳐 태종에게 전갈을 보냈다. 잠시 후 금란보전에 들이라는 분부가 내리자, 소우는 문둥병 걸린 두 화상을 이끌고 들어가 섬돌 계단 아래 우뚝 섰다.

"소우는 무슨 일로 다시 왔는가?"

당태종이 물었다.

소우는 계단 앞에 무릎 꿇고 엎드려 아뢰었다.

"신이 동화문을 나서던 중, 우연히 승려 두 사람을 만나게 되었사옵니다. 그런데 이 승려들은 길거리에서 가사와 석장을 팔려는 자였습니다. 신이 생각해보니, 저 가사를 현장 법사에게 입히는 것이 좋을 듯하와, 이렇게 데리고 들어왔나이다."

태종은 크게 기뻐하면서 값이 얼마냐고 물었다. 그러자 관음보살과 목차 행자는 계단 아래 우뚝 선 채, 금상 천자 폐하를 뵙는 예절도 올리지 않고 묻는 대로 대답만 했다.

"가사의 값은 오천 냥이요, 석장은 이천 냥입니다."

태종도 소우처럼 이것 봐라 싶었는지, 내처 다시 물었다.

"그 가사에 어떤 좋은 점이 있기에, 값이 그리도 비싼고?"

관음보살은 천연덕스레 응답했다.

이 가사를 용이 한 가닥이라도 걸치면, 대붕(大鵬)에게 잡아먹히는 재앙을 모면할 수 있사오며, 학이 한 오리라도 걸치면, 초범입성(超凡入聖)할 수 있는 묘리(妙理)가 담겨 있나이다.

누구든지 이 가사를 입고 앉으면, 모든 신들이 배례를 올리고, 거동할 때마다 일곱 부처가 그 신변에 따르옵니다.

이 가사는 빙잠(冰蠶)의 고치에서 뽑아낸 실을 교장(巧匠)의 솜씨로 꼬아 만들고, 선아(仙娥)와 신녀(神女)가 길쌈하여 지은 것인데, 한 폭 한 폭 꽃 수실로 바느질한 모난 비단 천 조각마다 육두구 틀로 잇대었나이다.

영롱한 보푸라기는 아름다운 꽃송이와 빛을 다투고, 반짝이는 빛깔 나부껴 보옥(寶玉)의 광채를 뿜어내나이다.

이 가사를 입으면 온몸에 붉은 안개가 자욱히 서리고, 벗으면 비단 폭 채색 구름이 흩날리오며,

하늘의 삼천문(三天門) 밖에까지 현광(玄光)이 뻗어 오르고, 오악(五岳)의 산머리에까지 보배로운 기운이 생겨납니다.

겹겹으로 주름 잡은 깃마다 서번련(西番蓮)의 무늬를 아로새기고, 매달린 구슬마다 북두칠성 별 모양으로 반짝입니다.

네 귀퉁이에는 야명주(夜明珠)를 박았으며, 꼭대기에는 조모록(祖母綠)의 보석 한 알을 꿰었나이다.

천하에 두루 비치는 본원체는 아니더라도, 스스로 빛을 내는 팔보가 달려 있나이다.

이 가사는 여느 때 입지 않고 포개두었다가, 거룩한 이를 만나면 입사옵니다.

여느 때 입지 않고 포개어두면, 천 겹으로 싸고 싸도 무지개가 비쳐 나오고, 거룩한 이를 만나 입을 때면 하늘의 신령들이 경동하오며, 지옥의 귀신들마저 두려워하나이다.

가사 윗단에는 여의주, 마니주(摩尼珠), 티끌을 막아주는 벽진주(辟塵珠), 바람을 그치게 하는 정풍주(定風珠)를 박았고, 여기에 또 붉은 마노, 자줏빛 산호, 어두운 밤을 밝혀주는 야명주, 부처님의 사리자를 보탰나이다.

그 광채 보름달보다 더 희고 맑으며, 해와 더불어 붉은빛을 다투옵니다.

줄기줄기 뻗은 선기가 허공에 가득 차고, 송이송이 아롱진 서광이 거룩한 이를 떠받드나이다.

줄기줄기 뻗은 선기 허공에 가득 차니, 하늘의 관문을 꿰뚫어 비추고, 송이송이 아롱진 서광이 거룩한 이를 떠받드니, 그 그림자 온 세상에 두루 드리우나이다.

산천을 비추면 호랑이와 표범이 놀라 뛰고, 바다 섬에 그림자 드리우면 물고기와 용이 도망쳐 달아납니다.

테두리에는 두 줄기 황금 사슬로 감치고, 깃을 여미는 부분에는 고리고리 연결된 백옥종(白玉琮)을 달았나이다.

이런 시가 있사옵니다.

삼보(三寶)는 높고 크며 도(道)는 존귀한 것, 사생육도(四生六道)를 남김없이 논평하네.

진리 찾는 밝은 마음으로 사람과 하늘의 법을 풀어 기르고, 미혹을 깨뜨리는 견성(見性)으로 지혜의 등불을 전할 수 있으리.

장엄한 호체(護體)는 금빛 세계요, 맑고 깨끗한 심신(心身)이 옥 항아리에 담긴 얼음 같다네.

부처님이 금란가사를 지은 이래로, 만겁에 뉘 감히 스님의 대를 단절시킬 수 있으랴?

보전 위에서 태종은 이 말을 듣고 매우 기뻐하더니, 이번에는 구환석장을 가리켰다.

"여봐라 화상, 고리 아홉 달린 그 석장에는 또 어떤 좋은 점이 있는고?"

보살이 서슴지 않고 대답했다.

"내가 잡은 이 석장에는 이런 좋은 점이 있습니다……"

구리로 아로새기고 강철을 두드려 만든 아홉 고리에, 아홉 마디 신선의 등나무 줄기 지팡이에는 영원히 젊음을 지켜주는 주안술(駐顔術)이 담겨 있으니,

손에 잡으면 시퍼런 힘줄 돋는 뼈마디의 수척함을 보지 않게 해주며, 산에서 내려올 때는 흰 구름 가볍게 띠고 돌아오나이다.

마하오조(摩訶五祖)[10]는 천궁 대궐에서 노닐고, 나복(羅蔔)[11]은 어머니를 찾아 지옥문을 깨뜨리옵니다.

홍진의 더러움에 물들지 않고, 기꺼이 신승을 따라 옥산(玉山)에 오르나이다.

설명을 다 듣고 나자, 태종은 그 자리에서 가사를 펼쳐놓게 한 다음 윗단부터 아랫단에 이르기까지 구석구석을 샅샅이 들춰보았다. 과연 그것은 굉장한 물건이었다.

"대법 장로, 내 숨기지 않고 말하리다. 짐은 지금 선교(善教, 불교)를 널리 퍼뜨리고 복전(福田)에 공양의 씨앗을 크게 심어놓을 생각으로 화생사에 고승들을 많이 모아놓고 경법을 강론하게 하고 있소. 그 가운데에서도 덕행이 아주 높은 스님이 한 분 있는데, 법명을 현장이라 하

---

10 마하오조: '마하(摩訶)'는 mahā의 음역으로 '큰, 위대한'이란 뜻. 존칭으로 앞머리에 붙이는 말. '오조'에 대해서는 앞의 주 **4** '오조선사' 참조.
11 나복: 나복은 부처님의 10대 제자 중의 한 사람인 목건련(目犍連)Maudgalyāyana의 속명. 약칭 목련(木連), 별명은 구율타(拘律陀). 이 존자는 신통력이 으뜸이어서, 그의 어머니가 아귀도(餓鬼道)에 떨어지자, 대법력을 써서 지옥의 관문을 깨뜨리고 쳐들어가 어머니를 구출했다고 한다. 이 고사는 중국에서 오랜 세월 희곡이나 소설의 주제로 삼아 유행되어온 것이다.

오. 그래서 짐은 이 두 가지 보물을 사들여 그 법사에게 주고 싶은데, 도대체 값을 꼭 얼마나 받으려 하오?"

금상 천자가 은근히 존댓말을 써가며 물으니, 관음보살과 목차 행자는 두 손 모아 합장하고 '나무아미타불'[12]을 외우면서 허리 굽혀 아뢰었다.

"그처럼 덕행이 높은 스님이시라니, 빈승은 이것을 거저 드리겠습니다. 돈은 절대로 받지 않으오리다."

말을 마치더니, 그대로 돌아서서 훌쩍 나가려 했다.

"잠깐만!……"

태종은 급히 소우를 시켜 두 사람을 붙잡게 하고, 몸소 일어나 전상 아래로 내려왔다.

"당초 가사는 오천 냥이요, 석장은 이천 냥이라 하지 않았소? 그렇게 값을 매겨놓고는, 짐이 사겠다는데 돈을 받지 않는다니, 이게 무슨 경우요? 짐이 군주의 위세를 빙자해서 그대의 물건을 억지로 받는대서야 될 법이나 한 얘기요? 원래 부른 값대로 셈을 쳐드릴 테니 사양치 말고 받으시구려."

보살이 손을 들어 그 말을 막았다.

"빈승에게는 예전부터 마음속으로 작정한 바가 있습니다. 진정으로 삼보를 공경하고 존중하며, 착한 행실을 보면 기뻐하고 우리 부처님께 귀의한 사람이라면, 돈을 받지 않고 그분께 거저 드리겠노라고 생각한 것입니다. 이제 폐하께서 덕을 밝히시고 선에 마음을 두시어 우리 부처님을 공경하실 뿐만 아니라, 게다가 덕망 있고 행실 좋은 고승이 부처

---

[12] 나무아미타불: '아미타불에게 귀의한다'는 뜻. 염불(念佛)이라고도 한다. 아미타는 곧 무량광불(無量光佛)Amitābha, 무량수불(無量壽佛)Amitāyus의 앞머리 'Amitā'의 음역으로, '한량없는, 영원하신 부처님'이란 뜻이다.

님의 법을 크게 선양하시겠다니, 이 보물을 바쳐야 당연하겠기에, 돈은 절대로 받지 않겠다고 아뢴 것입니다. 빈승은 이것들을 이 자리에 남겨 두고 돌아갈까 하나이다."

이렇듯 은근하고도 간곡한 태도를 보자, 태종은 무척 기뻐하면서 그 즉시 광록시(光祿寺)에 소찬으로 잔치를 크게 베풀도록 명령을 내렸다. 돈을 받지 않으니 좋은 음식으로 답례할 생각에서였다. 그러나 보살은 공양마저 굳이 사양하고 받아들이지 않았다.

표연히 궁궐을 나선 관음보살과 목차 행자 두 사람이 예전처럼 토지신의 사당으로 돌아가 몸을 숨긴 것은 더 말할 나위도 없다.

한편 태종은 그날 한낮에도 조회를 열고 승상 위징을 시켜 현장 법사를 조정에 불러들였다.

이 무렵 현장 법사는 승려들을 모아놓고 단상에 올라 부처님의 법을 강론하고 경문을 읽고 있던 중, 입조하라는 어명을 받고 부랴부랴 단상에서 내려와 옷매무새를 가다듬은 다음, 위징을 따라 대궐로 들어가 태종을 뵈었다.

기다리고 있던 태종이 그를 반겨 맞았다.

"좋은 일에 노고를 아끼지 않는 법사에게 사례할 만한 것이 없어 아쉽던 참이었소. 그런데 오늘 아침에 소우가 스님 두 사람을 만났더니, 금란이보(錦襴異寶)의 가사 한 벌과 구환석장을 바치겠다 하기에, 짐이 받아두었소. 그래서 이제 법사에게 줄 터이니, 가져다 쓰도록 하오."

현장 법사가 이마를 조아려 사례하자, 태종은 내친 김에 부탁을 했다.

"만약 괜찮겠다면, 짐이 보는 앞에서 그걸 한번 입어보지 않으시겠소?"

모처럼 황제의 부탁이니 현장 법사도 마다할 수 없다. 그는 즉석에서 금란가사를 펼쳐 입었다. 그리고 손에 구환석장을 잡은 채 섬돌 계단 앞에 우뚝 섰다. 과연 그 모습은 한마디로 석가여래 부처님이 강림하신 듯 의젓하고 당당하기 짝이 없었다. 군신들은 찬탄을 아끼지 않으며 모두들 기뻐했다.

늠름하고도 위풍당당한 얼굴빛이 어이 그리 준수한고. 부처님의 옷이 몸에 맞추어 마름질한 듯 썩 어울리도다.
휘황찬란한 빛이 하늘과 땅에 가득 비치고, 오색찬연한 비단결이 번쩍번쩍 우주에 응어리를 짓는다.
해맑은 야명주가 윗단 아랫단에 줄지어 박히고, 겹겹으로 바느질한 금실이 앞뒤를 꿰었다.
도라(兜羅) 사면에는 비단으로 테두리 둘렀고, 온갖 모양의 희귀한 기수(綺繡)를 깔았으며,
팔보 장식 꽃으로 꾸민 실 단추가 달리고, 황금 고리가 깃을 위로 여며 잠갔다네.
크고 작은 불천(佛天)이 높게 낮게 늘어서고, 별 모양의 장식이 좌우로 나뉘어 존비(尊卑)를 상징한다.
현장 법사 크나큰 인연 있어, 황제 앞에서 이런 보물을 받았으니,
영락없는 극락의 살아 계신 아라한(阿羅漢)이요, 빼어난 그 모습 서방 세계 진각(眞覺)과 겨루고도 남음이 있네.
석장의 아홉 고리 땡그랑땡그랑 마주쳐 울리고, 비로모의 빛 그림자 또한 얼마나 풍후한가.
진실로 부처님의 제자 헛된 명성 전하지 않노니, 보리(菩提)보다 더 그르침이 없으리라.

계단 앞에서 문무 백관들의 갈채 소리가 요란하게 울렸다. 기쁨을 이기지 못한 태종은 현장 법사에게 가사를 그대로 입고 구환석장을 짚게 한 다음, 여기에 의장대를 두 패나 붙여주었다. 그리고 여러 관원들더러 궁궐 문 밖까지 배웅을 나가도록 지시하고, 마치 장원 급제를 한 선비가 '유가(遊街)' 놀이를 하는 것처럼, 큰 길거리를 행진하여 화생사로 돌아가라는 명령을 내렸다.

현장 법사가 두 번 절하여 사은례를 올리고 큰 길거리에 나섰더니, 어느새 그 소문을 전해 듣고 몰려나온 인파가 가는 곳마다 득시글득시글 북적대기 시작하고, 장안 도성 안의 장돌뱅이하며 점포 사람들하며, 귀공자 왕손부터 시인 묵객, 남녀 노소 백성들에 이르기까지 어느 한 사람 앞을 다투어 보려 하지 않는 이가 없었다.

구경꾼들은 입이 마르게 찬탄하였다.

"와아아! 참말로 훌륭한 법사로다! 진정 살아 계신 나한이 강림하시고 생보살님이 속세에 내려오신 듯하구나!"

절간에 도착하자, 승려들이 모두 나와 맞아들였다. 그들 역시 금란가사에 석장을 짚은 법사의 모습을 보고 지장보살(地藏菩薩)이 오셨다고 칭송하면서, 너도나도 허리 굽혀 예를 올리고 좌우에 늘어서서 시중을 들었다.

현장 법사는 전상에 올라 부처님께 향을 피워 배례한 다음, 태종 황제의 성은을 모든 승려들에게 전했다. 예절을 마친 그들은 제각기 좌석으로 돌아가 자리 잡고 앉았다.

어느덧 붉은 해가 서녘으로 떨어지고 어둠이 덮이기 시작했다.

하루해 떨어지고 저녁노을 나무 수풀에 자욱이 깔리는데, 황제님 도성에 종고(鐘鼓) 울려 초경을 알리누나.

둥, 둥, 둥! 세 차례 울려 오가던 인적 끊기니, 앞뒤 길거리마다 쓸쓸하고 고요하다.

사찰에는 등잔불 빛 휘황하고, 외로운 마을은 소리 없이 적막하고 썰렁하다.

선승이 입정하여 남은 경전을 다스리니, 마귀를 단련하고 천성을 함양하기에 꼭 알맞은 때라네.

세월은 물같이 흐른다던가, 어느덧 칠일 정회(七日正會)를 여는 날이 다가왔다. 현장 법사는 또 한 차례 표문(表文)을 올려 태종에게 향을 사르러 거둥해줍시사고 청하였다. 이 무렵 수륙대회가 열린다는 소문이 온 천하에 두루 퍼져, 전국에서 참배하러 오는 이들이 줄을 이었다.

태종은 즉시 어가를 대령시키고 문무 백관들과 황후 비빈, 황실 인척들을 거느린 채 일찌감치 화생사에 당도했다. 절간 산문 앞에는 남녀노소, 존비 귀천을 막론하고 설법을 들으러 몰려든 사람들로 발 디딜 틈도 없이 북적대고 있었다.

그날이 되어, 관세음보살은 제자 목차에게 말했다.

"오늘이 꼭 칠칠은 사십구 일째, 수륙정회가 열리는 날이다. 이제 너와 함께 뭇 사람들 틈에 끼어서 그리로 가보아야겠다. 첫째 목적은 이 법회가 어떻게 잘 베풀어지나 보기로 하고, 두 번째로 금선자(金蟬子)의 화신이 과연 그 보배를 지닐 만한 복이 있는지 없는지 보기로 하고, 세 번째로는 그가 어느 법문의 경전을 강론하는지 지켜볼 것이다."

이리하여 두 사람은 인파에 뒤섞여 조용히 화생사로 들어갔다. 이야말로 전세의 인연이 있어 옛날에 알고 지내던 사람을 다시 만나는 기회요, 반야(般若)가 임무를 마치고 본래의 도량(道場)으로 돌아갈 기회를 맞은 것이다.

절간에 들어가 이리저리 둘러보니, 과연 천조대국(天朝大國)으로서 부끄럽지 않을 규모요, 사바 세계(娑婆世界)의 속된 경관을 뛰어넘으며, 사위성(舍衛城)의 기원정사(祇園精舍)와 견주어도 손색이 없을뿐더러, 온 천하의 어떤 상찰초제(上刹招提)[13]에 비하여도 뒤떨어지지 않을 만큼 훌륭한 도량이었다.

홀연 다보대(多寶臺) 쪽에서 염불을 외는 소리가 장엄하고도 우렁차게 들려왔다. 관음보살은 곧장 그리로 다가갔다. 가서 보니, 과연 금선자의 명철하고도 지혜로운 옛 모습을 또렷이 알아볼 수 있었다.

이런 시가 있다.

> 삼라만상이 밝고 깨끗하여 한 점의 티끌마저 끊어버리고,
> 성대한 전례에 현장 법사 다보대 높은 자리에 앉아 있다.
> 초생(超生)을 받으려는 외로운 넋들이 남모르게 몰려와,
> 높으신 법사의 강론을 귀담아듣는다.
> 보시할 물건은 기심(機心)에 응하나, 갈 길은 아득히 멀고,
> 세상에 태어남도 뜻에 따라 감추어진 문이 열린다네.
> 마주 바라보니 강론하는 것은 무량법(無量法)이요,
> 늙은이 젊은이 사람마다 가슴 활짝 열어놓고 기쁘게 듣는구나.

또 다른 시도 있다.

---

[13] 상찰초제: 상찰(上刹)은 크고 유명한 사원이란 뜻. '초제(招提)'는 cāturdīśa의 음역으로, '사방의 사람', 즉 한 곳에 머무르지 않고 떠돌아다니며 수행하는 승려를 말한다. 이들은 집이나 한 곳에 머무르는 일 없이 온 세상을 자기 집으로 삼고 있다는 데서 비롯된 말이다.

법계의 강당에서 유람하였으니,
만나본 옛 모습을 알만하고 속지 않음 역시 한결같도다.
눈앞에 천만 가지 일을 다 이야기하고도,
속진의 겁에 많은 공덕을 또 이야기하네.
법운(法雲)은 산악처럼 쌓인 죄업을 받아들여 풀어주고,
가르침의 그물을 널리 펼치니 아득한 허공에 가득 차누나.
인간의 삶을 조심스레 가다듬어 선념으로 돌아가게 하니,
하늘에서 붉은 꽃이 빗발처럼 떨어지네.

다보대 위의 현장 법사, 죽은 이들을 초도하기 위하여 『수생도망경(受生度亡經)』을 한참 읽고 나더니, 그 다음에는 태종을 위하여 국태민안을 비는 『안방천보록(安邦天寶籙)』을 읽고, 마지막으로 모든 중생들에게 공덕을 닦으라고 권면하는 『권수공권(勸修功卷)』을 읽어 내리기 시작했다.

바로 이때였다. 관음보살이 그 앞으로 선뜻 다가서더니, 손바닥으로 다보대의 모서리를 후려치면서 매섭게 고함을 질렀다.

"이보게 화상! 그대는 '소승 교법(小乘敎法)'만 떠드는데, '대승 교법(大乘敎法)'은 얘기할 줄 모르는가?"

그 말을 듣는 순간 현장 법사는 속으로 크게 기뻐하면서 냉큼 다보대 아래로 뛰어내리더니, 관음보살을 향해 손을 번쩍 들었다.

"노사부님! 불초 제자가 몰라뵈온 죄를 용서하십시오. 지금 이곳에 있는 스님들이 아는 것은 '소승 교법'뿐이요, '대승 교법'이란 무엇이며 또 그것을 어떻게 가르쳐야 하는지, 전혀 모르고 있습니다."

보살이 그를 일깨워준다.

"그대의 소승 교법만으로는 망자를 건져서 승천하게 할 수 없다. 소승 교법은 그저 속된 것과 뒤섞인 화광(和光)이라고나 할 것이다. 내게는 대승 불법(大乘佛法) 삼장(三藏)이 있어 망자들을 초도하여 승천시킬 수 있으며, 어려운 고난에 빠져 허덕이는 중생들을 벗어나게 할 수 있을 뿐만 아니라, 한없는 수명으로 몸을 닦게 할 수 있으며, 무래무거(無來無去), 오는 것도 없고 가는 것도 없는 일을 할 수도 있게 한다."

관음보살이 현장 법사를 붙들고 얘기를 하고 있으려니, 절간을 순찰하면서 분향하러 온 참배객들을 단속하던 관원이 그 광경을 보고 황급히 태종에게 달려가 아뢰었다.

"폐하께 아뢰오! 도승강 법사가 한창 묘법을 강론하는 도중에, 문둥병 걸린 행각승 두 사람이 불쑥 나타나 무엄하게도 법사를 끌어내리더니, 허튼 수작으로 시비를 걸고 있사옵니다."

태종은 노발대발, 당장 그 못된 것들을 붙잡아 대령하라는 어명이 떨어졌다.

이윽고 숱한 관원들이 거렁뱅이 행각승 둘을 붙잡아 법당 뒷문으로 떠밀고 들어갔다. 두 사람은 태종 황제를 보고도, 손가락 하나 까딱하지 않았으며 천자를 뵈옵는 예절도 올리지 않은 채, 고개를 바짝 쳐들고만 있었다.

"폐하, 무슨 일로 저를 부르셨나이까?"

그제야 태종도 이들을 알아보았다.

"그대는 전날 짐에게 가사와 석장을 선물한 화상들 아닌가?"

"바로 그러하오이다."

"이곳에 설법을 들으러 왔으면 듣고 잿밥이나 얻어먹고 돌아가면 그만일 텐데, 어째서 우리 법사의 강단을 어지럽혀 내 불사를 그르치는고?"

"저 법사의 강론은 소승 교법이라, 망자를 천도하여 하늘에 오르게 할 수 없습니다. 빈승에게는 부처님의 대승 교법이 있사와, 망자들을 고통스러운 환란에서 해탈시켜 끝없는 수명을 누리게 할 수 있나이다."

태종은 그 말을 듣자 얼굴빛을 가다듬고 기뻐하며 다시 물었다.

"대승 교법이라니, 그것이 어디 있는가?"

"대서천(大西天)에 있는 천축국(天竺國) 대뇌음사(大雷音寺), 우리 부처님 석가여래께서 계신 곳에 있습니다. 그것은 온갖 억울함과 원한의 마디를 풀어줄 수 있으며, 무망(無妄)의 재난을 사라지게 할 수 있습니다."

"그대는 그 대승 교법을 기억하고 있는가?"

"기억합니다."

태종은 크게 기뻐하며 당장 분부를 내렸다.

"법사에게 이 스님을 인도하여 다보대에 올려 모시고 강론시키도록 하라!"

관음보살은 안내를 받을 것도 없이 목차 행자를 데리고 높은 강대 위로 훌쩍 날아 올랐다. 그리고 나서 마침내 상서로운 구름을 딛고 하늘 꼭대기에 까마득히 오르더니, 비로소 본모습을 드러냈다. 버들가지가 꽂힌 정병을 떠받들고 구름 위에 우뚝 선 자태, 그것은 중생의 고난을 들어 구해주시는, 대자대비하신 관세음보살의 모습이었다. 그 왼편에도 어느새 본 모습으로 돌아온 목차 혜안 존자가 철곤을 쥐고 위엄 있게 서 있었다.

태종은 기쁨을 이기지 못하여 하늘을 우러른 채 하염없이 예배를 올렸다. 천자가 절을 하니, 문무 백관에 황후 비빈들 또한 땅에 엎드려 분향을 했다. 이리하여 화생사 절간에 있는 모든 승려와 비구니에서부터 도사, 속인, 선비, 장인(匠人), 장사꾼에 이르기까지 어느 한 사람도

서유기 제2권 **89**

절을 올리고 기도하지 않는 이가 없었다.

"보살님이 강림하셨다!…… 나무관세음보살! 나무관세음보살!……"

이 광경을 증명하는 시구가 있다.

상서로운 노을이 산산이 흩어지고, 상광은 법신을 보호하니,
까마득한 하늘 화려한 은하수 한가운데, 진인(眞人)이 여성의 모습으로 나타났도다.
보살은 머리에 모자를 썼는데, 황금 잎새 단추에 취록색 꽃떨기를 깔아,
금빛이 번쩍번쩍 빛나고, 예리한 기운이 돋아나는 영락을 늘어뜨렸다.
몸에 걸친 것은 담담한 빛깔에 엷디엷은 장식물,
금빛 황룡이 도사리고 채색 봉황이 날아가는 소박한 쪽빛 바탕의 도포요,
앞가슴에 걸린 환패(環珮)는, 명월을 마주 대하고 청풍이 춤을 추며,
보석과 진주를 섞고 취옥(翠玉)을 박아 향기롭기 그지없다.
허리에 두른 것은, 빙잠사(冰蠶絲) 고운 실에 금빛 테두리를 둘러 짰으며,
채색 구름에 오르고 요해(瑤海)를 재촉하는 금수(錦繡) 융단 치마일세.
면전에는 또 하나, 동양 대해를 날고 보세(普世)에 유람하며,
은혜를 감사히 여기고 효도를 행한다는
누른 깃털 붉은 부리의 하얀 앵무새가 날고 있다.

손바닥에 떠받든 것은 은혜를 베풀고 세상을 구제하는 보배로운 정병 하나,
　병에 꽂힌 것은 푸른 하늘을 말끔히 씻고 큰 죄악 물리치며,
　안개와 같은 미혹의 잔영을 쓸어버리는 버들가지 하나라네.
　옥환(玉環)은 수놓인 단추를 꿰고, 금빛 연꽃은 발아래 깊으니,
　삼천 세계 출입을 허락하는 이 누구뇨? 이가 바로 구고구난하시는 관세음보살이다.

누구보다 기뻐한 사람은 당태종. 그는 하루 한 시도 마음을 놓지 못하던 천하 강산마저 깨끗이 잊어버렸다. 문무 백관들 역시 황홀경에 흠뻑 도취하여 조배(朝拜)를 해야 한다는 생각조차 못 할 지경이었다. 빈부 귀천을 따져볼 것도 없이, 모두들 그저 '나무관세음보살'만 외느라 정신이 없다. 태종은 즉석에서 전지를 내려, 단청(丹靑, 그림)에 절묘한 솜씨를 지닌 화가를 불러들이더니, 그 자리에서 관세음보살의 참된 현신상(現身像)을 그려내게 하였다. 천자의 분부가 한마디 떨어지기 무섭게 뽑혀 나온 사람이 오도자(吳道子),[14] 신상과 성인의 초상화를 도맡아 그리기로 명성 높은 당대의 명화가요, 훗날 능연각(凌煙閣)에 공신상(功臣像)을 그린 솜씨로 역사에 그 이름을 남긴 사람이다. 어명을 받은 오도자는 그 즉시 묘필을 휘둘러, 관음보살의 진신상을 한 폭 그려냈다.

시간이 얼마나 흘렀을까. 관세음보살을 태운 구름이 점점 멀어지는

---

14 오도자: 중국 명화가의 한 사람. 생몰 연대는 미상. 당나라 초기 장욱(張旭)·하지장(賀知章)의 문하에서 서법을 배우다 회화(繪畵)로 바꾸어 20세도 못 되어 성취했다고 한다. 궁정 화가로 들어가 이름을 도현(道玄)으로 고쳤으며, 불교와 도교의 인물과 종교화에 탁월한 솜씨를 발휘하여, 「지옥변상도(地獄變相圖)」「종규도(鍾旭圖)」(제6회 주 **5** 참조)와 같은 불후의 걸작을 남겼으며, 중국 역사상 고개지(顧愷之)·육탐미(陸探微)·장승요(張僧繇)와 더불어 4대 명화가로 손꼽히고 있다.

가 싶더니, 눈 깜짝할 사이에 아무것도 보이지 않았다. 그러나 곧이어 반공중에서 종이쪽지 한 장이 나풀나풀 떨어져 내렸다. 쪽지에는 송사(頌辭) 몇 마디가 또렷이 적혀 있었다.

　　대당나라 군주께 예를 갖추어 올리오니, 서방 세계에는 오묘한 글이 있나이다.
　　그 여정은 십만 팔천 리, 삼가 대승 교법을 정중히 바치오리다.
　　부처님의 경문을 귀국에 가져오시면, 원귀들을 초생하여 무리에서 벗어나게 할 수 있나이다.
　　만일에 가려는 자 있사옵거든, 정과를 구하여 금신(金身, 부처)이 되오리다.

　　쪽지를 읽고 난 태종은 그 즉시 모든 승려들에게 다음과 같은 명령을 내렸다.
　　"수륙대회는 잠정적으로 중지하겠다. 짐이 사람을 서방 세계에 보내『대승경(大乘經)』을 가져오고 나서, 다시 성심성의를 다하여 수륙대회를 베풀고 거듭 선과(善果)를 닦도록 하겠노라."
　　대소 관원들 가운데 그 어명에 따르지 않을 자는 하나도 없었다.
　　태종은 다시 절간 안에 있던 승려들을 돌아보고 이렇게 물었다.
　　"그대들 중에 누가 짐의 뜻을 받들어, 서천으로 가서 부처님을 뵙고 경을 얻어오겠는가?"
　　미처 말끝이 다 떨어지기도 전이었다. 곁에서 현장 법사가 선뜻 나서더니, 천자 앞에 무릎 꿇어 공손히 예를 올리고 아뢰었다.
　　"빈승이 재주는 없사오나, 견마지로(犬馬之勞)를 다 바쳐서 폐하를 위하여 진경(眞經)을 얻어다가, 우리 임금의 천하 강산이 영원토록 견고해지기를 기원하겠나이다."

태종은 크게 기뻐하면서 앞으로 나서더니, 손수 법사를 부축해 일으켰다.

"법사가 그토록 충성을 다하여 십만 팔천 리나 된다는 머나먼 길에 산을 넘고 물을 건너야 할 것을 두려워하지 않고 가주겠다면, 짐은 이 자리에서 그대와 의형제를 맺겠노라."

현장은 이마를 조아려 그 은혜에 사례했다.

태종은 역시 어질고 덕이 높은 군주라, 그 즉시 법당으로 들어가더니 부처님 앞에서 현장과 네 번 맞절을 나누어 의형제를 맺었다. 그리고 한마디 불렀다.

"어제 성승(御弟聖僧)!"

만승천자(萬乘天子)와 의형제를 맺었으니, 현장 법사는 감동을 이기지 못하여 목이 메었다.

"폐하, 소승에게 무슨 덕이 있으며 능력이 있기에 이 같은 천은으로 돌보시나이까? 이제 길을 떠나오면 이 한 몸 던져 노력하와, 무슨 일이 있더라도 곧바로 나아가 기어코 서천에 당도하겠나이다. 서천에 이르지 못하고 진경을 얻지 못한다면, 죽는 한이 있어도 귀국하지 않고 영원히 벌받는 지옥에 떨어지오리다."

말을 마친 그는 부처님 앞에 향을 꽂아 그것으로 맹세의 증거를 삼았다.

태종은 몹시 기뻐하면서 즉각 난여를 돌려 환궁할 것을 명하고, 길일 양진 좋은 날짜를 따로 잡아 통행 문첩을 내어줄 테니 그때 떠나라고 당부했다.

태종이 환궁하자, 수륙대회에 참석했던 사람들도 모두 저 갈 데로 흩어졌다.

현장 법사 역시 홍복사로 돌아갔다. 몇몇 제자와 본찰의 스님들은 현장 법사가 경을 가지러 머나먼 서천으로 떠난다는 소식을 전해 듣고, 부리나케 달려와 물었다.

"사부님, 서천에 가시겠노라고 맹세까지 하셨다는데, 그게 사실입니까?"

"그래, 사실이다."

"사부님! 전에부터 남들이 하는 말을 들으면, 서천 땅으로 가는 길이 아득하게 멀고 또 호랑이와 표범 같은 맹수에 요괴 마귀들이 곳곳마다 득시글거린다던데, 그런 곳을 어떻게 가시겠다는 말씀입니까? 아무래도 한번 떠나가신 뒤에 목숨을 보전 못 하시고 영영 돌아오지 못하실까 걱정됩니다."

"나는 부처님 앞에 서약을 했다. 진경을 가져오지 못하면 영원히 벌받는 지옥에 떨어지겠노라고. 임금의 넓고 두터우신 은총을 입었으니, 충성을 다 바쳐 나라에 보답하지 않을 수 없는 터, 내 대답은 그뿐이다. 이번에 떠나는 여행길이 나로서도 정말 길할 것인지 흉할 것인지, 아득하기만 하다."

현장은 여기서 한숨을 돌린 다음, 말을 이었다.

"내가 떠난 뒤에 이 년이 되든 삼 년이 되든, 아니면 육칠 년이 되든, 저 산문 안쪽에 서 있는 소나무 가지들이 동쪽으로 향하거든, 내가 돌아오는 줄로 알 것이요, 그렇지 않다면, 내가 단연코 돌아오지 않는 줄로 알아라."

제자들은 이 말 한마디 한마디를 가슴속 깊이 새겨두었다.

다음날 이른 아침, 태종은 조회를 열고 문무 백관을 소집한 자리에서 경을 가지러 떠나는 사람에게 내려줄 문첩을 작성하게 하고, 통행 증명란에 당나라 황제의 보인(寶印)을 찍었다.

이때 천문을 관찰하는 흠천감(欽天監)이 아뢰었다.

"폐하, 오늘이 누구에게나 길한 날이오니, 먼길을 떠나도 좋을까 하나이다."

태종은 크게 기뻤다.

그런데 궁궐 문에서 전령 역할을 맡은 황문관이 또 들어와 아뢰었다.

"폐하, 어제 법사께서 궐문 밖에 당도하여, 성지가 내리기를 기다리고 있나이다."

"어서 속히 들게 하라!"

현장 법사가 금란보전에 들어오니, 태종은 반겨 맞았다.

"여보게 아우, 오늘이 여행을 떠나는 데 썩 좋은 날이라 하네. 이것은 통관 문첩(通關文牒)일세. 또 한 가지, 짐이 자금(紫金)으로 만든 바리때를 한 개 줄 테니 가는 도중에 동냥을 하는 데 쓰도록 하게. 그리고 먼길에 같이 따라가면서 시중을 들어줄 종자 두 사람과 탈것으로 쓸 준마 한 필을 내려주겠네. 그러니 이제 떠나도 될 것일세."

현장 법사는 기뻐 어쩔 줄 모르면서, 그 자리에서 사은례를 올리고 하사품을 받아 들고 하나하나씩 챙겨 넣었다. 짐 보따리를 챙기는 품으로 보건대, 머뭇거릴 생각이 전혀 없는 듯싶었다.

태종은 어가를 대령시키더니, 여러 신하들을 대동하고 관문 밖에까지 전송을 나갔다. 그곳에는 벌써 홍복사의 스님들과 제자들이 현장 법사의 겨울 옷하며 무더위에 갈아입도록 여름 옷을 꾸려 가지고 나와 관문 밖에서 기다리고 있었다. 태종은 우선 보따리와 마필을 챙기게 한 다음, 관원을 시켜 술 항아리를 잡게 하고, 술잔을 들면서 현장 법사에게 또 물었다.

"아우님의 아호(雅號)는 어떻게 부르는고?"

현장이 대답했다.

"소승은 출가인이오라, 감히 호를 붙이지 않았사옵니다."

"그날, 보살님이 말씀하시기를, '서천 땅에 삼장경이 있다' 하셨으니, 아우님은 그 경전 이름을 법호로 삼아 '삼장(三藏)'이라 부르는 게 어떻겠는가?"

"황공하나이다!"

현장은 천자가 건네는 어사주 술잔을 두 손에 받아 들기는 했으나, 마음이 썩 내키지 않는다.

"폐하, 술은 승가에서 제일 삼가야 하는 것이오며, 소승도 이 세상에 태어난 이래 술을 마셔본 적이 없사옵니다."

그래도 태종은 굳이 권했다.

"오늘은 여느 때와 다르지 않는가? 한번 떠나면 언제 다시 만나게 될지 모르는데…… 그리고 이건 과일로 빚은 소주(素酒)일세. 한 잔 마셔서 짐이 성의를 다하여 떠나보내는 석별의 정을 받아주면 고맙겠네."

삼장 법사가 그 정성을 어기지 못하고 술잔을 받아 마시려 할 때였다. 태종은 고개를 숙이고 두 손가락으로 땅바닥에서 흙을 조금 집어들더니, 술잔 속에 툭 털어 넣었다. 삼장 법사가 그 뜻을 몰라 어리둥절하려니까, 그는 껄껄 웃으면서 이렇게 물었다.

"여보게 아우, 이제 떠나면 서천에서 어느 때에나 돌아오겠는가?"

삼장 법사는 무심코 대답했다.

"한 삼 년이면 고국에 돌아올 수 있을 것입니다."

"세월은 일구월심(日久月深)이니 오래 걸리겠고, 산천의 길은 멀고 아득한 법. 그대에게 이 술을 마시게 하려는 뜻은 다름이 아닐세. 고국 땅의 한 줌 흙을 그리워할지언정, 타향의 만 냥 돈을 탐내지 말라는 뜻이라네."

그제야 태종이 술잔에 흙을 집어넣은 뜻을 알아차린 삼장 법사, 격한 감동을 이기지 못하고 단숨에 한 잔을 마셔 비웠다. 그리고 나서 작별 인사를 올린 그는 홀가분한 마음으로 관문을 벗어나 그 머나먼 여로에 올랐다.

태종은 자꾸만 멀어져가는 그 뒷모습을 하염없이 바라보다가, 마침내 어가를 돌려 환궁했다.

과연 삼장 법사의 앞길이 어떻게 열릴 것인지, 다음 회에서 풀어보기로 하자.

제13회 호랑이 굴에 빠진 삼장 법사, 태백금성이 액운을 풀어주고, 쌍차령에서 유백흠이 삼장 법사 가는 길을 만류하다

크도다. 당태종은 칙명을 내려 어제(御弟)를 봉하고,
흠차사신 현장 법사는 선종(禪宗)을 구하러 떠나갔네.
굳센 마음 갈고 닦아 용의 소굴을 찾으며,
일심전력 영취산(靈鷲山) 봉우리에 오르려 하네.
아득한 국경 너머 지나칠 나라가 몇몇일꼬,
구름에 잠긴 봉우리가 산 첩첩 중첩첩이라네.
이제 어가를 작별하고 서녘 길에 몸을 던졌으니,
부처님의 가르침을 지향하는 뜻이 대공(大空)을 깨우치리.

정관 13년 9월 12일, 당태종과 문무 백관의 전송을 받으면서 장안 도성 관문 밖을 벗어 나온 뒤로, 삼장 법사는 하루 이틀을 쉬지 않고 준마를 치달린 끝에 어느새 법문사(法門寺)에 도착했다. 천하 도승강 대법사가 당도하자, 본찰의 주지 스님 상방 장로(上房長老)는 5백 명이나 되는 승려들을 거느리고 나와 길 양편에 갈라서서 정중히 방장 안으로 맞아들였다.

차 대접을 끝내고 이어서 잿밥이 나왔다. 식사를 마쳤을 때는 어느덧 해가 저물고 날이 어두워졌다. 국경의 밤은 실로 아름다웠다.

그림자 움직이니 은하수 가까워지고, 보름달 해맑은 빛에 티끌 한 점 없구나.

기러기 우짖는 소리 머나먼 하늘가에 들려오고, 다듬이질하는 소리 서쪽 이웃 마을에 울려 퍼지네.

둥지로 돌아가는 산새 마른 나뭇가지에 깃들고, 선승(禪僧)은 범어(梵語)를 강론하도다.

갯버들 방석 깔린 침상 위에, 밤 깊도록 앉아서 날 새기를 기다리는 마음.

등잔불 빛 아래, 스님들이 둘러앉아서 삼장 법사가 서천 땅으로 경을 가지러 가게 된 사유를 자세히 캐어묻더니, 그것이 과연 불문의 법지인가 아닌가를 놓고 의논이 분분했다. 어떤 이는 산길이 높아 넘기가 어렵고 물길도 세차 건너기가 힘들다느니, 어떤 이는 도중에 호랑이와 표범 따위 사나운 들짐승이 많아서 위험하다느니, 또 어떤 스님은 험산준령에 깎아지른 절벽이 가로막혀 넘어갈 수 없기도 하려니와, 악독한 요괴 마귀 떼가 들끓어 굴복시키지 못할 것이라는 등 여러 말이 많았다.

그러나 삼장 법사는 입을 꾹 다문 채 아무 말도 하지 않고, 그저 손가락으로 제 가슴만 가리켜 보이면서 두어 번 고개를 끄덕였을 따름이었다.

스님들은 그게 무슨 뜻인지 몰라, 합장을 하고 물었다.

"법사님, 손가락으로 왼쪽 가슴을 가리키고 고개를 끄덕이셨는데, 그게 무슨 뜻입니까?"

삼장이 비로소 입을 열었다.

"마음에 잡념이 생기면 온갖 마성(魔性)이 생겨나고, 마음에 잡념을 끊으면 온갖 마성도 멸하게 되는 법,[1] 나는 이미 화생사에서 부처님께 철석같이 맹세한 몸이오. 그러니만큼 내 온갖 정성을 다하여, 서천으로 나아가 부처님을 뵈옵고 경을 얻어오지 않으면 아니 되오. 그래서 우리 부처님의 법륜을 온 세상에 두루 전파하고, 거룩하신 우리 주상 폐하의 강토를 반석과 같이 영원토록 굳게 다질 것이오."

스님들은 삼장 법사의 그 말에 부러움을 금치 못하고 한결같이 찬탄해 마지않았다.

"과연 일편단심, 충성스러운 대천 법사님이십니다!"

그들은 현장 법사를 잠자리에 모셔 편안히 쉬게 하였다.

어느덧 그 밤도 지나고 달이 기울더니, 죽비(竹篦)를 때리는 소리와 함께 새벽닭이 홰를 쳐서 날이 밝았음을 알렸다. 새벽 구름이 자욱한 가운데, 법문사 스님들은 잠자리에서 털고 일어나 찻물을 끓이랴, 아침밥을 지으랴 부산을 떨었다.

현장은 가사를 걸쳐 입고 정전 법당에 올라가 부처님께 예배를 드렸다.

"불초 제자 진현장, 진경을 받으러 이제 서천으로 나아가는 길이오나, 범태육골의 눈은 있어도 우매하여 활불의 참된 모습을 보지 못하나이다. 이제 가는 도중에 사찰이 있으면 향을 사르고 부처님을 만나뵈오면 배례를 올릴 것이며, 불탑을 보는 대로 소제할 것을 맹세하오니, 바라옵건대 우리 부처님은 자비를 베푸시어 하루속히 일 장 육 척 금신을 드러내시고 진경을 내려주셔서, 이를 동녘 땅에 길이 전하여 남게 하소서."

축원을 마친 그는 방장으로 들어가 아침 식사를 들었다. 조반을 끝

---

1 마음에 잡념이 생기면…… 온갖 마성도 멸하게 되는 법: 원문은 "心生, 種種魔生, 心滅, 種種魔滅"이며, 불교 선종(禪宗) 『고존숙어록(古尊宿語錄)』의 기본 교리에서 따온 대목이다.

내자, 두 종자들이 말 위에 안장을 올리고 뱃대끈을 단단히 묶은 다음, 길 떠나기를 재촉했다.

산문을 나선 삼장 법사, 하루 저녁을 대접해준 스님들과 작별 인사를 나누었다. 그래도 법문사 스님들은 차마 이대로 헤어지기 서운하여 10리 밖까지 배웅하러 나온 끝에 눈물을 글썽거리며 발길을 되돌렸다.

삼장 법사는 힘차게 서쪽을 바라고 앞서 나아갔다.

때는 바야흐로 늦가을철, 산중의 경치는 썰렁하기 짝이 없었다.

산촌 마을 두세 군데, 나뭇잎 떨어지고 갈대꽃 부서지니,
몇 그루 단풍나무 버들 잎새도 붉게 물들어 떨어진다네.
가는 길에 이슬비 촉촉이 내릴 뿐, 옛 사람의 자취 드물고,
황국의 고운 자태 앙상한 바위 더미는 수척한데,
차디찬 냇물에 연꽃이 흩어지니, 보는 이의 마음도 초췌해진다.
하얀 마름꽃 붉은 여뀌에 차가운 서리 내려 덮이고,
뉘엿뉘엿 지는 저녁노을에 외로운 집오리 떼 머나먼 하늘에서 곤두박질.
벌판에는 드문드문 옅은 구름장 흩날리니,
제비는 강남으로 날아가고 나그네 기러기는 북녘으로 돌아오는데,
떠나고 오며 우짖는 소리, 이른 밤하늘 정적을 깨뜨리네.

스승과 제자는 며칠을 나아간 끝에 공주성(鞏州城)에 다다랐다. 파발마를 통해 미리 전갈을 받았던 공주 소속 관리들은 일행을 맞아 성안으로 모셔들였다. 하룻밤을 편안히 쉰 그들은 이튿날 아침 일찍 성문을 나서서 또다시 여로에 올랐다. 길 가는 도중, 시장하면 밥 지어 먹고 목

마르면 물을 찾아 마시며, 날이 어두워지면 잠잘 데를 찾아 묵고 이른 새벽이면 길을 떠났다. 이렇듯 사나흘쯤 가다 보니, 또 하주위(河州衛)[2]에 당도했다. 그곳이 바로 당나라 국경 지대였다.

변경의 수비 책임을 맡은 총병(總兵)과 그 지역 승려들은 흠차사신(欽差使臣) 어제 법사 일행이 서방 세계로 부처님을 뵈러 간다는 소문을 전해 듣고, 모두들 공경하는 마음이 크게 일어 성심성의껏 맞아들이고 접대했으며, 필요한 물품을 공급해주는 한편으로 현지 승려들을 시켜 복원사(福原寺)로 안내하여 그 밤을 편히 쉬게 하였다. 절간의 승려들도 일일이 찾아와 인사를 드리고 저녁 식사를 극진히 대접해주었다.

식사를 마치자, 그는 종자 두 사람에게 날이 밝는 대로 떠날 수 있도록 마필을 배불리 먹여두라고 분부했다. 그리고 이튿날 새벽닭이 홰를 치기가 무섭게 종자들을 조용히 깨웠는데, 절간 스님들 역시 그 바람에 놀라 깨어 뜨거운 찻물 끓이랴 세숫물 대령하랴 아침밥 지어다 바치랴, 한바탕 부산을 떨었다. 조반을 끝낸 일행은 곧바로 국경 지대를 벗어나 미지의 세계로 들어서는 첫발을 내딛었다.

서천을 향하는 삼장 법사의 마음이 조급한 탓인가, 길 재촉을 한다는 것이 너무 일찍 일어난 모양이다. 때는 바야흐로 늦가을철, 새벽닭이 홰를 친 것은 미처 4경(四更, 2시)도 채 못 된 꼭두새벽이었다. 주종 세 사람에 타고 가는 마필까지 포함해서 일행 넷이 맑고도 차가운 서리를 맞아가며 밝은 보름달 아래 수십 리를 나가다 보니 어느 산기슭 아래 접

---

2 공주성 · 하주위: 공주(鞏州)는 지금의 감숙성(甘肅省) 농서(隴西) · 장현(漳縣) · 무산(武山) 일대. 하주위는 감숙성 임하(臨夏) 동북 일대로 지금의 조하(洮河) 중-하류, 대하하(大夏河) 상류, 황수(湟水)의 하류, 상원(桑園)-적석(積石) 협곡 사이로 흐르는 황하의 상류 지역에 해당하며, 400년경에는 유목 민족 투유훈(吐谷渾)의 영토로, 당나라 때(600년)에는 투르판(吐蕃)의 영토로 귀속되어, 당나라 국경과 인접한 지역이다.

어들었는데, 이리저리 풀섶을 헤쳐가며 길을 찾았으나 산길은 좀처럼 나타나지 않고, 가는 곳마다 말도 못 하게 험악한 골짜기 아니면 가파른 등성이뿐이라 걷기가 무척 힘들었다. 아무리 생각해도 길을 잘못 찾아든 모양이었다. 이래서 진퇴양난, 오도가도 못 하고 헤매던 끝에 갑자기 두 다리가 푹 빠지더니, 일행 넷은 그만 가파르게 경사진 동굴 속으로 떨어지고 말았다.

삼장 법사는 당황해서 어쩔 바를 모르고 종자들은 겁에 질려 부들부들 떨고만 있었다. 이렇듯 넋이 빠져 제정신을 차리지 못하고 있는 판에, 이번에는 동굴 안쪽에서 난데없이 고함치는 소리가 쩌렁쩌렁 들려오는 것이 아닌가!

"으아아! 저놈들, 잡아라!…… 놓치지 말고 잡아라!"

그 다음에는 일진광풍, 무시무시한 돌개바람이 휘몰아 닥치더니, 바람결 속에서 5, 60마리나 되는 요괴들이 나타나, 흡사 솔개가 발톱으로 병아리 낚아채듯 단숨에 일행을 모조리 붙잡아 어디론가 끌고 갔다.

삼장 법사는 전전긍긍, 두려운 가운데에서도 곁눈질로 앞쪽을 훔쳐보다가, 저도 모르게 숨을 혹 들이켜고 말았다. 눈앞의 단상 위 상좌에 흉악스럽기 짝이 없는 마왕 하나가 떡 버티고 앉아 있었던 것이다.

위풍 서린 몸집 늠름하기 이를 데 없고, 기세 사나운 모습 당당하기 비할 데 없다.

번갯불 같은 눈망울에 매서운 광채 드날리고, 우레 치는 목소리 사면 팔방 뒤흔드네.

톱니 같은 이빨이 입술 밖에 삐쳐 나오고, 뻐드러진 송곳니 두 뺨마저 가리울 판.

비단 폭으로 온몸을 칭칭 휘감고, 얼룩 무늬 반점이 등줄기를

휩쌌는데,

강철 같은 텁석부리 수염에 살점이 드문드문, 갈고리 손톱이 서릿발처럼 날카롭다.

동해의 황공(黃公)³도 두려워 떤다는 그 모습, 남산의 백호(白虎)가 따로 없구나.

삼장 법사는 혼비백산, 종자 두 사람 역시 뼈마디에 맥이 풀리고 오금이 저려 비실비실, 너 나 할 것 없이 벌벌 떠느라고 정신이 하나도 없다. 무시무시한 마왕이 호통쳐서 결박지라 명령하니, 요괴들은 일제히 덤벼들어 동아줄로 세 사람을 꽁꽁 묶느라 부산을 떨었다. 이래서 한 끼니 잡아먹을 채비가 되었는데, 갑자기 동굴 바깥에서 왁자지껄 시끄러운 소리가 들리더니, 누군가 달려와서 보고를 한다.

"대왕님! 웅산군(熊山君)과 특처사(特處士) 두 분께서 오셨습니다."

그 말을 들은 삼장 법사가 고개를 들고 바라보니, 앞장서서 들어오는 것은 얼굴하며 몸통이 시커먼 장한이다.

우락부락, 미련해 보이는 품이 배짱은 두둑할 터, 날렵한 몸매는 기운깨나 쓰는 듯싶고,

냇물을 건널 때는 사나운 뚝심에만 의지할 뿐이요, 숲 속을 치달릴 때에는 노기와 위풍을 내세운다.

언제나 좋은 꿈만 꿀 줄 알더니, 오늘에는 홀로 그 영걸스러운 자태 드러냈도다.

---

3 동해의 황공: 중국 전설에 동해(東海)에 황공(黃公)이란 사람이 술법으로 사나운 호랑이를 길들이는 재주를 지녀 세상의 모든 호랑이들이 그를 두려워하였는데, 늘그막에 기운이 약해지고 또 술을 지나치게 마신 까닭으로 술법을 부릴 수 없게 되자 결국 호랑이에게 잡아먹히고 말았다 한다.

푸른 나뭇가지 휘어잡아 꺾는 솜씨 지녀, 어려울 때 철기 바뀜을 누구보다 먼저 알고,
나타나야 될 곳을 정확히 알아맞히니, 그래서 별명도 산군(山君)이라 부른다네.

뒤따라 들어서는 친구를 보니, 뚱뚱보에 생김새 또한 그야말로 가관이다.

절벽같이 매끄러운 쌍뿔 관(雙角冠)에, 꾸부정한 두 어깨가 불쑥 돋아 나왔는데,
점잖은 성품에 푸른 옷 즐겨 입고, 느릿느릿 내딛는 걸음걸이 무디기 짝이 없다.
족보에 아비 이름은 '거세한 황소(牯)'요, 원래 어미 이름은 '암소(牸)'라지만,
논밭을 가꾸는 데 큰 공로 있어, 그 이름을 특처사라고 붙였다네.

두 요괴가 거들먹거리면서 안으로 들어서자, 마왕은 부랴부랴 달려 나가 마중을 했다.

웅산군이 먼저 수작을 걸었다.

"여어, 인장군(寅將軍)! 언제 보아도 세월이 좋으시니, 축하드려야겠소."

뒤이어 특처사가 한마디를 더 보탠다.

"인장군은 언제나 신수가 훤하시단 말씀이야. 나도 축하를 드려야겠어!"

마왕이 응대를 한다.

"두 분께선 어떻게 소일하고 계시오?"

"나야 늘 분수나 지키면서 살지 뭐."

검둥이가 이렇게 대답하니, 뚱뚱보 특처사도 덩달아 얼버무린다.

"나 역시 그렁저렁 나날을 보내고 있소."

인사치레가 끝나자, 세 요괴는 저마다 자리를 잡고 앉아 담소를 나누기 시작했다.

이때 결박당한 두 종자가 너무 옥죄어 묶인 것이 아파 비명을 질러 댔다. 그것을 보고 시커먼 녀석이 마왕에게 물었다.

"저 세 녀석은 어디서 붙잡아온 거요?"

"제 발로 걸어 들어온 것들을 붙잡았소."

그러자 뚱뚱보 특처사가 입맛을 다셨다.

"한턱내시면 안 되겠소?"

"그야 물론이지! 한턱내고말고요."

주인은 선선히 응낙하는데, 손님 웅산군이 다시 제안을 했다.

"한꺼번에 다 잡아먹을 수야 있나. 우선 두 놈만 잡아먹고, 하나쯤은 남겨두는 게 좋을 듯싶구먼."

"좋은 말씀! 그렇게 합시다."

인심 좋은 마왕, 그 즉시 좌우 측근에게 명령을 내려 종자 두 사람을 끌어내더니, 배를 가르고 심장을 꺼낸 다음, 시신을 토막토막 자르게 했다. 그리고 머리통과 심장은 두 손님에게 바치고, 팔다리 사지는 자기가 먹고, 나머지 살점 붙은 뼈다귀는 부하 요괴들에게 나누어 먹였다. 우두둑우두둑 뼈를 씹어 삼키는 소리, 살점을 뜯고 혓바닥을 핥는 쩝쩝 소리, 마치 사흘 굶주린 호랑이가 새끼 양을 잡아먹듯 그야말로 눈 깜짝할 사이에 두 종자는 요괴들에게 깡그리 잡아먹히고 말았다. 그 처참한 광경에 삼장 법사는 놀라 자빠지다 못 해 까무러쳐서 죽을 지경이 되었다. 이것이 장안 도성을 떠난 이래 첫번째 고난이었을 줄이야……

그가 정신을 못 차리고 허둥거리고 있는 동안, 어느덧 동녘 하늘이 희부옇게 밝아오기 시작했다. 날이 밝아오자, 두 요괴는 자리를 털고 일어섰다.

"오늘 대접 한번 두둑이 잘 받았네. 훗날 우리가 한턱내서 보답함세!"

손님들이 와르르 흩어져 돌아간 뒤, 얼마 안 있어 붉은 아침 해가 높지거니 떠올랐다. 그러나 삼혼칠백(三魂七魄), 넋이 빠질 대로 빠져버린 삼장 법사는 동서남북 주변이 조용해졌는데도 알아보지 못하고 여전히 사경(死境)을 헤매고 있었다.

이때였다. 어디선가 노인 하나가 불쑥 나타나더니, 손에 지팡이를 짚고 삼장 법사가 쓰러진 곳으로 다가왔다. 그리고 손길을 한 번 획 던지자 결박지은 밧줄이 토막토막 모조리 끊어졌다. 이어서 노인은 삼장 법사의 얼굴에 숨결 한 모금을 확 뿜어주었다.

삼장 법사는 그제야 정신을 차리고 일어났다. 누군가의 손길에 구사일생으로 목숨을 건졌다는 생각이 들자, 그는 눈앞의 노인을 향해 무릎 꿇고 엎드려 큰절부터 올렸다.

"고맙습니다, 노인장! 어르신께서 이렇게 소승의 목숨을 건져주시다니, 참으로 고맙습니다!"

노인이 답례를 건네면서 말했다.

"일어나시오. 무엇인가 잃어버린 것은 없소?"

"빈승에게 종자 두 사람이 있었으나, 모두들 요괴한테 잡아먹혔고, 여행 짐 보따리와 마필은 어디 있는지 모르겠습니다."

그러자 노인이 지팡이 끝으로 한쪽 구석을 가리켰다.

"저기, 말 한 필과 보따리가 있지 않소?"

삼장 법사가 고개를 돌리고 바라보니, 과연 자기 물건이 그대로 처박혀 있다. 그는 그제야 마음을 놓고 노인에게 여쭈었다.

"어르신, 여기가 도대체 어디며, 또 노인장께선 어떻게 이런 곳에 계십니까?"

"여기는 쌍차령(雙叉嶺)이란 곳으로, 호랑이와 늑대가 우글거리는 소굴인데, 어쩌다가 이런 데 빠져들었소?"

노인이 되묻자, 그는 자신이 겪었던 사연을 낱낱이 들려주었다.

"빈승은 오늘 새벽닭이 홰를 칠 무렵 하주위 경계를 넘었습니다. 그런데 갈 길을 너무 서둘러 일찍 떠난 것은 좋았으나, 이슬과 서리를 무릅쓰고 여기까지 왔다가 그만 길을 잃고 헤매던 끝에 가파른 동굴 속에 떨어지고 말았습니다. 그러자 흉악스러운 마왕이 나타나서 저희 일행을 붙잡아 결박지었는데, 여기에 또 웅산군이란 검둥이와 특처사란 뚱뚱보가 찾아오더니 마왕더러 인장군이라고 부르면서, 셋이서 저희 종자 두 사람을 잡아먹은 후, 날이 밝아와서야 어디론가 뿔뿔이 흩어져 돌아갔습니다. 천만다행히도 소승은 이렇듯 큰 연분을 만나 노인장 어르신께 구함을 받았으니, 이 얼마나 감사한 일인지 모르겠습니다."

노인이 설명을 해준다.

"특처사란 놈은 들소 요정이고, 웅산군이란 놈은 흑곰의 요정이요, 인장군이란 놈은 늙은 호랑이의 요정이었소. 그놈들 곁에 있던 졸개 부하들 역시 모두가 이 산중에 도사려 앉은 나무 정령들과 이리 늑대 따위 같은 괴수들이 둔갑한 것들이었소. 다만 그대의 본성이 워낙 맑고 깨끗하기 때문에, 놈들도 그대만큼은 잡아먹지 못했던 거요. 자, 길 안내를 해줄 테니, 날 따라오시오."

"고맙습니다! 고맙습니다, 어르신!"

삼장 법사는 연거푸 머리를 조아리면서 짐 보따리를 안장 위에 싣고 말고삐를 단단히 잡은 채 노인의 뒤를 따라 동굴 밖으로 무사히 빠져나왔다. 큰길에 나서자, 그는 말고삐를 한 곁에 묶어놓고 다시 한 번 허리 굽혀 감사의 인사를 드렸다. 절을 올리고 나서 고개를 들어보니, 어느새 노인장은 일진청풍으로 화하여 흰 두루미를 타고 창공 위로 훨훨 날아가고 있었다. 노인이 사라진 후, 종이쪽지 한 장이 바람결에 나풀나풀 떨어져 내리는데, 거기에는 송시(頌詩) 네 구가 적혀 있었다.

나는 바로 서방 세계의 태백금성, 일부러 여기 와서 그대의 생령(生靈)을 구해주었노라.
앞길에는 스스로 도와줄 신명(神明) 있으리니, 고되고 어렵다 하여 경을 가지러 가는 길을 원망하지 말라.

삼장 법사는 송시를 읽고 나서 하늘을 우러러 예배하였다. 감사의 예를 끝낸 그는 다시 말고삐를 잡고서, 홀로 괴롭고도 쓸쓸한 외로운 서행 길에 올랐다.
쌍차령 고갯길은 참으로 험준했다.

차가운 나무 숲에 비바람이 몰아치고, 아찔한 계곡에는 시냇물이 무섭게 흘러내린다.
향기로운 들꽃이 여기저기 활짝 피고, 겹겹으로 포갠 바위 더미가 아찔하게 솟구쳤네.
시끄럽게 우짖는 사슴하며 원숭이 떼, 이리 뛰고 저리 뛰노는 향노루하며 고라니의 무리.
어지럽게 지저귀는 산새 소리에, 인적은 하나 없이 적막하구나.
삼장 법사 금선 장로 불안하여 전전긍긍, 끌려가는 짐승도 겁먹고 앞발굽을 머뭇거리네.

그래도 삼장 법사, 목숨을 내던질 각오로 전진했다. 고개 마루턱을 넘어서 반나절을 갔어도 마을은 좀처럼 나타나지 않고 밥 짓는 굴뚝 연기도 보이지 않았다. 허기진 뱃속에선 쪼르륵 소리, 길바닥은 울퉁불퉁 가시덤불 자갈밭투성이, 한창 다급해서 어쩔 바를 모르는데, 이게 또 웬 날벼락인가. 앞쪽에는 사나운 호랑이가 두어 마리 으르렁대고 뒤를 돌아보니 구렁이와 독사 서너 마리가 똬리 틀고 도사려 앉았다. 어디 그뿐이랴. 좌우 어느 쪽을 돌아봐도 괴수와 독 오른 짐승 떼가 호시탐탐 덮쳐들 기회를 엿보고 있다. 삼장 법사는 혈혈단신 외로운 몸이라, 더 이상 어쩔 도리가 없다. 이래 죽으나 저래 죽으나 죽기는 마찬가지. 그저 마음이나 편히 먹고 천명을 기다릴 수밖에. 준마도 기진맥진, 허리통이 나른하게 풀리고 네 발굽이 꺾여 그 자리에서 꿇어앉은 채 머리통을 처박고 요지부동, 아무리 채찍질을 퍼붓고 잡아끌어도 움쭉달싹 않는다. 이제는 죽어도 묻힐 곳이 없게 맹수의 밥이 될 처지가 되었음을 생각하니, 정말 처량하기 그지없어 모진 운명 신세 타령이나 늘어놓는 수밖에 달리 할 일도 없다.

그러나 하늘이 무너져도 솟아날 구멍은 있다던가. 별안간에 이상한 일이 벌어졌다. 흘끗 앞뒤 눈치를 살펴보자니 저 사나운 호랑이하며 독사 구렁이 떼가 무엇에 놀랐는지 꼬리를 도사리고 슬금슬금 물러나더니, 날쌘 동작으로 냅다 뛰어 어디론지 사라져버리는 것이 아닌가! 어찌 된 영문인가 싶어 주변을 둘러봐도, 호시탐탐 노려보던 괴수와 독 오른 짐승들 역시 어느새 그림자조차 보이지 않는다.

이게 도대체 꿈이냐 생시냐. 삼장 법사는 고개를 들고 산비탈 쪽을 쳐다보았다. 과연! 산기슭 모퉁이에서 한 사람이 달려오는데, 그 기세도 엄청나게 사납고 날쌜 뿐만 아니라 손에는 강철로 만든 작살 한 자루 들고, 허리에는 활과 화살 통을 꿰어차고 있는 품이 여간 헌걸찬 대장부가 아니었다.

머리에는 쑥잎 무늬 얼룩 표범 가죽 모자, 몸에는 양털로 짠 윗도리에 통바지 한 벌.
허리에는 사자 무늬 사만대(獅蠻帶)를 두르고, 두 발에는 큰 고라니 가죽 장화를 신었다.
딱 부릅뜬 고리눈이 영락없는 저승사자요, 텁석부리 수염은 호랑이의 그것보다 더 거칠다.
독약 바른 화살 통이 덜렁덜렁 흔들리고, 점강대차(點鋼大叉) 큰 작살이 손에 들렸다.
뇌성벽력 같은 고함 소리에 맹수들의 간담이 뚝 떨어지고,
용맹스런 그 자태에 들귀신 날짐승 떼가 뿔뿔이 놀라 도망친다.

삼장 법사는 그 사내가 다가올 때까지 기다렸다가, 길 한가운데 무릎 꿇고 엎드려 합장하면서 큰 소리로 외쳐 불렀다.
"대왕님! 사람 살려주시오. 대왕님, 살려주시오!"
이윽고 삼장 법사 앞에까지 다가온 그 사내는 작살을 내려놓더니, 두 손으로 그를 부축해 일으켰다.
"두려워 마시오, 장로. 나는 못된 강도가 아니라, 이 산중의 사냥꾼이외다. 성은 유씨(劉氏), 이름은 백흠(伯欽)이고 별명을 진산태보(鎭山太保)라고 하오. 오늘 아침부터 끼니거리로 쓸 호랑이 두 마리를 뒤쫓고 있었는데, 뜻밖에도 당신을 만나게 된 거요. 너무 놀라게 해서 미안하구려."

이에 삼장 법사도 신분을 밝히고 방금 횡액을 당할 뻔한 사연을 털어놓았다.

"빈승은 당나라 황제의 칙명 사신으로 서천에 가서 부처님을 뵈옵고 경을 얻으러 가던 화상입니다. 방금 여기까지 왔다가 사나운 호랑이와 구렁이 떼에게 앞뒷길을 모두 가로막혀 나가지도 못하고 물러나지도 못하던 참이었는데, 태보 어른이 나타나자, 그놈의 맹수들이 모조리 도망쳤습니다그려. 이렇게 빈승의 목숨을 구해주시다니, 정말 고맙기 이를 데 없습니다!"

"내가 이곳에 살면서 주로 호랑이나 늑대, 구렁이와 독사 같은 맹수들만 잡아서 끼니를 이어가고 있기 때문에, 그놈들도 나만 보면 겁에 질려 꽁무니를 도사리고 도망치는 버릇이 생겼소. 한데 스님이 당나라에서 오셨다니, 결국 나하고는 동향 사람이구려. 이곳은 아직까지 당나라 경계에 속한 지역이니만큼, 나 역시 당나라 백성으로 같은 임금의 땅에서 스님과 같은 물을 마시면서 사는 처지라고 할 수 있소. 그러니 조금도 겁내지 말고 나를 따라오시오. 우리 집에 가서 하룻밤을 푹 쉬고 저 말도 쉬게 한 다음, 내일 아침에 내가 길 안내를 해서 떠나보내드리리다."

그 말을 들은 삼장 법사, 가슴이 뿌듯해질 정도로 기뻐서 유백흠에게 깊숙이 허리 굽혀 감사를 드리더니, 말고삐를 잡아끌고 그 뒤를 따라나섰다.

얼마쯤 갔을까, 산비탈 한 군데를 막 지나쳤을 때였다. 갑작스레 모진 바람결이 휘리릭, 휘리릭 불어닥치기 시작했다. 바람 소리를 듣자, 유백흠은 걸음을 멈추고 귀띔을 해주었다.

"이런! 호랑이란 놈이 나타났군. 스님은 더 나아가지 말고 잠깐만 여기 앉아 계시오. 내가 저놈을 잡아서 저녁 한 끼 잘 대접해드릴 테니까."

 호랑이가 또 나타났다는 말에, 삼장 법사는 겨우 가라앉았던 가슴이 마구 뛰고 두 다리가 벌벌 떨리기 시작했다.
 그러나 진산태보 유백흠은 벌써 작살을 부여잡고 큰 걸음걸이로 휘적휘적 시원스럽게 앞을 향해 나아가고 있었다. 이윽고 얼룩 무늬 백호 한 마리가 정면에 나타났다. 짐승은 유백흠을 보자, 황급히 고개를 돌리더니 그대로 내빼려 하였다.
 이때 벼락 같은 외마디 소리가 쩌렁 울렸다.
 "이 못된 놈, 어딜 달아나려고!"
 호랑이는 도망칠 기회를 놓쳤다 싶었는지 다급하게 되돌아서더니, 앞 발톱을 곤두세우고 으르렁대면서 유백흠을 향해 덤벼들었다. 태보 나으리 유백흠도 작살 잡은 손을 높지거니 치켜들고 마주쳐 나갔다. 아무리 사냥꾼이라고는 하지만, 사람이 호랑이와 같은 맹수를 정면으로 상대하다니, 그게 보통 배짱 가지고 할 짓이랴. 세상에 태어난 이래 이처럼 무섭고도 위험한 광경을 처음 보게 된 삼장 법사, 깜짝 놀라다 못해 그만 오금이 저려 스르르 풀밭에 주저앉고 말았다.
 이리하여 사냥꾼과 호랑이는 산비탈 밑에서 일대 격전을 벌이기 시작했는데, 그야말로 이 세상에 보기 드문 싸움판이었다.

 싸움터 분위기는 노기등등, 모진 돌개바람은 미친 듯이 휘몰아치는데,
 노기등등한 싸움터에 사냥꾼은 뚝심을 뽐내고, 미치광이 돌개바람에 얼룩 무늬 호랑이는 기세를 뽐내고 티끌을 뿜어낸다.
 저편이 아가리를 쩍 벌려 송곳니를 드러내고 앞 발톱 춤을 추니, 이편은 빙그르르 몸을 돌려 잽싸게 피한다네.

하늘을 떠받든 세 갈래 강철 작살, 햇볕 아래 눈부시게 빛나니, 수천 가닥 얼룩진 꼬리가 안개를 휩쓸고 구름장을 흩날린다.

저편의 작살은 앙가슴을 마구 찔러들고, 이편의 송곳니와 두 발톱은 면상을 할퀴어 한입에 삼켜버리려 한다.

선뜻 돌아가는 몸짓에 잘 피해내면 사람으로 다시 태어나겠으나, 정면으로 마주쳤다가는 염라대왕을 만나보기 십상이라네.

들리는 것이라곤 얼룩 범의 포효성에, 진산태보의 사나운 기합 소리,

얼룩 호랑이의 포효성에 산천초목이 흔들려 쪼개지고, 날짐승 길짐승이 놀라서 달아나며,

진산태보의 사나운 기합 소리, 천궁을 활짝 열고 일월성신(日月星辰) 나타내라 호통을 친다.

저편의 금빛 눈동자가 살기를 드러내면, 이쪽은 대담한 배짱에 노여움이 치솟는다.

솜씨 좋은 진산태보 유백흠이 여기 있다면, 터줏대감을 자처하는 산군(山君)이 저기 있으니,

사람과 호랑이가 목숨을 탐내어 승부 다투는데, 자칫 굼뜬 동작 보였다가는 삼혼칠백을 몽땅 날릴 판이라네.

이렇듯 사람과 호랑이가 싸우기를 한 시각 남짓, 어느 결에 호랑이의 발톱 후리기가 차츰 느려지고 허리에 맥이 풀리는가 싶더니, 번쩍 들린 태보의 작살 끝에 앙가슴을 푹 찔려 거꾸러지고 말았다. 호랑이는 불쌍하게도 심장부와 간을 통째로 꿰뚫려 즉사하고, 땅바닥에는 삽시간에 온통 선지피가 질펀하게 흐르고 있었다. 유백흠은 호랑이의 귀를 덥석 잡아 길바닥으로 끌어냈다. 과연 대담무쌍한 남아 대장부, 사나운 호랑

이를 상대로 한 시각 남짓 싸우고 나서도, 얼굴빛 하나 바뀌지 않았다. 유백흠은 삼장 법사를 돌아보고 별것 아니란 듯이 씨익 웃어 보였다.

"잘되었군! 잘되었어. 이놈의 들고양이 한 마리면 장로님 하루 세 끼니 넉넉히 대접해드릴 수가 있겠는걸!"

삼장 법사는 그의 용맹성에 찬탄을 금치 못한다.

"호랑이를 때려잡고도 들고양이라니, 태보님은 정말 산신령이라 하겠소이다!"

"이게 무슨 재주라고, 과찬의 말씀이외다. 여하튼 이게 모두 장로님의 복이라 할 수 있소. 자, 이제 떠납시다. 일찌감치 가서 이놈의 껍질부터 벗겨내고 고기를 푹 삶아서 대접해드릴 테니까."

그는 한 손에 작살을, 또 다른 손으로 호랑이를 끌면서 앞길을 인도했다. 삼장 역시 고삐를 잡고 그 뒤에 따라붙었다. 구불구불 연이은 고갯길을 넘어서니, 산장 한 채가 눈앞에 불쑥 나타났다. 눈에 확 트이는 문전의 경치가 그야말로 볼 만했다.

  해묵은 고목이 하늘을 찌르는데, 거칠디거친 등나무 덩굴이 길바닥을 뒤덮었다.
  아득한 골짜기에 풍진이 냉막하고, 천 길 낭떠러지의 형상이 기이하구나.
  오솔길 내내 들꽃 향기가 몸에 스며들고, 몇 그루 대나무의 그윽한 빛깔이 짙푸르기도 하다.
  이엉 올린 초막, 대나무 울타리 둘러친 뜨락, 절묘한 솜씨로도 그려내기 어렵고,
  돌판 깔린 징검다리에 백토 바른 담벼락이 진정 아름답고 희한하다네.

가을빛은 쓸쓸하고 적막하다지만, 상쾌한 그 기상은 홀로 높다네.

길 곁에 누렇게 시든 낙엽 떨어지고, 영마루에는 흰 구름장 나부끼니,

듬성듬성한 나무 숲 속에는 산새 지저귀는 소리, 산장 문 밖에는 강아지 왈왈 짖어대는 소리.

"애들아! 어디 있느냐?"

문턱에 다다르자, 유백흠이 죽은 호랑이를 털썩 던져놓고 안쪽에다 대고 외쳐 부른다. 조금 후에 머슴인 듯싶은 동자 녀석 서넛이 걸어 나오는데, 생김새가 하나같이 추접스럽고 괴상해 보였다. 어린 머슴들은 앞서거니 뒤서거니 끌고 당기면서 호랑이를 떠메고 안으로 들어갔다.

"그놈 껍질을 잘 벗기도록 해라. 벗긴 껍질은 그늘에 말리고, 고기는 삶아서 귀한 손님 대접을 해야겠다."

분부를 마친 유백흠이 다시 삼장 법사를 데리고 안채로 들어가더니, 새삼스럽게 인사를 나누었다. 삼장은 목숨을 구해 받은 은덕에 거듭 감사를 드렸다.

"불쌍한 이 목숨을 구해주신 두터운 은혜, 무어라 감사의 말씀을 드려야 좋을지 모르겠습니다."

"됐어요, 됐어! 동향끼리 그만한 걸 가지고 무슨 인사치레가 그리 많소?"

유백흠은 겸연쩍게 손을 내저었다. 그리고 함께 자리 잡고 앉아서 차를 마시는데, 노파 한 분이 며느리를 데리고 나오더니, 삼장에게 인사를 드리게 했다.

"저희 모친이시오. 그리고 이쪽은 내 처요."

집안 식구 소개를 받은 삼장이 얼른 자리를 비켜섰다.

"이리 앉으셔서 소승의 절을 받으십시오."

노파가 사양을 한다.

"먼길에 오시느라 고생하셨을 텐데, 무슨 절까지 한단 말이오? 장로님, 인사치레는 접어두고 우리 그냥 앉읍시다, 앉아요!"

유백흠은 어머니에게 삼장 법사를 소개했다.

"어머니, 이 스님은 당나라 황제의 칙명 사신으로 서천에 가서 부처님을 뵙고 경을 얻으러 가시는 분입니다. 좀 전에 고갯마루에서 저와 만났는데, 같은 나라 분인 것을 생각해서 하룻밤 모셔다가 쉬게 해드리고, 내일 아침에 길을 안내해서 떠나보내드릴까 합니다."

그 말을 듣자, 노파는 기뻐서 어쩔 줄을 몰랐다.

"애야, 그것 참 잘되었구나! 잘되었어! 때마침 내일이 너희 아버님의 기일 아니냐? 그러니 이 스님께 좋은 일하는 셈치고 제사상에 불경이나 몇 권 읽어달라고 부탁하자꾸나. 그래서 모레쯤 배웅해드리면 좋지 않겠니?"

유백흠은 비록 호랑이를 잡는 명수요, 산중에 터줏대감으로 자처하는 왁살스런 성격의 소유자였으나, 효성 또한 지극한 사람이었다. 그는 어머니의 말을 듣자, 곧바로 향촉과 지전을 마련하는 한편, 삼장 법사에게 하루 더 묵어달라고 공손히 청하였다. 삼장은 즉석에서 쾌히 응낙했다. 목숨을 구해 받은 은인의 요청을 마다할 턱이 없는 것이다.

이런저런 얘기를 나누다 보니, 어느덧 날이 저물고 땅거미가 내렸다. 이윽고 어린 머슴 녀석들이 걸상과 식탁을 차려놓고 흐물흐물 잘 익어 김이 무럭무럭 오르는 호랑이 고기를 한 쟁반 그득 담아 내오더니, 식탁 위에 푸짐하게 늘어놓았다.

식탁이 마련되자, 유백흠이 손님에게 은근히 들기를 권하였다.

"우선 이것으로 요기를 하시지요. 밥은 나중에 천천히 차려 내오도록 하리다."

그러자 삼장 법사는 고기 쟁반을 눈앞에 두고, 두 손 모아 합장을 해보였다.

"고마운 일이오나, 태보 어른께 숨김없이 말씀드리겠소이다. 빈승은 어머님의 태중에서 떨어져 나왔을 때부터 화상 노릇을 하기 시작한 몸이라, 이렇듯 비린 고기 음식을 입에 대어본 적이 없습니다."

그 말을 들은 유백흠이 사뭇 난처한 기색으로 한참 동안 생각에 잠겨 있더니, 결국은 이렇게 말하였다.

"스님, 이런 말씀을 드리는 게 안되었지만, 우리 집안은 대대로 소식(素食)을 하지 않았으니, 이 노릇을 어쩌면 좋겠소? 기껏 있다는 것이 겨우 죽순이나 목이버섯, 산나물 따위를 캐어다가 말려두었다 끓여 먹고, 두부도 콩으로 만드는 게 아니라 사슴, 노루, 호랑이, 표범의 기름을 짜서 볶아 만들기 때문에, 채소 같은 것이 전혀 없는 실정이오. 또 부뚜막에 가마솥이 두 개 걸렸으나, 모두 짐승의 비계투성이요 기름때가 찌들어 있으니, 설령 채소가 있다 한들 어디다 끓여야 할지 모르겠구려. 차라리 스님을 우리 집에 모시지 않았으면 좋았을 것을……"

주인이 땅이 꺼지게 한숨을 내리쉬니, 삼장 법사는 좋은 말로 달래주었다.

"너무 걱정 말고 주인장이나 먼저 드시지요. 빈승은 사나흘쯤 밥을 먹지 않고 굶어도 견딜 수 있으니까요. 그저 재계만 깨뜨리지 않으면 좋겠습니다."

"굶어 죽으면 어쩌시려고?"

"태보 어른께 하늘같이 두터운 은혜를 입어, 맹수들 틈에서 살아난 몸이오. 설령 굶어 죽는 한이 있더라도, 호랑이의 밥이 되는 것보다 낫지 않겠소이까?"

곁에서 유백흠의 모친이 두 사람의 대화를 가만 듣고 있다가, 퍼뜩 무슨 생각이 났는지 무릎을 치면서 소리쳤다.

"애야, 스님한테 쓸데없는 얘기 말거라! 내게 소찬을 만들 거리가 조금 있으니 그걸로 밥과 반찬을 만들어서 드리자꾸나!"

"어머니도 참!…… 우리 집안에 채소하고 쌀이 어디 있단 말입니까?"

"아니다, 너는 참견 말아라. 내게 다 생각이 있으니까."

노파는 며느리를 불러들이더니, 작은 냄비 솥을 하나 꺼내다가 아궁이 불에 올려 기름때와 비계를 녹인 다음, 여러 번 행주로 닦고 물로 씻어 말끔해지자, 그것을 화덕에 걸어놓고 물을 절반쯤 붓고 끓이기 시작했다. 그래서 끓인 물은 쏟아 따로 쓰기로 하고, 다시 찬물을 냄비 솥에 붓더니, 산에서 따다가 말려놓았던 느릅나무 잎을 삶아 국거리로 삼고, 좁쌀을 내다가 밥을 짓고 산나물을 볶아 소찬 두 대접을 만들어냈다. 이리하여 식탁에는 소찬이 그럴듯하게 차려진 것이다.

만반의 준비를 끝낸 주인 댁 노모는 손님에게 들기를 권하였다.

"스님, 어서 드시지요. 이 음식들은 이 늙은이와 며느리가 손수 조리해서 지은 것이라, 밥도 반찬도 아주 깔끔하답니다."

삼장은 거듭 사례하고 비로소 식탁 앞에 자리를 잡았다.

손님 접대 준비가 무사히 끝나자, 그제야 마음이 놓인 유백흠은 따로 한 상을 차려놓고 먹기 시작했는데, 식탁 한쪽 구석에 올린 것은 하나같이 소금도 양념 간장도 치지 않은 호랑이 고기, 사향노루 고기, 구렁이 고기에 여우 고기, 산토끼 고기 백숙에, 조각조각 저며서 말려놓은 사슴 육포 따위가 쟁반이며 대접 위에 수북이 쌓였다. 이렇듯 주인은 손님을 곁에 모시고 앉아 젓가락을 들려는데, 삼장 법사는 두 손 모아 합장하고 염불을 외기 시작한다. 깜짝 놀란 유백흠이 감히 젓가락을 들지 못하고 황급히 일어나 그 곁에 섰다. 이윽고 몇 마디 염불을 읊조린 손님이 주인을 돌아보고 말했다.

"자아, 그럼 드시지요."

주인이 뜨악하게 묻는다.

"스님은 단두경(短頭經, 짧은 염불)을 외시는 화상인가요?"

"아니오, 이것은 단두경이 아니라 식사하기 전에 외는 주어 가운데 하나올시다."

"당신네 출가승은 어찌 그리도 생각하시는 게 많소? 밥을 먹을 때마다 이것도 외고 저것도 외야 하니 말이오."

저녁밥을 끝내고 설거지를 하는 동안에, 날은 점점 어두워졌다. 유백흠은 삼장 법사를 데리고 안채를 나와 뒤꼍으로 돌아갔다. 오솔길을 가로질러 산책하다 보니, 갈대 잎으로 지붕을 얹은 초당 한 채가 나타났다. 문을 열고 안으로 들어서니, 보이는 것이라곤 사면 벽에 보통 사람의 힘으로는 엄두도 못 낼 만큼 강한 활과 쇠뇌 몇 틀하며 화살 통이 가지런히 걸려 있고, 대들보 위에는 피비린내 풍기는 호랑이 가죽 두 장이 걸려 있으며, 그 밑을 지나쳐 갔더니 벽 아래 숱하게 많은 창과 큰 칼, 몽둥이와 작살이 꽂혀 있고, 한가운데에는 걸터앉을 만한 걸상 두 개가 놓여 있었다.

"이리 앉으시지요."

주인은 자랑스레 구경을 시킬 판인데, 삼장 법사는 더럽고도 살풍경한 분위기에 이미 질릴 대로 질린 데다, 고기 썩는 냄새에 숨이 턱턱 막혀 도무지 앉아 있을 수가 없다. 그는 주인의 청을 적당히 얼버무려 사양하고 냉큼 초당 바깥으로 나와버렸다. 거기서 다시 뒤꼍으로 걸어 나갔더니 커다란 정원이 꾸며져 있는데, 누렇게 시든 국화 꽃밭에 붉게 물들기 시작한 단풍나무에 버드나무 숲이 아무리 둘러보아도 그 끝을 모르게 펼쳐졌다. "화드득!" 치달리는 소리에 흘끗 돌아보니, 살이 피둥피둥 찐 사슴 10여 마리와 노루 한 떼가 사람을 보고도 무서워하지 않고 멍청하니 서 있었다.

"저 노루와 사슴은 태보 어르신 댁에서 기르는 것인가요?"

삼장이 묻는 말에 유백흠은 고개를 끄덕이면서 이렇게 대답했다.

"스님이 계신 장안 도성 같으면, 돈 있는 사람은 재산과 보배를 모으고, 논밭을 가진 사람은 곡식을 쌓아두겠지만, 우리네처럼 사냥이나 하면서 살아가는 사람들은 그저 들짐승을 모아 길러서 날씨가 궂을 때에 쓰려고 준비나 하지요."

주인과 나그네 둘이서 이런저런 얘기를 나누다 보니 어느새 황혼이 되었다. 두 사람은 다시 안채로 돌아와 편히 쉬었다.

이튿날 이른 아침, 주인 댁 식구들이 온통 자리를 털고 일어나더니, 소찬을 지어다가 삼장에게 대접했다. 그리고 법석(法席)을 베풀어 망자를 위한 불경을 몇 권 읽어달라고 청하였다. 삼장은 손을 깨끗이 씻은 다음 주인과 함께 사당으로 나아가 먼저 분향 배례를 올렸다. 그리고 나서 삼장은 목탁을 두드려가며 우선 입을 깨끗이 가다듬는 정구업(淨口業)[4]의 진언을 외고 다시 몸과 마음을 깨끗이 가다듬는 신주(神呪)를 외더니, 그제야 비로소 망자의 넋을 건져주는 『도망경(度亡經)』 한 권을 펼쳐놓고 낭랑한 목소리로 읽어 내렸다. 그것이 끝나자, 유백흠은 천망소(薦亡疏) 한 편을 지어달라고 청하였다. 삼장 법사는 주인이 원하는 대로 써준 다음, 이번에는 목청을 드높여 낭랑한 목소리로 『금강경(金剛經)』 『관음경(觀音經)』을 차례차례 읽어 나갔다. 점심 식사가 끝나자, 이

---

[4] 정구업: 불교 용어로 **구업**(口業)은 몸과 입, 뜻에 의한 행위, 즉 '삼업(三業)' 가운데 거짓말, 헛된 말, 꾸미는 말 등 입으로 저지르는 죄를 말하며, **정구업**은 구업을 씻어 낸다는 말이다.

번에는 『법화경(法華經)』 『미타경(彌陀經)』을 몇 권 읽고, 다시 『공작경(孔雀經)』을 읽은 다음, 필추세업(苾蒭洗業)[5]에 관한 이야기를 유씨 모자에게 들려주었다.

이윽고 그날도 저물었다. 삼장은 여러 가지 향불을 올리고 여러 신령들의 지마(紙馬)를 차례차례 불살라 올린 다음, 전날 지어 올렸던 천망소마저 사르는 것으로 모든 법사를 마쳤다. 그리고 각자 침소로 돌아가 편히 쉬었다.

한편 유백흠의 아버지 혼령은 삼장 법사 덕분에 침륜귀혼(沈淪鬼魂)의 영역에서 천도를 받고, 이미 자신의 본가에 나타나 어른 아이 할 것 없이 모든 식구들의 꿈에 나타나더니, 이렇게 말하였다.

"나는 고통스러운 저승에서 벗어나지 못하고 세월이 오래도록 초생을 받지 못하였으나, 이제 다행히 성승께서 여러 권의 경을 읽어 나의 죄업을 씻어주셨다. 그래서 염라대왕은 구혼 사자를 시켜 나의 혼백을 중국의 좋은 땅 부잣집 자식으로 환생시켜주라는 명령을 내렸다. 그러므로 너희들은 스님께 감사 드리고 후히 대접하여 전송을 해드려야 한다. 조금도 소홀히 대접하여서는 안 된다. 그럼 모두들 잘 있거라. 나는 간다."

이야말로 세상의 만법은 장엄하여 끝에 가서는 반드시 그 뜻이 이

---

[5] 필추세업: 필추(苾蒭·苾芻)는 bhikṣu의 음역으로 '탁발, 걸식하는 수행자'라는 뜻. 옛날에는 비구(比丘)로 해석하였다. 세업(洗業)은 몸을 씻겨주는 일. 불교 전설에, 석가여래가 급고독원(給孤獨園) 동북쪽 어느 탑 아래 이르러보니, 수도자 한 사람이 무척 고통스러운 기색으로 앉아 있어 "왜 그리 고통스러워하느냐?"고 물었다. 수도자는 "병이 들었는데 돌보아줄 사람이 없어 그렇다"고 대답했다. 여래가 손으로 어루만져주었더니 그의 병이 그 자리에서 말끔히 나았다. 석가여래는 그를 부축해서 바깥으로 데리고 나와 손과 발을 깨끗이 씻어주고 새 옷으로 갈아입혀서, 더욱 수행에 힘쓰도록 격려했다. 그로부터 이 수도자는 몸과 마음이 거뜬하고 상쾌해졌다고 한다.

루어지며, 천망(薦亡)으로 말미암아 모든 괴로움을 떨치고 침륜에서 헤어나는 일이라 하겠다.

아침 해가 동녘에 떠오르고, 집안 식구들이 모두 잠에서 깨어났다. 누구보다 먼저 꿈 얘기를 꺼낸 사람은 유백흠의 아내였다.

"여보, 제가 간밤에 이상한 꿈을 꾸었어요. 꿈에 시아버님이 나타나셔서 말씀하시기를, 당신은 저승에서 고난을 받으면서 오랜 세월 초생을 얻지 못하였는데, 이제 다행스럽게도 성승이 경을 읽어주셔서 죄업을 말끔히 씻고, 염라대왕이 저승사자를 시켜 중국 땅 부잣집 자식으로 환생하게 해주셨기에 이제 그리로 가는 길이라면서, 우리더러 스님께 감사 드리고 접대를 게을리 하지 말라는 거예요. 그런 말씀을 하시고는 문밖으로 나가시더니 어디론가 사라지셨어요. 당신하고 나하고 아무리 애타게 불러도 시아버님은 대답하지 않으시고, 붙들어도 머무르지 않으셨어요. 그러다가 잠에서 깨어나 보니, 한바탕 꿈이지 않겠어요?"

유백흠이 고개를 끄덕인다.

"나도 똑같은 꿈을 꾸었어. 우리 같이 어머님한테 가서 그 얘기를 해드리세."

두 내외가 막 안채로 가려는데, 때마침 어머니가 부르는 소리가 들려왔다.

"얘야, 이리 오려무나. 너한테 할말이 있다."

안방에 들어가보니, 노파는 침상 위에 일어나 앉아 있었다.

"얘들아, 내가 어젯밤에 길몽을 꾸었단다. 꿈에 너희 아버지가 찾아왔는데, 이런 말씀을 하시더구나. '스님이 초도해주신 덕분에, 죄업을 말끔히 씻고 중국 땅 부잣집 자식으로 환생하러 가는 길이니 그리 알라'고 말이야. 얘들아, 너희들도 생각해보려무나. 세상에 이처럼 신통하고 기쁜 일이 어디 또 있겠느냐?"

그 말을 듣고, 아들 내외가 깔깔대면서 웃는다.

"저희도 똑같이 그런 꿈을 꾸었어요, 어머니! 방금 와서 말씀드리려고 했는데, 어머님이 먼저 부르시기에 무슨 일인가 했더니 역시 그 꿈이셨군요."

이리하여 그는 온 집안 식구들을 다 불러 모아놓고 예물을 갖추게 하는 한편, 삼장 법사의 마필과 보따리를 손수 챙겨, 언제든지 떠날 수 있도록 준비해놓은 다음, 남녀 노소 가족들과 함께 삼장 법사 앞으로 나아가 무릎 꿇고 큰절을 드렸다.

"장로님, 정말 고맙습니다! 스님께서 재를 올려주신 덕분에, 저승의 지옥에 떨어져 이루 헤아릴 수 없는 고통을 받고 계시던 저희 아버님이 고난을 벗어나 초생하셨으니, 그 크신 은혜에 무엇으로 어떻게 보답해야 좋을지 모르겠습니다."

삼장은 무슨 영문인지 몰라 어리둥절해했다.

"아이구, 소승이 무슨 일을 해드렸다고 이러십니까? 과분한 말씀 거두시지요."

노파와 유백흠 내외 세 사람은 자기네가 간밤에 꾸었던 꿈 얘기를 소상하게 말해주었다. 그 말을 듣고서야 삼장 역시 크게 기뻐하였다. 유백흠은 가족들을 시켜 소찬으로 마련한 아침 식사를 올리게 하더니, 다시 감사하는 뜻으로 백은(白銀) 한 냥을 바쳤다. 그러나 삼장 법사는 한 푼의 돈도 받으려 하지 않았다. 온 집안 식구들이 아무리 간곡히 졸라도, 그는 끝끝내 한 푼도 받지 않고, 그저 이렇게만 말했다.

"정녕 자비를 베풀 생각이시라면, 갈 길이나 안내해주십시오. 그것으로 소승은 족하겠습니다."

유씨네 모자, 부부는 더 이상 어쩔 수가 없는 터라, 급히 부엌에 들어가서 밀떡을 빚어 만들고 마른 양식을 챙겨다가 한 보따리를 꾸려 말

안장에 걸어놓고, 노파는 아들더러 멀리까지 길 안내를 해드리라고 신신당부했다.

삼장은 그것을 기꺼운 마음으로 받았다. 유백흠 역시 어머니의 분부가 없더라도 그렇게 할 생각이었다. 그는 머슴 아이 서너 명을 더 불러서 제각기 작살이며 활과 전통(箭筒) 같은 사냥 도구를 들려 가지고 함께 집을 나서서 큰길에 올랐다.

산중 벌판의 아름다운 경치와 고개 마루턱에서 내려다보이는 풍광은 아무리 보고 또 보아도 끝 간 데가 없었다.

반나절을 나갔을 때, 앞쪽에 높은 산이 나타났다. 그야말로 높은 봉우리가 푸른 하늘에 닿았고, 아찔한 절벽이 울퉁불퉁 솟구친, 험준하기 짝이 없는 산이었다. 삼장 법사는 한참 만에야 산기슭 아래 당도하였으나, 진산태보 일행은 마치 평지 걷듯 전혀 힘들이지 않고 산에 오르고 있었다.

삼장이 가까스로 산허리께에 다다르자, 유백흠은 걸음을 우뚝 멈추고 돌아서더니 길 한편으로 비켜서서 이렇게 말했다.

"여기서부터는 스님 혼자 가셔야 합니다. 저희는 이만 돌아가겠습니다."

그 말을 듣고 삼장은 가슴이 철렁 내려앉아, 안장 위에서 굴러 떨어지다시피 내려섰다.

"태보 어른! 수고스럽지만 제발 조금만 더 길 안내를 해주시구려."

그러나 유백흠의 대꾸는 매정했다.

"스님은 모르시겠으나, 이 산은 이름을 양계산(兩界山)이라고 부릅니다. 이 산을 경계로 그 동쪽은 우리 당나라 관할 지역이고, 서쪽은 달단족(韃靼族)6 영토에 속합니다. 그 지역의 짐승들은 저를 무서워하지 않기 때문에, 저로서도 어떻게 넘어갈 도리가 없습니다. 그래서 스님 혼자 가시라고 말씀드린 겁니다."

호랑이, 표범 따위 맹수들이 진산태보 어른을 무서워하지 않는다는 데야 어쩌겠는가. 삼장은 가슴이 두근거려 견딜 수가 없다. 그는 유백흠의 소맷자락을 부여잡고 눈물을 방울방울 떨어뜨려가며 작별을 아쉬워했다.

이렇듯 둘이서 아쉬운 작별 인사를 나누고 있으려니까, 갑자기 산 밑에서 우레 같은 목소리로 고함을 지르는 작자가 있었다.

"어이, 거기! 사부님이 오셨구나! 우리 사부님이 오셨다!"

이건 또 무슨 날벼락인가? 하염없이 슬픈 눈물만 흘리고 있던 삼장법사, 그만 혼비백산을 해 가지고 어리둥절, 게다가 진산태보 유백흠 나으리조차 떨떠름한 기색으로 멍청하니 서 있기만 했다.

도대체 누가 이렇게 고함을 지르고 있는 것인지, 다음 회에서 풀어 보기로 하자.

---

6 달단족: 타타르Tatar 부족. 당나라 때에는 투르크(突厥)에 예속된 일개 부족이었으나, 투르크족이 쇠망한 뒤에 차츰 강대한 세력으로 성장하여 송(宋)-요(遼)-금(金) 시대 3백여 년에 걸쳐 고비 사막 이북에서 시베리아 서부 지역까지 장악했으나, 1300년경 신흥 세력 몽골에게 멸망되어 현재는 러시아의 소수 민족으로 크리미아·볼가 강 유역에 흩어져 있다.

제14회 심성을 가라앉힌 원숭이 정도에 귀의하니, 마음을 가리던 육적도 흔적 없이 스러지다

　　부처는 곧 마음이요, 마음이 곧 부처이니, 마음과 부처는 종래 물(物)을 구한다.
　　물이 없음을 알면 마음도 없어지니, 이가 바로 참된 마음의 법신불(法身佛)¹이라네.
　　법신불은 모양이 없어, 한 덩어리 원광(圓光)이 만상(萬象)을 적신다.
　　무체(無體)의 몸이 곧 진체(眞體)요, 무상(無相)의 상이 곧 실상(實相)이라네.
　　색(色)도 아니요 공(空)도 아니며 불공(不空)도 아닌즉, 오는 것도 아니고 가는 것도 아니며 돌아가는 것도 역시 아니라네.²
　　다름이 없고 같음이 없으니, 있는 것도 없는 것도 없으며, 버리기도 어렵고 취하기도 어려우니, 듣기를 바라는 것도 역시 어렵다네.
　　안팎의 신령스러운 빛이 도처에서 같으니, 부처님의 나라도 모

---

1 법신불: 부처 삼신(三身)의 하나. 부처님 그 자체를 뜻한다. 법의 성품인 만유제법(萬有諸法)의 본체를 법신(法身)이라 하고, 법성(法性)을 깨달아 아는 덕을 지녔으므로 불(佛)이라고 한다.
2 돌아가는 것: 원문은 '회향(廻向)'. 회향은 방향을 바꾸어 돌아간다는 뜻인 '회전취향(回轉趣向)'의 줄임말. '깨달음을 향해 나아가다, 되돌아보다, 자기가 지은 공덕을 남에게 베풀다'라는 여러 가지 뜻으로 쓰이는데, 보통 자신이 지은 선근(善根) kuśala-mūla을 돌이켜서 일체 중생의 깨달음을 위해 되돌아보고 전진하는 것을 말한다.

래 한 알 속에 있으며,

한 알의 모래가 대천계(大千界)³를 용납하니, 하나의 심신이 만법과 한 가지라네.

이를 알려거든 모름지기 무심(無心)의 요결을 터득해야 하느니, 물들지 않고 막히지 않음을 정업(淨業)으로 삼겠네.

선악의 발단은 천만 가지에 못하는 것이 없으니, 이가 바로 나무석가섭(南無釋迦葉)이로다.

유백흠과 당나라 삼장 스님이 놀랍고도 당혹스러워 어쩔 바를 모르고 있노라니, 또다시 악을 쓰는 소리가 들려왔다.

"사부님, 어서 빨리 오십쇼!"

이때 유백흠을 따라온 머슴 녀석들이 참견하고 나섰다.

"주인님, 저기서 악을 쓰고 있는 것이 아마도 산 밑 돌 궤짝 속에 갇혀 있는 늙은 원숭이가 아닐까요?"

그제야 유백흠도 퍼뜩 생각났는지 고개를 주억거렸다.

"옳거니! 그놈이로구나, 바로 그놈이야!"

"늙은 원숭이라니, 그게 무슨 짐승인가요?"

삼장이 묻자, 유백흠은 비로소 자신 있게 설명해주었다.

"이 산의 옛 이름은 본래 오행산(五行山)이었소이다만, 우리 당나라 황제가 서역 땅을 정벌하고 나라를 안정시켰을 때부터 양계산으로 고쳐

---

3 대천계: 불교 용어로 '삼천대천세계(三千大千世界)'의 줄임말. 우리들이 살고 있는 세계, 지상 세계의 상징적인 표현이다. 고대 인도인의 세계관은, 수미산(須彌山)을 중심으로 그 둘레에 4대륙이 있고 다시 그 주변에 아홉 산과 여덟 바다가 있는데, 이것이 곧 우리가 사는 소세계(小世界)이며, 대천계는 위로 색계(色界)의 초선천(初禪天)에서 아래로는 대지 밑의 풍륜(風輪)에 이르기까지, 해와 달, 수미산과 사천하(四天下), 사천왕(四天王)·삼십삼천(三十三天)·야마천(夜摩天)·두솔천(兜率天)·낙변화천(樂變化天)·타화자재천(他化自在天)·범세천(梵世天) 등 모든 범위를 포함한다.

부르기 시작했답니다. 오래전부터 노인네들이 하는 말씀을 들어보니, 저 옛날 한(漢)나라 때 왕망(王莽)이란 자가 황실을 찬탈하던 무렵, 하늘에서 갑자기 이 산이 떨어져 내리고 산 밑에 신령한 원숭이 한 마리를 찍어 눌러놓았다고 합니다. 그뿐 아니라, 저 원숭이는 추위도 무더위도 타지 않고 음식을 먹지도 않는데, 들리는 얘기인즉 토지신이 그 원숭이를 감시하면서 배고플 때는 무쇠 알을 먹여주고, 목마를 때는 구리 녹인 물을 마시게 해준다는 겁니다. 그래서 옛날부터 오늘에 이르기까지 얼어 죽거나 굶어 죽지 않았다는데, 지금 악을 쓰고 있는 놈이 바로 그 원숭이가 틀림없습니다. 스님, 두려워하지 마시고 우리 한번 내려가보도록 합시다."

길잡이가 가자는 데야 어쩌겠는가, 삼장은 마지못해 말고삐를 잡아끌면서 산 밑으로 내려가기 시작했다. 그런데 2, 3리를 미처 못 가서 보았더니 과연 돌 궤짝 틈서리에 원숭이 한 마리가 머리통만 드러내고 양 팔뚝을 내민 채, 삼장을 향해 마구잡이로 손짓을 하면서 악을 고래고래 쓰고 있는 것이 아닌가!

"사부님! 사부님, 왜 이제야 오시는 겁니까? 아무튼 잘 오셨습니다! 잘 오셨어요! 어서 날 좀 구해주십쇼. 제가 사부님을 서천 땅에까지 보호해드리면서 갈 겁니다."

삼장 법사가 이것 봐라 싶어 가까이 가서 보았더니, 그 생김새가 정말 가관이었다.

뾰족 나온 주둥이에 홀쭉한 볼따구니, 눈동자는 금빛이요, 흰 자위는 시뻘건 불덩어리.

머리에는 온통 이끼가 무더기로 끼었고, 귓구멍에는 칡덩굴이 돋아 나왔다.

귀밑에 머리터럭이 적은 대신 푸른 잡초가 더부룩하고, 턱밑에 수염은커녕 아예 잔디밭이 푸르다.
양미간에는 흙이 두텁게 쌓였고, 움푹 파인 콧구멍에는 진흙 투성이, 낭패 막심한 몰골에 손가락 마디는 거칠 대로 거칠고, 두꺼운 손바닥에는 흙먼지 때가 덕지덕지.
그래도 눈동자만은 데굴데굴 잘 굴러 좋고, 원숭이 혓바닥 놀림도 부드러워 다행이다.
목소리는 날카로워도 말씨는 청산유수, 몸뚱이만 움직일 수 없으니 그것이 한이라네.
이가 바로 5백 년 전 제천대성 손오공, 오늘에야 형기가 다 차서 천라지망을 벗는다네.

진산태보 유백흠, 대담하게 그 앞으로 성큼성큼 다가서더니, 인심도 좋게 귀밑머리의 잡초를 뽑아주고 턱밑의 잔디 풀도 훑어주면서, 눈치껏 조심스럽게 물었다.
"너, 무슨 말을 하는 거냐?"
"자네한테는 할말 없으니까, 저기 저 사부님더러 이리 오시라고나 해다오. 저분에게 물어볼 것이 있어."
삼장도 용기를 내어 앞으로 다가섰다.
"나한테 뭘 묻겠다는 거냐?"
"혹시 동녘 땅에서 대왕님이 서천으로 경을 가지러 보내신 분이 아니십니까?"
"그래 바로 나다만, 어째서 그걸 묻는 거냐?"
그랬더니 원숭이가 차근차근 그 사유를 설명하기 시작했다.
"저는 오백 년 전에 천궁을 뒤집어엎은 제천대성올시다. 주책없이 기군망상(欺君罔上)의 죄를 저지르다가, 불조 석가여래의 손에 붙잡혀 이렇게 여기 억눌려 사는 신세가 되고 말았습니다. 그런데 지난번에 관세음보살이 부처님의 법지를 받들어 경을 얻으러 갈 사람을 찾기 위해 동녘 땅으로 가시던 도중 이곳을 들르셨습니다. 저는 그분께 구해달라고 애원하였습죠. 그랬더니 보살님 말씀이, 저더러 두 번 다시 나쁜 짓을 하지 말고 부처님의 법에 귀의하되, 경을 가지러 갈 사람을 성심성의껏 보호하여 서천으로 가서 부처님을 뵙고 공덕을 이룩한다면, 그만큼 좋은 일이 있을 것이라고 하셨습니다. 그래서 저는 밤낮없이 정신을 바짝 차리고, 아침저녁으로 그 경을 가지러 간다는 분이 이제나 오실까 저제나 오실까 마음을 졸이면서, 그저 이 한 몸을 구해주실 사부님이 나타나시기만을 기다려왔습니다. 사부님께서 무사히 경을 얻어 가지고 돌아오실 때까지 제가 보호해드릴 터이니, 부디 저를 제자로 삼아주십쇼. 진정 제 소원입니다."

그 말을 듣자, 삼장 법사는 가슴이 뿌듯해지도록 기뻐하면서 다시 물었다.

"네가 그렇듯 착한 마음을 가지고 보살님의 깨우침을 받아 사문(沙門)에 들기로 약속하였다니, 그것 참 잘된 일이로구나. 하지만 내게는 도끼나 끌 같은 연장이 없으니, 어떻게 널 구해낼 수 있단 말이냐?"

"도끼나 끌 따위는 필요 없습니다. 사부님께서 절 구해주시겠다고 말씀 한마디만 하신다면, 저는 저절로 나갈 수 있으니까요."

"나야 물론 너를 구해줄 마음이 분명 있다만, 네가 무슨 힘으로 빠져나올 수 있단 말이냐?"

"이 산꼭대기에는 우리 부처 여래님께서 붙여놓으신 압첩(壓帖)이 한 장 있을 겁니다. 사부님이 직접 그리로 올라가셔서 그 부적을 떼어버리기만 하신다면, 저는 곧 나갈 수 있습니다."

삼장은 그 말대로 하기로 승낙하였다. 그리고 고개를 돌려 유백흠을 바라보면서 부탁했다.

"태보 어르신, 우리 한번 이 산꼭대기에 올라가보지 않으시겠소?"

유백흠은 미심쩍은 듯 고개를 갸우뚱했다.

"정말인지 거짓말인지 누가 압니까?"

그러자 원숭이가 버럭 고함을 지른다.

"정말이라니까! 나는 절대로 거짓말을 안 한단 말이다."

유백흠은 마지못한 기색으로 머슴 녀석을 불러다가 말고삐를 붙잡아 지키게 하더니, 자신은 삼장 법사를 부축하여 다시 한 번 양계산 정상을 바라고 올라가기 시작했다. 산길은 여전히 험준했다. 등나무 덩굴을 붙잡고 기어오르는가 하면, 칡넝쿨을 더듬어 잡기를 숱하게 거듭하면서 마침내 제일 높은 정상에 오르는 데 성공했다. 정상에는 과연 금빛 광채가 천만 가닥, 상서로운 기운이 줄기줄기 퍼져 나가는 가운데 네모 반듯한 바위 더미가 도사려 앉았고, 그 윗면에는 봉피 한 장이 붙어 있는데, '옴·마·니·반·메·훔'이라는 여섯 글자가 금빛으로 적혀 있었다. 삼장 법사는 그 앞에 다가서서 무릎 꿇고 엎드린 자세로 바윗돌의 금빛 글자를 우러른 채, 몇 번씩이나 큰절을 드리면서 서쪽 하늘을 향하여 정성스럽게 축원을 바쳤다.

"불초 제자 진현장, 특별히 성지를 받들고 경을 구하고자 하온즉, 과연 저 신령한 원숭이가 저와 제자의 연분이 있사오면 구출하여 그와 함께 부처님의 영산에 이르러 증과를 얻을 수 있도록 압첩이 떨어지게 하시고, 제자로 삼을 연분이 없사오면 그 원숭이는 흉악스럽고도 심술 사나운 괴물로서 불초 제자를 속여 경사스러운 일을 못 이루게 하려는 것이오니, 압첩이 떨어지지 않게 하소서."

축원을 마치고 재배를 올린 다음, 부적을 떼려고 가볍게 손을 대었다. 그때였다. 어디선가 난데없이 향기로운 미풍이 일더니, 손길이 막 닿으려던 부적을 허공으로 획 날려서 어디론가 휩쓸어가는 것이 아닌가! 뒤이어 공중에서 크게 외치는 소리가 들려왔다.

"나는 제천대성을 가두어 지키고 있는 사자로다! 오늘로써 그가 벌받는 기한이 다 찼기에, 우리는 여래님께 돌아가 압첩의 봉피를 돌려드리겠노라."

천둥 벼락 치는 소리에 놀라 자빠진 삼장 법사와 유백흠 일행, 그 자리에 넙죽 엎드려 허공을 바라고 연거푸 절을 올리느라 정신이 하나도 없다.

이윽고 산을 내려와 돌 궤짝 앞에 다다른 삼장 법사, 원숭이에게 말을 건넸다.

"부처님의 압첩을 떼었으니, 이리 나와보거라."

그러자 원숭이는 기뻐 어쩔 줄을 모르면서 이렇게 말했다.

"사부님 됐습니다! 이제 나갈 테니, 조금 멀찌감치 떨어져 계십쇼. 놀라시면 안 됩니다!"

그 말에 놀란 유백흠 일행, 얼른 삼장을 이끌고 동쪽으로 5, 6리나 피해 달아났다. 그런데도 원숭이는 성에 차지 않았는지, 뒤에서 연거푸 고함을 지른다.

"아니, 아니, 좀더 기십쇼! 좀디 멀리요!"

이래서 삼장 법사 일행은 양계산으로부터 까마득히 떨어진 곳까지 가서야 산을 내려왔다.

바로 이때 "우르르…… 꽈다당!" 하는 소리가 들려왔다. 그야말로 대지가 빼개지고 산악이 통째로 무너져 내리는 무시무시한 굉음이었다.

일행들이 모두 공포에 질려 어쩔 바를 모른 채 허둥대고 있으려니, 그 원숭이는 이미 벌거숭이에 알몸뚱이로 삼장 법사가 탄 말머리 앞에 이것 보라는 듯이 나타나 무릎 꿇고 있었다.

"사부님! 제가 이렇게 빠져나왔습니다."

그리고 나서 삼장 앞에 무릎 꿇어 네 번 큰절을 올렸다. 스승으로 받들겠다는 예식이었다. 원숭이는 다시 일어나 유백흠에게 점잖게 인사를 건넸다.

"고맙소, 노형. 사부님을 여기까지 모셔오느라 수고도 많이 하셨고, 또 내 얼굴에 덮인 잡초도 뜯어주셨으니 말이오."

인사를 마친 그는 주섬주섬 행장을 챙기더니 말 등에다 차곡차곡 얹어서 비끄러맸다. 준마는 원숭이를 보자마자 허리에 맥이 빠지고 네 발굽에 힘이 탁 풀려 와들와들 떨기만 할 뿐, 도무지 제대로 서 있지 못한다. 왜냐? 그것은 이 원숭이가 천궁 어마감에서 용마를 기르던 필마온 대감이라, 하늘의 용마는 물론이요 하계에 사는 말이란 말은 모두 그를 보기만 해도 두려워하게 되었기 때문이다.

그가 하는 짓을 가만 보아하니, 생각했던 것보다 더 착한 마음씨를 지녔을뿐더러 불문에 투신한 자로서 조금도 부끄럽지 않아 보여 삼장은 기특한 생각이 들었다.

"제자야, 네 성은 무엇이냐?"

원숭이 임금은 곧바로 대답했다.

"제 성은 손(孫)갑니다."

"그럼 너한테 법명을 하나 지어주어야겠구나. 부르기 좋게 말이다."

그랬더니 원숭이 임금은 절레절레 도리질을 한다.

"수고 않으셔도 됩니다, 사부님. 제게는 벌써부터 법명이 있으니까요. 저는 손오공(孫悟空)이라고 부릅니다."

"손오공이라? 허어, 그것 참 잘되었다. 우리 종파의 항렬에 딱 들어맞는구나! 하지만 네 생김새를 보건대 영락없이 어린 두타승(頭陀僧) 같으니, 별명을 또 하나 붙여주마. 부르기 쉽게 '행자(行者)'라고 하면 어떻겠느냐?"

손오공은 한마디로 받아들였다.

"좋습니다, 좋아요!"

이때부터 손오공은 '손행자'라고도 부르게 되었다.

유백흠은 손행자가 한갓진 마음으로 삼장 법사를 모시고 떠나려는 것을 보자 그제야 안심이 되었다. 그는 이들 일행 두 사람에게 돌아서서 축하 겸 작별 인사를 건넸다.

"스님, 다행스럽게도 여기서 좋은 제자를 얻으셨으니 정말 축하할 일입니다. 제가 보기에도 스님을 모시고 갈 만한 사람 같아서 무척 기쁘군요. 그럼 저는 이만 돌아가겠습니다."

삼장은 정중히 허리 굽혀 감사의 뜻을 표했다.

"이렇게 먼 데까지 배웅해주셔서 고맙기 그지없습니다. 댁에 돌아가시거든 자당(慈堂) 어르신과 영부인께 말씀을 전해주시지요. 소승이 여러 모로 폐를 끼쳤노라고. 그리고 돌아오는 길에 다시 찾아뵙고 인사를 드리겠다는 말씀도 꼭 전해주십시오."

유백흠도 맞절로 답례를 하더니, 머슴 녀석들을 데리고 휘적휘적 떠나갔다. 이렇게 하여 기구한 운명으로 만났던 두 사람은 헤어졌다.

손행자는 스승을 말에 올려 태우고 깡총 걸음걸이로 앞장서서 나아갔다. 등에는 보따리를 메었으나, 5백 년 동안을 갇혀 지내던 끝이라, 옷가지는 모조리 삭아 없어지고 알몸뚱이만 남았다.

얼마 안 가서 일행이 양계산을 넘어섰을 때였다. 난데없이 사나운 호랑이 한 마리가 앞길에 나타나더니 무섭게 으르렁대며 꼬리를 휘두르면서 덤벼드는 것이 아닌가! 끔찍스러운 맹수가 덤벼드는 것을 보니 삼장은 말 위에서 기절초풍, 그러나 손행자는 길 한 곁에 서서 손뼉을 쳐 가며 기뻐했다.

"사부님 겁내지 마십쇼! 저놈이 저한테 옷을 한 벌 선사하려고 온 겁니다."

삼장은 무슨 말인지 몰라 어리둥절해하는데, 손행자는 보따리를 내려놓고 귓속에서 바늘 한 개를 꺼내더니, 바람결에 휘두르자마자 굵기가 밥공기 둘레만한 쇠몽둥이로 변했다. 그는 철봉을 잡고 사뭇 감회가 깊은 듯 껄껄껄 소리내어 웃었다.

"이 보배를 오백 년 동안이나 써보지 못했군! 오늘이야말로 이놈 가지고 옷이나 한 벌 빼앗아 입어야겠다."

말을 마치자 호랑이 앞으로 어슬렁어슬렁 걸어 나가는 손행자, 이윽고 맹수의 면전에 딱 마주서더니 냅다 고함을 질러 꾸짖는다.

"이놈의 짐승, 꼼짝 마라!"

호랑이는 흙먼지 바닥에 도사려 앉은 채, 그 말대로 꼼짝달싹도 하지 못했다. 손행자는 짐승의 머리통을 겨누고 철봉을 번쩍 치켜들더니, 단매에 후려갈겨 박살을 내고 말았다. 호랑이는 골통이 바스러지면서 복숭아 빛깔만큼이나 시뻘건 핏물이 뇌수와 뒤범벅이 되어 사면 팔방으로 흩뿌려지고, 아가리의 이빨마저 옥구슬처럼 알알이 튕겨 나왔다.

너무나 끔찍스러운 살생에 기겁을 한 진현장 법사, 놀라다 못해 안장 밑으로 굴러 떨어지면서 제 손가락을 깨물었다.

"아이고, 하느님 맙소사! 지난번 유태보가 얼룩 무늬 호랑이와 싸웠을 때도 반나절이나 걸려서야 겨우 때려잡았는데, 이제 손오공은 엎치락뒤치락 드잡이질도 않고 몽둥이질 한 번에 호랑이를 묵사발로 만들다니, 이야말로 '강자 중에 더 힘센 강자가 있다'는 그 말이 맞는구나."

손행자는 호랑이를 질질 끌어다가 스승 앞에 털썩 내려놓고 이렇게 말했다.

"사부님은 잠시 앉아 계십쇼. 이놈의 옷을 벗겨 입고 길 떠나기로 하죠."

"그놈에게 무슨 옷이 있다는 게냐?"

"그런 걱정일랑 마십쇼. 제게 다 하는 수가 있으니까요."

앙큼스런 원숭이 임금, 솜털 한 가닥 뽑아 들고 숨 한 모금 훅 불어대면서 "변해라!" 하고 외쳤더니, 솜털은 당장에 쇠귀처럼 볼이 넓적하고 끝이 날카로운 우이첨도(牛耳尖刀)로 바뀌었다. 그는 호랑이의 시체를 자빠뜨려놓고 그 칼로 배를 갈라놓은 다음, 위에서 아래쪽으로 써억써억 가죽을 벗겨내기 시작하더니, 잠깐 사이에 멀쩡한 범 가죽 한 벌을 홀랑 벗겨냈다. 그 다음에는 네 발톱을 잘라내고, 머리통을 베어내고 요리 저미고 조리 도려내더니, 마침내 네모반듯한 호랑이 가죽을 만들어냈다. 그리고 가죽을 들고 이리저리 재어보더니 고개를 갸우뚱했다.

"아무래도 폭이 좀 넓겠어! 한 벌이 아니라 두 벌도 되겠군."

칼을 다시 고쳐 잡은 손행자, 가죽을 마름질해서 두 벌로 자르더니, 한 벌은 보따리에 접어 넣고, 나머지 한 벌을 허리춤에 둘둘 말아 감싼 다음, 길 곁에서 등나무 덩굴을 끊어다가 허리띠 삼아 질끈 동여매었다. 결국 범 가죽은 손행자의 아랫도리를 가려주는 훌륭한 치마가 된 셈이었다. 일이 다 끝나자, 손행사는 옷자락을 툭툭 털면서 스승에게 떠날 것을 재촉했다.

"사부님, 이젠 가십시다! 가요! 가는 도중에 인가를 만나거든 바늘하고 실을 좀 빌려서 마름질해도 늦지 않겠죠."

그는 철봉을 비틀어서 먼젓번처럼 가느다란 바늘로 만들더니, 그것을 귓속에 집어넣고 보따리를 등에 짊어지면서 성미 급하게 또 한 번 독촉했다.

"어서 말에 오르세요!"

두 사람은 계속 서쪽으로 나아갔다. 삼장이 말 위에서 물었다.

"오공아, 방금 호랑이를 때려잡던 그 쇠몽둥이는 왜 안 보이느냐?"

스승의 순진한 물음에, 손행자는 자랑스레 웃어 보였다.

"사부님은 모르실 겁니다. 내 이 철봉은 본디 동양 대해 용궁에서 얻어온 것으로서, 천하의 강물과 바다 밑바닥을 다질 때 쓰던 '신진철'인데, 또 다른 이름으로 '여의금고봉'이라고도 부른답니다. 왕년에 제가 천궁에서 대소동을 벌였을 때 이놈에게 신세를 한번 톡톡히 진 적이 있지요. 몸이 변화하는 데 따라서 커지라면 커지고, 작아지라면 작아지기도 합니다. 조금 전에도 수놓는 바늘 모양으로 작게 만들어 귓속에다 집어넣은 겁니다. 하지만 써야 할 때에는 언제든지 꺼내 쓸 수가 있답니다."

그 말을 듣고 삼장은 속으로 은근히 기뻐하면서 또 물었다.

"방금 그 호랑이가 널 보고 어째서 움쭉달싹 못했느냐? 네가 마음대로 자신을 때려죽이게 가만 있다니, 이게 어찌 된 셈이냐?"

"사부님 앞이니까 숨기지 않고 말씀드리지요. 호랑이 한 마리쯤은 그만두고, 용이라도 저를 보면 섣불리 무례하게 굴지 못한답니다. 이 손 선생에게는 용을 항복시키고 호랑이를 굴복시키는 재간이 있을 뿐 아니라, 강물을 뒤집어놓기도 하고 바다를 휘저어놓을 수 있는 신통력까지 있습지요. 겉모양을 보면 기색을 판별해낼 줄 알고, 소리만 들어도 그 이치를 깨달으며, 커지고 싶으면 우주만큼이나 커질 수 있고, 작게는 솜털 구멍 속에라도 기어 들어갈 수 있습니다. 변화무쌍한 솜씨는 끝이 없을 지경이요, 몸을 숨기거나 드러내거나 헤아릴 수 없는 둔갑술법을 지녔습니다. 그런 마당에 호랑이 껍질 하나 벗기는 거야 신기할 게 어디 있겠습니까. 이제 두고 보십쇼. 어려운 고비에 부닥치게 되거든 제 솜씨가 진짜 어떤 것인지 보여드릴 테니까요!"

그 말을 들으니 삼장은 더욱 마음이 놓이고 걱정이 없어져, 기세 좋게 채찍질을 가해 말을 몰아 치달렸다.

스승과 제자 둘이서 이런저런 얘기를 나누며 길을 가다 보니, 어느덧 태양이 뉘엿뉘엿 서산에 떨어지기 시작한다.

이글거리는 태양 기우니 동녘에 다시 비치는 햇무리, 하늘가 바다 모퉁이에 돌아오는 구름장.

천산(千山)에 새 떼들은 쉴새없이 지저귀다, 둥지 찾아 숲 속을 찾아들어 진(陣)을 이룬다.

들짐승은 쌍쌍이 짝을 찾아 헤매더니, 몰리고 몰려 떼를 지어 제집으로 돌아간다.

갈고리 초승달은 황혼을 깨뜨리고, 수많은 저녁별이 점점이 박혀 눈부시게 반짝인다.

손행자가 하늘빛을 보더니 이렇게 말했다.

"사부님, 좀더 서두르십쇼. 얼마 안 가서 날이 저물겠습니다. 저편 나무 숲이 우거진 것을 보니, 아무래도 사람 사는 장원이 있는 모양입니다. 우리 거기 가서 하룻밤 묵기로 하지요."

날 저물겠단 말을 들으니, 삼장 법사 말 채찍질하여 몰아가는 동작이 과연 빨라졌다. 손행자의 짐작대로, 그곳에는 사람 사는 집 한 채가 있었다.

스승이 말에서 내려서는 동안, 손행자는 짐을 내려놓고 문 앞으로 다가서더니 버럭 소리를 질러댔다.

"문 좀 여시오! 문 좀 열어요!"

집 안에서 두런두런 인기척이 들리더니, 허리 구부정한 노인 하나가 지팡이를 짚고 나와 삐거덕 문을 열었다. 한데 문을 열자마자 맞닥뜨린 나그네가 손행자, 추접스러운 생김새에 호랑이 가죽으로 허리를 질끈 동여맨 꼬락서니가 영락없는 뇌공(雷公)의 상판이라, 늙은 주인장은 기겁을 하도록 놀란 나머지 두 다리에 맥이 탁 풀리고 몸뚱이가 얼어붙어 도망칠 생각은 못 하고 그저 입으로만 비명을 질렀다.

"도깨비가 나왔다! 귀신이야!⋯⋯"

이때 삼장이 그 앞으로 나서서 주인의 팔꿈치를 붙잡았다.

"노시주님, 겁내지 마십쇼. 이 사람은 귀신이나 도깨비가 아니라 소승의 제자올시다."

노인이 고개 들어 삼장을 바라보니, 생김새가 맑고 준수한 것이 태도나 말씨 또한 점잖고 의젓하다. 그제야 노인장은 제정신이 들어 삼장에게 물었다.

"당신은 어느 절간에서 나온 화상인데, 저렇게 못된 놈을 데리고 우리 집을 찾아온 거요?"

삼장이 공손하게 대답했다.

"소승은 당나라 조정에서 왔습니다. 서천으로 부처님을 찾아뵙고 경을 가지러 가는 길입니다. 때마침 이곳을 지나치다가 날이 저물었기에, 댁에서 하룻밤 묵어갈까 해서 이렇게 찾아온 것입니다. 내일 아침 해가 뜨기 전에 떠날 것이니, 아무쪼록 편리를 좀 보아주셨으면 합니다."

그러나 주인장은 퉁명스레 받아넘긴다.

"스님은 당나라 사람이라 해도 믿겠지만, 저 못된 놈은 당나라 사람 같지 않소!"

그 소리에 화가 났는지, 손행자가 버럭 고함을 지른다.

"이 늙은 것이 말귀를 전혀 못 알아듣는군그래! 당나라 분은 내 스승님이시고, 나는 이분의 제자란 말이다! 나 역시 설탕을 녹여 만든 '당인(糖人)'도 아니고 꿀로 빚어 만든 '밀인(蜜人)'도 아냐!⁴ 나는 제천대성이란 말이다. 당신네 집안에는 나를 알아보는 사람이 있을 거다. 나도 일찍이 당신을 본 적이 있으니까……"

노인장이 그 말에 펄쩍 뛴다.

"네깐 놈이 어디서 나를 보았다는 게야?"

"당신, 어렸을 적에 내가 보는 앞에서 땔나무를 해간 적이 있었고, 내 얼굴에 돋아 나온 산나물을 캐어 간 적이 있었지 않는가?"

"예끼, 요 못된 놈! 터무니없는 소리 작작 지껄여라! 도대체 네놈이 어디 살며 나는 어디 산다고, 내가 네놈 보는 앞에서 땔나무를 했으며 산나물을 뜯어갔단 말이냐?"

"날더러 터무니없는 소리라고? 허어, 참! 영감이 아예 나를 알아보지 못하는군그래! 내가 누군지 몰라? 이 양계산 기슭 돌 궤짝 속에 갇혀 있던 제천대성이 바로 이 어르신이야. 한 번 더 자세히 보란 말이다! 알아볼 수 있을 테니까."

그제야 노인장은 퍼뜩 깨달았는지 고개를 갸웃거린다.

"가만 있자…… 그러고 보니 비슷하게는 생겼구먼! 그렇다면 어떻게 거기서 빠져나왔을꼬?……"

이래서 손오공은 관음보살이 착하게 살라고 권유한 일에서부터 스승이 부적을 떼어 구출해준 덕분에 빠져나오게 된 사연을 한바탕 늘어놓지 않을 수 없었다. 노인은 그때서야 손행자의 내력을 알아보고 큰절

---

4 **당나라 사람…… 당인……**: 당나라 사람의 원문 '당인(唐人)'과 설탕을 녹여 만든 '당인(糖人)'은 중국어로는 모두 같은 음으로 '탕렌 tang ren'이다. 여기서는 동음이어(同音異語)의 쌍관수식어(雙關修飾語). 손오공이 노인의 말을 재치 있게 반박하면서, '설탕'뿐만 아니라 '꿀로 빚어 만든 사람(蜜人)'으로까지 발전시켜 강렬한 풍자와 조롱의 효과를 보인 것이다.

로 사과하더니, 당승(唐僧) 삼장 법사를 안으로 모셔들인 다음, 늙은 아내 아들딸에 온 집안 식구들을 다 불러 모아놓더니, 앞서 있었던 일을 낱낱이 얘기해주고 나서 두 사람에게 인사를 드리게 하였다. 인사치례가 끝나자 차를 내오게 하고, 차 대접을 끝내기가 무섭게 또 물었다.

"대성님, 당신도 나이가 상당히 드셨겠군요?"

손행자가 되묻는다.

"당신은 올해 몇 살이나 되었소?"

"그럭저럭 산다는 것이, 올해 백삼십 세요."

주인은 제법 노인 티를 내어가며 대답하는데, 손행자는 절레절레 도리질을 한다.

"그 정도 가지고는 내 증손자에 또 증손자뻘도 안 되겠어! 나는 내가 이 세상에 언제 태어났는지 기억조차 못 하고 있소. 단지 이 양계산 밑에 갇혀 있던 세월만도 오백여 년이나 되었다는 걸 기억할 뿐이오."

그러자 노인장이 무릎을 철썩 내리친다.

"맞소, 맞아요! 내가 어렸을 때, 우리 증조할아버님께서 말씀하신 것을 아직도 기억하고 있소. 아마 이러셨지? 이 양계산은 아주 오랜 옛날 하늘에서 뚝 떨어져 내렸고, 그 산 밑에 신령한 원숭이를 찍어 눌러 가두어놓았다고 말이오. 그런데 지금에 와서야 당신이 빠져나오다니…… 내가 어려서 당신을 보았을 때가 생각나는군. 머리에는 잡초가 무성하고 얼굴에는 진흙투성이, 그래도 당신이 무섭지는 않았는데, 지금의 당신은 얼굴에 진흙도 없고 머리에 잡초도 없지만, 어딘가 모르게 수척해진 듯싶고, 게다가 허리춤에 무시무시한 호랑이 털가죽을 두르고 있으니, 귀신이나 도깨비와 무엇이 다르겠소?"

그 말을 듣고 주인댁이나 손님 측이나 모두 허리를 잡고 웃었다. 노인은 제법 눈치가 빨라, 식구들에게 저녁상을 차려 내오게 했다. 저녁을 마친 후, 손오공은 주인에게 물었다.

"주인 댁 성씨는 뭐요?"

"우리 집 성은 진씨(陳氏)외다."

그 대꾸에 귀가 번쩍 트인 것은 삼장 법사, 즉석에서 일어나 손을 번쩍 쳐들었다.

"저런! 노시주님의 성씨가 소승하고 똑같군요! 동성입니다."

이에 손행자가 딴죽을 걸고 나섰다.

"사부님! 이거 얘기가 다르지 않습니까? 사부님의 성은 '당씨(唐氏)'라더니, 어째서 이 주인 영감하고 동성이 된다는 겁니까?"

"그게 아니다. 내가 태어난 속세의 집안은 성이 진씨였다. 나는 당나라 해주 홍농현 취현장(聚賢莊) 출신으로, 법명을 진현장(陳玄奘)이라 붙여졌다. 다만, 우리 대당국 태종 황제께서 나를 당신의 아우로 삼으시고 '어제 삼장'이란 영예로운 이름과 함께 국호인 '당(唐)'자를 성씨로 지명하여 내려주셨기 때문에 '당승'이라고 부르게 된 것이다."

노인은 덕망 높은 고승과 동성이라는 사실에 기뻐서 어쩔 바를 몰랐다. 그 틈을 놓치지 않고 손행자가 주인에게 부탁을 했다.

"여보, 진영감. 이래저래 폐를 끼친 바에야, 한 가지 더 수고를 끼칩시다. 영감님도 아시다시피, 나는 오백 년 동안이나 목욕은커녕 세수 한 번 못 해본 몸이오. 그래서 부탁인데, 식구들을 시켜 목욕물을 따끈하게 데워주신다면 우리 스승님과 제자 둘이서 모처럼 시원하게 목욕 한 번 하겠소. 사례는 내일 아침 떠날 때 한꺼번에 드리리다."

노인은 그 자리에서 사람들을 시켜 목욕물을 끓여 대령하고 등불을 환히 밝혀놓게 하였다. 스승과 제자는 목욕을 마치고 등잔불 앞에 나란히 주인과 마주 앉았다. 손행자는 내친 김에 부탁을 하나 더 했다.

"진영감, 한 가지만 더 청합시다. 바늘하고 실이 있거든 좀 빌려주시겠소? 내게 쓸데가 있어서 말이오."

"암, 있고말고!"

노인은 할망구를 시켜 바늘과 실을 내다가 건네주었다. 손행자는 눈썰미가 좋은 터라, 스승이 목욕할 때 벗어놓았던 옷가지 중에서 흰 무명으로 짠 소매 짧은 직철(直裰)[5]을 다시 입지 않고 내버려둔 것을 눈여겨보았다가, 이제 그것을 끌어다가 몸에 걸치고 호랑이 털가죽을 벗더니, 그 두 벌을 바느질해서 하나로 잇대어 붙였다. 그러고 보니, 호랑이 털가죽은 흡사 말대가리 모양으로 주름 잡힌 옷이 되어, 허리에다 두르고 다시 등나무 줄거리로 칭칭 동여매니 제법 그럴싸한 모습으로 바뀌었다. 옷을 입은 손행자는 스승 앞에 걸어가서 자랑해 보였다.

"이 손선생이 오늘 이런 차림새가 되었는데, 어제보다 보기가 어떻습니까?"

"좋다, 좋아! 그런 차림새를 하고 보니 정말 행자답구나!"

이렇게 칭찬을 늘어놓고 나서, 삼장은 한마디를 더 보탰다.

"제자야, 낡아빠진 게 싫지 않다면 그 직철은 네가 그냥 입으려무나."

"고맙습니다! 고마워요!"

기분이 좋을 대로 좋아진 우리 손행자, 마구간으로 나가서 말에게 여물을 먹이기 시작한다. 그렁저렁 일이 다 끝나자, 주인 댁 식구와 나그네들은 제각기 침소에 들어 편히 쉬었다.

이튿날 아침, 오공이 잠자리에서 일어나 스승에게 길 떠나기를 청

---

5 직철: 원래 따로 떨어진 윗저고리 편삼(偏衫)과 바지처럼 생기고 주름을 많이 잡아 허리에 두르는 요의(腰衣)를 하나로 꿰맨 법의(法衣). '삼의(三衣)'라 일컫는 가사(袈裟)와 구분하여 검정 천으로 짧고 간편하게 지은 승려의 평상복이다.

했다. 삼장 법사는 주섬주섬 옷을 걸쳐 입고 제자더러 이부자리와 보따리를 챙기게 했다. 그리고 작별을 고하려는데, 늙은 주인은 벌써부터 세숫대야를 대령하고 조반까지 준비해놓았다. 나그네 두 사람은 잿밥을 들고 나서 곧바로 길을 떠나, 스승은 말을 타고 제자는 앞장서서 길을 인도했다.

시장하면 한 끼니 때우고 목마르면 물 마시고, 해가 저물면 잠자리 찾아들고 이른 새벽부터 걷다 보니, 어느덧 가을이 지나고 초겨울철을 맞았다. 썰렁한 겨울철이 되니, 산천초목 경치가 달라졌다.

울긋불긋 단풍잎 서리 맞아 떨어져 천산의 나무 숲 앙상한 가지 드러내고,
영마루 송백 서너 그루만 푸르름이 빼어나다.
한매(寒梅)의 꽃봉오리 아직 트이지 않았어도 그윽한 향기 흩뿌리는데,
포근한 대낮은 갈수록 짧아져 봄이 오기는 한참 이르다.
국화꽃 시들고 연꽃마저 다 졌는데, 산다화만이 무성하게 피었고,
썰렁한 징검다리에 해묵은 고목들이 가지 뻗기를 다툰다.
산골짜기 시냇물 좔좔좔, 샘솟아 흐르는 기세 빠른데,
옅게 깔린 구름장은 눈이라도 내릴 듯 온 하늘에 떠돈다.
휘몰아치는 삭풍에 소맷자락 여미니, 저물녘 찬 기운을 어이 견디랴?

스승과 제자가 한참을 가고 있는데, 길 곁에서 느닷없이 휘파람 소리가 들리더니 괴한 여섯 명이 한꺼번에 뛰쳐나왔다. 저마다 손에 장창,

단검을 잡고 예리한 칼날을 번뜩이면서 뚝심 센 활시위를 잔뜩 당긴 채 벼락같이 호통을 지르는데, 그 기세가 정녕 사납고도 무시무시하다.

"어이, 거기 중 녀석들! 꼼짝 말고 게 섰거라. 목숨이 아깝거든 냉큼 그 말과 짐 보따리를 내려놓아라. 그러면 목숨만은 살려줄 테다!"

깜짝 놀란 삼장 법사, 혼비백산을 해 가지고 말 위에서 털썩 굴러 떨어지더니 얼굴이 하얗게 질려 아무 말도 못 한다.

손행자가 스승을 부축해 일으키면서 이렇게 말했다.

"사부님, 안심하십쇼. 아무 일도 없을 겁니다. 저놈들은 모두 우리한테 옷과 노잣돈을 보태주려고 온 녀석들이니까요."

삼장은 부들부들 떨면서 묻는다.

"아니, 오공아! 귀가 먹었느냐? 방금 저 사람들은 우리더러 마필과 보따리를 남겨놓고 가라고 했는데, 너는 도리어 저들에게 무슨 옷가지와 노잣돈을 보태달라는 거냐?"

"사부님은 여기서 그저 옷 보따리와 마필이나 지키고 계십쇼. 이 손선생이 저것들과 한바탕 겨뤄볼 테니까, 결말이 어떻게 날 것인지 두고 보세요."

"제자야, 아무리 뚝심이 세더라도 한 손으로 두 주먹을 당하지 못하고, 두 주먹으로 네 손을 당하지 못하는 법이다. 저쪽은 장정 여섯 명이나 되는데, 너같이 작은 몸집 하나만 가지고 어떻게 저 사람들과 겨뤄보겠다는 거냐?"

하지만 담보가 워낙 큰 손행자, 그 말을 들을 턱이 어디 있으랴. 그는 대답 대신에 성큼성큼 앞으로 걸어 나가더니, 팔짱을 턱 끼고 여섯 사람 앞에 마주 섰다.

"여러분, 무슨 까닭으로 소승 일행이 가는 길을 가로막으시오?"

이쪽에서 물으니, 상대편에서도 대꾸가 건너왔다.

"우리는 길가는 나그네를 터는 산적 대왕들이시다. 가끔씩 좋은 일도 해주는 이 산의 주인이기도 하지. 우리네 명성이 오래전부터 천하에 쟁쟁한데, 네놈은 그것도 모른단 말이냐? 잔소리 말고 어서 저 말과 짐보따리를 놓아두어라. 그래야만 네놈들을 보내주겠다. 만약 '싫다'는 말에 반 마디라도 입 밖에 냈다가는, 당장에 네놈들을 죽여서 갈기갈기 찢어버리고 말겠다!"

그러자 손행자도 능청맞게 말대꾸를 한다.

"나 역시 조상 대대로 전해오는 대왕이요, 오랫동안 산채 주인 노릇을 해보았으나, 여러분의 그 쟁쟁하다는 명성 따위를 들어본 적이 없는데?"

"네놈이 모른다니, 내가 알려주지! 이 사람은 눈으로 보고 기뻐하는 '안간희(眼看喜)'요, 이 사람은 귀로 듣기만 해도 노여워하는 '이청노(耳聽怒)'요, 또 이 사람은 코로 냄새만 맡아도 좋아하는 '비후애(鼻嗅愛)', 저 사람은 혓바닥으로 맛을 음미하는 '설상사(舌嘗思)', 또 저쪽은 눈치만 보아도 욕심이 동하는 '의견욕(意見慾)', 그리고 저 사람은 자기 자신 하나 때문에 늘 걱정한다고 해서 '신본우(身本憂)'[6]라고 한다. 요놈아, 이제 알아듣겠느냐?"

한바탕 늘어놓는 사설을 다 듣고 나서, 오공이 껄껄껄 웃는다.

"이제 봤더니 좀도둑 여섯 놈이로구나! 우리 출가승이 네놈들의 주

---

6 안간희⋯⋯ 신본우: 여기 등장하는 산적들의 이름은 모두 불교에서 말하는 육근(六根)과 육정(六情)을 의미하고 있다. 여섯 이름의 첫 자 '안(眼, 눈)·이(耳, 귀)·비(鼻, 코)·설(舌, 혀)·신(身, 촉감)·의(意, 의지)'는 육근이며, 이름의 끝 자 '희(喜, 기쁨)·노(怒, 노여움)·애(愛, 사랑)·사(思, 생각)·욕(慾, 탐욕)·우(憂, 근심)', 이 여섯 가지는 육정이다. 손오공이 이들 여섯 도적과 마주쳐 모두 죽여버린 행위는, 불교에서 이른바 육근의 장애를 부수고 여섯 가지 감정의 더러움을 씻어내어 심신이 때없이 맑고 깨끗한 육근청정(六根淸淨)의 경지에 들어서려는 과정을 암시한 것이다.

인 나으리라는 것도 알아보지 못하고 도리어 앞길을 가로막다니, 참으로 괘씸한 놈들이다. 거기 약탈한 물건들을 모조리 내놓거라. 나하고 네놈들하고 일곱 몫으로 똑같이 나눠 가져야겠다. 그래야만 네놈들의 죄를 용서해주겠다."

산적들이 이 말을 듣자, '안간회'란 놈은 기뻐하고, '이청노'란 놈은 성을 내고, '비후애'란 놈은 좋아하고, '설상사'란 놈은 생각하고, '의견욕'이란 놈은 욕심을 부리고, '신본우'란 놈은 걱정 근심을 하면서 제멋대로 아우성을 치더니, 일제히 앞으로 치달려왔다.

"요 못된 땡추 중 녀석, 정말 무례하기 짝이 없구나! 네놈은 밑천이라곤 쥐뿔도 없는 것이 도리어 우리하고 재물을 나누자고 하다니, 이런 고얀 녀석 봤나!"

창대를 휘두르고 칼춤을 추어가며 한꺼번에 우르르 덤벼든 산적 대왕 여섯 놈이 손행자의 머리통을 닥치는 대로 내리찍고 마구잡이로 베고…… 후닥탁 뚝딱, 7, 80여 차례나 찌르고 베고 내리찍었는데, 앙큼스런 손행자는 한가운데 에워싸인 채 우두커니 서서 눈썹 하나 까딱 않는다.

"와아, 이것 참말 지독한 중놈이다! 돌대가리 정도가 아니라 무쇠 덩어리보다 더 딱딱하구나!"

맥빠진 도둑들이 혀를 내두르니, 손행자는 코웃음을 쳤다.

"그쯤 가지고야 뭐 별 볼일 있겠나! 네놈들은 힘이 다 빠졌을 테니까, 이번에는 이 손선생께서 바늘 좀 꺼내 가지고 놀아봐야겠군."

물정 모르는 여섯 도둑, 이게 무슨 소린가 싶어 어리둥절하게 되물었다.

"요놈의 화상이 침을 놓는 의원 노릇 하다가 중이 된 모양일세그려. 우리한테 병도 없고 탈도 없는데, 무슨 놈의 침을 놓겠다는 거야?"

손행자는 들은 척 마는 척, 손을 뻗어 귓속에서 수놓는 바늘 한 개를 끄집어내더니 맞바람결에 한번 휘두르기가 무섭게 바늘은 밥공기 둘레만큼씩이나 굵다란 철봉으로 바뀌었다. 그것을 손에 잡고 버럭 호통치는 손행자.

"꼼짝들 말고 게 서 있거라! 이 손선생도 쇠몽둥이 쓰는 솜씨 한번 보여줄 테니까."

그것을 본 여섯 도적들, 기겁을 해 가지고 사면 팔방으로 뿔뿔이 흩어져 도망치기 시작했다. 그러나 동작 재빠른 원숭이 임금을 무슨 수로 떨쳐버리겠는가. 날쌔게 뒤따라붙은 손행자는 하나하나씩 때려죽이더니, 옷을 홀랑 벗기고 주머니를 뒤져 돈푼까지 낱낱이 후려내어 챙겼다. 그리고는 싱글벙글 웃으면서 삼장 법사에게 걸어갔다.

"됐습니다! 사부님, 이제 떠나시죠. 그 도적놈들은 이 손선생이 모조리 소탕해버렸습니다."

그러나 삼장은 떠날 생각을 않고 두 눈을 부릅떴다.

"이놈아, 너는 가는 곳마다 화근만 일으키는구나! 저 사람들이 비록 길을 가로막고 재물을 빼앗는 강도들이기는 하다만, 관가에 잡혀가더라도 죽을죄는 아닐 텐데, 네놈에게 아무리 수단이 있기로서니 쫓아버리면 그만이지, 어쩌자고 모조리 때려죽였단 말이냐? 무고한 사람의 목숨을 해치고도 측은하다는 기색이 없으니, 그래 가지고 어떻게 중노릇을 하겠다는 거냐? 출가승은 '땅바닥을 쓸 때도 개미 한 마리 죽이지 않을까 조심스럽게 쓸고, 등잔불에 부나비가 뛰어들까 걱정스러워 갓을 씌워준다' 하였거늘, 너는 어째서 흑백을 가리지 않고 단숨에 모두 때려죽였느냐? 네놈에게는 자비를 베풀어 착한 일을 하겠다는 마음이 털끝만큼도 없구나! 여기가 깊은 산중이어서 순찰하는 관원이 없는 게 다행이지, 만약 사람 많은 성내에 들어가서 누군가 네 성미를 건드렸을 때,

너 역시 그 무지막지한 쇠몽둥이로 그 사람을 때려죽였을 게 아니냐? 그렇게 되었다가는 아무런 죄도 없는 나까지 연루될 터인데, 어떻게 빠져나갈 수 있단 말이냐?"

"하지만 사부님, 제가 그놈들을 때려죽이지 않았다면, 필경 그놈들 쪽에서 사부님을 죽였을 겁니다."

손행자는 억울하다고 항변했으나, 스승의 꾸지람은 더욱 심해졌다.

"우리 출가인은 차라리 죽임을 당할망정 흉악한 짓을 하지 않는다. 내가 죽으면 내 한 몸만 죽을 뿐인데, 네놈은 내 한 목숨 살리자고 여섯 명씩이나 죽였으니 이게 무슨 이치냐? 만약 이 일이 관가에 고발되면, 설령 네가 재판관이라 해도 변명할 말이 없을 것이다."

"사부님 앞이니까 솔직히 말씀드리겠습니다만, 이 손선생은 오백 년 전부터 화과산에서 대왕 노릇을 하고 요괴 노릇도 하면서 얼마나 많은 사람들을 때려죽였는지 모릅니다. 사부님의 그런 말씀대로 했다면, 저는 진작에 제천대성 노릇도 못 해봤을 겁니다."

"그것은 네가 누구에게도 단속을 받지 않았기 때문에 가능했던 거다. 너는 인간 속세에서 횡포를 부리고 하늘의 법도를 업신여겼으며 옥황상제를 속인 죗값으로 오백 년 동안이나 고난을 받은 것이다. 오늘에 와서 불문에 들고도 그때처럼 여전히 흉악한 짓을 저지르고 제멋대로 생령을 해친다면, 서천에도 못 가고 중노릇도 못 한다! 이 몹쓸 놈아! 몹쓸 놈!"

콧대 높은 원숭이 임금, 평생을 두고 언제 남한테 꾸지람을 반 마디라도 들어본 적이 있었던가. 꾸지람은커녕 잔소리 듣기에도 참지 못하는 성격이다. 삼장이 계속 이러쿵저러쿵 깐깐하게 꾸짖는 소리를 듣다 보니, 손오공은 저도 모르게 원숭이의 성미가 발끈 치밀었다.

"정녕 그렇게 말씀하신다면, 저는 서천에 갈 필요도 없고 중노릇도 못 하겠습니다그려. 기왕지사 이것저것 다 안 될 바에야, 저한테 그런 악담을 퍼부을 것도 없지 않겠습니까. 저는 돌아가면 그뿐입죠."

삼장은 입을 꾹 다문 채 아무 대꾸도 하지 않았다. 스승이 잠자코 있으니, 손오공은 화가 치밀 대로 치밀어 "휙!" 하니 허공으로 몸을 솟구쳤다.

"에라, 모르겠다! 손선생 돌아가신다!"

삼장이 깜짝 놀라 고개를 쳐들었을 때, 그저 "휙!" 하는 바람 소리만 동쪽 방향에서 들려왔을 뿐, 제자 손오공의 모습은 벌써 어디로 사라졌는지 그림자도 보이지 않았다.

제자에게 버림받고 외롭게 홀로 남은 삼장 법사, 처량하고 쓸쓸한 마음에 고개를 끄덕이며 탄식을 금치 못한다.

"야속한 녀석, 저를 타이르는 말귀도 못 알아듣다니…… 몇 마디 꾸중을 했다고 온데간데없이 사라져버릴 줄이야 누가 알았겠나? 하지만 제 마음대로 훌쩍 떠나버렸으니 이제 할 수 없지. 그만두자, 그만둬! 내 밑에 제자를 둘 만한 팔자를 타고나지 못했으니 어쩌겠는가!…… 가자, 가자! 나 혼자서라도 어서 떠나자꾸나!"

삼장은 생각했다. 일이 이렇게 꼬인 것은 어쩌면 자기 혼자서 몸을 내던지고 목숨 바쳐 서녘 땅으로 가야 할 길이니, 남에게 의탁하지 말고 자기 주장대로 해나가라는 뜻인지도 모른다.

어쩔 수 없게 된 삼장은 주섬주섬 행장을 수습하여 안장 위에 얹어놓고, 말 위에 오르는 대신에 한 손으로 석장을 짚고 한 손으로 말고삐를 잡아끌면서 터벅터벅 서쪽을 향해 걸어 나가기 시작했다.

한데 얼마쯤 걸었을까, 산길 앞쪽에 나이 지긋한 노파 한 사람이 마주 걸어오는 것을 발견하고, 삼장은 황급히 말을 이끌어 오른쪽 길 한 곁으로 비켜섰다. 노파에게 길을 양보해드릴 생각에서였다.

노파는 손에 무명 옷 한 벌을 들고 있었는데, 가지런히 포갠 옷 위에는 얼룩 무늬 모자가 덩그러니 놓여 있었다.

"어디서 오는 스님이시오? 왜 그리도 외롭고 쓸쓸하게 혼자서 이런 곳을 지나는 거요?"

노파가 묻는 말에, 삼장은 공손히 대답했다.

"소승은 동녘 땅 대당나라 황제 폐하의 파견을 받아, 서천으로 가서 살아 계신 부처님을 뵈옵고 진경을 구하러 가는 사람입니다."

"서방 세계의 부처님은 천축국 경계 대뇌음사에 계시고, 그곳은 여기서부터 거리가 십만 팔천 리나 떨어져 있는데, 말 한 필에 홀몸으로 동반자도 제자 하나도 없이 어떻게 가려는 거요?"

"소승에게도 며칠 전에 거두어들인 제자가 한 사람 있었습니다. 그런데 이놈의 성질이 워낙 고약스러워, 제가 몇 마디 꾸짖었더니만 알아듣지 못하고 저를 이렇게 내버려둔 채 어디론가 훌쩍 떠나버리고 말았습니다그려."

그러자 노파는 손에 들고 있던 무명 옷을 삼장에게 내밀었다.

"여기 무명 직철 한 벌과 금을 박은 승모(僧帽)가 한 개 있소. 원래 이것은 내 아들이 쓰던 것이라오. 그 녀석은 사흘 동안 중노릇을 하다가 불행히도 명이 짧아 죽고 말았지 뭐요. 그래서 나는 오늘 그 녀석이 묵던 절간에 찾아가서 한바탕 울고 오는 길이라오. 그 녀석을 받아들였던 스님과 작별하고 절간을 나서려는데, 그 스님이 이 옷과 모자를 내게 줍디다. 추억으로 삼으라나 뭐라나, 원!…… 그런데 내가 이걸 가져가서 어디다 쓰겠소? 스님, 당신한테 제자가 있다니, 이 늙은이가 이 옷과 모자를 스님께 드리고 싶구려."

삼장은 완곡한 말씨로 거절했다.

"어르신의 뜻은 고맙습니다만, 제자 녀석이 떠나버린 마당에 받을 수가 없겠습니다."

"어디로 떠났단 말이오?"

"그저 귓결에 '휙!' 하는 바람 소리만 들었을 뿐인데, 동쪽으로 돌아가는 기척이었습니다."

"동쪽이라!…… 흠흠! 동쪽으로 멀지 않은 곳에 우리 집이 있소. 아무래도 그 녀석이 우리 집으로 간 모양이로군…… 여보, 스님! 나한테 주어가 한 편 있는데 그걸 가르쳐드리고 싶소. 이것은 마음을 가라앉히는 데 효과가 있어 '정심진언(定心眞言)'이라고도 부르고 '긴고아주(緊箍兒呪)'라고도 부르오. 이 주문을 가르쳐드릴 테니까, 아무도 모르게 잘 외워서 마음속에 단단히 기억해두시오. 어떤 사람에게도 누설해서 알게 해서는 아니 되는 거요. 내가 이 길로 뒤쫓아가서 그놈을 붙잡아다 스님을 모시고 떠나게 해드릴 터이니, 그놈이 돌아오는 대로 이 무명 옷과 모자를 쓰게 하시오. 그래서 만약 스님이 시키는 대로 따르지 않거든, 속으로 이 주어를 외도록 하시오. 그럼 두 번 다시 못된 짓을 저지르지도 않을 것이며, 스님 곁을 떠나는 일도 없을 것이오."

고맙기 짝이 없는 말씀을 듣고 삼장이 머리 숙여 사례하는데, 그 노파는 어느 결에 한 줄기 금빛 광채로 변해 가지고 동쪽으로 날아가버리는 것이 아닌가? 그제야 삼장은 관음보살이 손행자를 단속할 진언을 가르쳐주기 위해 현신하였음을 깨닫고, 분향 삼아 흙 한 줌을 뿌리면서 동쪽을 향해 경건히 예배를 드렸다. 절을 마친 그는 무명 옷과 모자를 거두어서 보따리 속에 감춰 넣은 다음, 길 곁에 자리 잡고 앉아 보살이 가르쳐준 '정심진언'을 외기 시작하였다. 몇 차례를 거듭하여 외운 끝에, 곤죽이 되도록 익혀 가슴속 깊이 새겨둔 것은 더 말할 나위도 없다.

한편, 스승 곁을 떠난 오공은 근두운을 일으켜 타고 방향을 동양 대해에 있는 용왕의 수정궁 쪽으로 돌렸다. 실로 오랜만에 타보는 근두운, 주인을 태운 구름장은 그야말로 눈 깜짝할 사이에 바다 밑 물길을 가르면서 동해 용왕 오광의 수정 궁궐에 들이닥쳤다.

느닷없는 불청객의 방문에, 용왕은 깜짝 놀라 반겨 맞아 정중히 궁궐 안으로 모셔들였다.

인사치레가 끝나자, 용왕은 제천대성이 그 동안에 어떻게 지냈는지 궁금해 물어왔다.

"요즈음에 듣자니, 대성님의 수난도 기한이 다 차셨다고 들었는데 축하를 못 해드려 송구스럽소이다! 이렇게 돌아오신 것은 화과산을 다시 바로잡고 예전의 수렴동으로 돌아가기 위해서가 아니오?"

그 말에 오공은 "푸우!" 하고 한숨부터 내리쉰다.

"나 역시 그럴 마음이 없지 않아 있소이다만, 지금은 화상 노릇을 해야 하니 그게 고민이외다."

"화상 노릇을 하다니, 그게 무슨 말씀이오?"

용왕이 뜨악해져서 묻는다.

"남해 관음보살이 날더러 착하게 살라고 권유하시고, 정과를 깨우쳐 동녘 땅의 당나라 스님을 따라서 서방 세계로 부처님을 찾아뵙고 삼보에 귀의하게 하셨지 뭐요. 지금은 또 손행자라고 부르기도 한다오."

"그것 참말 경축할 일이로군요! 진심으로 축하드리는 바요! 이게 바로 개사귀정, 잘못을 고치고 올바른 길에 들어서는 방법이요, 악한 자를 징벌하는 착한 마음이 아니겠소? 그렇게 되셨다면, 왜 서쪽으로 가지 않으시고 동쪽으로 되돌아오신 거요?"

손행자는 씁쓰레하니 웃었다.

"그 당나라 스님이란 분이 남의 기분을 도통 알아주지 않은 탓이었소. 길가는 나그네를 털어먹던 좀도둑 몇 놈을 내가 때려죽였더니, 그 당나라 스님은 쉴새없이 주절주절, 무조건 내 잘못이라고 꾸짖어가며 잔소리를 늘어놓는 게 아니겠소? 생각 좀 해보시구려. 당신도 아시다시피 이 손선생이 남한테 꾸중을 듣고 가만히 참고 견딜 성미요? 그래서 나는 그 스님을 길바닥에 그냥 내버려두고 이렇게 정든 화과산 고향으로 돌아가는 길이요. 가는 도중에 용왕 생각이 나기에 만나보고 차나 한 잔 얻어 마실까 해서 찾아온 거요."

"아무렴, 이를 말씀이오! 잘 오셨소이다. 애들아, 어서 차를 내오너라!"

용왕은 아들 손자를 시켜 향기로운 차를 한 잔 내다가 손행자에게 바쳤다.

차 대접을 받은 후, 손행자는 이리저리 둘러보다가 뒷벽에 걸려 있는 그림 한 폭을 발견했다. '이교 위에서 신발을 세 번 바치다(圯橋三進履)'라는 화제(畫題)가 붙은 족자 그림이었다.

"저게 무슨 경치요?"

손행자의 물음에, 용왕은 대수롭지 않게 대답했다.

"대성님이 앞서 수난을 당하시고, 저 화폭은 나중에 그려진 것이라 모르시겠군요. 저것은 '이교삼진리', 다시 말씀드려서 이교 위에서 신발을 세 번 주워 바쳤다는 내용의 그림이외다."

"신발을 세 번씩이나 주워서 바치다니?"

"저 그림의 신선은 바로 황석공(黃石公)이요, 젊은이는 한나라 때 사람으로 장량(張良)[7]이외다. 황석공이 이교라는 다리 위에 앉아 있다가

---

[7] 황석공·장량: 황석공은 이름이 세상에 전해지지 않으며, 그의 육신이 누른 빛깔의 돌로 변했다는 고사에 따라 '황석공(黃石公)'으로 불리는데, 진(秦)나라 말엽 태공(太公) 여상(呂尙)의 병법을 고쳐 씨시 한(漢)나라 개국 공신이 되는 장량(張良, ?~기원전 186)에게 전수해주었다는 신비의 인물. 장량과 다리(圯橋) 위에서 만났다고

갑자기 신발을 다리 밑으로 떨어뜨렸는데, 때마침 장량이 지나가는 것을 보고 불러다가 신발을 주워오게 했지요. 이 젊은이가 부랴부랴 신발을 찾아들고 다리 위에 올라와 무릎 꿇고 손수 신발을 신겼더니, 황석공은 또 신발을 다리 밑으로 떨어뜨렸답니다. 그래서 장량은 또 주워다 신기고…… 이렇듯 세 차례나 거듭했는데도, 장량은 털끝만큼이나마 거만을 떨거나 게으름을 부리지 않고 성심성의껏 노인을 대접했던 겁니다. 황석공은 그 부지런함과 진실된 마음을 사랑한 나머지, 밤마다 천서(天書)를 가르쳐주어 장량이 그 도략으로 한나라 황실을 돕도록 해주었다는 겁니다.

그리하여 훗날 장량은 과연 '조정에 들어앉아서도 천리 밖 싸움터를 지휘하여 전승을 이끌어내는 명장'이 될 수 있었던 겁니다. 그 후 장량은 한나라 조정에서 으뜸가는 공신이 되었고, 천하가 태평해지자 모든 영예와 벼슬을 내던지고 산중으로 들어가, 신선 적송자(赤松子)[8]를 따라 운유하던 끝에 도를 깨우쳐 신선이 되었다고 합니다.

손대성, 내가 불초하나마 충고 한마디 하리다. 이제 만약 대성께서 당나라 스님을 보호하지 않고 수고로움을 다하지도 않으며, 또 그분의 가르침을 받지 않는다면, 결국 대성은 한낱 요선에 지나지 않을 것이요,

---

하여 '이상 노인(圯上老人)'이라고도 불린다. **장량**은 진시황을 암살하려다 실패하고 하비(下邳)로 달아나던 도중 황석공을 만나 병법 『삼략(三略)』을 전수받은 후, 초한(楚韓) 전쟁 시기에 군사를 모아 거느리고 유방(劉邦)에게 투신하여 심복 참모가 되었으며, 명장 한신(韓信)의 전략을 써서 초나라 항우(項羽)를 추격 섬멸하고 마침내 유방이 한(漢)나라를 세우는 데 크게 이바지하여 개국 공신이 되었다.

8 적송자: 도교 신선의 한 사람. 중국 고대 '삼황(三皇)'의 하나인 염제 신농(炎帝神農)의 스승이라고도 하고 제곡(帝嚳)을 가르치며 비를 주관하는 우사(雨師)였다고도 한다. 『열선전(列仙傳)』에 보면 "수옥(水玉)을 먹고 불 속에 뛰어들어 자신을 태운 뒤에 신선이 되었으며, 이따금 곤륜산에 나타나 서왕모의 석굴에 기거하였다"고 한다. '수옥'이란 수정(水晶) 또는 빙옥(氷玉)의 가루인데, 이것을 먹으면 불에 타죽지 않는다고 한다.

정과를 얻어 득도할 생각일랑 아예 말아야 할 것이외다."

그 말을 들은 손오공, 한참 동안이나 묵묵히 생각에 잠긴 채 아무 말도 하지 않았다.

용왕은 다시 한 번 간곡히 타일렀다.

"손대성, 스스로 잘 생각해서 처신하시구려. 공연히 성질이나 부리고, 자기 비위에 맞지 않는다고 함부로 설쳐대다가는 앞길을 그르치게 될 거요. 손대성이 그래서야 되겠소?"

그제야 손행자는 두 손을 홰홰 내저으면서 입을 열었다.

"알았소! 알아들었으니까, 더 얘기 마시오! 이 손선생이 되돌아가서 당나라 스님을 모시면 될 거 아니겠소?"

"그렇게 말씀하시니, 붙들지 않겠소이다. 부디 자비심을 베풀어 대성의 사부님을 괄시하지 말았으면 좋겠소."

용왕에게 떠나기를 재촉받은 손행자, 부랴부랴 몸을 일으켜 바다 밑을 떠나더니, 근두운에 올라탄 채 멀리까지 배웅 나온 동해 용왕과 작별 인사를 나누었다.

이래서 길을 서둘러 가는 도중에, 남해 관음보살과 딱 마주쳤다.

"손오공아, 너는 어쩌자고 가르침을 받지도 않고 당나라 스님을 보호하지도 않은 채, 이런 데서 떠돌고만 있는 거냐?"

손행자는 어마 뜨거라 싶어, 황급히 구름 끝에 서서 냉큼 절부터 드렸다.

"전에는 보살님께 좋은 가르침을 받았습니다. 그리고 말씀하신 대로 과연 당나라 스님이 오셔서 압첩을 떼어주신 덕분에 목숨을 구해 받고 그분의 제자가 되기도 했습니다. 하오나 그분은 제 성미가 고약하다고 꾸짖기만 하시기에, 저도 약이 올라 그분 곁에서 한번 훌쩍 떠나본 겁니다. 그래서 지금 이렇게 그분을 보호해드리려고 돌아가는 길 아니니까?"

"못된 생각 말고 어서 빨리 가거라!"

얘기를 끝낸 두 사람은 각자 갈 데로 돌아갔다.

못된 제자 손오공은 순식간에 날아가, 아직도 길 한 곁에 멍청하니 앉아 있는 당나라 스님을 발견했다. 그는 시침을 뚝 떼고 스승 앞으로 다가섰다.

"사부님! 어째서 길은 안 떠나시고, 아직껏 거기서 뭘 하고 계시는 겁니까?"

손행자가 불쑥 나타나니, 삼장은 원망보다 반가움이 앞섰으나 그래도 역정은 여전했다.

"네놈은 어딜 갔다 오는 게냐? 날 꼼짝 못하게 만들어놓고 떠나게 해주기나 했더냐? 여기서 네놈이 오기만을 기다리고 있었다, 이 못된 녀석아!"

"저는 방금 동양 대해 늙은 용왕의 집에 가서 차를 한 잔 얻어 마시고 돌아오는 길입니다."

"제자야, 출가인은 거짓말을 하면 못쓴다. 네가 내 곁에서 떠난 지 불과 한 시각 남짓밖에 안 되었는데, 어느새 동해 용왕 집에 가서 차를 얻어 마시고 돌아왔다는 말이냐?"

그 말에 손행자는 앙큼스럽게 낄낄 웃었다.

"사부님께는 속이지 않고 말씀드려야겠습죠. 저는 근두운이란 구름을 탈 줄 알거든요. 곤두박질 한 번에 십만 팔천 리나 되는 길을 날아갈 수 있단 말입니다. 그러니까 동해 용왕의 수정궁에 왔다갔다하는 것쯤은 눈 깜짝할 순간에 해치우죠."

"이놈아, 내가 말 몇 마디를 조금 심하게 했기로서니, 날 원망하고 그렇게 훌쩍 떠나버릴 수 있단 말이냐? 아무리 성미를 부린다 해도 나를 떼어놓고 갈 수는 없는 법이다. 너처럼 재주 많은 놈은 차를 얻어 마시겠지만, 나처럼 오도 가도 못 하는 사람은 여기서 꼼짝없이 굶주릴밖에 더 있겠느냐? 네놈도 미안한 줄은 알아야 할 게다."

과연 손행자는 미안한 생각이 들었는지, 얼른 대꾸를 했다.

"사부님, 시장하십니까? 그럼 제가 냉큼 가서 잿밥을 동냥해다 드리지요!"

그러자 스승은 절레절레 도리질을 한다.

"동냥하러 나갈 것 없다. 내 보따리에 마른 양식이 얼마쯤은 남아 있을 테니까. 유태보의 모친이 손수 만들어준 것이지. 너는 바리때를 가지고 물이나 찾아서 떠오너라. 뭐라도 좀 먹고 나서 떠나자꾸나."

행자가 보따리를 풀어놓고 이리저리 뒤져보니, 과연 말라빠진 밀가루 구운 떡 몇 개가 들어 있다. 그것을 꺼내다가 스승에게 넘겨주는데, 보따리 속에서 광채가 번쩍번쩍 나는 물건이 또 있다. 무명으로 짠 직철이 한 벌, 금을 아로새겨 넣은 얼룩 무늬 모자가 한 개, 손행자는 대뜸 스승에게 물었다.

"사부님, 이 옷하고 모자는 동녘 땅에서 떠나실 때 가져오신 겁니까?"

삼장은 시침을 뚝 떼고 입에서 나오는 대로 주워섬겼다.

"그건 내가 어렸을 적에 입고 쓰던 것이다. 그 모자를 쓰면 경을 가르치지 않아도 염불을 욀 수 있고, 그 옷을 입으면 예절 연습을 하지 않아도 예절을 차릴 수 있단다."

손행자가 그 말을 들으니, 욕심이 더럭 난다.

"우리 인심 좋은 사부님, 이걸 제가 입고 쓰면 안 되겠습니까?"

"크기가 어떨지 모르겠다만, 네 몸에 맞거든 입고 쓰려무나."

과연 인심 좋은 스승님이다. 선선히 허락을 받아낸 손행자, 말끝이 떨어지기가 무섭게 다 낡아빠진 백포(白布) 직철을 훌훌 벗어 던지고, 진솔 무명 직철을 꿰어 입는다. 입고 보니 자로 잰 것보다 더 몸에 딱 들어맞는다. 그 다음에는 모자를 쓸 차례다. 삼장 법사는 제자 녀석이 머리에 모자를 쓰는 것을 보기가 무섭게 먹기를 그치더니, 속으로 묵묵히 저 무서운 '긴고주'를 한바탕 외우기 시작했다.

"우아앗! 머리 아파라! 아이구 내 머리, 아파 죽겠다!"

전후 사정을 모르는 손행자, 펄쩍 뛰면서 비명을 질러댔다. 그러나 삼장은 거기서 그치지 않고 다시 몇 차례 거듭해서 외기만 했다. 손행자는 머리통이 뼈개질 듯이 아파, 흙바닥에서 데굴데굴 구르기 시작했다. 두 손으로 움켜잡은 얼룩 무늬 모자를 마구 뜯어내느라 안간힘을 쓰는 손행자, 그것을 본 삼장은 혹시라도 금테가 끊어질까 두려운 나머지 입을 다물고 긴고주를 외우지 않았다. 외우기를 그칠 때면 손행자의 고통도 뚝 그쳤다. 그 사이에 손으로 정수리를 더듬어보았더니, 철사 모양의 테두리가 이마에서부터 뒤통수에 이르기까지 한 바퀴 빙 둘린 채 단단히 조여들고 있는 것이 아닌가! 아무리 벗어 던지려 해도 벗겨지지 않고 비틀어서 끊어버리려 해도 끊어지지 않고, 이미 머리뼈 속에 뿌리가 박힌 것이 틀림없다. 그는 귓속에 감추었던 바늘을 꺼내 금테두리에 억지로 끼워 넣고 바깥쪽으로 늘어나게 마구 흔들어대기 시작했다. 삼장은 그것이 또 늘어나다 못 해 끊어질까 걱정스러워 또다시 중얼중얼 긴고주를 외기 시작했다. 고통은 여전했다. 얼마나 지독스럽게 아픈지, 두 눈망울이 잠자리처럼 불쑥 튀어나오고 이리 뒤채고 저리 뒤채면서 떼굴떼굴 뒹굴다 보니, 얼굴하며 귓불이 온통 시뻘개졌는가 하면 꽈배기처럼 비비 꼬인 몸뚱이가 저릿저릿하게 쑤셔왔다.

삼장은 그 꼬락서니를 보고 가여운 생각이 들어, 그만 입을 다물었다. 그랬더니 머리의 고통도 언제 그랬느냐는 듯이 삽시간에 말끔히 가셨다.

그제야 손행자도 무슨 영문인지 깨닫고 버럭 악을 썼다.

"이제 봤더니, 내 머리통이 아픈 것은 사부님께서 주문을 외고 있었기 때문이군요!"

"내가 언제 주문을 외웠더냐? 내가 외고 있던 것은 '긴고경(緊箍經)'이었을 뿐이다."

"그걸 다시 한 번 외워보십쇼."

삼장이 진짜 또 외기 시작했다. 손행자의 아픔도 진짜로 재발되었다.

"됐어요, 됐다니까! 그만 외우세요, 그만 외워! 아이고, 아파 죽겠다! 그걸 외기가 무섭게 아파지니, 이게 도대체 어찌 된 노릇일까?"

삼장은 주문 외기를 멈추고 이렇게 물었다.

"이제부터는 내가 타이르는 말을 듣겠느냐?"

"듣겠습니다!"

손행자가 한마디로 응답한다.

"두 번 다시 무례하게 굴지 않고?"

"예, 예! 어디라고 감히 그런 짓을……"

입으로는 이렇게 대답하면서도 속으로는 아직도 못된 생각을 품고 있던 손행자, 고통이 스러지기가 무섭게 바늘을 밥공기 둘레만큼이나 굵다랗게 키우더니, 당나라 스님을 겨냥하고 한 대 먹일 기세다. 깜짝 놀란 삼장 법사, 황급히 중얼중얼 두세 차례나 연거푸 긴고주를 외워대니, 이 못된 원숭이 놈은 길바닥에 데굴데굴, 저 무서운 철봉도 내던져버린 채 손가락 하나 까딱할 기력도 없어 두 손 모아 싹싹 빌지도 못하고 그저 무작정 애걸복걸 자비를 바랄 따름이다.

"알았습니다, 알았어요! 사부님 제발 덕분에 용서 좀 해주십쇼! 아이고 나 죽는다! 그만 외워요! 그만 외워달라고!"

삼장이 엄하게 꾸짖는다.

"너 이놈! 어째서 거짓말을 하고, 감히 날 때리려 했느냐?"

"때리려고 한 적이 없습니다. 사부님, 말씀해주십쇼. 도대체 누가 그 술법을 스승님께 가르쳐준 겁니까?"

제자의 물음에, 심성 착한 삼장은 곧이곧대로 대답해주었다.

"방금 전에 어느 노파가 가르쳐주었다."

그 말을 들으니 퍼뜩 짚이는 게 있다. 누구 때문에 이 꼴을 당하게 되었는지 알아차린 순간, 손행자는 그만 속에서 불덩어리가 확 치밀어 올랐다.

"됐어요, 됐어! 더 말씀하지 않아도 알만합니다! 그놈의 노파, 얘기 하나 마나 관음보살이겠죠. 그놈의 보살, 어쩌자고 이 손선생을 이 지경으로 못살게 구는 거야? 좋다, 두고 보라구! 내 당장 남해 보타산으로 쳐들어가서 이 못된 보살을 흠씬 두들겨 패고 말 테다!"

제자는 펄펄 뛰는데, 스승은 느물느물 한마디 거든다.

"나한테 술법을 가르쳐주셨으니, 보살님도 물론 알고 계시겠지. 네가 남해 보타산으로 쳐들어가면 그분이 가만 있겠느냐? 당장 주문을 외서 네놈을 죽고 못살게 만들 것이다."

그 말에 찔끔한 손행자, 듣고 보니 일리가 있는 말씀이다. 그는 당장 마음을 고쳐먹고 길바닥에 무릎 꿇었다.

"사부님! 이렇게 빕니다. 제발 좀 살려주십쇼. 그 술법은 보살이 저를 꼼짝 못하게 만들려고 사부님께 가르쳐준 겁니다. 어떻게든지 제가 사부님을 모시고 서천 땅으로 가도록 하려고 꾸민 수작이 틀림없습니다. 저도 보살님의 뜻에 거역할 생각은 없습니다. 그러니 사부님도 그 빌어먹을 주문일랑 외지 말아주십쇼. 부탁입니다. 하늘이 두 쪽 나는 한

이 있더라도 반드시 사부님을 보호해드릴 것이고, 두 번 다시 후회할 짓을 하지 않겠습니다."

"그렇다면 좋다. 말을 타고 떠날 테니 거들어라."

비로소 마음을 가다듬은 손행자, 무명 직철 옷자락에 허리띠를 단단히 조여 매고 보따리를 챙긴 다음, 정신을 바짝 차려 말고삐를 잡았다. 방향은 서쪽이다.

이래저래 우여곡절을 넘긴 끝에 서행 길이 계속되었는데, 그 뒤로 과연 무슨 일이 터질 것인지 다음 회에서 풀어보기로 하자.

제15회 신령들은 사반산에서 남모르게 삼장을 보호하고, 응수간의 용마는 소원 이뤄 재갈을 물리다

손행자가 당나라 스님을 모시고 서쪽으로 나아간 지 수삼 일. 때는 바야흐로 강추위가 기승을 부리는 섣달 그믐. 뼈를 에이는 삭풍이 휘몰아 닥치고 길바닥에 얼음이 꽁꽁 얼어붙어 미끄럽기 짝이 없는데, 발길이 닿는 곳은 보기만 해도 아찔한 낭떠러지와 깎아지른 절벽의 기구한 도로요, 첩첩 쌓인 고갯마루와 험산준령뿐이다.

말 위에서 삼장은 어디선가 콸콸콸, 귀가 따가울 정도로 시끄럽게 물결치는 소리를 듣고, 고개를 돌려 제자에게 물었다.

"오공아, 이게 어디서 나는 물소리냐?"

손행자는 무심결에 대답했다.

"제 기억으로는 아마도 사반산(蛇盤山) 응수간(鷹愁澗)에서 나는 물소리인 듯싶습니다. 그 계곡을 감돌고 흐르는 강물이 있지요."

손행자의 대답이 미처 그치지도 않았는데, 백마는 벌써 강기슭에 다다랐다.

깎아지른 절벽으로 둘러싸인 계곡이 아찔한데, 도도하게 일렁거리는 강물의 기세가 실로 엄청나다.

> 좔좔좔 흘러내리는 물결 차가운 맥이 되어 구름을 꿰뚫고, 맑다 못해 짙푸른 파도에 햇볕을 되비쳐 붉은데,
> 차가운 밤비 소리 요란해 그윽한 골짜기 뒤흔들고, 눈부신 아

침노을 찬란한 광채가 허공을 어지럽힌다.

천 길 까마득한 절벽에 물보라 흩날려 옥같이 부서지고, 한없이 맑은 물결 파도 치는 소리가 청풍(淸風)을 부른다네.

흐르고 또 흘러 만경창파에 돌아가니, 갈매기 해오라기 짝 지을 약속 잊고 하염없이 서 있네.

스승과 제자 둘이서 강기슭 경치를 둘러보느라 정신이 팔려 있는데, 느닷없이 강물 한복판에서 "쏴아!" 하는 소리와 함께 수면 위에 용 한 마리가 불쑥 솟구쳐 나오더니, 물결을 박차고 파도를 가르면서 눈 깜짝할 사이에 강기슭 둔덕에 뛰어올라 삼장 법사를 낚아채려 했다.

깜짝 놀란 손행자, 엉겁결에 보따리를 내동댕이치고 말 위에 앉아 있는 스승부터 껴안아 내린 다음, 뒤도 안 돌아보고 언덕 위 높은 곳으로 냅다 뛰어 달아났다. 그 잽싼 동작에, 용이란 놈도 뒤쫓아봐야 헛수고인 줄 알아차렸는지 삼장을 포기하고, 그 대신에 타고 있던 백마를 안장까지 한입에 통째로 삼켜버렸다. 뱃속이 두둑해지자, 용은 여유만만하게 방향을 되돌려 처음 나타났던 강물 속으로 잠적해버렸다.

손행자는 스승을 언덕으로 데려가 일단 모셔 앉혀놓고, 다시 말과 짐 보따리를 가지러 도망쳤던 강기슭으로 되돌아왔다. 그러나 현장에 남아 있는 것은 보따리뿐, 백마는 보이지 않았다. 할 수 없이 보따리만 메어다가 스승 앞에 내려놓고 겸연쩍게 투덜거렸다.

"젠장, 그놈의 용은 벌써 어디로 갔는지 자취를 감추고 없습니다. 그 바람에 말이란 놈도 놀라서 달아났고 말입니다."

그 말을 들으니, 삼장은 은근히 걱정이 앞선다.

"제자야, 그 말을 어디서 찾으면 좋으냐? 탈것이 없으면 걸어서 가야 하는데……"

"걱정 마십쇼, 사부님. 제가 찾아볼 테니까요."

스승을 안심시킨 손행자, 휘파람 소리 한 번에 공중으로 뛰어오르더니 손바닥을 이마에 대고, 시뻘겋게 핏발 선 눈자위와 샛노란 눈동자 화안금정(火眼金睛)을 딱 부릅뜬 채 사면 팔방을 휘둘러보았다. 그러나 백마의 종적은 어디에도 보이지 않았다. 그는 더 찾아볼 것도 없이 구름을 낮추어 지상으로 돌아왔다.

"사부님, 우리 말은 아무래도 그놈의 용이 잡아먹은 게 틀림없습니다. 사방 어디에도 보이지 않으니 말입니다."

제자가 본 대로 말했으나, 스승은 그 말이 믿어지지 않는다.

"제자야, 그 용의 입이 아무리 크기로서니, 그토록 큰 짐승을 한입에 삼켜버릴 수 있겠느냐? 그것도 안장에 고삐, 재갈까지 통째로 말이다. 내 생각으로는 그놈이 놀란 나머지 도망쳐서 산속 어딘가 으슥한 구석에 들어박혀 있을 것 같다. 다시 한 번 샅샅이 뒤져보려무나."

손행자는 천만의 말씀이라는 듯, 고개를 절레절레 내두른다.

"사부님이야 제 능력을 모르시겠지요. 이 두 눈으로 말씀드리자면 대낮에는 천 리 밖의 길흉(吉凶)을 내다볼 수 있고, 천 리 안에서 날개 치는 잠자리의 동작까지 놓치지 않을 정도로 예민합니다. 그런 눈을 가진 제가 몸집이 잠자리보다 수천 배나 더 큰 짐승을 못 알아볼 턱이 있겠습니까?"

신통력이 대단한 제자가 도리질을 하니, 스승은 낙심천만이라 눈앞이 캄캄해졌다.

"그 짐승이 잡아먹었다면, 나는 장차 무엇을 타고 어떻게 길을 간단 말이냐? 그 천산만수(千山萬水) 멀고 험한 길을 두 다리로 걸어서 가야 하다니, 불쌍하구나 내 다리! 가련하구나 내 다리! 어떻게 걸어간단 말인가!……"

넋두리를 늘어놓다보니 억장이 무너져내려, 저도 모르게 눈물까지 비 오듯 쏟아진다.

스승이 나약하게 눈물을 흘리는 꼬락서니를 보자, 손행자는 성미가 발끈 치밀었다.

"사부님! 바보같이 울긴 왜 우시는 겁니까! 그러지 말고 여기 앉아 기다리세요. 앉아 계시라니까요! 에잇, 참! 이 손선생이 그놈의 용을 잡아 끓여놓고 백마를 돌려받으면 되지 않습니까?"

제 성미에 못 이겨 스승 앞에서 버럭 호통을 지르는 손행자, 그 즉시 팔뚝을 걷어붙이고 뛰어 나가려 했다.

그 바람에 기겁을 한 삼장 법사가 제자의 손목을 꽉 붙잡고 놓아주지 않는다.

"아니, 제자야! 어딜 가려는 게냐? 네가 말을 찾으러 나간 사이에, 그 못된 놈의 용이 또 살그머니 기어 들어와서 나까지 잡아먹으면 어쩌려고? 그랬다가는 말도 잃고 사람도 죽어서 없어질 텐데, 어쩌면 좋으냐?"

스승이 하는 말을 듣자 듣자하니, 신경질이 나다 못해 울화통이 치밀어 견딜 수가 없다. 용감한 손행자는 제 성미에 겨워 그 자리에서 펄펄 뛰었다.

"정말 딱하십니다, 사부님! 딱하세요! 말을 타고 가셔야겠다면서, 저를 붙잡고 놓아주지 않으시니, 이대로 짐짝만 지키고 앉아서 늙어 죽을 때까지 기다리란 말입니까?"

이렇듯 스승과 제자가 옥신각신 다투고 있는데, 갑자기 허공에서 사람의 목소리가 들려왔다.

"손대성, 걱정 마시오! 당나라 스님도 울음을 그치십시오. 우리는 관음보살님의 분부를 받들고 온 신지(神祇)들로서, 진경을 가지러 가는 분을 남모르게 지켜드리고자 특별히 파견되어 왔소이다!"

삼장이 그 목소리를 듣더니 부리나케 땅에 엎드려 예배를 올렸다. 그러나 손행자는 허공을 바라보고 버럭 호통을 쳤다.

"그대들이 누구누구인지 이름을 밝혀라! 내가 점검을 해야겠다."

목소리가 대답한다.

"우리는 육정육갑(六丁六甲)[1]과 오방게체(五方揭諦), 사치공조(四值功曹), 그리고 열여덟 분의 호교가람(護敎伽藍)이오. 날마다 번을 갈라 돌아가며 당직을 서게 되어 있소."

"그렇다면 오늘은 누가 먼저 당직을 서는가?"

그 물음에는 여러 게체들이 대답했다.

"정갑(丁甲)과 공조(功曹), 가람(伽藍)이 번차례로 돌 것이오. 그러나 우리 오방게체 중에서 금두게체(金頭揭諦)만은 밤낮을 가리지 않고 좌우에서 모시게 되어 있소."

"좋다! 그럼 비번인 자는 물러가고, 육정신장과 일치공조, 그리고 게체들만 남아서 내 사부님을 보호하라. 그 동안에 이 손선생이 저 물속으로 괘씸한 용을 찾아가서 우리 백마를 돌려받아 가지고 돌아올 테니까."

"분부대로 하리다!"

여러 신들이 응낙하자, 그제야 삼장도 마음이 놓였는지 바위 언덕

---

[1] 육정·육갑: 모두 도교의 신령들이다. 『운급칠첨(雲笈七籤)』에 따르면, 육정(六丁)은 음신옥녀(陰神玉女)라고 부르는데, 육갑의 1순(旬) 가운데 정(丁)에 해당하는 신령들로서, 갑자(甲子)의 정묘(丁卯), 갑인(甲寅)의 정사(丁巳), 갑진(甲辰)의 정미(丁未), 갑오(甲午)의 정유(丁酉), 갑술(甲戌)의 정축(丁丑), 갑신(甲申)의 정해(丁亥)가 그것들인데, 모두 그날의 꿈풀이를 잘하는 신령이라고 한다.
육갑은 60갑자의 갑(甲)에 해당하는 신령, 즉 갑자·갑인·갑진·갑오·갑신·갑술의 신령들인데, 천궁의 사자로서 돌개바람과 우박을 몰고 다니며 귀신을 데리고 다닌다 한다.

에 앉아 손행자에게 몸조심하라고 신신당부를 했다.

"아무 걱정 말고 앉아서 기다리기나 하세요!"

두 마디로 딱 끊어 대답한 원숭이 임금, 다시 한 번 무명 직철 자락을 질끈 고쳐 매고 호랑이 가죽 치마를 걷어붙이더니, 여의금고 철봉을 단단히 틀어쥐고 기세 좋게 강변으로 달려갔다. 그리고 안개와 구름을 절반씩 타고 수면 위에 낮게 선회하면서 고래고래 고함을 지르기 시작했다.

"요 진흙탕의 미꾸라지 같은 놈아! 어디 처박혀 있는 거냐? 냉큼 나와서 우리 백마를 내놓아라! 백마를 내놓으란 말이다!"

한편 삼장의 말을 잡아먹고 배가 두둑해진 용은 깊숙한 물 밑바닥에 조용히 도사려 앉은 채 정기를 가다듬고 있었는데, 어떤 녀석인가 모를 놈이 물위에서 고래고래 악을 써 가며 시끄럽게 욕설을 퍼붓는 걸 듣고 슬그머니 울화통이 터져 견딜 수가 없다. 마침내 견디다 못한 용은 벌떡 몸을 일으켜 물결을 헤치고 수면 위로 뛰어 올라왔다.

"시끄럽다! 웬 놈이 잡소리로 내 욕을 퍼붓고 있는 거냐?"

범인이 나타나자, 오공은 버럭 호통을 쳐서 꾸짖었다.

"거기 꼼짝 마라! 요놈아, 어서 내 말을 돌려보내지 못하겠느냐!"

이어서 여의금고봉이 풍차 돌듯 정신없이 돌아가면서 용의 정수리를 겨냥하고 내리 갈겨내니, 용이란 놈도 어금니를 빼물고 앞 발톱으로 어지러이 춤추어가며 마주 덤벼들었다.

이리하여 응수간 강물 기슭에서는 한바탕 격전이 벌어졌는데, 사납기가 그야말로 효웅(驍雄)의 결투를 방불케 할 지경이었다.

용이 날카로운 발톱을 뻗치면, 원숭이는 금고봉을 치켜들고,
저쪽이 수염을 백옥(白玉)의 실처럼 늘어뜨렸다면, 이쪽은 두

눈동자를 적금(赤金)의 등잔불처럼 번뜩인다.

저편의 수염 아래 야명주가 채색 안개를 뿜어내면, 이편의 수중에는 철봉이 광풍을 휘몰아친다.

저편이 부모에게 버림받은 망나니 자식이라면, 이편은 하늘의 장수들까지 속여먹던 요정이라네.

이쪽저쪽 둘이 모두 재난에 혼이 나보고, 오늘에야 공덕을 이루겠다고 온갖 재능 다 뽐낸다.

둘은 오락가락 자리를 바꾸고 엎치락뒤치락 엉겨붙은 채, 한참 동안을 싸우던 끝에 용이란 놈이 마침내 힘이 빠져 기진맥진하더니, 더 이상 대적하지 못하고 몸뚱이를 획 돌이켜 물속으로 풍덩 들어가 깊숙이 잠수해버렸다. 그리고 원숭이 임금이 아무리 욕설을 퍼붓고 악을 써도 갑자기 귀머거리가 된 듯이 못 들은 척하고, 두 번 다시 머리통을 내밀지 않았다.

상대방이 이렇게 도망쳤으니, 손행자도 어쩔 도리가 없다. 그저 스승에게 돌아가 사실대로 보고나 할밖에.

"사부님, 그놈의 괴물은 제가 욕설을 퍼붓자 물속에서 나타나기는 했습니다만, 한참을 싸웠더니 겁을 집어먹고 혼이 났는지 강물 속으로 달아나 숨은 채, 다시는 나오지를 않습니다."

"그렇다면 결국 그 용이 내 말을 잡아먹었단 말이냐, 안 잡아먹었단 말이냐?"

"아니, 사부님! 무슨 말씀을 그렇게 하십니까? 보나마나 뻔한 노릇 아닙니까? 그놈이 말을 잡아먹지 않았다면, 욕설 몇 마디 들었다고 성이 나서 그처럼 뛰어나와 이 손선생에게 덤벼들 리 있었겠습니까?"

"애, 오공아! 지난번에 호랑이를 때려잡았을 때, 네 입으로 뭐라고 했지? 너한테는 용을 항복시킬 수도 있고 호랑이를 굴복시킬 재주가 있노라고 자랑하지 않았더냐? 그런 네가 오늘은 왜 그 용을 항복시키지 못하는 거냐?"

스승이 아픈 곳을 찌르니, 손행자는 약이 바짝 올라 펄펄 뛰며 악을 썼다.

"그만두십쇼! 그만둬요! 조금 있다가 내 그놈하고 사생결판을 내고야 말 테니까."

남에게 언짢은 소리를 반 마디만 들어도 비위가 뒤틀리는 손오공, 삼장 곁에 있어봤자 좋은 소리 더 들을 것이 없는 터라, 또다시 강기슭으로 달려가더니, 강물을 뒤집어엎고 바다를 휘젓는 '번강교해(翻江攪海)'의 술법을 써서, 물 밑바닥까지 훤히 들여다보일 정도로 맑고 깨끗하던 웅수간의 강물을 마구잡이로 휘저어, 마치 홍수 만난 황하의 아홉 굽이 물결처럼 삽시간에 싯누런 흙탕물로 만들어버렸다.

사태가 이 지경으로 엉망진창이 되자, 망나니 용은 물속 깊숙이 숨어 있으면서도 도무지 좌불안석(坐不安席), 앉으나 서나 자리 깔고 누우나 불안하기는 마찬가지라, 어떻게 몸둘 바를 몰랐다. 이야말로 '복은 겹쳐서 내리지 않으며, 재앙은 단 한 번만 닥쳐오는 법이 없다(福無雙降, 禍不單行)' 하더니, 과연 그 속담이 틀림없다. 내가 하늘의 법도를 어긴 탓으로 꼼짝없이 죽을죄를 간신히 모면하고 이곳에 숨어서 그럭저럭 편안하게 살아온 지 고작 1년도 안 되는데, 어디서 저런 마귀 같은 놈이 지긋지긋하게 나타나서 이렇듯 나를 못살게 들볶는단 말인가? 용은 생각하면 할수록 화가 치밀어 견딜 수가 없다. 불끈하는 성미를 더는 참지 못하게 된 용은 또다시 어금니를 악물고 물 밖으로 뛰쳐나갔다.

"이 찰거머리 마귀 같은 놈아! 도대체 네놈은 어디서 굴러먹던 놈이기에, 여기 와서 나를 못살게 구는 거냐?"

용이 다시 모습을 드러내는 것을 보자, 여유만만해진 손행자는 느긋이 대꾸했다.

"내가 어디서 굴러왔든 상관할 것 없이, 말이나 어서 돌려보내라. 그럼 네 목숨 하나만큼은 살려주마."

"네놈의 백마는 벌써 내 뱃속에 들어가버렸는데, 어떻게 다시 토해놓으란 말이냐? 그리고 또 말을 돌려주지 않겠다면, 네놈이 날 어쩌겠다는 거냐?"

손행자는 여의금고봉을 훑어 보이면서 대꾸했다.

"말을 돌려보내지 못하겠다면, 그 대신에 이 철봉 맛을 봐야지! 네놈을 단매에 때려죽여서, 우리 백마의 목숨 값이라도 받아내야겠어!"

이래서 둘은 다시 한 차례 맞붙었다. 깎아지른 산비탈 아래 불똥 튀기는 맹렬한 싸움이 벌어지기는 했는데, 겨룬 지 불과 몇 합도 지나지 않아서 용은 정말 감당하기 어려운 것을 느끼고 몸뚱이를 훌쩍 뒤채더니, 한 마리의 물뱀으로 변하여 강기슭 우거진 수풀 속으로 뚫고 들어가 숨어버렸다.

원숭이 임금은 쇠몽둥이를 휘두르면서 기세등등하게 뒤쫓아갔다. 한데 풀섶을 헤치고 아무리 찾아보아도 용이란 놈은 어디로 숨어버렸는지 그림자조차 찾을 길이 없었다. 약이 오를 대로 오른 그는 온 몸뚱이의 '삼시신(三尸神)'[2]이 한꺼번에 발작을 일으키고, 일곱 구멍 '칠규(七竅)'[3]에서 모락모락 연기가 피어날 정도로 분통이 터졌다. 용을 찾다 못

---

[2] 삼시신: 도교에서 사람의 몸 속에 있다는 신령. 상시신(上尸神)의 이름은 팽거(彭倨), 언제나 인간의 두뇌 속에 거처하면서 보물을 탐내게 만들고, 중시신(中尸神) 팽질(彭質)은 심장부 뒤편에 거처하면서 음식의 다섯 가지 맛을 즐기게 하며, 하시신(下尸神) 팽교(彭矯)는 배꼽 밑 세 치쯤 되는 단전(丹田)에 자리 잡고 있으면서 인간의 색욕을 부추긴다 한다.
[3] 칠규: 사람의 머리에 달린 일곱 구멍. 곧 두 눈, 두 귀, 두 콧구멍, 그리고 입을 말한다. 여기에 다시 앞쪽 음부(陰部)에 해당하는 요도(尿道)와 뒤쪽 음부에 해당하는 항

한 그는 당장 '옴(唵)'⁴자 주어를 외워 현지의 토지신과 사반산을 지키는 산신령을 한꺼번에 불러냈다. 주문에 걸린 신령들은 삽시간에 모습을 드러내고 제천대성 앞에 나타나 무릎 꿇고 엎드렸다.

"산신령과 토지신, 여기 대령했나이다!"

"우선 그놈의 상판들을 이리 내밀어라. 인사치레로 다섯 대씩 몽둥이 찜질을 해서 이 손선생의 울화통을 좀 풀어놓고 얘기하자꾸나!"

저 무시무시한 쇠몽둥이로, 그것도 한 대가 아니라 다섯 대씩이나 얻어맞아야 하다니, 생각만 해도 끔찍스러운 노릇이다…… 기절초풍을 한 신령들은 이마를 조아려가며 애걸했다.

"아이고, 대성님! 제발 좀 참으시고, 소신의 말씀부터 들어주십쇼."

"무슨 말을 하겠다는 거냐?"

"소신들은 대성님께서 오랜 세월 갇혀 계시다는 소문만 들었을 뿐, 언제 풀려나셨는지 어떻게 알 수 있었겠습니까? 그래서 영접을 나오지 못했으니 제발 덕분에 용서해주십쇼."

두 신령이 애원하는 소리를 들으니, 손행자도 마음이 누그러졌다.

"기왕에 그렇다니 때리지는 않으마. 한데 물어볼 것이 하나 있어. 이 응수간 물 속에는 어디서 온 괴물이 살고 있는 거냐? 그놈이 왜 우리 사부님의 백마를 잡아먹었는지 알고들 있느냐?"

문(肛門)을 포함시켜 '구규(九竅)'라고 일컫기도 한다.

4 옴: 불교 용어 'oṃ'의 음역. 인도에서 통상 종교 의식 전후에 암송되는 신성한 음으로서, '아(阿)a' '오(汚)u' '음(麼)m'을 각각 만물의 발생, 유지, 소멸을 나타낸다고 해석했다. 이와 같은 원리로 앞서 제7회 주 **12**의 '옴마니반메훔'의 주문도 한 자 한 자씩 떼어 부르는데, '옴'을 길게 부르면 그 공덕이 죽은 후 천상계(天上界)에 길이 유전(流轉)함을 막고, '마'를 부르면 악귀가 도사린 수라도(修羅道)에 윤회함을 면하며, '니'를 부를 때에는 인간계(人間界)에 태어남을 막고, '반'을 부르면 사람이 축생도(畜生道)에 윤회하는 어려움을 없애주며, '메'자를 부르면 아귀도(餓鬼道)에 빠지는 고통을 벗어나고, '훔'자를 부르면 죽어서 지옥에 떨어짐이 없는 공덕이 생겨난다고 하였다.

그 말에 신령들이 어리둥절한 표정을 지었다.

"아니, 사부님이라뇨? 대성 어르신께서는 애당초부터 사부님을 모신 적이 없지 않습니까? 대성님으로 말씀드리자면 하늘에도 땅에도 굴복하지 않으시는 혼원상진(混元上眞)[5]이신데, '사부님의 백마'를 찾으시다니, 그건 또 무슨 말씀입니까?"

"자네들이야 모를 테지. 나는 하늘의 옥황상제 앞에 까불었다는 죄목으로 꼬박 오백 년 동안 고난을 받았었다. 그러다가 이번에 관음보살님의 권면을 받고 선과에 들었을 뿐 아니라, 당나라 황제 폐하와 의형제를 맺은 참된 스님에게 구출되어, 그분의 제자 노릇을 하게 되었단 말이다. 그래서 스승을 모시고 서천으로 가서 부처님을 뵈옵고 진경을 얻으러 가던 도중, 이곳을 지나치게 되었는데 여기서 그만 우리 사부님의 백마를 잃어버리고 만 것이다."

"허어! 그러셨군요, 그런 일이 있으셨어! 이 응수간 물 속에는 예로부터 사악한 괴물 따위가 살지 않았습니다. 수심이 워낙 깊고 너른 데다, 기슭의 경사도가 무척 가파르고 물 밑바닥까지 들여다보일 정도로 맑고 깨끗해서, 까마귀나 참새처럼 하늘을 나는 새 떼들도 섣불리 이 물 위를 건너가지 못합니다. 왜냐하면 물위를 날아가다가 수면에 비친 제 그림자를 보고 같은 무리의 새인 줄 잘못 알고 물속으로 곤두박질쳐 죽는 일이 이따금씩 일어나곤 하지요. 그래서 이 강물 이름을 '사나운 새매도 수심에 차서 건넌다'는 뜻으로 '응수두간(鷹愁陡澗)'이라고 붙여진 것입니다.

그런데 얼마 전에 관세음보살께서 경을 얻으러 갈 사람을 찾아가시

---

[5] 혼원상진: 혼원(混元)이란 하늘과 땅, 천지개벽을 뜻하고, 상진(上眞)이란 하늘에 올라 신선이 된 이를 말하는데, 천선(天仙)의 아홉 품계(品階) 중 제1품에 해당하는 상선(上仙)을 뜻한다. 여기서는 토지신과 산신령이 손오공에게 최고의 존칭으로 아첨을 떤 말이다.

던 도중, 천벌을 받아 죽기로 예정된 옥룡 한 마리를 구해주시고, 그 용더러 불경을 가지러 갈 분이 오실 때까지 이곳에 숨어서 기다리고 있으라 하셨답니다. 그 옥룡은 배가 고프면 기슭으로 올라와 날짐승이나 노루, 사슴을 잡아먹고 있었습니다만, 오늘은 어찌 된 까닭으로 대성님을 알아뵙지 못하고 버릇없이 그 따위 망발을 부렸는지 모르겠습니다."

손행자는 두 신령에게 그간에 일어났던 경위를 간략하게 설명해주었다.

"처음에는 그놈이 이 손선생을 얕잡아보고 몇 차례 덤벼들어서 시끄럽게 굴었지. 그 다음 번에는 내가 아무리 욕설을 퍼부어도 나오지 않더군. 그래서 마지막에는 강물을 뒤집어놓고 바다를 휘젓는 '번강교해' 술법을 써서 흙탕물로 만들어놓았더니, 그놈은 또다시 기어나와 덤벼들지 뭔가. 이 손선생의 철봉이 얼마나 무섭다는 것도 모르고 말씀이야. 결국 그놈은 나를 당해낼 수 없으니까, 물뱀으로 변해서 수풀 속을 뚫고 들어가 숨어버리더군. 내가 곧바로 뒤쫓아가서 주변 풀숲을 샅샅이 뒤져보았는데, 도무지 어디 처박혀 숨었는지 종적을 알 수가 없기에 자네들을 이렇게 불러낸 것일세."

"대성님은 모르실 겁니다. 이 물 속에는 구멍이 수천 수만 군데나 맞뚫려 있어서, 물결도 저렇게 사납고 깊을 뿐 아니라, 아주 먼 데까지 퍼져가고 있는 것입니다. 아무래도 그 구멍 가운데 한 곳으로 쑤시고 들어가 박힌 것이 틀림없습니다. 하지만 대성께서 그렇게 노여워하실 것은 없습니다. 여기서 굳이 그놈을 찾아내어 무릎 꿇릴 생각이시라면, 관음보살님을 모셔 오십쇼. 그럼 그놈은 대성님이 손을 안 쓰시더라도 제 발로 기어 나와서 굴복할 것입니다."

손행자는 이 말을 듣더니, 당장에 토지신과 산신령을 데리고 삼장법사에게 돌아갔다. 그리고 여태까지 있었던 경위를 낱낱이 말씀드렸다. 관음보살을 모시러 간다는 말에, 소심한 삼장은 또 걱정이 태산처럼 쌓였다.

"보살님을 모시러 간다면, 어느 때에야 돌아오겠느냐? 아서라, 아서! 그 동안에 나는 춥고 배고플 텐데, 이걸 무슨 수로 참고 견뎌내란 말이냐?"

넋두리가 미처 다 끝나기도 전이었다. 허공에 몸을 숨기고 있던 금두게체가 큰 소리로 손행자를 외쳐 불렀다.

"손대성! 직접 가실 필요는 없소이다. 소신이 가서 보살님을 모셔 오리다."

스승의 투정에 이러지도 저러지도 못 해 속을 끓이던 손행자는 기뻐 어쩔 줄을 모르고 연신 고맙다는 말만 거듭했다.

"고맙네, 고마워! 그럼 수고 좀 해주게, 냉큼 다녀오라고!"

성질 사나운 손대성에게 뜻밖의 칭찬을 받은 금두게체, 그 즉시 구름의 방향을 돌려 가지고 남해 보타락가산으로 날아갔다. 그 동안에 손행자는 토지신과 산신령더러 스승을 보호하게 하고, 일치공조를 시켜 잿밥을 동냥해오라고 떠나보냈다. 그런 다음, 자신은 또다시 강기슭으로 가서 어슬렁어슬렁 순찰을 돌아가며 시간을 때운 것은 말할 나위도 없다.

한편, 금두게체는 구름을 몰기가 무섭게 단숨에 날아서 남해 해상에 이르렀다. 상광(祥光)을 거두고 보타락가산 자죽림 숲 속에 내려앉은 그는 금갑제천(金甲諸天)과 목차 혜안 행자에게 부탁을 드려 찾아온 용건을 전달한 다음, 어렵게 관음보살을 만나뵐 수 있었다.

관음보살이 물었다.

"네가 무슨 일로 왔느냐?"

금두게체는 사실대로 아뢰었다.

"당나라 스님이 사반산을 지나가던 도중, 응수두간에서 타고 가던 백마를 잃었나이다. 졸지에 변을 당한 손대성은 진퇴양난, 오도 가도 못하고 조바심을 끓이고 있사옵니다. 손대성은 현지의 토지신과 산신령을 불러내어 따져 물은 끝에, '이 변고는 보살님께서 응수두간에 못된 용을 풀어놓으신 탓으로 백마가 잡아먹혔노라'고 원망하더니, 소신더러 남해에 가서 보살님을 모셔다가 그 못된 용을 항복시키고, 잃어버린 말을 도로 찾아줍시사 부탁하기에, 이렇게 찾아뵙는 것입니다."

관음보살이 고개를 끄덕끄덕했다.

"그놈은 본디 동해 용왕 오윤의 아들이었다. 천궁에서 실수하여 야명주를 태운 까닭으로 그놈의 부친이 옥황상제께 불효 죄로 고소하여, 재판정에서 사형의 판결을 받고 집행 날짜만 기다리고 있던 차에, 내가 직접 옥황상제께 당승이 타고 갈 도구로 쓰게 해달라고 말씀을 드려 풀려나게 되었던 것이다. 그런데 그놈이 어째서 오히려 당승의 말을 잡아먹었을꼬? 얘기가 사실 그렇다면 아무래도 내가 한번 다녀와야겠구나."

관음보살은 연화대에서 내리더니, 그 길로 조음동(潮音洞)을 떠나 금두게체와 함께 상광을 타고 남해 바다를 건넜다.

남해를 건너는 관음보살의 유유한 자태, 그것을 증명하는 시구가 있다.

부처님은 『밀다삼장경(蜜多三藏經)』을 설법하고, 보살은 선행을 선양(宣揚)하여 장성(長城)에 가득 찼네.

마하묘어(摩訶妙語)는 천지를 관통하고, 반야진언(般若眞言)[6]은 원귀들의 영혼을 구하도다.

금선 장로(金蟬長老) 거듭 껍질 벗게 하니, 현장(玄奘)으로 태어나 다시 수행하네.
서천 가는 길이 응수두간에 가로막히니, 용왕의 아들 귀진(歸眞)하여 백마의 모습으로 바뀌도다.

관음보살은 금두게체를 대동하고 남해를 떠난 지 얼마 안 되어서 사반산에 당도했다. 공중에서 상운을 멈추고 내려다보니, 손행자는 여전히 강기슭에서 꼬리도 보이지 않는 용을 향해 고래고래 악을 써가며 욕설을 퍼붓고 있다. 보살은 금두게체를 시켜 그를 불러오게 했다. 금두게체는 구름을 낮추어 삼장이 앉아 있는 곳을 지나친 다음 곧바로 강기슭에 이르렀다.

"손대성, 보살님을 모시고 왔소이다!"

관음보살이 왔다는 말을 듣자, 손행자는 두말 없이 구름을 타고 허공으로 뛰어오르더니, 관음보살을 마주 대하기가 무섭게 고함부터 질러댔다.

"석가여래보다 먼저 이 세상에 나왔다는 칠불(七佛)의 스승이요, 자비의 구주(救主)라는 당신께서, 어찌하여 그런 혹독한 술법으로 나를 죽이려 하시는 거요?"

"이 고약한 원숭이 녀석! 꽁무니가 새빨간 이 촌뜨기 놈아. 나는 성심성의를 다해서 경을 가지러 가는 사람을 시켜 네놈의 목숨을 건져주

---

6 『밀다삼장경』·마하묘어·반야진언: 밀다(蜜多)는 pāramitā, 즉 바라밀다(波羅蜜多)의 약어. 피안(彼岸)의 뜻으로 쓰여지며, 삼장(三藏)에 관해서는 제8회 주 **14**, '삼장 진경' 참조. 마하묘어(摩訶妙語)는 '크고 위대하며 오묘한 말씀'을, 그리고 반야진언의 반야(般若)에 대해서는 제8회 주 **5** 참조. 진언(眞言)은 곧 진실한 말씀, 부처와 보살의 본서(本誓)를 나타내는 비밀어(秘密語)로, 주(呪)·다라니(陀羅尼)와 같은 뜻으로 쓰인다.

게 했는데도, 그 은혜에는 고마워할 줄 모르고 오히려 성미를 부리다니, 이게 무슨 버릇없는 짓거리냐?"

보살이 엄히 꾸짖었으나, 그래도 손행자는 자기 할말을 다 토해내야 직성이 풀릴 원숭이다.

"물론 내게 좋은 일을 해주시기는 했습죠. 허나 기왕에 나를 놓아주셨으면 내 마음대로 하게 내버려두어야 할 일이지, 어째서 날 데리고 노는 거요? 지난번 바다 위에서 만났을 때 한바탕 꾸중을 하셨고 절더러 온갖 정성을 다하여 당나라 스님을 모시라고 당부하셨으면 그뿐이지, 어쩌자고 그놈의 지긋지긋한 모자를 씌워놓고 그 죽을 고생을 하게 만드는 거요? 빌어먹을 놈의 모자 테두리가 내 골통에 뿌리를 박고, 늙은 화상이 '긴고주'인가 뭔가 하는 주문을 외울 때마다 골통이 뻐개질 듯이 아파서 죽을 뻔했으니, 이게 모두 사기꾼의 속임수로 날 골탕 먹여 죽이자는 수작이 아니고 뭐란 말이오?"

관음보살은 빙그레 미소를 지었다.

"이 못된 원숭이 녀석, 네가 한 짓을 생각해보려무나. 네놈은 스승의 교훈도 분부도 받들지 않았고, 정과를 안 받아들였지 않느냐? 그런 네놈을 속박하지 않고 제멋대로 날뛰게 내버려두었다가는, 또다시 천궁에서처럼 함부로 소동을 부릴지 누가 알겠느냐? 그런 화근을 내버려두었다가 나중에 가서 어떻게 수습할 것이며 또 누가 그 고생을 해서 네놈을 잡아 묶을 수 있단 말이냐? 네놈은 그런 무서운 시련을 받아야만 비로소 우리 유가(瑜迦) 문중의 길에 올바로 들어설 수 있을 것이다. 알아듣겠느냐?"

이렇게 타이르는데도, 손행자는 좀처럼 수긍하려 들지 않는다.

"그런 일들이 내가 받아야 할 계율이라면 그렇다고 해둡시다. 하지만 어째서 나보다 더 큰 죄를 지은 녀절한 용을 이런 데다 풀어놓아서 정령이 되게 했으며, 그놈을 시켜서 우리 사부님의 백마를 잡아먹게 한 것은 또 무슨 까닭이오? 나 같은 사람은 속박을 하고, 그런 못된 놈은 제멋대로 나쁜 짓을 하도록 내버려두다니, 이야말로 너무 편파 심한 처사가 아니고 뭐요?"

"그 용으로 말하자면 내가 친히 옥황상제께 사면해달라고 아뢰어 석방시키고 일부러 이곳에다 풀어준 것이다. 그것은 진경을 구하러 가는 사람에게 탈것으로 주기 위한 배려에서였다. 너도 생각을 해보려무나. 동녘 땅에서 몰고 온 그 평범한 마필이 어떻게 천산만수의 험난한 여정을 넘길 것이며, 또 어떻게 영산 부처님의 땅에 무사히 당도하겠느냐? 모름지기 그런 비범한 용마를 얻어야만 그 모든 우여곡절을 감당할 수 있을 것이다."

이때서야 손행자도 알아듣고 고개를 끄덕였다. 허나 속으로 걱정이 없는 것은 아니었다.

"말씀은 옳습니다만, 그놈은 이 손선생과 싸우다가 겁을 잔뜩 집어먹고 강물 속으로 도망쳐서 어디 처박혔는지 도무지 알 수 없으니 어쩌면 좋겠습니까?"

보살은 호통 한마디로 금두게체를 불러 분부했다.

"너는 강기슭으로 내려가서 '서해 용왕 오윤(敖閏)의 아들 셋째 태자 옥룡은 이리 나오너라! 남해 보살이 여기 오셨다'라고 외쳐라. 그럼 용이 나올 것이다."

금두게체는 보살이 일러준 대로 강변에 내려서서 두 번을 연거푸 고함을 쳤다. 그러자 과연 파도가 뒤집히면서 옥룡이 물 밖으로 솟구쳐 나오더니, 인간의 모습으로 변해 가지고 구름을 타고 허공으로 훌쩍 뛰어올랐다. 사람으로 변한 옥룡은 관음보살 앞에 머리 조아려 공손히 예를 드리고 나서 여쭈었다.

"보살님의 덕택으로 죽을죄를 벗고 목숨까지 살려 받은 그 은혜 감사하옵니다. 분부하신 대로 여기서 오랫동안 기다려왔습니다만, 경을 가지러 가는 사람의 소식을 아직껏 듣지 못하고 있사옵니다."

관음보살이 손행자를 가리키면서 말했다.

"이 사람이 누군지 아느냐? 바로 경을 가지러 가는 분의 맏제자다."

옥룡은 손행자를 흘끗 보더니, 깜짝 놀라 소리쳤다.

"보살님! 이 자는 제게 시비를 걸어 싸우던 원수 녀석입니다. 제가 어제 배가 고프기에 저놈의 말을 잡아먹은 것은 틀림없습니다만, 저놈은 제 힘센 것만 믿고 무작정 때려죽이려고 덤벼들기에, 저는 겁을 집어먹고 도망쳐 숨었습니다. 또 어찌나 심하게 욕설을 퍼붓는지 저는 아예 귀를 막고 엎드려 있었습니다. 그런데 저놈이 경을 가지러 가는 분의 맏제자라고요? 저놈은 '경을 가지러 간다'는 말에 '경'자 한마디도 입 밖에 내지 않았습니다. 그러니 제가 어떻게 알아볼 수 있겠습니까?"

곁에서 가만히 듣고만 있던 손행자가 버럭 악을 썼다.

"네놈이 내 성명을 묻지 않는데, 어떻게 내 입으로 먼저 말해준단 말이냐?"

"내가 네게 어디서 굴러먹던 놈이냐고 묻지 않았더냐? 그랬더니 네놈은 '어디서 굴러왔든 상관할 것 없이 말이나 돌려달라'고 고함만 질러댔었다. 그리고 언제 '당나라 스님'이란 말에 '당'자 한마디라도 내게 말해준 적이 있었느냐?"

그제야 관음보살도 사유를 알게 되었는지, 대뜸 손행자를 꾸짖었다.

"이 못된 원숭이 녀석! 제 힘이 세다는 것만 믿고 설쳐대기나 했지, 네가 어디 남의 생각은 털끝만큼도 해줄 리가 있었겠느냐? 잘 새겨듣거

라. 이제 가는 도중에 귀순할 자가 또 있을 것이다. 그때 저편에서 묻거든 '경을 가지러 가는 사람'이라고 분명히 대답해주어야 한다. 그러면 이것저것 마음을 쓰지 않더라도 저편에서 머리 숙이고 제 발로 따라오게 될 것이다. 알아듣겠느냐?"

"예에, 명심하겠습니다."

손행자는 기꺼이 그 말씀을 받아들였다.

보살이 앞으로 나서더니, 옥룡의 아래턱 밑에 달린 야명주를 떼었다. 그리고 버들가지에 감로수를 적셔 옥룡의 몸뚱이에 슬쩍 뿌리더니, 선기 어린 숨결 한 모금을 훅 뿜어내면서 한마디 호통을 쳤다.

"변해라!"

그러자 옥룡은 삽시간에 한 마리의 말로 변신했다. 그것도 앞서 잡아먹었던 백마의 터럭 빛깔과 똑같이 바뀌어 있었다.

보살은 용마에게 좋은 말로 타일렀다.

"아무쪼록 일심전력을 다하여 속죄하는 데 힘쓰거라. 공덕을 이루고 나면 범속한 용의 신분을 벗어나 부처님의 정과를 얻도록 해주마. 알겠느냐?"

감쪽같이 백마로 변한 용은 길다란 목을 끄덕끄덕, 충심으로 복종하겠다는 마음을 표시했다.

"너는 이 말을 데리고 가서 스승을 뵙거라. 나는 바다로 돌아가야겠다."

그러나 손행자는 떠나려는 보살을 붙잡고 매달렸다.

"저는 안 갈랍니다! 안 가요! 서천 땅으로 가는 길이 이렇게 험난하고 기구한데, 저런 범태육골에 변변치 못한 스님을 모시고 어느 세월에야 당도할 수 있단 말입니까. 어제오늘처럼 이렇듯 숱한 우여곡절을 겪다가는, 이 손선생의 목숨마저 부지하기 어려울 텐데, 무슨 놈의 공덕을 쌓겠으며 어떻게 정과를 이룰 수 있단 말입니까. 안 갈랍니다! 저는 안 가요!"

손행자가 억지 떼를 쓰고 나오니, 관음보살도 어쩌지 못한다. 그저 달래줄밖에.

"네가 지난날 인도(人道)를 깨우치지 못하던 시절에도 전심전력을 다 기울여 도를 닦고 수행하려 애를 썼는데, 그러던 네가 이제 천재(天災)를 벗어난 오늘에 와서는 어찌하여 오히려 꾀를 부리고 게으름을 피우느냐? 우리 불문에 들어와 적멸로써 참된 도리를 깨우치려면 모름지기 굳센 신념으로 정과를 얻어야 한다. 네 일신에 괴로움이 닥치고 어려운 지경에 빠질 때마다 하늘을 부르면 천신(天神)의 응답이 있을 것이요, 땅을 부르면 지령(地靈)이 나타나 도움을 줄 것이다. 그래도 벗어나기 힘든 지경에 이르거든, 그때에는 내가 친히 달려가서 너를 구해주마. 자, 이리 오너라. 너한테 한 가지 재간을 더 보태줄 테니······"

관음보살은 정병에 꽂힌 버드나무 가지에서 잎사귀 셋을 따더니, 그것을 손행자의 뒤통수에 얹어놓고 호통을 쳤다.

"변해라!"

외마디 소리에, 버들잎은 당장 세 가닥의 털로 바뀌어 뒤통수에 뿌리 박혔다. 위급할 때 쓸 수 있는 구명의 터럭이었다.

"만약 이도 저도 안 될 때에는 그 구명근(救命根)이 임기응변으로 네 급하고 어려운 재난에 도움을 줄 수 있을 것이다."

좋은 말씀에 훌륭한 선물까지 덤으로 받은 손행자, 그제야 대자대비하신 보살에게 진심으로 머리 숙여 감사를 드렸다. 이윽고 관음보살은 향기로운 바람결에 휘감겨 채색 안개를 흩날리면서 남해 보타락가산으로 돌아갔다.

손행자는 구름에서 내려와 용마의 갈기 털을 휘어잡아 끌고 의기양양하게 스승이 있는 곳으로 돌아갔다.

"사부님, 말이 생겼습니다!"

삼장은 백마를 보고 반색을 하며 벌떡 일어섰다.

"아니, 제자야! 그 말이 어째서 전보다 더 피둥피둥하게 살이 쪘고 기운차 보이느냐? 대관절 어디서 찾아오는 길이냐?"

"하하! 사부님이 아직도 꿈을 꾸고 계시는군요. 이놈의 정체가 뭔지 아십니까? 금두게체가 남해까지 달려가서 보살님을 모셔다가 그 못된 용을 백마로 변신하게 해서 우리한테 주신 거라구요. 자, 보십쇼! 털 빛깔이 죽은 놈하고 똑같습죠? 안장도 고삐도 다 없는 마당이라, 이 손 선생이 갈기 털을 붙잡아 끌고 온 겁니다."

보살님이 왔다는 소리에, 삼장은 깜짝 놀라 좌우를 두리번거렸다.

"보살님이 어디 계시냐? 내가 뵙고 감사하다는 인사를 드려야겠다."

"꿈 깨십쇼! 보살님은 지금쯤 벌써 남해에 도착하셨을 겁니다. 번잡스럽게 인사는 무슨 인삽니까?"

그래도 삼장은 분향 대신 흙 한 줌을 집어 바람결에 뿌리면서, 남쪽을 향해 공손히 예배를 드렸다. 감사의 예를 마친 그는 손행자에게 분부하여 행장을 수습하고 떠날 채비를 갖추었다. 손행자는 호통을 쳐서 산신령과 토지신을 우선 물러가게 하고, 다시 금두게체와 일치공조에게 삼장을 부축하여 안장 없는 말 등에 올려 태우게 했다.

그 말을 듣고 겁이 난 삼장은 뒷걸음질을 쳤다.

"안장도 고삐도 없는 말을 날더러 어떻게 타고 가란 말이냐? 애야, 어디 배가 없나 찾아보려무나. 배를 타고 건너가야겠다."

"원, 사부님도! 참말 딱하십니다. 이런 첩첩산중 허허벌판에 배가 어디 있단 말씀입니까. 이 용마란 놈은 여기서 오래 살고 있었으니까, 필경 물살 헤치는 방법을 잘 알고 있을 겁니다. 그러니 이놈을 나룻배 삼아 타고 건너갑시다."

듣고 보니 일리 있는 말씀이다. 삼장은 어쩔 수 없이 그 말대로 용마의 알몸뚱이 잔등에 올라탔다. 손행자는 짐을 지고 느긋이 그 뒤를 따라나섰다.

강변에 다다르고 보니, 때마침 상류 쪽에서 웬 어부 한 사람이 마른 나무로 엮어 만든 뗏목을 타고 하류 쪽으로 삿대질하여 내려오고 있다.

손행자는 반가워 손을 흔들면서 외쳐 불렀다.

"여보, 고기잡이 노인장! 이리 좀 오시오, 이리 와요! 우리는 동녘 땅에서 경을 가지러 가는 사람인데, 사부님께서 이 강물을 건너가지 못하셔서 그러니, 그 뗏목 좀 태워주시오!"

늙은 어부는 그 소리를 듣자 급히 뗏목 방향을 꺾어 강변 기슭으로 다가왔다. 손행자는 뗏목이 강변에 닿는 것을 보고, 금두게체와 일치공조를 시켜 스승을 좌우에서 부축하여 말에서 내리게 했다.

삼장이 뗏목에 오르자, 그 역시 용마를 부여잡고 짐을 챙겨 올랐다. 늙은 어부가 익숙한 솜씨로 삿대질을 하니, 뗏목은 쏜살같이 미끄러져 눈 깜짝할 사이에 응수두간 깊은 물을 건너 서쪽 기슭에 닿았다. 뭍에 오른 삼장은 제자에게 분부를 내렸다.

"보따리를 풀어보면 당나라 엽전이 있을 테니, 몇 푼 꺼내서 뱃삯으로 노인장에게 드리도록 해라."

그 말을 듣자, 늙은 어부는 황급히 삿대로 강둑을 밀어붙이더니, 기슭에서 멀찌감치 떨어져 나갔다.

"뱃삯을 받다니요! 천만의 말씀을! 돈은 안 받습니다, 안 받아요!"

늙은 어부는 이 말을 남겨둔 채 뗏목을 몰고 중류 한가운데로 유유히 사라져갔다.

생각지도 않게 공짜 배를 얻어 탄 삼장은 몹시 미안스러웠으나, 그저 두 손 모아 합장하고 감사를 표하는 수밖에 딴 도리가 없었다.

곁에서 그 모습을 지켜보던 손행자, 피식 웃어가며 스승에게 한마디 던졌다.

"사부님, 미안스러워하실 것 없습니다. 그 영감이 누군지 모르십니까? 이 응수두간을 지키는 수신(水神)이란 말입니다. 이 손선생이 온 것을 뻔히 알면서도 영접을 나오지 않았기에 한 대 먹이려고 벼르던 참이었는데, 눈치 빠른 그 영감이 부랴부랴 도망치고 말았던 겁니다. 얻어맞지 않은 것만도 다행스러운 노릇일 텐데, 어딜 뱃삯이랍시고 돈을 받겠습니까!"

스승은 제자의 그 말을 믿는 둥 마는 둥, 반신반의로 들어 넘긴 채, 안장 없는 말 위에서 위태롭게 뒤뚱거리며 제자의 뒤를 따라 큰길에 올랐다.

이렇듯 스승과 제자 두 사람은 한마음 한뜻이 되어 곧바로 서쪽을 바라고 치달려 나갔다. 그야말로 '광대무변한 진여(眞如)는 피안에 오르고, 정성된 마음은 견성(見性)을 깨달아 영산에 오른다'는 부처님의 말씀 그대로 일심동체를 이룬 것이다.

하염없이 걷는 동안, 어느덧 붉은 해는 서녘에 기울고, 날이 점점 어두워지기 시작했다.

옅디옅은 구름장 어지러이 흩날리고, 산등성이 걸린 달빛 어스름하게 비추는데,
온 하늘의 서리 찬 기운에 소름이 돋아나고, 사면에서 부는 바람 옷섶으로 스며든다.

외로운 새 날아갈 때 짙푸른 물결 너르게 퍼지고, 떨어지는 저녁노을 밝은 곳에 먼 산이 낮아라.
듬성듬성한 숲 속에 천 그루 나뭇가지 울부짖고, 텅 빈 고갯마루에 원숭이의 울음 소리 외롭구나.
아득히 머나먼 길에 나그네의 발자취 보이지 않고, 만리 길 떠났던 배 밤새워 돌아올 무렵이라네.

삼장이 말 위에서 멀리 내다보니, 불현듯 길 한 곁에 장원(莊院) 같은 것이 한 채 나타났다.
"오공아, 저 앞에 보이는 게 장원 아니냐? 우리 저 집에서 하룻밤 묵고 내일 아침 일찍 떠나자꾸나."
손행자가 고개 들어 한참 바라보다가 도리질을 한다.
"사부님, 저건 민가나 장원이 아닙니다."
"어째서 아니라는 게냐?"
"민가나 장원에는 저렇게 처마 끝에 풍경(風磬)을 매달지 않습니다. 저것은 분명 사당 아니면 암자가 틀림없습니다."
이런저런 얘기를 주고받는 동안, 어느새 문턱에 이르렀다. 삼장은 말에서 내려섰다. 고개를 들고 올려다보니, 문설주 위에 '이사사(里社祠)'라 글씨가 큼지막하게 쓰여진 편액이 덩그러니 내걸려 있다. 문턱을 넘어 안으로 들어서려는데, 안쪽에서 벌써 노인장 한 분이 목에 알이 굵다란 염주를 덜렁거리면서 나오더니, 두 손 모아 합장하고 길손들을 맞아들인다.
"스님, 어서 오십시오! 자, 이리 들어와 앉으시지요."
삼장은 황망히 답례를 건네고, 노인의 뒤를 따라 사당 안으로 들어갔다. 정전에 올라 성스러운 신상에 참배를 마치니, 노인은 동자를 시켜 차를 내왔다. 차 대접을 받고 나서, 삼장은 편액에 쓰여진 글씨가 궁금했던지 노인에게 물었다.

"이 사당 이름을 어째서 '이사'라고 붙이셨는지요?"

노인이 대답했다.

"이 고장은 서부 투르판(西番) 하비국(哈㘈國)⁷ 경계(境界)에 속하는 지역이지요. 이 사당 뒤쪽에 민가 몇 채가 있는데, 마을 사람들이 신령을 공경하는 마음이 독실하여 이 사당을 세웠소이다. '이(里)'라 함은 향리, 즉 마을을 뜻하고, '사(社)'라 함은 사직(社稷)의 줄임말로 토지신을 뜻하지요. 봄에는 씨 뿌리고, 여름에는 밭을 갈며, 가을에는 걷어들이고, 겨울에 저장할 때마다 삼생(三牲)⁸의 제물이며 과일을 마련하여 이 사당에 와서 제사를 지내는데, 일 년 열두 달 사시사철이 무사태평하고 오곡이 풍성하며 육축(六畜)이 무럭무럭 잘 자라 번성하기를 빌기 때문에 그런 이름을 붙인 것이외다."

삼장은 고개를 끄덕여가며 찬탄했다.

"참으로 좋은 풍습입니다. 집 떠나 삼 리만 가도 별다른 지방 풍습이 있다더니, 과연 그 속담이 맞는군요. 우리 고향에는 이런 풍속이 없으니 말입니다."

이번에는 노인 쪽에서 묻는다.

"스님은 고향이 어디시오?"

"소승은 동녘 땅 대당나라올시다. 천자 폐하의 뜻을 받들고 서천으로 가서 부처님을 뵈옵고 진경을 구하러 가는 중입니다. 이곳을 지나가던 길에 때마침 날이 저물기에 어르신의 사당에서 하룻밤 묵어갈까 싶

---

7 하비국: 지금의 신강성(新疆省) 하미현(哈密縣) 투르판 지역 일대. 위구르족이 거주한다.
8 삼생: 소와 양, 돼지. 제6회 주 **8** '삼생의 제물' 참조.

어 이렇게 찾아뵈었는데, 날이 밝는 대로 떠날 것이니 허락해주신다면 고맙겠습니다."

"무슨 말씀을! 오히려 이 늙은 것이 영접이 늦어 송구스럽소이다."

노인은 아주 기뻐하면서 한마디로 승낙했다. 그리고 동자를 시켜 저녁상을 차리게 했다. 식사를 마친 삼장은 또 한 번 사례를 드렸다.

이러는 사이에, 눈썰미 좋은 손행자는 처마 끝에 옷을 널어놓은 빨랫줄을 발견하고 냉큼 달려나가더니, 그것을 한 발 남짓 끊어다가 용마를 움직이지 못하게 비끄러맸다. 그 하는 짓을 보고 노인장이 기가 막혔는지 껄껄껄 웃음보를 터뜨렸다.

"저 말은 어디서 훔쳐온 거요?"

생사람을 도둑으로 몰았으니, 손행자가 버럭 성을 낼 수밖에.

"이놈의 영감이 물정도 모르고 주책없는 말을 함부로 하는군! 우리는 부처님을 뵈러 가는 성승이야. 그런 우리가 말 도둑질을 하겠어?"

"훔친 게 아니라면, 어째서 안장도 고삐도 없이 남의 옷 말리는 빨랫줄을 끊어 쓰는 거요?"

삼장이 곁에 있다가 얼른 사과를 하고 나섰다.

"죄송합니다, 영감님. 이놈은 언제나 이 모양으로 설쳐대고 말썽만 부려 내 골치를 썩입니다그려. 이 녀석아! 너는 어쩌자고 그렇게 성미가 급하냐? 밧줄이 필요하거든 영감님께 사정을 해서 좀 얻어 쓸 것이지, 왜 무턱대고 주인 댁 빨랫줄을 함부로 끊는 거냐?…… 노인장, 의심을 풀고 너무 언짢게 여기지 마십시오. 사실대로 말씀드리자면, 우리이 말은 훔친 것이 아니올시다. 어제 동녘에서 오는 도중 응수두간에 당도했을 때만 해도 애당초 타고 가던 백마는 안장하며 고삐 재갈을 완벽하게 갖추고 있었습니다만, 뜻밖에도 그 강물 속에 사는 못된 용이 정령이 되어서 그만 우리 백마를 안장 재갈에 고삐까지 한입에 집어삼키고 말았습니다. 천만다행히도 내 제자 녀석이 제법 신통력을 지니고 있어서 소승은 해를 입지 않고 무사했습니다. 그리고 관음보살께서 아시고 친히 응수두간에 오셔서 그 못된 용을 잡으셨을 뿐 아니라, 그 용을 원래 소승이 타던 백마와 털빛까지 똑같은 모습으로 변신시켜주셨습니다. 죽어 없어진 백마 대신에 그 용마를 타고 서천 땅으로 가 부처님을 뵙도록 해주신 겁니다. 저희가 응수두간을 떠난 지 하루도 안 지난 터라, 노인장의 사당을 찾아뵈온 지금에 이르도록 미처 안장과 말고삐를 마련하지 못했던 것입니다."

자초지종을 다 설명하자, 노인은 두 손을 홰홰 내저었다.

"이상하게 여기지 마십시오, 스님! 이 늙은 것이 농담으로 한 것을, 저 제자 분께서 곧이들으셨을 줄은 몰랐소이다. 이 늙은 것도 젊었을 적에는 제법 돈푼깨나 있었는지라, 준마를 여러 필 사들여 곧잘 타고 다녔지만, 이런저런 세월이 흐르는 동안 화재를 만나 전 재산을 모두 불구덩이에 태워 없애고 몰락한 끝에, 올데갈데없는 신세가 되어 이 마을로 흘러 들어와서 사당지기 노릇을 하게 되었지 뭡니까. 그래서 이렇듯이 향불이나 올리고 지내는 처지가 된 겁니다. 다행히도 이 사당 뒤쪽 어느 시주 덕분에 공양을 받아 하루하루 끼니를 이어가면서 소일하고 있습지요. 비록 이렇게 궁상맞게 살기는 하오만, 이 늙은 것은 아직도 옛날에 쓰던 말안장과 고삐, 재갈을 한 벌 가지고 있습니다. 평소에도 무척 아끼는 것들이라, 빈털털이에 가난뱅이 신세가 되어서도 차마 내다 팔아 생계에 보탤 생각을 한 적이 없었소이다. 그런데 이제 스님의 말씀을 듣고 보니, 관음보살님까지 나타나셔서 신룡을 구호해주시고, 그것을 용마로 변신시켜 스님을 태우도록 주신 마당에, 이 늙은 것도 스님을 다소나마 도와드리지 않는 데서야 되겠소이까? 내일 아침에 떠나실 때 그 안장과 고삐 재갈 한 벌을 모두 내다 드릴 터이니, 웃고 받아주시고 요

긴하게 쓰신다면 고맙겠소이다."

"이렇게 고마우실 데가 있나! 감사합니다, 노인장! 정말 감사합니다!"

삼장은 입에 침이 마르도록 감사해 마지않았다.

어느새 동자가 저녁상을 차려 내왔다. 저녁공양을 끝낸 이들은 등잔불을 밝혀 들고 저마다 잠자리에 들어 편히 쉬었다.

다음날 이른 아침, 손행자는 잠자리에서 일어나기가 무섭게 성화를 부렸다.

"사부님, 그 사당지기 늙은이가 어젯밤에 약속한 대로 안장과 재갈 고삐를 과연 줄 것인지 안 줄 것인지 가서 물어봅시다. 만약 안 주겠다고 딴청을 부린다면, 이 손선생이 가만두지 않을 겁니다."

말끝이 미처 다 떨어지기도 전에, 노인이 마구(馬具) 한 벌을 고스란히 갖추어 들고 나왔다. 약속대로 안장 고삐에 재갈은 물론이요, 안장 받침 융 포대기에 두 발 얹는 등자(鐙子)에 이르기까지 빠진 것 하나 없었다. 노인은 그것들을 복도에 내려놓고 이렇게 말했다.

"스님, 마구 일습(一襲)을 받들어 드립니다."

그것을 본 삼장 법사 기뻐 어쩔 줄을 모르면서, 제자를 재촉하여 그것들을 가져다 말 등에 얹어놓고 잘 맞는지 안 맞는지 꾸며보게 했다. 손행자가 다가가서 하나씩 집어들고 보았더니, 과연 기막히게 훌륭한 명품들이었다.

아로새겨 다듬은 안장에 번쩍거리는 광채가 동녘 하늘 은빛 별을 무색하게 만들고, 보배로운 등자에 황금 실밥이 선명한 빛을 흩날리며,

안장 받침 융단이 겹겹으로 포개 누벼, 찬 서리 빗물도 스며들

지 못하고,

　　견마잡이 고삐 줄은 자줏빛 끈으로 세 가닥이나 꼬였는데,
　　머리 씌울 가죽 굴레, 고리 테에는 꽃무늬가 찬란하다.
　　이마에 붙일 구리 장식에는 금빛으로 아로새긴 짐승 모양이 춤을 추고,
　　둥근 재갈은 강철을 두드리고 달구어서 만들었으며,
　　재갈 양끝에 늘어뜨린 비단 수실에는 아롱다롱 채색 영락이 달려 있다.

　그것을 보고 심술 사나운 손행자도 내색은 하지 않았으나 속으로 은근히 기뻐했다. 안장을 말 위에 얹어놓고 뱃대끈을 조여보았더니, 자로 잰 듯이 기가 막히게 딱 들어맞는다.
　삼장은 흡족한 나머지 노인에게 큰절을 드리려 했다. 그러자 당황한 노인은 다급하게 그를 부축해 일으켰다.
　"송구스럽습니다! 송구스럽게 왜 이러십니까? 대단치도 않은 물건을 가지고 과분한 사례를 하십니다그려."
　노인은 황송한 기색으로 삼장에게 어서 말에 오르시라고 재촉했다.
　삼장은 문을 나서서야 말 위에 올랐다. 손행자가 보따리를 챙겨서 짊어지는 동안, 그 노인은 다시 길 한 곁으로 물러나더니, 소매춤에서 채찍 한 자루를 꺼내 두 손으로 받쳐들고 삼장에게 올렸다. 향기로운 등나무 손잡이에 호랑이의 힘줄로 엮은 보기 드물게 훌륭한 채찍이었다.
　"거룩하신 스님, 제게 또 이런 채찍이 남아 있으니 이것마저 받아주십시오!"
　삼장은 말 위에서 사양치 않고 그것을 받아 들었다.
　"여러 가지로 많은 보시를 받아 고맙습니다."

말머리를 돌리던 삼장이 무슨 말인가 물으려고 다시 돌아보았을 때, 그 노인은 벌써 어디로 사라졌는지 온데간데가 없다. 깜짝 놀라 주변을 둘러보니, 사당마저 간데없고 텅 빈 들판만 눈길에 가득 잡힌다. 어리둥절한 삼장이 앞뒤 좌우를 두리번거리고 있자니까, 허공에서 노인의 목소리가 들려왔다.

"성승, 여러 모로 대접을 소홀히 해드렸습니다. 이 늙은이는 남해 보타락가산의 산신령이요, 토지신입니다. 관음보살의 분부를 받들고 스님께 안장과 고삐, 굴레를 전해드리러 왔었습니다. 아무쪼록 서천 가는 길에 힘쓰시고, 한때나마 게을리 하지 마소서."

삼장은 당황한 나머지 안장 위에서 굴러 떨어지다시피 내려섰다. 그리고 하늘을 우러러 배례를 올렸다.

"범태육골의 제자 눈이 어두워 존신을 알아뵙지 못한 죄, 부디 용서해주십시오. 그리고 수고스러우시더라도 돌아가시거든 보살님께서 돌보아주신 그 깊은 은혜에 뭐라고 감사를 드려야 할지 모르는 제 뜻을 전해주십시오."

하늘을 바라고 꾸벅꾸벅, 정신없이 이마를 조아려 절을 올리는 삼장 법사, 벌써 몇 차례나 고두례를 올렸는지 이루 헤아릴 수가 없을 지경이다. 길 곁에서 허리를 꺾고 웃다 못해 데굴데굴 구르는 것은 제천대성 손오공이요, 어수룩한 당나라 스님 하는 꼴을 보고 기뻐하는 데 이골이 난 것은 원숭이 임금 미후왕이다. 이윽고 손행자는 스승에게 다가와서 붙잡아 일으켰다.

"사부님, 그만 일어나십쇼! 그 친구 벌써 멀찌감치 가버리고 없는데, 뭣하러 자꾸 절만 하시는 겁니까? 그러니 아무리 소리쳐 불러봐도 듣지 못하고, 이마가 닳아빠지도록 절을 해도 받지 못한다니까요."

"이 못된 제자야! 스승인 내가 이토록 절을 올리는데, 네 녀석은 그분께 절 한 번도 안 올리고 곁에서 그저 깔깔대고 웃기만 하다니, 이게 무슨 놈의 버르장머리냐?"

스승의 꾸지람에, 손행자는 능청스레 대꾸를 한다.

"사부님이야 알 턱이 없겠습죠만, 저렇게 머리통 감추고 꼬리만 슬쩍 드러내는 녀석은 철봉 한 대쯤 호되게 먹여야 마땅합니다. 허나 저도 보살님의 체면을 생각해서 꾹 참고 있었던 겁니다. 그런데 그 따위 너절한 토지신 녀석이 이 손선생의 절을 받다뇨? 천만의 말씀 마십쇼! 이 손선생은 어렸을 적부터 감때가 사나와 남에게 절을 할 줄도 모르고 해본 적도 없습니다. 옥황상제나 태상노군을 만날 때에도 그저 고갯짓 한 번 끄덕끄덕, 아는 척하면 그만이었으니까요."

제자가 이 모양이니, 삼장은 고개나 절레절레 내두를 수밖에.

"어이구, 이 못된 녀석 같으니! 사람 노릇을 하기는 아예 그른 놈이로구나. 그 따위 허풍일랑 작작 떨고 어서 일어나 가자꾸나. 갈 길이 늦어지면 안 되겠다."

이윽고 스승과 제자 두 사람이 일어서서 행장을 챙긴 다음, 또다시 서쪽 길로 나아가기 시작했다.

그 다음에는 두 달 남짓 아무런 사고 없이 순조로운 여행길이 계속되었다. 도중에 볼 수 있었던 사람이라곤 라라족(羅羅族)과 회회족(回回族),⁹ 어쩌다가 맞닥뜨린 맹수라곤 이리와 늑대, 구렁이, 호랑이와 표범 따위가 전부였다.

세월은 물처럼 빠르게 흐르고 흘러, 또다시 이른 봄철이 돌아왔다.

---

9 라라족·회회족: 라라족은 지금의 사천성(四川省) 서창(西昌) 대도하(大道河) 이남, 대량산(大凉山)과 금사강(金沙江) 서부 지역에 거주하던 토착민 로로쓰(羅羅斯) 부족. 회회족은 이슬람교를 믿는 중국 서북부 소수 민족으로, 신강성의 위구르족과 청해성(靑海省) 일대의 쌀라족(撒拉族)을 통틀어 회족, 또는 회회족이라 부른다.

산천초목은 온통 비단결보다 더 고운 초록빛 일색, 풀잎 초리가 파릇파릇 돋아 나오고, 한겨울철 붉게 물들던 매화꽃 향기가 사라졌는가 하면 어느새 버드나무 가지에는 새싹이 움터 나온다.

스승과 제자가 봄빛을 즐기며 길을 가노라니, 한나절 태양은 뉘엿뉘엿 또다시 서녘에 떨어진다. 말을 멈춘 삼장은 이마에 손을 얹고 멀찌거니 앞을 내다본다. 산등성이 감돌아 나가는 으슥한 구석에 몇 층인지 모를 누각 한 채가 보일 듯 말듯 아련히 내다보였다.

"오공아, 저기 좀 보아라. 저곳이 어디일까 모르겠구나."

고개를 들고 바라보던 손행자가 거침없이 대답한다.

"도관이 아니라면 필시 절간입니다. 좀더 서두르시죠. 저기 가면 하룻밤 묵어갈 수 있을 듯싶군요."

"오냐, 그러자꾸나!"

흔연히 대답한 삼장 법사, 제자의 뒤를 따라서 말고삐를 마냥 풀어주고 치닫는다.

과연 이들이 가는 데가 어떤 곳인지, 다음 회에서 풀어보기로 하자.

제16회 관음선원의 승려들 보배를 탐내어 음모를 꾸미고, 흑풍산의 요괴가 그 틈에 금란가사를 도둑질하다

스승과 제자 두 사람은 말발굽을 재촉한 끝에, 드디어 절간 산문 앞에 다다랐다. 손행자가 짐작한 대로 그곳은 과연 규모를 제법 갖춘 사원이었다.

층층 높은 전각이 구름을 찌르는데, 겹겹이 늘어선 것은 승방(僧房)이라네.
우뚝 솟은 삼중 산문 밖에는 만 갈래 채운이 드리우고, 오복당(五福堂) 앞에는 곱디고운 붉은 안개 천 가닥 감돌았다.
산문으로 들어서는 길 양 곁에는 송림과 대나무 숲, 맞은편 또한 숲은 온통 전나무와 잣나무 일색.
길 양 곁 소나무와 대나무 숲은 오랜 세월 때없이 스스로 맑고 그윽하며, 전나무 잣나무 일색의 숲은 사시사철 늘푸른 빛을 뽐내며 오만하게 서 있다.
북과 범종이 매달린 종고루(鐘鼓樓)는 얼마나 높은지 까마득하고, 우뚝 솟은 부도(浮屠)의 탑신, 그 기상이 준엄하기 그지없다.
선승이 편안히 자리 잡고 성정을 가다듬으니, 나뭇가지에 우짖던 새소리도 그치고,
적막하되 티끌 한 점 없으니 참된 적막이요, 청허(淸虛)에 도과(道果) 있으니 과연 청허 도량이라네.

이런 시가 있다.

상찰(上刹) 기원(祇園)이 짙푸른 산기슭에 감춰져 있으니, 초제(招提, 선방)의 승경(勝景)은 사바 세계와 견줄 만하다.
과연 정토(淨土)에는 속세 인간 드무니, 천하의 명산을 스님들이 다 차지했다네.

손행자가 짐을 부리고 말에서 내린 삼장 법사는 산문 안으로 들어서려는데, 뜻밖에도 산문 안쪽에서 먼저 승려들이 떼를 지어 몰려나온다.

머리에는 비녀 달린 좌계모(左筓帽)를 쓰고, 일신에는 티끌 없는 무구의(無垢衣)를 걸쳤다.
구리로 만든 귀걸이 한 쌍을 양 귓불에 늘어뜨리고, 명주 띠로 허리를 질끈 동였다.
두 발에는 미투리 짚신, 얌전한 걸음걸이, 손에는 목탁을 거머쥐었다.
입으로 언제나 염불을 외니, 모두들 반야(般若)로 귀의하겠네.

스님들이 나오는 것을 보자, 삼장은 산문 한쪽 곁으로 냉큼 물러서서 두 손 모으고 허리 굽혀 공손히 절을 올렸다. 승려들도 황망히 답례를 보내더니, 미소를 머금고 첫마디를 건넸다.
"영접이 늦어 실례했소이다."
그리고 다시 물어왔다.

"어디서 오시는 분입니까? 자, 어서 방장에 드셔서 차 대접을 받으시지요."

삼장이 대답했다.

"불초한 이 제자는 동녘 땅 대당국 천자 폐하의 칙명으로 파견되어, 뇌음사로 부처님을 찾아뵙고 진경을 얻으러 가는 길입니다. 이곳을 지나치던 도중 때마침 날이 어둑어둑 저물기에, 여기서 하룻밤 묵어갈까 하여 이렇게 찾아들었습니다."

"그러셨군요! 자, 어서 안으로 드시지요."

삼장은 그제야 손행자더러 말을 끌고 뒤따라오게 했다. 안내를 하던 승려들은 무심코 뒤를 돌아보다가 손행자의 생김새를 보고 은근히 겁을 집어먹었다.

"저기 말을 끌고 오는 놈은 어떤 녀석입니까?"

그 말에 기겁을 한 삼장이 얼른 귀띔을 해주었다.

"쉿! 너무 큰 소리를 내지 마시고 조용조용히 말씀하십시오. 저 사람은 성미가 불같아서 방금 스님이 말씀하신 것처럼 자기더러 '놈'자를 붙인다든가 '어떤 녀석'이라고 부른다든가 하는 소리를 듣기만 하면, 당장에 발작을 일으켜 펄펄 뛰고 난리 법석을 떨 테니까요…… 바로 내 제자올시다."

손행자의 못된 내력을 알게 된 스님들은 오싹 소름이 끼쳐 손가락을 깨물고 파르르 몸을 떨었다.

"하필이면 저런 괴물 같은 자를 도제로 삼으셨는지 모르겠군요."

"모르고 하시는 말씀입니다. 생김새는 볼품없이 추접스러워도, 여간 쓸모가 있지 않습니다."

쓸모 있는 제자라는 데야 어쩌겠는가. 승려들은 할 수 없이 삼장과 손행자를 함께 데리고 산문 안으로 들어갔다. 산문 안에 들어서니 정전이 나타났는데, 전각 위 정면에 '관음선원(觀音禪院)'이라 큼지막하게 아로새긴 편액이 하나 걸려 있다.

삼장은 관음보살의 이름만 보아도 반갑기 그지없다.

"불초 제자, 보살님의 거룩하신 은혜를 벌써 여러 차례나 입었으면서도 고두례 한 번을 제대로 올리지 못했더니, 이제 관음선원에 와서야 보살님의 금신상을 우러러뵙게 되었습니다. 이렇듯 보살님을 만나뵙는 것이나 다름없는 자리에, 어찌 배례를 올리지 않을 수 있사오리까?"

안내를 맡은 스님이 그 말을 듣고 막일하는 불목하니를 시켜 정문을 활짝 열어놓고, 삼장이 들어가 조배를 드릴 수 있게 해주었다.

손행자는 말을 비끄러매어 놓고 보따리를 땅바닥에 털썩 내려놓더니, 스승을 모시고 정전으로 들어갔다. 제단 앞에 당도한 삼장 법사, 등줄기와 허리를 곧게 편 다음, 가슴이 마룻바닥에 닿도록 오체투지의 자세를 거듭하며 관음보살의 금신상을 우러러 이마를 조아리기 시작했다. 삼장이 대례를 행하는 동안, 안내를 맡은 스님은 북을 울리고, 손행자는 종을 쳤다. 오체투지의 대례를 끝낸 삼장은 다시 제단 앞에 꿇어 엎드리더니 온갖 정성을 다 기울여 축원을 드렸다. 대례와 축원을 마치자, 스님은 북을 울리던 손을 멈추었으나, 어찌 된 셈인지 손행자는 계속 종을 두드리고 좀처럼 멈출 기색이 아니었다. 종소리는 빠르게 느리게 땡그랑 땡땡, 땡그링 땡땡, 마구잡이 종치기는 제멋대로 한참 동안이나 귀청이 떨어지도록 시끄럽게 울렸다.

"아니, 조배가 끝났는데도 어째서 자꾸만 종을 치는 거요?"

문을 열어주었던 불목하니가 듣다 못해 만류하고 나섰더니, 능청맞은 손행자는 종을 치던 방망이를 내던지고 낄낄 웃어대면서 넉살 좋게 맞받았다.

"이 사람, 숙맥이로군! 그런 것도 모르다니. '중노릇 하루에 종을 하루 종일 친다'는 말도 못 들어봤나? 그래서 나도 중노릇 한번 제대로 해보려고 종을 친 거야!"

종치기는 멋있으나, 시끄러운 종소리는 벌써 절간의 크고 작은 스님들과 윗방 아랫방 가릴 것 없이 모든 장로님들을 놀라게 하고도 남음이 있었다. 느닷없는 소란통에 기절초풍을 한 승려들이 허겁지겁 모조리 뛰쳐나와 종소리가 울리던 정전으로 달려왔다.

"어떤 못된 속물이 여기서 함부로 종을 치는 거냐!"

승려들이 왁자지껄 호통을 치자, 손행자는 종고루에서 훌쩍 뛰어내리더니 "예끼, 이놈들!" 하고 맞고함을 질렀다.

"너희 녀석들 외할아버지 손선생께서 한번 장난 삼아 쳐본 거다! 어쩔 테냐?"

손행자의 상판을 처음 보게 된 화상들은 그 사납고 추접스런 생김새하며 맞대거리를 하는 말투에 깜짝 놀라 자빠지고 엎어지고, 땅바닥에 데굴데굴 구르다가 엉금엉금 기면서 두 손 모아 싹싹 빌었다.

"아이구 부처님 맙소사, 뇌공(雷公) 어르신이다! 뇌공 어르신이 나타났어!"

손행자는 그 말에 성이 안 차는지, 콧방귀를 세차게 뀌었다.

"뇌공이라니! 뇌공 따위는 내 증손자뻘쯤 된단 말이다. 일어들 나거라, 어서 일어나! 무서워할 것 없다. 우리는 동녘 땅의 당나라에서 온 어르신네들이니까."

화상들은 그제야 굽신굽신 절을 올리고 일어나다가, 삼장의 모습을 보고 비로소 마음이 놓여 두려움이 가셨다.

그 가운데 본찰의 주지 스님이 앞으로 나서더니 정중하게 인사를 건넸다.

"어르신네들, 뒤채 방장으로 가시지요. 차를 올리겠습니다."

차 대접을 한다는데 마다할 리 없다. 손행자는 주섬주섬 보따리를 챙겨 들고 비끄러매어 두었던 말고삐를 끌러 잡고 정전을 감돌아 뒤채로 들어갔다. 그리고 주인과 나그네들이 저마다 서열대로 자리 잡고 앉았다.

주지 스님은 상좌들을 시켜 차를 내다 올리게 하고, 잿밥 공양을 준비시켰다. 해가 저물려면 아직도 일렀다. 주인의 따뜻한 배려에 삼장이 고마움을 표하려는데, 방장 안쪽에서 동자승 두 명이 늙은 스님 한 분을 부축하고 걸어 나왔다.

노승의 유별난 차림새와 생김새에, 나그네들은 그만 두 눈이 휘둥그레졌다.

머리에는 모난 비로모(毘盧帽)를 썼는데, 묘안석(猫眼石)의 광채가 정수리에 휘황찬란하고,

몸에는 금수융단으로 지은 편삼을 걸쳤는데, 비취 빛깔의 보풀 바탕에 금빛 테두리가 번쩍번쩍 빛난다.

한 켤레 승혜(僧鞋)에 팔보(八寶)를 박았는가 하면, 한 자루 지팡이에는 구름과 별을 아로새겼다.

만면에는 주름살 투성이, 여산(驪山)의 노모(老母)[1]를 빼어 닮았고, 희끄무레 흐는 누 눈동자는 동해 용군(東海龍君)이 무색할 지경

---

[1] 여산노모: 중국 고대 신화에 나오는 선녀. 『사기(史記)』「진본기(秦本紀)」와 『한서(漢書)』『율력지(律曆志)』를 종합해보면, 여산노모는 상(商)-주(周) 혼란기에 융서헌(戎胥軒)의 아내로 재능과 기예가 뛰어나 제후(諸侯)들의 추앙을 받았으며, 그로 말미암아 "천자(天子)가 되었다"는 고사가 전해지고, 당나라 때에 이르러 마침내 여자 신선으로 '노모(老姆·老姥)'란 존칭을 받았다. 그녀는 시성(詩聖) 이백(李白)이 청년 시절 학문을 중도 포기하고 낙향하자, 그 앞에 나타나 무쇠 절굿공이를 바윗돌에 갈아서 수놓을 바늘을 만들어 보이며 "이만한 끈질김과 노력이 있어야 성취가 있을 것"이라고 훈계하여, 마침내 불세출의 시인이 되게 하였다는 일화도 전해온다.

이다.

송두리째 이빨 빠진 입은 바람을 막지 못하고, 낙타처럼 굽은 등과 허리에 앞뒤 근육이 마주 달라붙었다.

노승을 본 화상들이 저마다 자리를 박차고 벌떡 일어났다.
"조사(祖師) 어른 납시오!"
나그네 삼장도 부랴부랴 몸을 일으켜 절한 다음, 반겨 맞으며 인사를 올렸다.
"노주지 스님, 제자가 문안드립니다."
노승 역시 답례를 했다. 주객은 다시 자리를 잡고 앉았다.
"아이들 얘기가, 당나라에서 노야(老爺) 두 분이 오셨다 하기에 이렇게 인사차 나왔소이다."
"갑작스레 찾아뵌 무례를 용서하십시오."
"원, 천만에 말씀을 다하시오!"
노승이 뜸을 들이고 다시 묻는다.
"두 분이 동녘 땅에서 여기까지 오시는 데 그 거리가 얼마나 되오?"
"장안 도성을 나선 이후 국경을 벗어나, 오천여 리 길을 걸어서 양계산을 넘었습니다. 거기서 이 제자를 얻었습지요. 그 뒤로 서부 투르판 하비국을 지나는 데 두 달이 걸렸으며, 다시 오륙천 리 길을 걸어서야 이곳에 도착할 수 있었습니다."
설명을 듣고 노승이 감탄을 금치 못한다.
"호오! 만 리가 넘는 길을 용케도 걸어오셨소이다그려. 이 늙은이는 한평생을 헛되이 보내고 산문 밖에 한 번도 나서본 적이 없으니, 이야말로 '우물 안의 개구리' 격이라고나 할까, 전혀 쓸모 없는 삶을 살아왔구려."

이번에는 삼장이 묻는다.

"노시주님께선 춘추가 어찌 되시는지요?"

"헛되게 보낸 나이 이백칠십 세요."

곁에서 손행자가 그 말을 듣고 방정맞게 끼어들었다.

"허허! 그 정도 나이라면, 내 만대 손자쯤 되겠는걸."

놀란 삼장이 눈을 흘기며 나지막하게 꾸짖는다.

"말을 삼가거라! 버릇없이 아무 데서나 엄벙덤벙 까불어서는 못쓴다."

노승은 손행자를 돌아보고 물어왔다.

"그럼 노야의 나이는 어떻게 되는고?"

"말도 못 하게 먹었소."

노승은 손행자의 대답을 미친 소리로 알아듣고 역정을 내지도 않았을 뿐 아니라, 더 이상 따져 묻지도 않았다. 분위기가 어색해지자, 노승은 차를 내오라고 분부했다. 이윽고 어린 동자가 속이 들여다보일 정도로 투명한 양지옥(羊脂玉) 쟁반에 금테 두른 법랑(琺瑯) 찻종지 세 개를 얹어 가지고 들어왔다. 이어서 또 한 동자가 백통(白銅) 주전자를 들고 들어오더니, 찻종지 세 개에 차례차례 향기로운 차를 따르기 시작했다. 빛깔이 석류 꽃술처럼 곱디고운 데다, 그 맛 역시 계수나무 꽃향기보다 더 짙고 황홀했다.

오랜만에 좋은 차를 마셔보게 된 삼장은 입에 침이 마르도록 칭찬을 했다.

"이것 정말 좋은 차로군요! 정말 훌륭합니다! 그야말로 '미식(美食)은 미기(美器)'라 하더니, 아름다운 차에 어울리는 도구올시다."

"변변치 못한 것을 과찬하십니다. 공연히 눈만 더럽히는 것들이지요. 대사께서는 천조 상국에 살고 계셨으니 진귀한 보배를 두루 보셨을 텐데, 이 따위 하잘것없는 차 도구야 어디 눈에 차기나 하시겠소이까. 큰 나라에서 오신 대사님께서도 뭔가 보배가 있을 듯싶은데, 어디 이 늙은 이에게 구경 한번 시켜주지 않으시겠소?"

"부끄러운 일입니다만, 저희 동녘 땅에는 보배라고 할 만한 물건이 아무것도 없습니다. 설령 있다 하더라도, 이 머나먼 여행길에 지니고 다닐 수도 없고 말입니다."

스승은 점잖게 거절하는데, 곁에서 손행자가 또 말참견을 하고 나섰다.

"사부님! 지난번에 보따리를 풀어보니까 가사 한 벌이 있던데 그게 보물 아닙니까? 그걸 보여드리시죠!"

그 말을 듣고 관음선원 스님들이 코웃음을 쳤다. 주인에게 수모를 당했다고 생각하니, 성미 급한 손행자가 또 발끈해질밖에.

"당신들! 왜 웃는 거야?"

주지 스님이 얼른 해명을 한다.

"가사를 놓고 보배라고 말씀하시니 웃은 것이외다. 가사라면 우리 같은 사람들에게도 이삼십 벌 정도는 문제가 아니요, 여기서 이백 하고도 오륙십 년을 더 사신 조사님께서는 칠팔백 벌쯤 너끈히 가지고 계시단 말씀이오!"

"그럼 어디 꺼내다가 보여주시오!"

손행자가 고함을 버럭 질러 요구하니, 늙은 주지 스님도 본때를 보여주어야겠다고 생각했는지 아랫것들을 돌아보고 기세 좋게 호통을 쳤다.

"애들아! 가사를 꺼내 오너라!"

분부가 떨어지기가 무섭게 불목하니들은 곳간 문을 열어제치고, 두 타화상들은 궤짝을 하나하나씩 떠메고 나오는데, 뜨락에 내려놓은 궤짝 수만도 무려 열두 개, 자물쇠가 철커덕철커덕 열리는 동안에 양쪽으로 옷걸이가 세워지고 기다란 밧줄이 사면 팔방으로 얼기설기 걸리더니, 이윽고 궤짝 속에서 가사를 한 벌 한 벌씩 꺼내는 대로 툭툭 털어 가지고 이것 보란 듯이 밧줄에 척척 걸어놓기 시작한다. 뜨락은 삽시간에 온통 화려한 능라 금수 비단 옷으로 가득 찼다.

손행자가 일일이 뒤적거리며 구경을 하는데, 모두가 오색찬란한 비단 폭에 교묘한 솜씨로 금박을 입히고 꽃무늬를 수놓은 명품들이다. 구경을 마친 그는 껄껄대면서 손등을 휘휘 내저었다.

"좋구나, 좋아! 하나같이 대단한 것들이긴 한데, 그만 걷어 넣으시지! 이번에는 우리 것을 보여줄 테니까."

제자가 하는 꼴을 가만히 지켜보던 삼장 법사, 이거 큰일나겠다 싶어 얼른 손행자를 붙잡고 소곤소곤 귓속말로 만류했다.

"제자야, 남들 보는 앞에 재물 자랑하면 못쓰는 법이다. 너하고 나하고 단둘이서 객지를 떠도는 신세인데, 혹시라도 잘못되는 일이 생기면 어쩌려고 이러느냐?"

"가사 구경 좀 시켜주는데, 잘못될 일이 어디 있다고 그러십니까?"

제자의 퉁명스러운 반박에, 삼장은 간곡한 말씨로 타일렀다.

"이 철딱서니 없는 녀석아, 옛말에 뭐라고 했느냐? '진귀한 노리개를 욕심 많고 간사한 사람에게는 보이지 말라' 하지 않았더냐? 일단 제 눈에 들면 욕심이 동하고, 욕심이 동하면 무슨 일이 있어도 그것을 제 손에 넣으려고 꾀하는 법이다. 너도 재앙을 겁내는 줄 안다. 만약 저들이 우리 것을 보고 마음이 동하여 달라고 한다면 어쩌겠느냐? 그 요구대로 응하면 몰라도, 그렇지 않고 거부하는 날에는 일신을 망치고 결국 목숨마저 잃어버리게 될지 누가 아느냐? 이 모두가 탐욕심에서 비롯되는 일이니, 결코 허투루 여겨서는 안 되는 것이다."

그래도 손행자는 막무가내로 고집을 부린다.

"걱정 마세요, 사부님! 그저 마음 푹 놓고 보고만 계시라니까요! 모든 것은 저 하기에 달렸으니까, 이 손선생이 책임질 겁니다."

손행자는 스승의 만류에도 아랑곳하지 않고 단걸음에 보따리 쪽으로 달려가더니, 매듭을 풀고 보따리를 펼쳤다. 매듭이 풀리는 순간에 벌써 노을과 같은 서기(瑞氣)가 어른거리고, 다시 두 겹으로 싼 기름 종이를 벗기고 가사를 꺼내 펼쳤을 때는 붉은 광채가 관음선원 절간에 가득 차는가 하면, 오색 기운이 뜨락 안을 가득 메웠다.

그 광경을 본 화상들은 박수 갈채를 터뜨리면서 찬탄해 마지않았다. 하기야 금란가사가 어떤 보물이겠는가.

　　천 가지 교묘한 야명주를 드리우고, 만 가지 모양의 희귀한 불보를 꿰었으니,
　　위에서 아래까지 용의 수염이 비단 폭을 누비고, 마름질은 능라(綾羅)요, 테두리는 금수(錦繡)라네.
　　몸에 걸치면 이매망량 온갖 도깨비가 그것으로 멸망하여 황천으로 들어간다.
　　하늘에 신선의 손을 빌려 친히 만들었으니, 참된 스님 아니고는 감히 입지 못하리.

이렇듯 값을 매길 수 없는 보배를 눈앞에 보게 되자, 노승은 삼장이 우려했던 대로 과연 엉큼한 생각이 들었다. 그는 앞으로 비척비척 걸어 나가더니, 삼장 앞에 털썩 무릎을 꿇고 눈물을 뚝뚝 흘려가며 한숨을 내리쉬었다.

"이 늙은이한테는 참으로 연분이 없구려!"

물정 모르는 삼장은 어리둥절한 기색으로 노승을 부축해 일으켰다.

"노주지 스님, 그게 무슨 말씀이신지요?"

"아니오, 방금 대사님의 그 보배를 펼쳤을 때, 마침 해가 저물어서 눈앞이 흐려지는 바람에 똑똑히 보지 못했으니, 이게 연분이 없는 게 아니고 뭐란 말이오?"

"등불을 밝히게 하고 다시 보도록 하시지요."

"대사님의 보배는 저렇게 번쩍번쩍 광채가 나는데, 거기다 등불까지 밝혔다가는 눈이 더 부셔서 자세히 볼 생각은 말아야 할 게요."

이때 손행자가 툭 끼어들었다.

"그럼 어떻게 보아야 좋겠다는 거요?"

"대사님께서 너그러운 아량을 베푸시어 이 늙은이가 저것을 뒤채 방장으로 가져갈 수 있게 허락하신다면, 밤새도록 차근차근 자세히 구경한 다음 내일 아침 일찍 대사님께 돌려드리고 서행 길에 오르게 했으면 합니다. 대사님의 의향은 어떠하신지요?"

삼장은 그 말에 가슴이 철렁 내려앉았다. 은근히 걱정했던 일이 그예 터진 것이다. 삼장은 경솔하게 일을 벌인 제자를 원망했다.

"이런!…… 이런 일이!…… 이놈아, 이게 다 네 탓이다!"

허나 손행자는 빙글빙글 웃기만 한다.

"헤헤헤! 뭐, 그까짓 걸 가지고 겁을 내십니까. 가져다가 구경 한번 실컷 하게 해주시죠. 그 대신에 무슨 일이라도 생기면, 이 손선생이 책임을 지겠습니다."

손행자의 억지를 무슨 수로 막아내랴. 삼장은 어쩔 수 없이 고개를 끄덕끄덕 허락을 내리고 말았다. 손행자는 냉큼 가사를 노승에게 건네주면서 다짐을 두었다.

"자아, 가져다 보시구려. 내일 아침에는 꼭 돌려주어야 하는 거요.

때를 묻혀서 더럽히거나 흠집이 가서는 절대로 안 되오! 알겠소?"

"아무렴, 이르다마다! 손때도 안 묻히고 흠집도 안 나게 해서, 내일 아침에 고스란히 돌려드리고말고!"

노승은 춤이라도 출 것처럼 기뻐 어쩔 줄을 모르면서, 동자승을 시켜 가사를 방장으로 들여가게 했다. 그리고 나서 화상들에게 분부를 내려 앞채 선방(禪房)을 깨끗이 소제하고 등나무 침상 두 개를 가져다가 이부자리를 두툼하게 깔아놓아서, 삼장과 손행자가 하룻밤을 편히 쉴 수 있도록 배려해주는 한편, 다음날 아침 일찍 조반을 들고 떠나게 준비하겠노라고 단단히 약속했다. 이윽고 화상들이 물러가자, 스승과 제자 두 사람도 선방 문을 걸어 닫고 잠자리에 든 것은 더 말할 나위가 없다.

한편 교묘한 속임수로 가사를 손에 넣고 뒤채 방장으로 돌아온 이 늙은 주지 스님, 등잔불 밑에 털썩 주저앉더니, 가사를 마주 대한 채 소리 높여 대성통곡을 터뜨리기 시작했다. 조사 어른이 울음을 터뜨렸으니, 절간의 모든 승려들은 놀랍고도 송구스러운 나머지, 누구 하나 감히 먼저 잠자리에 들지 못하였다. 늙은 주지 스님의 시중을 드는 동자승도 영문을 모르기는 마찬가지, 그저 선배 스님들에게 달려가서 알려주는 수밖에 없었다.

"조사 어르신께서 이경이 넘도록 통곡을 하십니다. 자, 들어보십쇼! 여기까지도 울음소리가 들리지 않습니까?"

승려 가운데 노승이 끔찍이도 아끼고 사랑하는 젊은 제자 둘이 그 말을 듣고 부랴부랴 방장으로 건너갔다.

"조사 어르신, 무슨 일로 이렇듯 울고 계십니까?"

늙은 주지가 울음 섞어 대답한다.

"내가 왜 우느냐고? 당나라 스님의 보배를 구경할 연분이 없어서 그런다."

"어르신, 고정하십쇼. 연세도 그리 높으신데, 감정이 지나치시면 안 됩지요. 그 가사는 어르신의 눈앞에 있으니 펼쳐서 보시면 되는 것을, 그렇게 통곡하실 일이 어디 있습니까?"

"보면 뭘 하느냐? 오래 보지도 못하는 것을. 내 나이 올해 이백칠십 세, 보잘것없는 가사를 수백 벌 지니고 있어봐야 다 부질없는 노릇이다. 평생토록 그것들을 모으느라 무척 애를 써왔다만, 어디 이 가사 한 벌 얻는 것보다 낫겠느냐? 모두가 헛수고였단 말이다. 어떻게 하면 저 당나라 스님 노릇을 한번 해볼 수 없을까?"

젊은 화상이 그 말을 막는다.

"조사 어르신, 그건 잘못된 생각이십니다. 당나라 스님은 고향을 떠나 이리저리 떠돌아다니는 행각승에 지나지 않습니까. 어르신처럼 이곳에서 고령을 누리고 행복한 세월을 보내오셨으면 그것만으로 족하실 텐데, 정처 없는 떠돌이 행각승 노릇을 부러워하시다니, 무슨 까닭으로 그런 말씀을 하시는지 모르겠습니다."

"그게 아니란다. 내가 비록 이곳에서 만년을 안락하게 보내고 있기는 한다마는, 이 가사를 입어보지는 못하지 않느냐? 이것을 하루라도 입어볼 수만 있다면, 죽어서도 눈을 감을 수 있겠다. 또 이승에 살아 있는 동안 중노릇 한번 제대로 해보았다는 보람도 있을 테고……"

어느새 방장실 안에는 여러 화상들이 모여 앉았다.

"원, 조사님도 별 말씀을 다 하십니다! 그야 어려울 게 뭐 있습니까! 저희가 내일 그 두 사람의 발목을 하루 붙잡아두면, 조사님은 하루 온종일 저 가사를 입어보실 수 있을 테고, 열흘을 잡아두면 열흘 동안 실컷 입어보실 수 있지 않겠습니까? 그러면 됐지, 어째서 그토록 애달프게 통곡을 하고 계신단 말입니까?"

서유기 제2권 **209**

제자들의 달래는 말에도, 노승은 한숨을 푹푹 내리쉴 따름이다.

"설령 그 사람들을 일 년 열두 달을 잡아놓는다 하더라도, 나는 그 일 년밖에 못 입어보는 셈이 아니냐? 아무리 애를 써도 오래 두고 입을 수는 없을 터, 그 사람들이 떠나겠다면 돌려주어서 보낼 수밖에 딴 도리가 없다. 그렇다고 늙어 죽도록 언제까지나 붙잡아둘 수야 없는 노릇 아니냐?"

이러쿵저러쿵 골치들을 썩이고 있는 판국에, 광지(廣智)라는 상좌승 하나가 불쑥 나섰다.

"어르신, 걱정 마십쇼! 몇 달 몇 해가 아니라 영원히 두고두고 입으시기도 손쉬운 일입니다."

그 말에 노승은 귀가 번쩍 트였다.

"애야, 무슨 좋은 방법이라도 있단 말이냐?"

"저 당나라 스님들은 머나먼 길을 고생고생하며 걸어온 터라, 지금쯤 피곤한 나머지 곯아떨어져 있을 겁니다. 우리 쪽에서 뚝심 센 장사 몇 녀석을 시켜 창칼을 들고 선방으로 쳐들어가서 아예 죽여버리면 어떨까요? 시체는 후원 으슥한 곳에다 파묻어버리고 우리 집안 사람들끼리만 알고 쉬쉬한다면 그만 아니겠습니까? 백마와 행장 보따리도 어떻게 처분해버리고, 가사만 남겨서 우리 절간에 자손 대대로 전해 내리는 보배로 삼는다…… 이것이 장구지책이 아니고 무엇이겠습니까?"

늙은 화상은 그 말을 듣고 기뻐 어쩔 바를 모르면서 눈물을 훔쳐냈다.

"그렇구나! 좋은 계교다, 절묘한 계교야! 얘들아, 냉큼 곳간에 나가서 창칼을 꺼내오도록 해라! 힘센 장사들도 불러 모으고!"

이래서 모두들 바깥으로 몰려나가 흉기를 챙기고 있는데, 또 한 사람 광모(廣謀)란 상좌승이 늙은 주지 앞으로 나와 아뢰었다. 그는 광지의 사제였다.

"조사 어르신, 그 계략은 별로 신통치 못합니다. 그들을 죽이려면 우선 동정부터 세밀히 살펴야 합니다. 얼굴이 허연 화상은 힘들이지 않고 처치할 수 있겠지만, 털북숭이 뇌공 녀석은 좀처럼 죽이기 어려울 듯 싶습니다. 두 놈을 같은 시간에 깨끗이 죽여 없애지 못했다가는 오히려 화근만 불러일으키는 격이 되지 않겠습니까? 저한테 창칼 따위 흉기를 쓰지 않고도 죽여 없앨 방법이 하나 있는데, 조사님의 뜻이 어떠하신지 알고 싶습니다."

"창칼을 쓰지 않고도 되는 수가 있다니! 애야, 그게 어떤 방법이란 말이냐?"

늙은 화상이 또 귀가 솔깃해져 묻는다.

"제 어린 소견입니다만, 지금 동쪽 산기슭 크고 작은 방마다 우두머리들이 머물고 있습니다. 그들을 불러 모아 가지고 마른 장작을 한 짐씩 져다가, 저 세 칸짜리 작은 선방 바깥으로 빙 둘러쌓아 놓고 사방에서 일제히 불을 지른다면, 그들은 빠져나오고 싶어도 나올 문이 없어 백마까지 몽땅 불에 타 죽어버릴 것입니다. 설령 앞산 뒷산 마을 사람들이 본다 할지라도, 나그네가 조심성 없이 불을 내어 우리 선방까지 태워먹었다고 시침을 뚝 떼면 그뿐이죠. 이렇게 되면 저들 두 녀석은 꼼짝없이 불에 타 죽을 게 아닙니까? 남의 이목을 속이기도 쉽고, 가사는 물론 우리 사찰의 전가지보(傳家之寶)가 될 테니, 이야말로 누이 좋고 매부 좋은 격이 아니겠습니까?"

"그게 더 낫구나! 더 절묘해! 정말 묘한 계책이로다!"

이리하여 늙은 화상은 관음선원에서 일하는 대소 우두머리들을 모조리 소집했다. 그리고 이들을 시켜 마른 장작을 한 짐씩 떠메다가 선방 주위에 빙 둘러쌓기 시작했다. 오호라, 악착스럽기 짝이 없는 계교! 이 계교 때문에 목숨 질긴 늙은 화상의 수명이 다하고, 웅장한 규모를 자랑하던 관음선원은 한 점 티끌로 바뀔 줄이야……
　이 절간에는 본래 7, 80채의 건물이 있고, 여기서 일하는 대소 우두머리들만도 2백여 명이나 되었다. 이날 밤, 그들이 바싹 마른 장작을 한 떼거리로 옮겨다가, 삼장과 손행자가 묵고 있던 선방을 앞뒤 좌우 가리지 않고 사면 팔방으로 물샐틈없이 치쌓아놓고 불을 지른 것은 두말할 나위도 없다.

　한편, 세 칸짜리 선방 안에서는 스승과 제자 두 나그네가 곤히 잠들어 있었다. 그러나 손행자는 워낙 영특한 원숭이라, 잠이 들었다고는 하지만 심신(心神)은 여전히 또랑또랑 깨어 있은 채 정기를 가다듬고 있었다.
　그는 어렴풋한 가운데 사람들이 오락가락하는 발자국 소리를 듣고 눈을 떴다. 발자국 소리도 그칠 새 없거니와 바스락바스락 나뭇단을 쌓아올리는 소리도 밤 바람결에 들려왔다. 그는 퍼뜩 의혹이 들었다. 이토록 고요한 밤중에 웬 발자국 소리가 나는지 모르겠다. 혹시 도적놈이 우리를 해치려고 숨어드는 것은 아닐까?…… 생각이 예에 미치자, 그는 이부자리를 박차고 벌떡 일어났다. 문을 열고 내다보려다가, 곤히 잠든 스승이 놀라 깨면 어쩌나 싶어 생각을 바꾸었다. 그는 정신을 가다듬고 몸을 한 번 슬쩍 뒤틀어 한 마리의 꿀벌로 변신했다.

　입은 달지만, 꼬리에는 독침, 허리는 잘록하고 몸매는 날렵하다.
　꽃잎 사이로 뚫고 들어가거나 버들가지 틈새로 날아가는 몸짓이 쏜살같다면, 버들꽃에 찰싹 붙어 향기로운 꿀을 찾는 품은 떨어지는 별과 같다.

작디작고 보잘것없는 몸뚱이지만 무거운 짐을 짊어질 수 있으며, 얇디얇은 날개지만 세찬 바람을 탈 줄도 안다.

꿀벌로 변한 손행자, 방문턱 틈새로 빠져나가 모든 것을 똑똑히 보았다. 선방 주변에는 숱한 화상들이 장작 더미와 짚단을 옮겨다가 치쌓아놓느라고 분주했다. 그것도 잠시뿐, 이윽고 선방을 둘러싼 나뭇더미에 불길이 치솟기 시작했다.

손행자는 속으로 코웃음쳤다. 과연 사부님의 말씀이 옳았구나! 저것들이 가사 한 벌 손아귀에 넣기 위해 저렇듯이 악심을 품고 우리 목숨을 해치려 들다니, 정말 가증스러운 노릇이다. 가만 있거라, 우선 본보기로 한 놈 때려눕힐까? 어떤 놈을 골라 때릴까? 불쌍해서 차마 못 때리겠다. 철봉으로 단매에 모조리 때려죽일까? 그것도 안 되지! 사부님이 또 내가 못된 짓을 저질렀다고 꾸짖으시면 큰일이니까. 아서라, 아서! 그럴 것이 아니라 저놈들이 하는 짓을 보아가며 은근슬쩍 보답을 해주는 것이 차라리 낫겠다. 병법에도 '장계취계(將計就計)'란 술책이 있지 않는가! 저놈의 화공책을 역이용해 가지고 놈들이 여기서 살지 못하게 만들어놓자, 그 말씀이다!

독하게 마음먹은 손행자, 허공으로 곤두박질 한 번 치는 사이에 벌써 천궁 남천문 안에 뛰어들고 있었다. 느닷없는 불한당의 출현에 기겁을 한 것은 남천문을 지키고 있던 천사들, 방(龐)·류(劉)·구(苟)·필성(畢星)은 허리가 절로 굽고, 마(馬)·조(趙)·온(溫)·관(關) 네 천사는 등줄기가 뻣뻣해져서, 입을 모아 고함을 질러댔다.

"야단났다! 야단났어! 천궁을 뒤집어엎던 저 화근 덩어리가 또 올라왔구나!"

손행자는 두 손을 홰홰 내저으면서 능청스레 한마디 건넸다.

"여러분, 오래간만이오! 안녕들 하셨소? 놀랄 것 없소이다. 나는 광목천왕(廣目天王)을 만나러 왔을 뿐이니까, 피차 객쩍은 인사치레는 생략합시다그려."

말끝이 미처 다 떨어지기도 전에, 벌써 당사자인 광목천왕이 달려 나와 손행자를 맞아들였다.

"오래간만일세! 얼마 전에 관음보살이 옥황상제를 만나뵙고 서천으로 경을 가지러 가는 당나라 스님을 보호한다면서 사치공조와 육정육갑을 빌려갔는데, 그때 얘기가, 자네도 그 스님의 제자가 되어서 따라나섰다던데, 그런 자네가 오늘은 무슨 바람이 불어 이렇듯 한가롭게 여길 찾아왔는가?"

"긴말은 그만두세. 그 당나라 스님이 도중에 나쁜 놈들을 만나게 되었는데, 그 못된 놈들이 내 스승을 불태워 죽이려고 하지 뭔가! 사세가 아주 급박하기에 특별히 자네에게서 '벽화조(闢火罩)'를 잠깐 빌려다가 그분을 구해드릴까 해서 이렇게 찾아왔네. 어서 빨리 내놓게. 다 쓰고 나면 그 즉시 돌려드릴 테니까."

"이 친구, 머리가 잘못되어도 한참 잘못되었군그래? 악당들이 불을 놓았다면 물을 빌려다 꺼야 옳을 일이지, '벽화조' 따위는 가져다 무엇에 쓰려는 겐가?"

"천왕이야 그쪽 사정을 알 턱이 있나. 물을 얻어다가 불을 끄면 태워버릴 건더기가 뭐 있겠소. 공연히 그놈들 좋은 일만 시키는 셈이지! 나는 그저 '벽화조'를 빌려다가 당나라 스님만 덮어씌워 다치지 않게 하면 그뿐이오. 나머지야 몽땅 불타버리든 말든, 나하고 상관없는 일이니까. 어서 빨리 좀 내어주시구려. 어서요! 어쩌면 지금쯤 때가 늦었을지도 모르겠는걸! 제발 아래 세상에서 고생하며 일하는 나를 실수하지 말게 해주시구려!"

안달하는 제천대성을 보고 있으려니, 광목천왕은 껄껄껄 웃음보가 터져 나온다.

"이 원숭이 녀석, 아직도 그 따위 못된 심보를 버리지 못하고 있구나! 제 생각만 할 줄 알고 남의 사정은 모르겠다, 이건가?"

"어서 빨리요! 빨리 가져오라니까! 입질만 놀리고 있다가는 대사를 그르치게 된다구요!"

성화같이 재촉하는 손대성, 사세가 이러니 광목천왕도 빌려주지 않을 수가 없다. 마침내 그는 '벽화조'를 꺼내다 손대성에게 넘겨주고 말았다.

보배를 받아든 손행자, 근두운을 휘몰아 삽시간에 관음선원 선방 용마루 위에 내려앉더니, '벽화조'로 스승과 백마, 짐짝 할 것 없이 한꺼번에 뒤집어씌웠다. 그리고 다시 뒤채 방장실로 날아가서 지붕 위에 걸터앉아 금란가사를 보호하면서 사태가 어떻게 돌아가는지 지켜보기 시작했다. 이윽고 선방 쪽에서 불길이 치솟았다. 불길을 보자, 그는 인결(印訣)을 맺고 중얼중얼 주문을 외면서 숨 한 모금 들이켜더니, 동남쪽 손지(巽地) 방위를 향해 "훅!" 하고 뿜어냈다. 그 다음 순간, 세찬 바람이 한바탕 불어닥치면서 불길을 도와 더욱 치열하게 활활 타오르도록 만들었다.

그것은 실로 엄청난 화재였다.

검은 연기 뭉게뭉게 일고, 붉은 화염 이글이글 타오른다.
검은 연기 뭉게뭉게 일어, 만 리 장공 하늘에는 별빛 한 점 보이지 않고,
붉은 화염 이글이글 타올라, 대지 천 리를 시뻘겋게 물들인다.
처음에는 금빛 독사의 혓바닥처럼 널름거리더니, 그 다음에는

핏물을 뒤집어쓴 혈마처럼 기세등등하게 날뛰기 시작한다.

남방의 삼기 화덕성군(三炁火德聖君)²이 영웅 기백 뽐내니, 회력대신(回力大神)³이 무량 법력을 베푼다.

마른 장작에 불붙으니 열화(烈火)가 성을 내어, 불을 만든 수인씨(燧人氏)⁴가 꼬챙이 비벼댈 것도 없다네.

뜨거운 기름 지옥문 앞에 채색 불꽃이 흩날리니, 태상노군 팔괘로와 견주어도 손색없으리.

바야흐로 무정한 불길 치솟으니, 흉악한 짓을 저지르는 마음 어찌 금할 수 있으랴.

재앙의 미끼를 거둘 생각은 않고, 도리어 포학한 행위를 도와 준다네.

바람이 불길을 따르니, 화염은 이글이글 천 길 높이 흩날리고,

불길 번지는 기세 빠르고 바람결 사나우니, 불티와 잿가루는 구천 하늘 구름 밖에 튕겨나간다.

우당탕퉁탕, 불꽃 터지는 소리, 섣달 그믐밤 폭죽 터뜨리는 소리 같고, 쫘다당 쫘다당, 무너져 내리는 굉음은, 전쟁터 진중에서 발사하는 대포 소리 무색하다.

부처님의 금신상도 달아날 길 없어 불타버리고, 동원(東院) 가

---

2 삼기 화덕성군: 도교의 신령으로 오덕성군(五德星君)의 하나. 정식 명칭은 남방 삼기 화덕형혹성군(南方三炁火德熒惑星君). 염제(炎帝) 신농씨(神農氏)의 정령으로 천궁에서 화부(火部)를 맡고 있으며, 화재를 예방하는 신령으로 민간의 제사를 받고 있다.
3 회력대신: 불의 신령 회록(回祿). 고대 중국 신화에 '오제'의 하나인 제곡(帝嚳) 시대 화관(火官)의 직분을 맡았던 남방 적제(南方赤帝) 축융(祝融)이라는 설과 축융의 아우 오회(吳回)라는 설이 있다. 『산해경(山海經)』「대황서경(大荒西經)」 곽박(郭璞)의 주석을 보면, "오른팔이 없는 외팔이로 불을 관장한다"고 되어 있다.
4 수인씨: 상고 시대 불의 창시자. 곧 태호 복희씨(太昊伏羲氏). 꼬챙이를 비벼서 불을 처음 만들어, 음식을 날것으로 먹던 인류가 비로소 익혀 먹을 수 있게 해주었다고 한다.

람(伽藍)에도 숨을 곳이 없으니,

그 옛날 적벽대전(赤壁大戰)[5]의 야습병보다 더 사납고, 아방궁(阿房宮) 태운 불길[6]보다 더 치열하구나!

그야말로 작은 불티 한 점이 만경(萬頃) 들판을 불사른다더니, 미치광이 돌개바람에 휩쓸려 기세를 올린 불길은 순식간에 관음선원 절간 구석구석마다 고스란히 옮겨 붙으면서, 사면 팔방 어느 곳을 돌아보아도 온통 시뻘건 불구덩이로 만들어놓았다. 화재를 일으킨 범인들은 난리가 났다. 화상들은 이리 뛰고 저리 뛰면서 궤짝 광주리를 끌어내다 옮겨놓으랴, 책상 걸상에 식탁 냄비 그릇을 끄집어내랴, 정신없이 부산을 떨어야 했다. 절간에는 괴로워 울부짖는 아우성으로 가득 차다 못 해 그 소리는 하늘에까지 사무쳤다. 손행자는 불길이 옮겨 붙지 못하도록 뒤채 방장을 지켜주고, 신통력을 지닌 '벽화조'는 앞채 선방을 덮어씌워 불길을 막아주었다. 그 나머지 전후 좌우, 절간의 모든 건물들은 한 채도 성한 것 없이 길길이 날뛰는 화염에 휩싸여 무서운 굉음과 함께 불타 무너져 내리고 있었다. 끔찍스럽기 짝이 없는 참담한 광경, 붉은 화염이 휘황찬란하게 대낮처럼 하늘을 밝히고, 담벼락을 꿰뚫는 금빛 광채가

---

5 적벽대전: 208년, 중국 삼국 시대 북방을 통일한 조조(曹操)의 80만 대군이 남진하여 장강(長江) 북안 적벽 일대에 주둔하자, 오나라 도독(都督) 주유(周瑜)가 제갈량(諸葛亮)의 계책을 받아들여 수상전에 익숙지 못한 조조군의 함대를 쇠사슬로 묶어놓도록 공작해놓은 다음, 소형 돌격선에 섶과 기름을 싣고 일제 야간 기습 공격을 가한 끝에 하룻밤 새 조조군의 함대와 영채를 모조리 불태워 80만 대군을 섬멸하였다는 전사 기록이 있다.

6 아방궁을 태운 불길: 기원전 208년, 진(秦)나라를 공략한 초패왕(楚覇王) 항우(項羽)가 도성 함양(咸陽)을 점령한 후, 백성들을 살육하고 진시황의 능을 파헤쳐 값진 보배를 모두 약탈한 다음, 진시황의 궁궐이었던 아방궁(阿房宮)에 불을 지르고 철수하였는데, 이때 지른 불이 함양성 전역을 모두 태우고도 3개월 동안이나 꺼지지 않았다고 한다.

눈부시게 뻗어나가고 있을 따름이었다.

뜻하지 않은 대화재가 또 다른 재앙을 불러일으킬 줄이야 아무도 몰랐으리라. 관음선원의 화재는 산중의 요괴 한 마리를 놀라 꿈틀거리게 만들었다. 이 관음선원에서 정남 쪽으로 20리쯤 떨어진 곳에 흑풍산(黑風山)이란 산이 있고, 그 산 속에는 또 흑풍동(黑風洞)이란 동굴이 하나 있으며, 그 동굴에는 흑대왕(黑大王)이란 야수의 요정이 한 마리 들어 살고 있었는데, 이날 밤 공교롭게도 잠을 이루지 못하고 이리 뒤척 저리 뒤척거리다가 창문이 훤해지는 것을 보고 날이 밝았는가 싶어 자리에서 일어났다. 일어나서 보니, 날이 밝은 게 아니라 정북방 하늘 아래 화광이 충천하는 것이 아닌가! 요정은 깜짝 놀라 혼잣말로 중얼거렸다.

"이크, 저런! 관음선원에 불이 났구나. 중 녀석들이 조심성은 없어가지고 불을 낸 모양인데, 어디 한번 가서 도와주기로 할까?"

요정은 그 즉시 구름을 일으켜 타고 절간으로 날아갔다. 현장에 당도해보니, 과연 무서운 대화재였다. 허공을 뒤덮도록 자욱한 불꽃 연기 속에 전각이 늘어섰던 자리는 텅 빈 공간이요, 양편 복도에는 시커먼 연기가 뭉게뭉게 피어오르고 그 아래로 거센 불길이 활활 타오르고 있을 뿐이었다. 요정은 그 안으로 성큼성큼 뛰어들면서 물을 가져오라고 악을 쓰려다가, 뒤채에 불길이 닿지 않은 것을 보았다. 불길만 없는 것이 아니라, 지붕 꼭대기에서 누군가 바람을 일으키고 있는 모습도 보였다. 눈치 빠른 요정은 일이 어떻게 돌아가는지 이내 알아차릴 수 있었다. 그래서 급히 안쪽으로 뛰어들기는 했는데, 이게 또 무엇이냐? 방장 한가운데 노을 빛과 채색 서광이 은은히 감돌고 탁자 위에는 비취색 융단 보따리가 한 개 놓여 있는 것이 아닌가! 보따리 매듭을 끄르고 헤쳐보니,

거기에는 불문의 기이한 보배 금란가사 한 벌이 차곡차곡 개어져 있었다. 재물을 보면 욕심이 동하는 법, 이래서 요정이란 놈은 불을 꺼주러 왔다가 꺼주지도 않고, 물을 가져오기는커녕 오히려 도둑놈의 심보가 꿈틀거려, 금란가사를 보따리째 냉큼 집어들었다. 결국 요정은 그 난장판에 때 아니게 횡재를 해 가지고 구름 방향을 되돌리기가 무섭게 흑풍산 동굴로 뺑소니를 치고 만 것이다.

불길은 그날 새벽 오경 무렵, 날이 훤하게 밝을 때까지 타고 나서야 겨우 꺼졌다. 하룻밤 새 알거지가 된 화상들은 너 나 할 것 없이 벌거숭이 맨몸뚱이로 홀쩍거리며 모두들 잿더미 속을 뒤져서 구리쇠 부스러기를 골라내랴, 타다 남은 숯검정을 헤쳐가며 금붙이 은붙이 조각을 건져내랴, 이리저리 정신없이 헤매고 다녔다. 어떤 화상은 터만 남은 벽과 나무 그루터기에 임시 화덕을 만들어 쟁개비를 걸어놓고 밥을 짓는가 하면, 담벼락 모퉁이에 움막을 얼기설기 엮어 올리거나 토굴을 파고 들어앉는 화상도 있었다. 무슨 일을 하든, 저마다 원통함을 호소하고 아우성을 치기는 마찬가지였다.

한편, 손행자는 '벽화조'를 걷어 가지고 또다시 근두운을 일으켜 타고 남천문으로 올라갔다. 그리고 빌려간 보배를 주인에게 깨끗이 돌려주었다.

"빌려주셔서 잘 썼소이다. 고맙소, 고마워!"

보배를 무사히 돌려받은 광목천왕, 가슴을 쓸어내리면서 안도의 한숨을 쉬었다.

"손대성은 역시 성실한 사람이 되었구려. 이 보배를 돌려받지 못하면 어디로 가서 찾나 싶어 간이 조마조마하던 참이었는데, 이렇게 돌려주다니 정말 다행이오."

"예끼 이 양반! 이 손선생이 언제 남의 면전에서 거짓말을 하고 물건을 사기 쳐서 빼앗아가는 사람인 줄 아셨소? '빌려간 것을 곱게 돌려보낼 줄 알아야 다시 빌려 쓰기가 어렵지 않다'는 속담 그대로요. 아무튼 고맙게 잘 썼소!"

"좋은 말씀일세. 정말 오래간만인데, 우리 궁궐에 들어가서 잠시 쉬었다 가면 어떻겠나?"

"이 손선생은 옛날처럼 걸상 다리가 썩어 문드러지도록 앉아서 고담준론이나 늘어놓던 시절과는 다르단 말씀이야. 지금은 당나라 스님을 지켜드려야 할 신세라 한가롭게 노닥거릴 시간이 없소. 미안하지만 양해하시구려!"

부랴부랴 작별 인사를 남기고 근두운의 방향을 되돌려 내려오니, 때마침 해가 덩그러니 떠올랐다. 선방 문턱 앞에 당도한 그는 다시 몸을 가볍게 흔들어 꿀벌로 변신한 다음, "앵!" 하고 날아서 안으로 들어가더니 본래의 모습으로 돌아왔다. 그때까지도 스승은 여전히 곤한 잠에 빠져 있었다.

"사부님, 날이 밝았습니다! 일어나십쇼, 일어나요!"

제자 녀석이 소리쳐 깨우는 바람에, 삼장 법사는 눈을 뜨고 벌떡 일어났다.

"이런! 벌써 아침이로구나."

옷을 입고 문을 열고 나와서 고개를 들고 바라보니, 무너져 내린 벽과 담장만 몇 군데 시뻘겋게 남아 있을 뿐, 엊저녁까지 멀쩡하던 누대하며 전각들은 모두 어디로 사라졌는지 한 채도 보이지 않는다. 너무나도 엄청난 변화에 삼장은 대경실색을 하고 말았다.

"아니, 이게 어떻게 된 일인가! 그 숱한 집채가 다 어디로 가고, 남은 것이라곤 시뻘건 담벼락뿐이라니, 도대체 이게 어찌 된 노릇이냐?"

도깨비에 홀린 듯 어리둥절한 스승의 물음에, 손행자는 한두 마디로 핀잔을 주었다.

"아직도 꿈을 꾸고 계십니다그려, 사부님! 간밤에 불이 나서 그런 겁니다."

"불이 나다니! 내가 왜 그걸 몰랐을까?"

"이 손선생이 재간 좀 부려 선방을 보호해드렸습죠. 사부님은 곤히 잠드셨기에 놀라실까 해서 깨우지 않았고 말입니다."

"너한테 선방을 보호할 재간이 있었다면, 어째서 다른 건물도 불타지 않게 해드리지 않았느냐?"

그 말에 손행자는 피식 웃고 말았다.

"모르시는 말씀 마십쇼! 하지만 아무래도 일러드려야겠군. 사부님, 이제 말씀입니다만, 과연 사부님이 걱정하신 대로 일이 벌어졌습니다. 그놈의 늙은 화상이 우리 가사를 보고 어찌나 탐을 냈던지, 우리를 불태워 죽이려고 일을 꾸몄단 말입니다. 만약 이 손선생이 미리 낌새를 채지 않았던들, 지금쯤 스승님이나 저나 모두들 잿더미 속에 뼈다귀만 남아 있는 신세가 되었을 겁니다."

삼장은 그 말을 듣고 겁이 더럭 났다.

"이게 참말 그 사람들이 지른 불이란 말이냐?"

"그놈들이 아니면 누구 짓이겠습니까?"

"네가 푸대접을 받았다고 해서, 심통을 부려 이런 짓을 꾸민 것은 아니겠지?"

"사부님, 제가 아무리 몹쓸 놈이기로서니, 이렇게나 악착스런 짓을 저지를 리 있겠습니까? 정말 그놈들이 불을 지른 겁니다. 저는 그저 놈들의 심보가 너무 지독스러운 것을 보고 미워서, 불을 꺼주기는 고사하고 바람을 일으켜서 약간 도와주기까지 했습니다."

"아이고, 하느님 맙소사! 이 녀석아 불이 났으면 물로 꺼서 도와주지는 않고, 어째서 바람을 일으켜 도와준단 말이냐?"

"사부님, 옛 성현 말씀에 '사람에게 호랑이를 해칠 마음이 없으면, 호랑이도 사람을 해치려 들지 않는다'고 했습니다. 그놈들이 불장난을 하지 않았던들, 제가 무엇 하러 바람을 가지고 장난쳤겠습니까?"

"가사는 어디 있느냐? 설마 불에 타서 없어지지는 않았겠지?"

"아무 일도 없을 겁니다! 없어요! 불에 타지도 않았습니다. 그 가사를 놓아둔 방장에는 불길이 번지지 않았단 말입니다."

"난 모르겠다! 그러나 만약 가사에 조금이라도 흠집이 났다면, 내 당장 긴고주를 외워 네놈을 죽고 못 살게 만들어버릴 테다!"

그 말을 듣자, 손행자는 벼락 맞은 원숭이처럼 펄쩍 뛰었다.

"아이고, 사부님! 제발, 그것만은 외지 마십쇼. 제발 외지 마십쇼! 가사를 흠집 하나 없이 고스란히 찾아다 드리면 될 거 아닙니까. 제가 당장 가서 가져올 테니까, 잠깐만 기다려주십쇼. 그리고 나서 길을 떠나도록 하십시다."

이래서 삼장은 말을 끌고, 손행자는 짐을 짊어지고 선방 문을 나서서 뒤채에 있는 방장 쪽으로 갔다.

한편, 절간의 화상들은 망연자실, 슬픔에 싸여 무엇부터 어떻게 손을 대야 할지 모른 채 모두들 서 있는 자리에서 엉거주춤하고 있었는데, 이때 삼장 일행이 오는 모습을 발견했다. 그들은 귀신이라도 본 것처럼 혼비백산, 너 나 할 것 없이 그 자리에 놀라 자빠지고 말았다.

"으악!…… 귀신이 나타났다! 억울하게 죽은 귀신들이 목숨을 돌려달라고 나타났구나!"

아직도 분이 덜 풀린 손행자가 버럭 호통을 쳤다.

"귀신이라니! 뭐가 억울하게 죽은 귀신이고 누가 목숨을 돌려달라고 그랬어? 딴청 부리지 말고, 어서 빨리 우리 가사나 돌려주지 못할까!"

화상들은 일제히 꿇어 엎드려 연신 이마를 조아렸다.

"대사님들! 원한을 맺으면 원수가 있는 법이고, 빚을 졌으면 빚쟁이가 따로 있다고 그랬습니다. 목숨 빚을 받아 가시려거든 우리한테 말고 딴 작자한테서 받아 가십쇼. 우리는 이번 일에 아무런 상관도 없습니다. 이 모두가 저 꾀보 상좌승 광모하고 늙다리 주지 영감이 음모를 꾸며서 대사님들을 해친 것입니다. 그러니 우리더러 목숨을 내놓으라고 따지지는 마십쇼."

"닥쳐라! 누가 네놈들의 목숨을 빼앗겠다고 했느냐? 냉큼 들어가서 가사나 꺼내다가 돌려다오. 우리는 갈 길이 바쁜 사람이야!"

화상들 가운데 제법 담보가 큰 자가 둘이 있었다.

"아니, 두 분 대사님께서는 어젯밤 선방 안에서 분명히 불에 타 돌아가셨을 텐데, 어떻게 지금 또 나타나셔서 가사를 내놓으라고 하시는 겁니까? 도대체 귀신들입니까, 아니면 진짜 살아 계신 사람들이십니까?"

그 말을 듣고, 손행자는 기가 막혀 껄껄껄 너털웃음을 터뜨렸다.

"이런 망할 녀석들 봤나! 거기에 무슨 불이 났다는 게냐? 네놈들 그 발로 직접 가서 봐라, 선방이 여기처럼 불에 타서 폭삭 무너졌는지, 아니면 멀쩡하게 서 있는지 말이다. 얘기는 그걸 보고 와서 하란 말이다!"

엉금엉금 기어 일어난 화상들, 앞채 쪽으로 가서 바라보니, 선방은 바깥벽이며 창틀에 문짝, 어느 한 구석도 불길에 그슬린 자국이라곤 손톱만큼도 없다. 그들은 공포에 질린 나머지 등골마저 오싹해졌다. 장작더미를 사면 팔방으로 치켜 쌓아놓고 불을 질렀는데도 연기에 쐰 흔적마저 없이 말짱하다니, 이들 두 사람은 도대체 무슨 신통력을 지니고 있단 말인가? 그렇다, 얼굴 허연 스님은 분명 신승이요, 털북숭이 뇌공은 호법 신장임에 틀림없다. 생각이 예에 미치자 화상들은 무릎걸음으로 다시 삼장 일행 앞으로 기어가, 흡사 절구 찧듯 쉴새없이 땅바닥에 이마를 조아렸다.

"제발 용서해주십쇼! 저희들이 눈은 달렸어도 눈동자가 없어, 신선들께서 강림하신 것을 알아뵙지 못했습니다. 신승의 가사는 노방장이 계신 뒷방에 있습니다."

그들이 안내하는 대로 따라 뒤채 방장실로 가면서, 삼장은 4, 5층짜리 높은 건물이 모조리 불에 타서 폭삭 주저앉은 집터와 허물어진 담벼락을 보고 저도 모르게 탄식이 흘러나왔다. 제자의 말대로 방장에는 과연 불길이 미치지 않았다. 이윽고 앞장서 온 화상들이 안으로 뛰어들면서 큰 소리로 외쳤다.

"조사 어르신! 당나라 스님은 신승이라 불에 타 죽지 않고, 도리어 우리 절간만 홀라당 불타버렸습니다. 그러니 어서 그 가사를 가지고 나오셔서 돌려주십쇼!"

방장 안은 쥐 죽은 듯이 조용했다. 늙은 화상이 말귀를 못 알아들어서가 아니라, 밤새 없어진 가사를 찾느라 집안을 정신없이 헤매고 있던 참인 데다, 자기네 손으로 놓은 불장난에 본원 사찰의 건물마저 깡그리 잿더미로 화했다는 얘기를 이미 전해 듣고 있었기 때문에, 번뇌와 초조감이 극에 달하여 뭐라고 대꾸할 말이 없었던 것이다. 늙은 화상은 아무리 머리를 쥐어짜내 생각해봐도 뾰족한 수가 없었다. 그야말로 진퇴유곡, 발길 한번 잘못 내딛어 빠진 궁지에서 헤어나올 길이 없는 것이다. 마침내 결단을 내린 늙은 화상, 맥빠진 걸음걸이를 터벅터벅 옮겨 벽 쪽으로 다가가더니, 허리를 잔뜩 구부린 채 정수리로 벽을 힘껏 들이받았다. 그뿐, 가련하게도 늙은 화상은 박치기 한 번으로 머리통이 깨져나가면서 뇌수와 선지피를 산지사방에 흩뿌리더니, 순식간에 혼백은 흩어지고 숨이 끊어진 목구멍에서는 붉은 피가 뿜어져 나와 땅바닥을 흥건하게 적셨다. 실로 허망한 죽음, 처참하기 짝이 없는 말로였다.

한탄할 일이로세. 늙은 화상 천성이 우매하여, 인간 세상 오랜 수명 헛되이 누렸구나.
가사 얻어 자손 만대에 길이 전하려 했으나, 불문의 보배가 속물과 같지 않음을 어찌 알았으랴!
장구지책이 손쉬운 줄로만 알았다면, 성패 중에 한 가지 골라잡기도 허망함을 분명 알아야 했으리.
광지(廣智), 광모(廣謀) 이름 그대로, 지혜 많고 계략 너르다 하나 무엇에 쓰랴, 남을 해치고 제 이득을 얻으려 함이 한낱 공허한 짓인데.

방장에 들어갔던 화상들이 당황한 기색으로 뛰쳐나왔다. 그리고 울음 섞인 목소리로 이렇게 말하였다.
"저희 조사 어르신이 벽에 머리를 들이받고 돌아가셨습니다! 또 가사는 어디로 사라졌는지 보이지 않으니, 어쩌면 좋습니까?"
손행자가 으르렁대기 시작했다.
"네놈들이 훔쳐서 어디다 숨겨둔 모양이로구나! 이 절간에 있는 놈들은 몽땅 이리 나오고, 승적부(僧籍簿)를 냉큼 대령해라! 내 직접 한 놈 한 놈씩 조사해봐야겠다!"
이리하여 상찰(上刹), 하찰(下刹) 여러 방의 주지들하며 본사(本寺)에 소속된 화상들과 두타, 상좌, 동자승, 하다못해 불목하니에 이르기까지 모조리 불려나왔는데, 그 숫자가 도합 230명이나 되었다.

손행자는 스승을 높은 자리에 모셔 앉혀놓고, 승적부와 불려나온 사람을 일일이 대조해가며 옷을 풀어헤치고 샅샅이 뒤져보았으나, 금란 가사는 누구의 몸에서도 나오지 않았다. 그 다음에는 여러 방의 우두머리들이 불길을 피해 옮겨놓은 옷 궤짝이며 광주리며 온갖 세간살림을 처음부터 끝까지 모조리 뒤져 나갔다. 그러나 가사는 불난 집에 숨어든 도둑이 벌써 훔쳐간 뒤였으니, 어디 종적이나 찾을 수 있으랴. 손행자는 그만 두 손 털고 일어날밖에 딴 도리가 없다.

제자가 하는 양을 지켜보던 삼장 법사, 벌써부터 조바심을 이기지 못하여 속을 끓이던 끝에 마침내 손행자를 원망하는 마음이 불끈 치밀었다. 삼장은 높다란 좌석에 앉은 채 중얼중얼, 저 무시무시한 긴고주를 외기 시작했다. 그와 동시에 손행자는 털썩 땅바닥에 쓰러지더니, 두 손으로 머리통을 감싸쥐고 데굴데굴 구르면서 비명을 지르기 시작했다.

"아이고, 나 죽는다! 아파 죽겠어!…… 사부님, 제발!…… 제발 그만하세요! 제가 어떻게 해서든지 사부님의 가사를 꼭 찾아다 드릴 테니까, 그놈의 주문만은 제발 외지 마세요!"

험상궂은 털북숭이, 왁살맞기 짝이 없는 뇌공이 머리를 감싸쥐고 흙바닥에 굴러가며 못 견디게 고통스러워하는 모습을 바라보고 있으려니, 관음선원의 화상들은 저도 모르게 몸뚱이가 와들와들 떨어 도무지 그냥 서 있을 수가 없다. 그들은 일제히 삼장 앞에 무릎 꿇고 엎드려 간절히 애원하였다.

"신승이시여, 법력을 거두소서! 저희를 용서하시고 제발 그 법력을 거두소서!"

삼장은 긴고주를 그치고 입을 다물었다.

고통이 씻은 듯이 사라지자, 손행자는 벌떡 일어서기가 무섭게 군말 한마디 없이 귓속에서 철봉을 꺼내들고 무작정 화상들부터 들이치려

했다. 철봉 휘두르는 기세를 보아하니, 단매에 모조리 때려죽이고도 남을 판이다. 그것을 본 삼장이 다급하게 호통을 쳤다.

"그 손 멈춰라! 이 원숭이 놈아, 네놈의 그 머리통이 아직 덜 아픈 모양이로구나!"

스승의 말 한마디에 찔끔하는 손행자, 삼장은 그 틈을 놓치지 않고 말을 계속했다.

"뉘 앞에서 무례하게 구는 거냐! 인명을 해쳐서는 안 된다. 손찌검은 하지 말고 다시 한 번 물어봐라."

그 말 한마디로 죽을 목숨 건지게 된 화상들은 정신없이 머리를 조아리면서 삼장 앞에 애걸복걸 빌었다.

"나으리, 제발 목숨만은 살려주십시오! 거짓말이 아니라, 사실 저희들은 가사를 보지 못했습니다. 이 모두가 저 늙다리 귀신 영감이 저지른 잘못입니다. 저 늙은이는 어제 밤새도록 가사를 앞에 놓고 바라보면서 통곡만 했습니다. 밤이 이슥해질 때까지 울고 나자, 저 늙은이는 더이상 가사를 본 척도 않고 딴생각을 하기 시작했습니다. 어떻게 하면 그 가사를 오래오래 간직해서 우리 절간에 대대로 전해 내릴 보배로 만들 수 있을까, 그 궁리만 했던 것입니다. 이래서 계략을 꾸민 것이, 두 분이 잠든 선방에 불을 놓아 태워 죽이기로 한 것인데, 어찌 된 셈인지 불을 지르기가 무섭게 밤바람이 미친 듯이 불어닥쳐 불길을 다른 방향으로 몰고 가지 않겠습니까. 그래서 우리 절간에 있는 건물이란 건물에 모조리 옮겨 붙어, 단 한 채도 남기지 않고 몽땅 태워버리고 말았던 것입니다. 불길이 엉뚱한 데로 번지니, 저희들은 닥치는 대로 물건을 꺼내다 옮기느라 정신이 팔려, 가사의 행방 같은 것은 염두에도 두지 못했습니다."

약이 오를 대로 오른 손행자, 두말 않고 방장 안으로 들어가더니,

죽어 널브러진 늙은 화상의 시체를 떠메고 다시 나왔다. 그리고 시체의 옷을 벗겨가며 샅샅이 뒤져보았으나, 역시 가사는 보이지 않았다. 심지어는 방장실 구들 밑바닥을 석 자 깊이나 파헤쳐보았어도 마찬가지, 가사는 그림자조차 보이지 않았다.

손행자는 고개를 숙인 채 한참 동안을 생각에 잠겨 있다가, 퍼뜩 무슨 생각이 났는지 화상들을 돌아보고 이렇게 물었다.

"혹시 이 근처 어디에 무슨 요괴나 정령 같은 것은 없느냐?"

그 물음에 주지가 얼른 나서서 대답했다.

"나리께서 묻지 않으셨더라면, 깜빡 잊을 뻔했습니다. 여기서 곧장 동남쪽으로 가면 흑풍산이 있는데, 그 산 속 흑풍동에 '흑대왕'이란 자가 살고 있습니다. 죽은 이 늙다리 귀신이 늘 그자와 만나 도를 논하곤 했습지요. 요정이라고는 그자 하나뿐, 이 일대에 다른 놈은 없습니다."

"그 산까지 거리가 여기서 얼마나 되는가?"

"고작 이십 리밖에 안 됩니다. 저기 내다보이는 산마루가 바로 그곳이니까요."

그 대답이 손행자의 얼굴에 활기가 돌게 만들었다.

"사부님, 이제는 안심하십쇼! 더 얘기하나 마나, 우리 가사는 그 시커먼 괴물이 훔쳐간 것이 틀림없습니다."

그러나 삼장은 여전히 미심쩍은 기색이다.

"그 요괴는 여기서 이십 리나 떨어진 곳에 있다는데, 어떻게 그자의 소행이라고 단정할 수 있겠느냐?"

"어젯밤 화재를 사부님이 보지 못하셔서 그러시는군요. 불길이 만 리나 치솟고 삼청천(三淸天)까지 훤히 밝혀놓을 지경이었는데, 이십 리는 고사하고 이백 리 바깥에서도 그 불꽃이 보였을 겁니다! 보나 마나 그놈은 화광이 충천하는 것을 보고 슬그머니 기어 들어와 불 구경을 하다가, 우리 가사가 보배라는 것을 알아보고 난장판이 된 틈을 타서 슬쩍 낚아채 간 것이 분명합니다. 그러니까 사부님은 여기서 기다리고 계십쇼. 이 손선생이 그놈을 한번 찾아가볼 테니까요."

"네가 떠나버리면, 나 혼자서 어떻게 하란 말이냐?"

"그것도 염려하지 마십쇼. 다른 사람의 눈에는 보이지 않으나, 신령들이 암암리에 보호해줄 겁니다. 그리고 또 제가 이 절간 녀석들을 시켜 사부님을 잘 모시도록 단단히 다짐을 받아놓으면 되지 않겠습니까?"

걱정이 태산 같은 스승을 한두 마디로 안심시키기 어렵다는 것을 손행자는 겪어봐서 잘 안다. 그는 즉석에서 화상들을 불러 모아놓고 이것저것 지시를 내렸다.

"우선 이 늙은 것의 시체를 끌어다가 파묻어버리고, 너희들 가운데 몇 놈은 남아서 우리 사부님의 시중을 정성껏 들고 백마를 단단히 지키도록 해라! 알아듣겠느냐?"

험상궂게 분부를 내리고도 성미에 안 찼는지, 한두 마디를 더 보탰다.

"너희 놈들! 입으로만 너불너불 대답해놓고, 내가 떠난 뒤에 우리 사부님을 잘 모셔드리지 않을지도 모르겠구나. 만약 그랬다가는 돌아와서 용서하지 않을 테니 알아서들 해라! 내가 돌아와서 보았을 때, 사부님의 안색이 털끝만큼이라도 흐리거나, 백마에게 줄 먹이와 물이 모자랐다거나 하는 날이면, 이렇게 내 손에 들린 철봉 맛을 보게 될 것이다. 네놈들, 잘 봐둬라!"

그 다음에 번쩍 치켜든 여의금고봉, 불에 타다 남은 벽돌담을 겨누고 "딱!" 한 대 내려쳤더니, 그 두꺼운 벽돌담은 산산조각 콩가루가 되었을 뿐만 아니라, 그 진동에 멀찌감치 떨어져 있던 7, 8층 높이 담벼락마저 기우뚱기우뚱 흔들리다가 와르르 무너져 내렸다.

화상들은 이 무시무시한 광경을 보자, 하나같이 뼈마디가 녹신녹신 풀리고 몸뚱이도 마비되어 등줄기에 소름이 돋는 것조차 느끼지 못했다. 공포에 질린 이들은 털북숭이 앞에 무릎 꿇고 엎드려 눈물을 철철 흘려가며 다짐을 두었다.

"나으리! 그저 마음 푹 놓으시고 다녀오십쇼! 저희들은 있는 힘과 정성을 다해 어르신을 모시되, 털끝만큼이라도 게을리 하지 않겠습니다."

단단히 다짐을 받아놓은 손행자, 그제야 황급히 근두운을 일으켜 타고 가사를 찾으러 흑풍산으로 날아갔다.

금선 장로 정과를 얻으러 도성을 떠나니, 구환석장 짚고 서쪽으로 취미(翠微)를 섭렵하네.
호랑이와 표범, 늑대와 구렁이 가는 곳마다 도사렸으니, 사농공상(士農工商) 나그네 인적 보기 어렵구나.
가는 도중 이국의 어리석은 승려가 시샘하니, 오로지 제천대성의 위력에나 의지할밖에.
불지른 데 세찬 바람 일으키니 관음선원 황폐되고, 흑곰 요정 한밤중에 금란가사 도둑질했구나.

손행자 가는 길에 과연 가사를 찾을 수 있을지 없을지, 또 길흉은 어떨 것인지, 다음 회에서 풀어보기로 하자.

제17회 손행자는 흑풍산에서 일대 소동 일으키고, 관음보살은 흑곰의 요괴 굴복시켜 거두다

손행자가 곤두박질 한 번에 구름을 일으켜 타고 허공으로 사라지니, 관음선원의 크고 작은 화상들하며 두타, 동자승, 불목하니들은 깜짝 놀라 그 자리에 엎드려 하늘을 우러러 이마를 조아렸다.

"아이고, 하느님 맙소사! 이제 봤더니 구름에 오르고 안개를 타는 신성께서 하계에 강림하셨던 게로구나! 어쩐지 불을 놓아도 해칠 수가 없더라니…… 우리네 저 늙다리 귀신 영감이 사람을 알아보지도 못하고 이러쿵저러쿵 농간을 부려 저런 분을 해치려다가 오히려 제 일신을 망친 것도 당연한 노릇이지!"

삼장은 화상들이 서로 주고받는 얘기를 듣고 이렇게 말했다.

"여러분, 일어나시오. 지난 일을 원망해야 부질없는 짓이오. 저 사람이 가서 가사만 찾아오면 모든 일이 원만하게 끝날 것이오. 다만 걱정스러운 점은, 가사를 찾지 못할 경우, 내 제자는 성미가 워낙 고약해서 여러분의 목숨이 어떻게 될는지 그게 두렵소. 그런 일이 벌어졌을 때, 아마도 여러분은 단 한 사람도 그 손아귀에서 빠져나가지 못하게 될 거요."

거친 말이라곤 한마디도 하지 않던 삼장의 입에서 이런 말이 나왔으니, 믿고 싶지 않아도 안 믿을 도리가 없다. 화상들은 간이 콩알만해져서 안절부절, 그저 가사를 찾아내어 자기네 목숨을 온전히 부지할 수 있게 되기만을 하늘에 빌고 또 비는 수밖에 없었다.

한편 허공으로 솟구친 손행자는 허리 한 번 슬쩍 비트는 사이에 벌써 흑풍산 상공 위에 다다랐다. 구름을 멈추고 자세히 굽어보니, 과연 기막히게 아름다운 산 경치가 한눈에 들어왔다.

만 장 깊은 계곡은 물 흐름을 다투고, 천 길 높은 낭떠러지 빼어난 절경을 자랑한다.
산새 우짖는 소리에 인적은 보이지 않고, 꽃 떨어진 나무는 오히려 향기롭다.
지나가는 비 그친 뒤 하늘에 닿을 듯 높은 절벽이 푸른 윤기 더욱 새롭고,
바람이 불어와 소나무 가지 휘말리니 비취색 병풍이 활짝 열린다.
언덕과 낭떠러지에는 산초가 우거지고 들꽃이 피었으며, 험산 준령에는 맑은 대숲이 비단 폭처럼 펼쳐지고 말쑥한 나뭇결이 곱기도 하다.
은둔하여 사는 이를 만나지 못하였으니, 나무꾼은 어디 가서 찾을 수 있으리?
골짜기 시냇가에 두루미 한 쌍이 물 마시고, 바윗돌 위에는 들원숭이가 미친 듯이 날뛴다.
우뚝 솟은 암벽이 굽이굽이 감돌아 검푸른 빛깔 일색이요, 까마득히 높은 봉우리 비취색을 품고 안개 서린 풍광을 희롱한다.

손행자가 하염없이 산 경치를 바라보고 있는데, 갑자기 수풀 우거진 언덕 밑에서 인기척이 들려왔다. 두런두런하는 사람들의 목소리였

다. 일순 긴장한 손행자는 도둑 고양이 걸음걸이로 살금살금 다가가서 바위투성이 언덕 틈에 몸을 숨긴 채 곁눈질로 훔쳐보기 시작했다.

풀밭에 자리를 깔고 앉아 있는 것은 세 마리의 요마(妖魔)들이었다. 윗자리에 앉은 것은 시커멓게 생긴 검둥이요, 왼쪽 아랫자리를 차지한 것은 도사, 그리고 바른편 아랫자리에는 말쑥하게 흰옷을 차려입은 선비였다. 주고받는 얘기를 가만 들어보니, 모두들 유식한 고담준론, 세 발 솥〔鼎〕¹을 어떻게 걸고 화로를 앉혀야 되느냐는 둥, 또 모래를 그러모아 단약을 굽는 데 주사(朱砂)와 백설(白雪)에 황아(黃芽)² 따위 약재를 어떻게 배합할 것이냐는 둥, 모두가 불로장생을 꾀하는 좌도방문의 내용들이었다.

이런저런 얘기가 오가는 도중에, 무슨 생각이 들었는지 시커먼 녀석이 껄껄 웃었다.

"내일모레가 내 생일인데, 두 분께서도 와주시면 어떻겠소?"

그 말에 대답한 것은 흰옷 입은 선비다.

"해마다 대왕님의 생신을 축하드리러 왔었는데, 올해라고 못 올 리 있겠습니까?"

---

1 세 발 솥: 고대 중국에서 취사 도구로 쓰던 솥. 두 귀에 세 발 달린 청동제 솥〔鼎〕인데, 장방형으로 네 발이 달린 것도 있다. 도교에서는 방사(方士)나 도사들이 불을 담는 화로(火爐)와 함께 단약(丹藥)을 구워 만드는 도구로 썼는데, 이 두 가지 도구를 합쳐 통상 '노정(爐鼎)'이라 부른다. 광물질과 같은 금석(金石)으로 만드는 단약을 통상 '외단(外丹)'이라 부르고, 자신의 정(精)·기(氣)·신(神)을 단련하여 성취를 얻는 것을 '내단(內丹)'이라 하는데, 내단을 수련할 때의 노정은 신체를 '옥로(玉爐)', 마음(心)을 '금정(金鼎)'으로 삼으며, 추상적으로 한 걸음 더 나아가서 건곤(乾坤)을 노정(爐鼎)으로 삼는 것을 중승(中乘)의 비결, 천지(天地)를 노정으로 삼는 것을 상승(上乘)의 비결, 태극(太極)을 노(爐)로 삼고 태허(太虛)를 정(鼎)으로 삼을 수 있으면 그것을 최상승(最上乘)의 비결이라 하였다.
2 백설·황아: 도교 용어로 백설(白雪)은 곧 수은, 황아(黃芽)는 납. 도사들이 외단을 구워 만드는 원료로 수은과 주사(朱砂), 납 따위를 배합해 쓰는데, 이와 같은 암호나 은어(隱語)를 써서 비방(秘方)을 감추어왔다.

"내가 어젯밤 보배를 하나 얻었소. 화상이 입는 승복으로 '금란불의(金襴佛衣)'라고 하는 것인데, 아주 기막히게 좋은 물건입디다. 그래서 내일 이 보배를 놓고 축수하는 뜻에서 잔치를 한판 크게 벌여놓고 여러 산중의 도우(道友)들을 초대할 생각인데, 이 잔치에 '부처님의 옷 감상회〔慶賞佛衣會〕'라는 이름을 붙이면 어떻겠소?"

도사가 흡족한 미소를 띠면서 맞장구를 쳤다.

"그것 참 좋은 생각이십니다! 잔치 이름도 정말 절묘하고말고요! 나도 내일 생신을 축하하러 한 발 앞서 오겠소이다."

그들이 하는 수작을 가만히 엿듣고 있던 손행자, '부처님의 옷'이란 말을 듣는 순간, 그것이 스승의 보배 금란가사라는 것을 이내 알아차릴 수 있었다. 남의 물건을 훔쳐다놓고 감상회를 열겠다니, 이런 괘씸한 놈들 봤나! 속에서 부글부글 끓어오르는 울화통을 참다 못한 손행자, 바위 언덕 위로 훌쩍 뛰어오르기가 무섭게 두 손으로 거머잡은 여의금고봉을 번쩍 치켜들면서 냅다 고함을 질렀다.

"이 날도둑놈들아! 내 가사를 훔쳐다가 뭐 '불의회'를 열겠다? 딴 수작 말고 냉큼 그 가사를 이리 내놓아라! 돌려주지 않았다가는 네놈들 하나도 성해 남지 못할 거다!"

난데없는 불청객의 출현에, 요괴 세 마리가 흠칫 놀라 꿈지럭거렸다. 손행자는 다시 한 번 호통을 쳤다.

"꼼짝 마라! 어딜 도망치려고!"

말보다도 먼저 들이닥친 여의금고봉이 시커먼 녀석의 정수리를 겨누고 내리 떨어졌다. 당황한 검둥이는 얼떨결에 일진청풍으로 화해 달아나고, 눈치 빠른 도사 역시 구름을 일으켜 타고 삼십육계 줄행랑, 남은 것은 흰옷 차림의 동작 굼뜬 선비 하나뿐이라, 철봉은 인정사정 두지 않고 단 한 대에 선비 녀석을 때려죽였다. 시체를 끌어다가 살펴보았더니, 그놈은 사람이 아니라 얼룩 무늬를 지닌 백사(白蛇)였다. 아쉽게도 주범을 놓친 손행자는 분김에 그놈을 들어서 태질을 친 다음, 아예 대여섯 토막으로 동강내고 말았다.

이어서 손행자는 바람으로 화해 달아난 검둥이의 행방을 찾아서 산속 깊숙이 들어갔다. 뾰족뾰족 칼날처럼 곤추선 봉우리를 감돌아 또다시 험준한 고갯마루를 넘어서고 보니, 깎아지른 절벽 앞에 동굴이 하나 불쑥 튀어나왔다. 절경 속에 우뚝 솟은 동부(洞府), 그 아름답고도 평화스러운 주변 경치에, 기세등등하게 도둑을 뒤쫓던 손행자마저 탄성을 금치 못한다.

아지랑이 노을에 보일 듯 말듯, 빽빽이 들어찬 송백 숲은 무성하다.

보일 듯 말듯 가리운 아지랑이 노을은 동굴 문에 채색을 가득 서리고,

빽빽이 들어찬 송백 무성한 나무 숲은 동굴 어구를 깔끔하게 둘러쌌다.

디딜 다리는 마른나무 가장귀로 엮은 뗏목이요, 산봉우리와 영마루에는 맑은 대쑥이 휘감겼다.

산새는 붉은 꽃술 입에 물고 구름 서린 골짜기로 날아들고, 사슴은 푸른 풀섶 밟으며 석대에 오른다.

문전에는 바야흐로 한창 시절 꽃피우기를 재촉하여, 바람결에 꽃향기를 실어 보낸다.

둔덕에 짙푸른 버들가지 하느작하느작 나부끼는 사이로 노랑빛 꾀꼬리가 지저귀고,

가까운 언덕 위에 활짝 핀 복사꽃에는 나비 떼가 넘나든다.

광야에 자랑할 것은 못 된다 하더라도, 봉래산(蓬萊山)³ 경치에는 견줄 만하다네.

동굴 앞에 다다르고 보니, 돌 문짝 두 개가 단단히 닫혀 있다. 문설주 위에는 돌로 만든 석판이 가로 걸렸는데 또렷한 글씨체로 여섯 자가 큼지막하게 씌어 있다.

흑풍산 흑풍동(黑風山 黑風洞)

손행자는 철봉으로 문짝을 두드리면서 기세 좋게 고함을 질렀다.
"문 열어라!"
말끝이 떨어지자마자, 안에서 문을 지키던 졸개 요괴가 문을 비스듬히 열고 나와 묻는다.
"어디서 온 놈인데, 감히 우리 선동(仙洞)을 시끄럽게 두드리는 거냐?"
'선동'이란 말에 발끈한 손행자가 냅다 욕설을 퍼부었다.
"이 빌어먹다 얼어 죽을 놈의 짐승아! 여기가 뭐 대단한 곳이라고 감히 '선(仙)'자를 붙여? 잔소리 말고 빨리 들어가서 그 검둥이 녀석한테 냉큼 이 어르신의 가사를 내놓으라고 일러라. 그래야만 이 소굴에 사는 놈들의 목숨을 살려주겠다고 말이다!"
졸개 요괴는 허겁지겁 동굴 안으로 들어가 보고를 했다.
"대왕님! '불의회'는 아무래도 못 하게 될 것 같습니다! 문밖에 웬

---

3 봉래산: 신선들이 산다는 바다 섬. 봉래도(蓬萊島)라고도 하는데, 진시황 때 서복(徐福)이 불사약(不死藥)을 구하러 큰바다로 떠났다가 찾아낸 삼신산(三神山) 중의 하나라고 한다. 제1회 주 **8** '삼도(三島)' 참조.

털북숭이 상판에 뇌공의 주둥이를 가진 화상이 찾아와서 가사를 내놓으라고 야단입니다."

조금 전 숲 덤불에서 느닷없이 나타난 손행자에게 쫓겨 돌아온 검둥이는 이제 겨우 문을 걸어 닫고 미처 자리에 앉아 숨을 고르지도 못하던 참이었는데, 그 소리를 또 들으니 속에서 슬그머니 울화가 치밀어 오르기 시작했다. 도대체 어디서 온 놈이기에 이렇듯 무례하게도 내 집 문턱까지 쫓아와서 날뛴단 말인가? 안 되겠구나, 나가서 직접 맞부딪쳐 볼 수밖에!……

검둥이는 부하들을 시켜 갑옷 투구를 꺼내다가 무장을 단단히 갖춘 다음, 손에는 검정 수실 달린 흑영창(黑纓槍) 한 자루를 꼬나들고 뚜벅뚜벅 문밖으로 걸어 나갔다.

문밖에서 진작부터 기다리고 있던 손행자, 철봉 자루를 고쳐 잡고 두 눈을 부릅뜨며 상대방을 바라보니 과연 험상궂고 흉측하게 생겨먹은 괴물이다.

대접만한 무쇠 투구는 불에 그슬린 듯 시커먼 광채가 번뜩이고, 까마귀 빛깔의 검정 무쇠 갑옷이 휘황찬란하다.

검정 비단 전포(戰袍)에 바람을 가득 머금은 소맷자락, 검푸른 수실을 가닥가닥 길게 드리웠다.

손에는 검정 수실 늘어뜨린 흑영창 한 자루, 두 발에는 오피화(烏皮靴) 검정빛 가죽 신발 한 켤레.

뒤룩거리는 금빛 눈동자 번개 벼락치듯 날카로우니, 이가 바로 산중의 흑풍대왕(黑風大王)이라네.

손행자는 속으로 끌끌 웃었다. 이 녀석 봤나! 영락없는 숯 가마터

일꾼일세그려. 암만 보아도 여기서 숯이나 구어서 먹고사는 모양이지? 그렇지 않고서야 온 몸뚱이가 저렇듯 시커멀 수가 있나!

손행자가 무슨 생각을 하든 알 턱이 없는 괴물, 목청을 가다듬고 무섭게 호통쳐 물었다.

"너는 어디서 무엇 하는 화상이냐? 아무리 간덩이가 부어 터졌다 해도, 여기가 어디라고 감히 찾아와서 행패를 부리는 거냐?"

손행자는 기다렸다는 듯이 철봉을 휘둘러 앞으로 내달으면서 버럭 고함을 질렀다.

"그 따위 잔소리 집어치우고, 네놈의 외할아버지 가사나 빨리 내놓 아라!"

"아니, 네놈은 어느 절간에서 중노릇을 하는 놈이냐? 네놈의 가사를 어디서 잃어버리고 나한테 와서 내놓으라는 게냐?"

상대방이 시침을 뚝 떼고 나오니, 손행자는 조목조목 따져가며 몰아붙였다.

"내 가사는 어젯밤까지만 해도 여기서 곧장 북쪽 20리에 있는 관음선원 뒤채 방장에 놓아두었었다. 간밤에 그 관음선원에서 불이 났을 때, 네놈은 그 북새통에 슬그머니 기어 들어와서 가사를 훔쳐가지 않았더냐? 그리고 뭐 '부처님의 옷 감상회'를 연다느니, 생신 축하 잔치를 벌인다느니 하면서 제멋대로 놀아나고 있으니, 이러고도 시침을 뚝 뗄 참이냐? 여러 소리 말고 그 가사나 빨리 돌려보내라. 그럼 네 목숨만은 살려주마. 허나 만약 '싫다'는 말에 반 마디라도 입 밖에 내는 날이면, 내 손으로 이 흑풍산을 뒤엎어버리고 이놈의 흑풍동을 짓밟아 평지로 만들어놓을 것이며, 동굴 안에 있는 새끼 요괴들을 한 놈도 빠뜨리지 않고 모조리 짓이겨 가루로 만들어주고야 말 테다!"

그 말을 듣자, 요괴는 피식 코웃음을 쳤다.

"옳거니! 어떤 녀석인가 했더니, 어젯밤 관음선원에 불을 지른 방화범이로구나. 그래 네놈이 말한 그대로다. 너는 방장실 용마루에 걸터앉아 불길에 부채질을 했고, 나는 그 틈에 가사 한 벌 챙겨왔다. 어쩔테냐? 도대체 너는 어디서 온 놈이냐? 성은 뭐며 이름은 뭐냐? 또 수단이 얼마나 좋기에 그렇게 큰소리를 땅땅 치는 게냐?"

"흠흠, 네 녀석이 제 외할아버지도 몰라보는구나! 이 외할아버지는 바로 대당나라 황제 폐하의 아우 되시는 삼장 법사의 제자로서, 성은 손씨, 이름은 오공이시다. 이 손선생의 수단이 어떠냐고 물었겠다? 말해주면 네놈이 혼비백산을 해가지고 나가떨어질 것이다. 그래도 듣고 싶으냐? 눈앞에 죽음이 닥쳤는데도 몰라보다니!……"

"흐흐! 내가 네놈을 언제 어디서 보았다고 무슨 수단이 있는지 안단 말이냐? 어디 한번 늘어놓아보려무나. 내가 들어줄 테니!"

"내 아들 손자 놈아, 거기 얌전히 서서 귀담아듣기나 해라! 나로 말하자면……"

　　어려서부터 신통력과 수단이 높아, 바람결 따라 변화하니 영웅호걸을 뽐냈다네.

　　일월과 더불어 곤죽이 되도록 성정을 기르고 참된 도를 닦아, 윤회의 올가미에서 벗어났다네.

　　일편단심으로 도를 찾아 헤매던 끝에, 영대산에 올라 약초를 캔 적이 있었다네.

　　그 산에 노신선 어른 한 분 계시니, 그 수명이 십만 팔천 세나 높더라.

　　이 손선생, 그분을 사부님으로 모시고 불로장생하는 길을 물었더니,

스승 말씀이 '장생불사의 단약은 몸 안에 있으니, 몸 밖에서 캐려 함은 헛수고'라 하셨다네.

천선결(天仙訣)의 대품(大品)을 전수받았다 해도, 근본이 없으면 감내하기 어려운 법.

회광(回光)⁴이 안으로 비추니 스스로 돌아보아 마음이 편안히 가라앉으며, 육신 중에 일월(日月)과 감리(坎離)⁵가 순조로이 엇갈리게 되느니.

세상 만사를 염두에 두지 않으면 욕심이 적어지고, 육근(六根)⁶이 청정하여 신체가 튼튼해진다.

늙음에서 돌이켜 젊음으로 돌아오기도 쉬운 일이요, 범속을 뛰어넘어 성인의 반열에 드는 길도 아득하지 않다네.

삼 년 동안 빠짐없이 선체(仙體)를 단련하니, 속세의 부류들이 시달리는 것과는 격이 다르다네.

십주(十洲) 삼도(三島)⁷를 마음대로 편력하고, 바다 끝 하늘가를 두루 유람하였다.

---

4 회광: 불교 용어로 '회광반조(回光返照)'의 준말. 곧 자신의 본래 모습을 돌이켜 반성하고 수도하는 것. 정토종에서는 혼침(昏沈)과 산란함에 빠져들지 않는다는 뜻으로 쓴다.
5 일월과 감리: 도교에서 일월은 곧 '일혼월백(日魂月魄)'의 준말로 내단(內丹)을 가리킨다. 『성명규지전서(性命圭旨全書)』 「혼백도(魂魄圖)」에 따르면, "양신(陽神)은 일혼(日魂), 음신(陰神)은 월백(月魄)인데, 이 혼과 백이 서로 집을 삼는다" 하였으며, 인체 내에서 일혼은 간(肝)을, 월백은 폐(肺)를 상징한다. 감리는 '감리교구(坎離交媾)'의 준말로, 내단을 수련하는 술어인데, 곧 소주천(小周天)을 일컫는다. 「내단주천공(內丹周天功)」의 이론에 따르면, 소주천 단계는 용호(龍虎)가 서로 어울리는 후천팔괘(後天八卦)의 지도에 따라 감괘(坎卦)와 이괘(離卦)가 서로 뒤섞여 태(胎)를 이루는 선천팔괘(先天八卦) 도식을 단련할 수 있다고 하였다.
6 육근: 불교 용어로 육식(六識)을 생성하는 여섯 가지 감각 기관. 곧 색(色)의 안(眼), 성(聲)의 이(耳), 향(香)의 비(鼻), 미(味)의 설(舌), 촉(觸)의 신(身), 법(法)의 의(意)를 말한다. '육적(六賊)'. 제14회 주 6, '안간희…… 신본우' 참조.
7 십주·삼도: 제1회 주 7 및 8 참조.

주어진 수명이 3백여 세라, 아득한 구소(九霄)⁸ 하늘에 날아오르지 못함이 한스러워,

바다에 들어가 용왕을 항복시켜 참된 보배 얻으니, 이때야 비로소 여의금고봉을 손에 넣었다.

화과산 앞에 으뜸가는 장수가 되고, 수렴동 안에 요괴의 무리들을 다 모아 들였도다.

옥황상제 조칙(詔勅)을 내려 부르시고, 제천대성에 봉하셨으니, 그 품계가 지극히 높았더라.

영소전에서 몇 차례 난동을 부리고, 서왕모님 반도원의 복숭아를 수도 없이 훔쳐 먹으니,

십만 천병이 나를 항복시키려고 출동하여, 창칼을 층층 겹겹으로 펼쳐놓았다.

이천왕과 싸워 물리치니 상계로 돌아가고, 부상당한 나타태자는 고통에 못 이겨 군사를 이끌고 퇴각하였다.

현성 이랑진군은 변화술법에 능통하나, 손선생과 겨우 맞먹는 호적수였는데,

태상노군이 관음보살, 옥황상제와 더불어 남천문 밖에서 관전하다가,

금강탁으로 한판 싸움을 도와주니, 이랑진군 그제야 나를 붙잡아 천조(天曹)로 끌고 갔다.

---

8 구소: 하늘의 가장 높은 곳. 『운급칠첨(雲笈七籤)』에 보면, 아홉 하늘에는 저마다 대제(大帝)가 주관하고 있는데, **신소**(神霄)는 옥청대제(玉淸大帝)가, **청소**(青霄)는 호생대제(好生大帝)가, **벽소**(碧霄)는 총생대제(總生大帝), **강소**(絳霄)는 태평대제(太平大帝), **경소**(景霄)는 중극대제(中極大帝), **옥소**(玉霄)는 호원대제(皓元大帝), **낭소**(琅霄)는 시청대제(始青大帝), **자소**(紫霄)는 합경대제(合景大帝), 그리고 **태소**(太霄)는 휘명대제(暉明大帝)가 각각 다스린다고 한다.

내 몸을 항요주에 결박짓고 신병(神兵)에게 명령하여 목을 베이게 하였으며,

칼로 찍고 철퇴로 두들기고, 벼락을 때리고 불에 태우기도 하였다.

그러나 이 손선생 실로 수단이 좋아, 전혀 두려워하지 않았고 털끝 하나 끄떡하지 않았다.

태상노군에게 보내어 팔괘로 속에서 단련을 받았으니, 육정신화(六丁神火)로 천천히 졸였다.

기한이 차서 팔괘로 뚜껑 열리니, 나는 뛰쳐나와 수중에 철봉 잡고 천궁으로 치달으며 마구 날뛰었다.

종횡무진 가는 곳마다 걸리고 막히는 게 없어, 삼십삼천(三十三天)⁹을 한바탕 뒤집어놓았다.

우리 부처 여래가 법력을 베풀어, 이 손선생을 붙잡아 오행산 밑에 찍어눌렀다.

산 밑 돌 궤짝 속에 눌려 지내기를 꼬박 5백 년, 다행히도 당나라에서 오는 삼장 법사 만나게 되었다.

내 이제 정과에 귀의하여 서방 세계로 가서, 뇌음사에 올라 부

---

9 삼십삼천: 불교에도 삼십삼천이 있으나, 여기서는 도교의 삼십삼천, 곧 동서남북 사방의 각각 여덟 하늘에 대라천(大羅天)을 보탠 것을 말한다. 『영보경(靈寶經)』에 따르면, 대라천을 최고의 하늘로 여기고, 그 아래 두솔천(兜率天) · 대범천(大梵天) · 월행천(月行天) · 속행천(速行天) · 지혜천(智慧天) · 사리천(娑利天) · 선법당천(善法堂天) · 영조천(映照天) · 위덕안천(威德顔天) · 중분천(衆分天) · 주륜천(住輪天) · 청정천(清淨天) · 상행천(上行天) · 발홍지천(鉢弘地天) · 잡지천(雜地天) · 산정천(山頂天) · 주봉천(住峰天) · 구타천(俱吒天) · 광명천(光明天) · 주행지천(周行地天) · 환희원천(歡喜圓天) · 파리수천(波利樹天) · 마니장천(摩尼藏天) · 잡험안천(雜險岸天) · 유연지천(柔軟地天) · 잡장엄천(雜莊嚴天) · 여의지천(如意地天) · 미세행천(微細行天) · 밀전중천(密殿中天) · 환영상천(實影上天) · 음악천(音樂天) · 성륜천(成輪天)의 32천을 두었다고 한다.

처님의 옥호(玉毫)¹⁰를 뵈리니.

너는 가서 건곤사해(乾坤四海)에 물어봐라, 나야말로 역대에 명성 높은 요물 가운데에서도 으뜸이다!

손행자가 한바탕 자기 소개를 장황하게 늘어놓으니, 검둥이 괴물은 피식 코웃음을 쳤다.

"어떤 놈인가 했더니, 천궁을 뒤엎었던 필마온 녀석이로구나!"

"아니, 뭐라고?"

남에게서 듣기만 해도 이가 갈리도록 싫어하는 소리가 '필마온'인데, 이 검둥이 녀석은 거침없이 그 말을 입에 담았으니, 성미 급한 손행자는 노발대발하여 펄펄 떨 수밖에.

"이 도둑놈이 훔쳐간 가사를 돌려보낼 생각은 않고 이 어르신의 험담이나 늘어놓다니! 꼼짝 말고 내 철봉 맛이나 봐라!"

호통 소리와 더불어 바람을 끊고 내리치는 여의금고봉, 검둥이 괴물은 한 곁으로 슬쩍 피해내면서 장창을 휘둘러 맞찌르기 역습으로 나왔다.

이리하여 쌍방간에는 한판 싸움이 질탕하게 벌어졌다.

여의봉에 흑영창, 두 사람이 동굴 어구에서 굳센 의지 뽐내며 힘을 겨룬다.

첫 수부터 심장을 쪼개려 들고 면상을 찌르는가 하면, 어깻죽지 노리고 머리통을 겨냥한다.

---

10 옥호: 불교 용어로, 부처님의 삼십이상(三十二相) 가운데 하나. 부처님의 미간(眉間)에 오른쪽으로 감겨 있어 광명을 발한다는 흰색 머리털, 곧 백호상(白毫相)을 말한다.

이쪽에서 가로 후리기 음곤수(陰棍手)로 나가면, 저쪽은 직선으로 비꼬아 찌르는 급삼창(急三槍)¹¹으로 맞선다.

백호가 산에서 기어 나와 앞 발톱을 도사리고, 황룡¹²은 길바닥에 누워 몸을 뒤채기에 바쁘다.

채색 안개를 뿜어내고 빛살을 토해내니, 두 마리 요선(妖仙)의 신통력 헤아릴 길 없다네.

하나는 정과를 닦는 제천대성이요, 또 하나는 정령이 된 흑대왕이다.

산중에서 엎치락뒤치락 한판 싸움을 벌인 까닭은, 금란가사 한 벌 놓고 피차 양심이 불량한 탓이라네.

검둥이 괴물과 손행자는 단숨에 10여 합을 싸웠으나 좀처럼 승부가 나지 않았다. 어느덧 붉은 해가 점점 중천에 떠오르자, 괴물은 선뜻 창을 들어 이제 마주 후려쳐오는 손행자의 철봉을 일단 막아놓고 버럭 고함을 질렀다.

"이것 봐, 손행자! 우리 잠시 휴전하세. 내가 안에 들어가 점심을 먹고 나와서 다시 싸워줄 테니까, 기다려주겠나?"

손행자는 그 말을 듣고 기가 막혀 웃음이 나왔다.

"이런 밥통 같은 녀석 봤나! 그러고도 사내 대장부라고 뻐길 테냐? 고작 반나절도 못 되어 밥 먹을 생각이나 하다니, 남아 대장부가 어디 그럴 수가 있어? 이 손선생으로 말하자면 산자락 밑에서 꼬박 오백 년을 깔려 있는 동안, 국물 한 방울 얻어 마셔본 적이 없었는데도 배고픈

---

11 음곤수 · 급삼창: 중국 무술 가운데 곤법(棍法)과 창법(槍法)의 한 가지.
12 백호 · 황룡: 역시 무술 기법 가운데 '백호탐조(白虎探爪)'와 '황룡와도(黃龍臥道)'의 준말.

줄 모르고 지냈다. 핑계 댈 생각일랑 걷어치워! 꼼짝 말고 내 가사를 돌려보내라! 그래야만 네놈이 밥을 처먹게 보내주마!"

괴물은 허세로 창대를 휘저어 공격하는 척하더니, 슬쩍 뒷걸음질쳐서 동굴 안으로 들어갔다. 그리고 졸개들마저 모조리 걷어들인 다음, 돌문짝을 단단히 걸어 닫고 생일 잔치 준비를 시키는 한편, 청첩장을 써서 이 산 저 산의 마왕들을 불러다가 축하연을 베풀기로 한 것은 더 말할 나위가 없다.

검둥이를 뒤쫓은 손행자, 돌 문짝을 아무리 들이쳐도 열리지 않으니 어쩌겠는가, 할 수 없이 빈 손 털고 관음선원으로나 되돌아갈밖에.

절간에서 화상들은 이미 늙은 주지의 시체를 매장하고, 모두들 방장실 안에 모여 삼장 법사의 시중을 들고 있었다. 아침 식사를 끝낸 지 얼마 안 되었는데도 벌써 점심상을 차려 내오는 중이었다. 이렇듯 국을 끓이랴 세숫물을 갈아대랴, 법석을 떨고 있는 판에 손행자가 공중에서 내려온 것이다. 화상들은 너 나 할 것 없이 조배 드리고 방장 안으로 모셔들였다.

제자가 돌아오니, 삼장은 반색을 하면서 맞아들였다.

"오공아, 돌아왔구나! 그래, 가사는 어찌 되었느냐?"

"단서는 확실히 잡았슈니다. 그런 줄 알았더라면 이 화상 녀석들을 억울하게 야단치지 않았을 것을…… 알고 봤더니, 바로 그 흑풍산의 요괴가 훔쳐갔지 뭡니까. 이 손선생이 살그머니 그놈의 동굴을 찾아갔더니, 그놈은 흰옷 입은 선비 녀석과 도사 한 놈을 데리고 언덕 앞 수풀이 우거진 풀밭에 앉아서 이러쿵저러쿵 노닥거리고 있었슈니다."

"그래서 어떻게 됐단 말이냐?"

가사의 행방이 궁금해 못 견디는 스승이 다그쳐 묻는다.

"그 녀석, 두들겨 패지도 않았는데 제 입으로 술술 불더군요. 한참 얘기를 주고받다가 느닷없이 하는 말이 '내일모레는 내 생일이라, 여러 손님들을 다 초대해놓고 잔치를 열 테니까, 두 분도 꼭 오셔야 하오. 어젯밤에 내가 금란불의를 한 벌 얻었는데, 그것을 놓고 축수도 할 겸 잔치 한판 크게 벌여놓고 '부처님의 옷 감상회'를 열기로 하겠소' 하지 않겠습니까. 그래서 이 손선생이 대뜸 앞으로 달려나가 철봉 한 대를 먹였습죠. 그랬더니 검둥이란 놈은 바람으로 화해 뺑소니를 치고, 도사란 놈도 어디로 갔는지 금방 보이지 않고, 남은 것이라곤 흰옷 입은 선비 녀석 하나뿐이기에, 단매에 때려죽이고 나서 보니 얼룩 무늬 백사였습니다. 저는 부랴부랴 동굴 앞까지 뒤쫓아가서 그 검둥이 녀석을 고함쳐 불러냈습니다. 그리고 그놈과 어우러져 한바탕 싸웠는데, 그놈은 자기가 훔쳐갔노라고 인정하더군요.

싸움은 아침부터 반나절이나 좋이 걸렸는데 승부가 나지 않았습니다. 해가 중천에 오를 무렵 그 검둥이 괴물은 점심을 먹어야겠다나 뭐라나, 핑계를 대더니 훌쩍 동굴 속으로 들어가 문짝을 닫아걸고 다시는 나오지 않는 겁니다. 아마도 겁을 집어먹고 싸울 생각이 없었던 모양입니다. 그래서 이 손선생은 사부님께 우선 이 소식을 말씀드리려고 이렇게 돌아온 것입니다. 이제 가사의 행방을 알아낸 이상, 그놈이 돌려주지 않고 배겨내지 못할 테니까 너무 걱정 마십쇼."

곁에서 간이 조마조마하게 귀를 기울이고 듣던 화상들이 당사자인 삼장보다 먼저 반응을 보였다. 그들은 두 손 모아 합장할 사람은 합장을 하고, 이마 조아려 절할 사람은 절을 하는 등 내키는 대로 감사의 예를 표하면서 입으로는 일제히 염불을 외웠다.

"나무아미타불! 이제야 행방을 찾았으니, 우리 목숨도 붙어날 수 있게 되었구나!"

손행자는 화상들의 엊저녁 소행을 괘씸하게 여기던 참이라, 대번에 쏘아붙였다.

"이놈들아, 좋아하기에는 너무 일러! 가사는 아직도 손에 넣지 못했고 사부님께서도 아직 떠나지 못하고 계시니까 말이다. 가사를 되찾아오고 우리 사부님이 절간 문 밖을 벗어나야만 그때에 네놈들도 안심할 수 있을 것이다. 알겠느냐? 그 동안에 만약 네놈들이 털끝만큼이라도 섣불리 굴었다가는, 이 심술 사나운 손선생이 그냥 놓아두지 않을 것이다. 그건 그렇고, 내가 떠나 있는 동안에 네놈들이 사부님께 때맞춰 차를 올리고 식사를 드시게 하였는지, 또 백마에게도 좋은 먹이를 주었는지 모르겠구나?"

화상들은 이구동성으로 거침없이 대답했다.

"예, 예! 여부가 있겠습니까! 나리를 모시는 데 털끝만큼도 소홀히 대접한 적이 없었습니다."

삼장도 한마디 거들어주었다.

"걱정하지 말려무나. 네가 떠난 지 반나절 만에 차와 국물을 세 번씩이나 주어서 내가 잘 마셨고, 잿밥도 두 끼나 공양을 받았단다. 저 사람들은 한 시도 내게 소홀히 대접한 일이 없었다. 그러니까 너도 마음 푹 놓고 가사를 찾아오는 데만 힘쓰도록 하려무나."

"안심하십쇼. 이미 행방을 알아놓았는데, 그까짓 녀석 하나 잡아족쳐서 잃어버린 물건을 되찾는 거야 어려울 게 뭐 있겠습니까. 그저 마음 푹 놓고 계시라니까요!"

이런저런 얘기를 주고받는 사이에 상찰 주지가 소찬으로 점심상을 또 차려 내왔다. 자기네 누명을 벗겨주느라 고생하신 뇌공 나리에게 대접할 점심상이었다. 손행자는 몇 술 뜨는 둥 마는 둥 식사를 마친 다음, 다시 상운을 일으켜 타고 흑풍산으로 범인을 잡으러 나섰다.

그런데 흑풍산에 거의 다다랐을 무렵, 이번에는 도중에 졸개 요괴 한 마리를 발견했다. 요괴란 놈은 왼쪽 옆구리에 배나무로 짠 목갑 한 개를 끼고 어디로 가는지 보란 듯이 껄떡대면서 큰길로 걸어오고 있었다. 손행자는 그 목갑 속에 무슨 편지 따위가 들어 있으려니 짐작하고, 철봉을 꺼내 들기가 무섭게 한 대 후려갈겼다. 요괴란 놈은 가련하게도 매 한 대에 견디지 못하고 그만 고기 떡이 되어버렸다. 목갑 뚜껑을 열고 보니, 과연 청첩장 한 통이 얌전히 놓여 있었다.

불초 시생(侍生) 웅비(熊羆), 머리 조아려 절하옵고 대천금지 노상인(大闡金池老上人) 단하(丹下)에 올리나이다.
여러 차례 좋은 예물을 내려주심에 깊이 감사하오며 사릴 말씀은, 간밤에 회록(回祿, 불의 신)의 재난을 당하셨음에도 구호해드리지 못하였음을 송구스럽게 생각하옵니다. 선기(仙機)를 알고 계시니 별다른 큰 피해가 없으신 줄로 알고 있나이다. 시생이 우연히 불의(佛衣) 한 벌을 얻었사옵기로, 아회(雅會)를 열고 삼가 화작(花酌)을 갖추어 상인과 더불어 감상하고자 청하오니, 부디 선종(仙從)으로 왕림하시어 회포를 풀어주시기 바라나이다.
기일보다 이틀 앞서, 삼가 올림.

손행자는 유식한 문장으로 가득 찬 청첩장을 다 읽고 나서 한바탕 껄껄대며 웃었다.
"저런 천하에 몹쓸 놈의 늙은이! 그놈은 죽어서도 억울할 게 없는 놈이로구나. 요사스러운 정령하고 작당을 하다니! 어떻게 해서 이백칠십 세나 먹었는가 했더니만, 그놈의 요정이 복기(服氣)[13]니 뭐니 하는 잔재주를 가르쳐주었기 때문에 그 늙은 것이 그만한 장수를 누렸던 모양이다. 가만 있자…… 옳거니! 이 손선생께서 그 늙은이의 모습을 아직도 기억하고 있으니까, 그 늙은 화상으로 변신해 가지고 동굴 속에 한 번 들어가보자꾸나. 그럼 가사를 어디다 두었는지 알아볼 수 있을 게다. 그래서 힘 안 들이고 손에 넣을 수만 있다면, 당장 채뜨려 가지고 돌아가야겠다."

혼잣말로 중얼거린 손행자, 그 자리에서 주문을 중얼중얼, 바람결에 몸을 한 번 쓰윽 비틀었더니, 과연 늙다리 주지 스님의 모습으로 감쪽같이 변했다. 그는 철봉을 귓속에 감추고 어슬렁어슬렁 걸어 동굴 어귀에 다다랐다.

"문 좀 열어주시오!"

파수를 보던 새끼 요괴가 문을 열고 내다보니 영락없는 그 모습이라, 부랴부랴 안으로 들어가 보고를 올렸다.

"대왕님, 금지 장로께서 오셨습니다!"

보고를 받은 괴물이 깜짝 놀란다.

"아니, 이게 어떻게 된 일이야? 조금 전에 어린 녀석한테 청첩장을 주어서 보냈으니, 그놈의 걸음걸이로는 아직 저편에 도착하지 못했을 텐데, 어떻게 그분이 이렇듯 빨리 올 수 있단 말이냐? 옳거니, 아마도 그놈은 장로를 만나뵙지 못했을 테고, 손행자란 녀석이 장로님에게 가사를 찾아달라고 부탁을 한 모양이다. 그러니까 이렇게 한 발 앞서 오신 게 아니냐? 안 되겠다. 장로님의 눈에 안 뜨이게 가사부터 감춰놓고 봐

---

13 복기: 도교의 수양 방법 중 기본 단계. 한마디로 곡기(穀氣)를 끊고 공기를 마신다는 '양신복기술(養神服氣術)'을 말한다. 도교에서 기법(氣法)은 원기(元氣)와 청기(淸氣), 탁기(濁氣)로 나누고, 다시 '일기(一氣)'를 오행에 따라 다섯 종류로 나누는데, 연한 기운(軟氣)을 수(水), 따뜻한 기운(溫氣)을 화(火), 부드러운 기운(柔氣)을 목(木), 강한 기운(剛氣)을 금(金), 바람 기운(風氣)을 토(土)로 삼되, 토납(吐納) 방법에 따라 탁한 기운을 토해내고 맑은 기운을 마시면서 이 다섯 기운을 조화시켜, 생명의 기운으로 만든다는 이른바 양생(養生)의 착실한 기본 방법이라 한다.

야겠다."

 괴물이 부하를 시켜 가사를 깊숙이 감추는 동안, 손행자는 동굴 문턱을 넘어서고 있었다. 동굴 안에 들어서고 보니, 안뜰에는 짙푸른 소나무와 대나무 숲이 뒤얽혀 우거지고 복사꽃 살구꽃이 고운 자태를 다투어가며 흐드러지게 피었을 뿐 아니라, 온갖 백화가 만발하고 난초의 짙은 향기가 코를 찌르는 동천복지였다. 둘째 문을 넘어섰더니, 문설주 좌우에는 대련이 걸렸는데, 한쪽에 한 줄씩 이렇게 씌어 있었다.

 깊은 산중 고요히 숨어 있으니, 인간 속세의 근심 걱정 없고,
 신선의 동부에 그윽이 은거하여 자연의 참된 도리를 즐기도다.

 대련을 보면서, 손행자는 속으로 찬탄을 금치 못했다.
 "이 못된 녀석이 그래도 속진의 때를 벗고 제법 천명을 깨우친 걸 보니, 여간내기 요괴가 아니로구나!……"
 세번째 문에 들어서니, 대들보와 기둥이 온통 아름다운 무늬의 조각으로 아로새기고, 밝은 빛이 비쳐드는 창문에 채색을 입힌 문짝들이 으리으리하게 꾸며져 있었다.
 이윽고 시커먼 괴물과 다시 마주쳤다. 검둥이란 놈은 흑록색 소매 짧은 모시 저고리를 입고 그 위에 검붉은 빛깔의 능라 비단으로 짠 외투를 걸쳤으며, 머리에는 모난 검정색 두건을 쓰고 두 발에는 고라니 사슴 가죽으로 만든 검정빛 장화를 신고 있었다.
 손행자가 시침을 뚝 떼고 들어서자, 검둥이는 옷매무새를 가다듬고 계단 아래로 내려서서 반갑게 맞아들였다.
 "금지 노우(金池老友)! 이거 오래간만이외다. 어서 이리 와 앉으시지요!"

손행자는 예절 바르게 인사를 나누었다. 상견례를 마치고 자리에 앉으니, 차가 나왔다. 차 대접이 끝나자, 검둥이는 점잖게 허리를 굽히고 단도직입적으로 물어왔다.

"방금 전에 모레 건너오시라고 간찰을 보내드렸는데, 노우께서는 어찌하여 오늘 미리 왕림하셨는지요?"

"때마침 찾아뵈러 오는 도중에 보내주신 서찰을 받아보게 되어 빈승으로서도 뜻밖이라 생각했소이다. 서찰을 뜯어보니, '불의아회(佛衣雅會)'를 여신다기에 이렇게 부랴부랴 달려오는 길입니다. 어디 한번 보여주시지요."

괴물이 껄껄껄 웃는다.

"그 말씀 잘못하셨소이다. 그 가사는 애당초 당나라 스님의 소유물로, 노우께서 거처하는 곳에 있지 않았소이까? 거기서도 충분히 보셨을 텐데, 이제 내게 와서 또 보여달라니, 이럴 수가 있습니까?"

"빈승이 그 가사를 빌려오긴 했소만, 어두운 밤중이라 펼쳐보지 못하고 있던 참이었는데, 뜻하지 않게 대왕께서 그것을 가져오신 거요. 게다가 엎친 데 덮친 격으로 큰 불이 나서, 집도 절도 다 태워 먹고 세간 살림을 모조리 잃어버렸지 뭐요. 그 당나라 스님의 제자는 아주 날쌔고 용맹스러운 녀석이라, 그 난장판에도 사면 팔방으로 잃어버린 가사를 찾아 헤맸으나 끝내 발견하지 못했소. 그런데 이제 보았더니 대왕께서 복이 많으셔서 그것을 거두어다 잘 간수하고 계시다기에, 한번 구경을 좀 하려고 이렇게 미리 찾아온 것이외다."

주인과 손님이 서로 눈치를 살펴가면서 점잖게 옥신각신하고 있을 때였다. 흑풍산 일대를 순시하던 졸개 요괴 한 마리가 느닷없이 뛰어들면서 급보를 올렸다.

"대왕님! 큰일났습니다. 편지를 전하러 가던 소교(小校)가 손행자에게 맞아 죽어 큰길 곁에 쓰러져 있습니다. 그리고 손행자란 놈은 금지 장로의 모습으로 변신해서 부처님의 옷을 속여 빼앗으려고 여기 와 있습니다!"

이렇듯 긴급 보고를 받고도 그 괴물은 즉석에서 감정을 드러내지 않고 묵묵히 고개를 숙이고 있다. 내색을 하지는 않았으나 속으로는 이미 사태가 어떻게 돌아갔는지 다 알고 있는 것이다. 하하! 내가 뭐랬더냐? 어쩐지 장로님이 오늘 미리 왔으며, 또 오는 것도 어째 이토록 빨랐는가 했더니, 과연 그놈의 짓이었구나!……

속으로 중얼거린 검둥이 괴물, 시침 뚝 떼고 앉았던 몸뚱이를 급작스레 벌떡 일으키더니 흑영창을 끌어다 잡기가 무섭게 손행자를 노리고 불쑥 내어 찌른다. 허나 눈치 빠르기로 둘째가라면 서러워할 손행자 역시 가만 앉아서 창끝에 찔릴 턱이 있으랴. 황급히 귓속에서 뽑아든 바늘이 여의금고봉으로 바뀌는 순간, 본래의 모습을 드러내고 찔러드는 창끝을 "철꺼덕!" 가로막은 다음, 그 몸뚱이는 벌써 대청 바깥으로 뛰쳐나가 앞마당 한가운데 내려섰다. 그 뒤를 바싹 쫓는 검둥이 괴물, 이윽고 안뜰에서 벌어지기 시작한 싸움판이 차츰 자리를 옮겨 동굴 문 밖으로 이어졌다. 느닷없이 벌어진 싸움판에 흑풍동 안의 요괴 마귀들은 간담이 뚝 떨어지도록 놀라 자빠지고, 집안의 어린것 늙은것 할 것 없이 모두들 넋이 빠져 우왕좌왕 헤매고 다녔다.

산마루에서 벌어진 이번 대결은 앞선 대결보다 더욱 치열하게 전개되었으니, 그야말로 볼 만한 싸움판이었다.

저편의 원숭이 임금이 대담하게 늙은 화상으로 변신하니, 이편의 검둥이 녀석은 눈치 빠르게 부처님의 옷을 감추었다.

옥신각신 말이 오고 가는 동안 공교로운 기회가 찾아오니, 임기응변으로 대처하는 솜씨에 빈틈 하나 없다.
 금란가사 보고 싶어도 볼 연분이 없으니, 보배의 현기(玄機)란 참으로 미묘하다네.
 졸개 요괴 산을 뒤지다 재앙만 되는 일을 보고하니, 늙은 요괴 노발대발하여 신위를 떨친다.
 몸을 뒤채어 흑풍동 바같으로 뛰쳐나가니, 흑영창과 철봉이 서로 버티며 시비를 가리려 한다.
 철봉이 장창을 가로막는 소리 요란하게 울리고, 철봉을 맞받아치는 창끝에서 광채가 번뜩인다.
 손오공의 변화술법 인간 세계에 보기 어려운 것이라면, 요괴의 신통력은 세상에 드문 솜씨라네.
 이쪽은 기어코 부처님의 옷을 놓고 감상회를 열 판이나, 저편인들 가사를 얻지 못하고서야 어찌 선선히 돌아가려 하겠는가?
 이런 악전고투는 좀처럼 떨어지기 어려운 법, 살아 계신 부처님이 강림하셔도 뜯어말릴 생각 못 할 게다.

 그들 요괴의 싸움은 동굴 입구에서 산머리로, 산머리에서 다시 구름 위로 치고받으며 올라가 안개를 토해내고 바람을 뿜어내어 흙모래를 흩날리고 바윗돌을 굴릴 정도로 격렬하게 계속되었으나, 붉은 해가 서녘에 기울 때까지 싸웠어도 승부를 가릴 수 없었다.
 날이 저물자, 검둥이 괴물은 먼젓번처럼 또다시 휴전을 제의하고 나섰다.
 "이것 봐, 손가야! 잠깐만 그 손을 좀 멈추지 그래! 오늘은 해가 저물었으니까, 서로 계속 맞서봤자 좋은 일 없지 않겠나! 그만 돌아가게, 돌아가! 그리고 내일 아침에 다시 와서 우리 죽기살기로 결판을 내기로 하자고!"

그러나 한창 열을 받은 손행자가 호락호락 물러가게 내버려둘 턱이 없다.

"요 녀석아 어딜 가려고! 싸움을 벌였으면 싸움답게 끝장을 봐야지, 날이 저물었다고 슬슬 꽁무니를 빼는 녀석이 어디 있느냐? 잔소리 말고 어서 덤비기나 해라!"

손행자는 인정사정없이 닥치는 대로 철봉을 후려갈겼다. 검둥이는 또다시 일진청풍으로 변해 동굴 속으로 뺑소니를 치더니, 돌 문짝을 단단히 걸어 닫고 나오지 않았다.

맞서 싸울 상대가 달아났으니, 손행자로서도 더는 어쩔 도리가 없다. 그저 관음선원으로나 돌아갈밖에.

"사부님!"

목이 빠지게 기다리던 삼장 법사, 이제 막 구름에서 내려 돌아오는 제자를 반겨 맞았다. 그러나 제자의 손에 아무것도 들린 것이 없는 걸 보자, 또 한 번 가슴이 철렁 내려앉았다.

"어째서 이번에도 가사를 찾아오지 못했느냐?"

손행자는 소매춤에서 편지 한 통을 꺼내 스승에게 넘겨주었다.

"사부님, 그 괴물은 어제 죽은 늙다리 화상 녀석과 친구 사이였습니다. 그놈은 졸개를 시켜 그 늙은 것에게 이 청첩장을 보내와서 '부처님의 옷 감상회'에 참석해달라고 초대했습니다. 이 손선생은 그 졸개 녀석을 때려죽이고 늙은 화상의 모습으로 변신해서 그놈의 동굴에 들어갔습니다. 그리고 그 검둥이 괴물을 만나 차를 한 동이나 마셔가면서 가사를 보여달라고 졸라댔습니다만, 아무리 구슬리고 얼러대도 그놈은 좀처럼 가사를 내놓지 않더군요. 이렇게 옥신각신하는 사이에 흑풍산을 순시한다는 요괴 녀석한테 그만 들통이 나고 말았지 뭡니까. 그러니 남은 것은 싸움질밖에 없었습죠. 오후 내내 벌어진 싸움은 저녁 무렵이 되도록 승부가 나지 않았습니다. 그놈은 날이 저무는 것을 보더니 후딱 몸을 빼어 동굴 안으로 들어가 돌 문짝을 단단히 걸어 닫고 두 번 다시 나타나지 않았습니다. 그래서 이 손선생도 어쩔 수 없어 일단 돌아와 이렇게 사부님께 말씀드리는 겁니다."

"네 수단이 그놈과 비교해서 어떻더냐?"

"사실 저도 그다지 센 편은 아니었습니다. 겨우 맞먹을 정도였으니까요."

삼장은 그제야 초청장을 펼쳐들고 읽어 내리더니, 그것을 상찰 주지에게 넘겨주며 물었다.

"죽은 당신네 사부도 혹시 요정은 아니오?"

주지는 송구스러운 나머지 황망히 그 자리에 무릎 꿇고 대답했다.

"어르신, 저희 사부님은 사람이었습니다. 단지 그 흑대왕이 인도를 깨우쳐 정령이 되었기 때문에 이따금 우리 절간에 찾아와서 사부님과 불경을 토론했을 뿐입니다. 그 동안에 사부님한테 '양신복기술(養神服氣術)'을 가르쳐주기도 했습니다. 그래서 친구 사이가 되었던 것입니다."

손행자 역시 평소 그답지 않게 주지의 말에 동조하고 나섰다.

"이 절간에 있는 화상들에게는 요기가 서려 있지 않습니다. 죽은 그 늙은이도 둥글둥글한 머리통이 하늘을 이고 있고, 두 발로 착실히 땅을 딛고 걷는 품이 절대로 요정은 아닙니다. 이 손선생보다 뚱뚱하고 키가 좀 커서 탈이지만요. 방금 보신 청첩장에 '시생 웅비'라고 적힌 것으로 보건대, 그놈은 아무래도 흑곰이 도를 닦아 정령으로 화한 것이 틀림없습니다."

"애야, 내가 옛 사람의 말을 듣기로는 '곰과 성성이는 같은 부류'라고 하더라. 다 같은 길짐승인데, 어떻게 그놈만이 정령이 될 수 있었단 말이냐?"

스승의 천진한 말씀에 손행자는 빙긋이 웃었다.

"사부님, 이 손선생도 길짐승 부류에 듭니다. 제천대성 노릇을 좀 했다고 해서 그놈과 다를 것이 뭐 있겠습니까. 이 세상에 사는 생물 가운데 눈, 코, 입, 귀 등 아홉 구멍을 가진 생물은 어느 것이나 도를 닦아 신선이 될 수 있습니다."

"방금 네 말이, 그놈의 수단이 너와 맞먹는다고 했는데, 장차 어떻게 그놈을 이겨내고 가사를 되찾아올 수 있겠느냐?"

"걱정 마십쇼, 문제없으니까요! 저한테 방법이 다 있습니다."

이런저런 대화를 나누고 있으려니, 화상들이 저녁상을 차려 내다가, 그들 스승과 제자에게 들기를 권하였다. 삼장은 등불을 밝히게 하고 앞채 선방에서 또 하룻밤을 편히 쉬었다.

잘 데가 불타 없어진 승려들은 무너지다 남은 담장이나 벽에 기대어 눈을 붙이거나 얼기설기 엮은 움막으로 기어 들어가 하룻밤을 지새고, 뒤채에 온전히 성해 남은 방장은 상찰과 하찰의 주지 스님들이 거처하는 곳으로 양보했다.

때는 바야흐로 고요한 밤, 삼라만상이 모두 정적에 잠겼다.

　　은하수 그림자를 드러내니, 옥같이 맑은 우주에 티끌 한 점 없다.

　　온 하늘에는 별빛 찬란하고, 모든 물결 흐름이 흔적을 거두었다.

　　만뢰구적(萬籟俱寂), 온갖 세상을 뒤흔들던 소리가 조용하니, 천산(千山)에 우짖던 새소리도 뚝 끊겼다.

냇가에 고기잡이 등불 빛은 꺼지고, 불탑 위의 등잔불만 희미하구나.
간밤에 아도리(阿闍黎) 승려 울리는 북과 종소리 들렸는데, 오늘밤에는 온 세상에 통곡 소리 들릴 뿐일세.

그날 밤 선방의 잠자리는 어느 때보다도 평온했다. 그러나 삼장은 잃어버린 가사를 걱정하느라 잠을 못 이루고 밤새도록 이리 뒤척 저리 뒤척이다가 창 밖이 훤히 밝아오는 것을 보고 벌떡 일어나 소리쳤다.
"오공아, 날이 밝았다! 어서 일어나 가사를 찾으러 떠나야지!"
잠귀 밝은 원숭이 제자 역시 팔짝 뛰어 단숨에 일어났다. 문을 열고 나가 보니, 어느새 화상들이 더운 세숫물을 준비해 가지고 시립해 있다.
"너희들, 마음 써서 우리 사부님을 잘 모셔야 해! 이 손선생은 다녀오겠다."
뒤따라 나온 삼장이 제자를 덥석 붙잡는다.
"어딜 가려는 거냐?"
"아무리 생각해봐도, 이번 일은 관음보살께서 사리분별이 없으신 탓인가 합니다. 그분에게 이런 선원이 있고 또 여기서 이곳 사람들의 향화를 받아 누리고 계시면서, 어째서 이웃에 그런 요정을 살게 하셨느냔 말입니다. 전 이 길로 남해에 찾아가서 그분과 시비를 따져봐야겠습니다. 그분더러 직접 와서 요정을 제압하고 가사를 찾아 돌려보내주시도록 할 겁니다."
"이제 가면 어느 때에나 돌아오겠느냐?"
"줄잡아 조반 때쯤이면 될 겁니다. 늦어도 오정까지는 성공해서 돌아올 수 있을 것입니다. 그때까지 저 화상들이 잘 모셔드릴 터이니, 안심하십쇼. 이 손선생은 갑니다!"

말을 마쳤을 때는 벌써 어디로 사라졌는지, 종적이 온데간데없다.

잠깐 사이에, 손행자는 남해에 도착하였다. 바다 위에 근두운을 멈추고 두루 살펴보니, 과연 장관이었다.

깊고 너른 해양은 끝도 없이 아득하게 멀고, 출렁이는 물결 흐름은 하늘에 닿을 듯.
상서로운 빛은 우주를 뒤덮고, 서기는 산천을 비춘다.
천 겹 설랑(雪浪)은 푸른 하늘 우러러 부르짖고, 만 첩(萬疊) 연파(煙波)는 한낮에 차고 넘친다.
거친 바닷물은 사야(四野)에 흩날리고, 파랑(波浪)은 굽이쳐 휘감긴다.
사야에 흩날리는 바닷물 소리 뇌성(雷聲) 울리듯 진동하고, 굽이쳐 휘감기는 파랑은 뇌성벽력 때리듯 메아리친다.
바닷물의 기세를 말하지 말라. 그저 한가운데를 볼 것이니, 오색 몽롱한 보첩산(寶疊山)에 붉은빛 노랑빛 자줏빛 검정빛 초록빛과 쪽빛이 한데 어우러졌구나.
관음의 참된 승경을 이제야 볼 수 있으니, 남해 보타락가산을 구경할 것이다.
실로 아름다운 곳! 산봉우리 우뚝 솟아 그 정상이 허공을 찌르고, 산허리에 온갖 기화요초 천백 가지 꽃이라네.
보배로운 나무 숲 바람결에 흔들리고, 햇살은 금빛 연꽃 되비쳐 그림자를 드리운다.
관음전 지붕에는 유리 기와 얹었고, 조음동 문 앞에는 대모(玳瑁)¹⁴를 깔았다.

녹음 우거진 버드나무 그늘 아래 앵무새가 말을 하고, 자죽림(紫竹林) 숲 속에는 공작새가 우짖는다.

나문석(羅紋石) 위에는 호법이 위엄 있게 늘어서고, 마노탄(瑪瑙灘) 앞에는 목차 행자의 자태가 장엄하다.

아무리 보고 또 보아도 끝없는 신비경. 손행자는 정신을 가다듬고 근두운에서 내려와 자죽림 숲 속으로 들어갔다. 그곳에는 벌써부터 제천(諸天) 신령들이 마중을 나와 기다리고 있었다.

"보살께서 전날 여러 사람 앞에서 말씀하시기를, 손대성이 선과에 귀의하셨다고 매우 칭찬하셨습니다. 이제 당나라 스님을 모시고 서천으로 가시는 길일 터인데, 어찌하여 한가롭게 이곳에 오셨소이까?"

상대가 은근하게 반겨 맞으니, 손행자도 점잖게 응대하고 찾아온 용건을 밝혔다.

"그렇소이다. 당나라 스님을 모시고 가는 도중에 뜻하지 않은 봉변을 당했기에, 일부러 보살님을 뵈러 왔으니, 수고스럽지만 통보를 좀 해주시오."

제천이 동부 어구로 들어가 이 사실을 아뢰니, 들여보내라는 보살의 분부가 떨어졌다.

손행자는 예법대로 따라 들어가 보련대 아래 큰절을 올렸다.

"네가 무슨 일로 왔느냐?"

관음보살의 물음에, 손행자는 마음 단단히 다져먹고 딱 부러지게 대답했다.

"예, 말씀드리겠습니다. 저희 사부님이 서천으로 가는 도중 보살님

---

14 대모: 바다거북의 일종. 등껍질 무늬가 삼각형이며 빛깔의 변화가 많은 진귀한 보물.

의 선원에서 묵었습니다. 그런데 보살님은 인간의 향화를 받으시면서 그 이웃에 흑곰의 정령이 살도록 용납해주셨습니다. 그놈이 사부님의 금란가사를 훔쳐갔기에, 벌써 여러 차례 돌려달라고 요구했으나 도대체 들어먹지 않습니다. 그래서 이렇게 보살님께 따지러 온 것입니다."

"이 원숭이 녀석 말하는 것 좀 봐라! 어째 그리도 말버릇이 없느냐! 곰의 정령이 가사를 훔쳐갔다면서 왜 나한테 와서 따지는 거냐? 이게 모두 다 원숭이 녀석, 네놈 탓이다. 간덩이도 크게 그 소중한 보배를 함부로 꺼내 자랑이나 늘어놓고, 또 경솔하게 그것을 소인배에게 넘겨주어서 눈독을 들이게 하고, 또 그것만으로도 모자라 불난 집에 바람을 일으켜놓고 부채질이나 해서, 내가 이따금 구름을 멈추고 묵는 선원을 불태워 무너뜨리고, 이런 흉악한 짓을 저질러놓은 주제에 오히려 나한테 따지러 왔다니, 이 발칙한 원숭이 놈아! 앙큼스러운 소리 작작 지껄여라!"

눈물이 왈칵 쏟아지도록 엄한 꾸지람에, 손행자는 그만 자라목을 움츠리고 말았다. 하긴 그렇다. 보살님으로 말하자면 과거와 현재, 미래의 일을 훤히 알고 계시는 분인데, 그 앞에서 망발을 떨어봤자 무슨 소용이 있으랴. 손행자는 제 잘못을 깨닫고 얼른 그 앞에 엎드려 빌었다.

"보살님, 제자의 죄를 용서해주십쇼! 과연 말씀하신 그대롭니다. 하지만 그 괴물은 가사를 돌려주지 않으려 합니다. 만약 그것을 되찾아가지 못할 경우, 사부님은 저 무서운 긴고주를 또 외우실 테고, 이 제자는 머리통이 뻐개질 듯이 아파 견딜 수 없게 됩니다. 그래서 이렇게 찾아뵙고 통사정을 하러 온 것입니다. 보살님, 부디 자비심을 베푸셔서 제가 그 요정을 잡아 꿇리고 가사를 도로 찾아가지고 서행 길에 오르게 해주십쇼!"

"그 괴물은 여러 가지 신통력을 지니고 있다. 그것도 아마 너에 못지 않으리라. 그래, 됐다! 당나라 스님의 낯을 보아서라도, 너하고 한번 다녀와야겠구나."

어려운 승낙을 받아낸 손행자는 두 번 절하여 그 은혜에 사례했다. 그리고 보살에게 즉시 떠날 것을 청하여 함께 상운을 일으켜 타고 출발하니, 순식간에 흑풍산에 도착했다. 두 사람은 구름에서 내려서 길 따라 동굴을 찾아 나섰다.

한참 가다 보니, 산등성이 앞길에 도사 한 명이 걸어 나오는데, 손에는 유리 쟁반을 떠받쳐 들고 쟁반 위에는 선단(仙丹) 두 알이 얌전히 놓여 있었다. 이쪽에선 가는 길이고 저쪽에선 오는 길이니 마주칠 수밖에. 손행자는 철봉을 꺼내들기가 무섭게 머리통을 내리쳤다. 얼마나 호되게 후려쳤는지, 뇌장이 팍 터져 나오고 구멍이란 구멍마다 선지피가 한꺼번에 쏟아져 나왔다.

그 끔찍스런 광경에 보살이 깜짝 놀라 손행자를 꾸짖었다.

"이 원숭이 놈아! 아직도 그 못된 버릇을 고치지 않았구나. 그 도사가 네 가사를 훔친 것도 아니고 또 네놈을 알지도 못하는 사이에 원수진 일도 없을 텐데, 어째서 그렇게 무참히 때려죽였단 말이냐?"

또 억울하게 꾸중을 들은 손행자, 투덜투덜 변명을 늘어놓는다.

"보살님은 저놈이 누구인지 모르시니까 그런 말씀을 하시는 겁니다. 저놈은 흑곰요정의 친구로서, 어제 흰옷 입은 신비와 함께 풀밭에 앉아서 도를 논한답시고 노닥거리던 녀석입니다. 그 시커먼 요정은 모레가 자기 생일이라며, 저것들을 초대해서 무슨 '부처님의 옷 감상회'인가 뭔가 하는 잔치를 열겠다고 했습니다. 그래서 저놈이 '오늘 먼저 와서 축수를 드리고, 내일 다시 부처님의 옷 감상회에 참석하겠노라'고 말했기 때문에, 제가 알아볼 수 있었던 겁니다. 그러니까 오늘 저놈은 그 요괴 녀석에게 축수를 하러 가는 길이 틀림없습니다."

"됐다! 얘기가 그렇다니, 어쩔 수 없구나."

손행자가 가까이 가서 도사의 시체를 뒤집어놓고 보았더니, 사람이 아니라 한 마리의 푸른 이리였다. 시체 곁에 떨어뜨린 쟁반 밑바닥에는 '능허자 제(凌虛子製)'란 글자가 새겨져 있었다.

그것을 보고 손행자가 무슨 생각이 났는지, 익살맞게 낄낄낄 웃어댄다.

"잘됐구나! 잘됐어! 이거야말로 조화로구나. 이 손선생도 덕 좀 보고, 보살님도 한결 수고를 덜게 되시겠는걸! 이놈의 괴물이 매를 맞지도 않았는데 제풀에 술술 자백을 했으니 말이야. 오냐, 검둥이 괴물아! 오늘은 네가 끝장나는 날이다!"

"오공아, 혼자서 뭐라고 중얼거리는 게냐?"

"보살님! 제가 말씀드릴 것이 하나 있습니다. 병법에 '장계취계(將計就計)'라고 해서, 저편의 계략을 미리 알아채 그것을 역이용하는 계교가 있는데, 보살님께서 제가 하자는 대로 따라주실 수 있을는지 모르겠군요."

"계교라니, 말해봐라. 어떻게 하자는 거냐?"

"보살님, 여기 이 쟁반에 선단이 두 알 있지 않습니까. 이 선단은 요괴 녀석에게 바칠 생일 축하 예물입니다. 또 이 쟁반 밑바닥에는 '능허자 제'라고 새겨져 있습니다. 이게 바로 우리가 요괴한테 쓸 좋은 낚싯밥이 되는 셈이죠. 보살님께서 제가 하는 대로만 따라주시겠다면, 썩 좋은 계교를 하나 내겠습니다. 그럼 번거롭게 창칼을 휘두를 필요도 없으려니와, 힘들여가며 싸울 것도 없이 요괴란 놈은 당장에 재수 옴 붙을 것이고, 가사는 우리 눈앞에 저절로 나타날 것입니다. 허나 보살님이 제가 하는 대로 따라주지 않으시겠다면 하는 수 없죠. 보살님은 서천으로 돌아가시고, 이 손오공은 동쪽으로 가버리고, 부처님의 옷일랑 남한테 선물로 주어버린 셈치고, 당나라 스님은 손 털고 길바닥에 나앉으면 그만이니까요."

그 말을 듣고 관음보살은 빙그레 미소를 지었다.

"요놈의 원숭이 녀석! 혓바닥에 기름칠을 했느냐, 잘도 나불대는구나."

"천만에 말씀이십니다! 이건 순전히 계략입니다."

"그래, 어디 말해보려무나. 계략이란 게 뭐냐?"

"이 쟁반에 '능허자 제'라고 새겨진 것으로 보건대, 여기 죽어 널브러진 도사 녀석의 법호가 '능허자'인 듯싶습니다. 보살님께서 제 생각대로 따라주시겠다면, 이 도사 녀석의 모습으로 변신해주시고, 저는 이 선단 두 알 가운데 한 알을 먹어 치운 다음, 그 대신에 제가 선단으로 변하겠는데, 조금 알이 굵게 변할 것입니다. 보살님은 이 쟁반을 떠받쳐 들고 가서 그 요괴한테 축수를 하시되, 알이 굵은 놈을 골라서 그놈에게 먹이십쇼. 그 요괴 녀석이 선단을 한입에 삼켜버리기만 하는 날이면, 제가 그놈의 뱃속에서 한바탕 사고를 치겠습니다. 그래도 만약 그놈이 가사를 내놓으려 하지 않을 때에는, 이 손선생이 그놈의 오장육부를 뽑아서라도 기어코 가사 한 벌을 짜놓고야 말겠습니다."

듣고 보니 관음보살도 그 수밖에 달리 좋은 방법이 없는 터라, 고개를 끄덕여 원숭이가 하자는 대로 따르겠노라고 동의를 표시했다. 그제야 손행자는 만족한 웃음을 띠었다.

"어떻습니까, 그대로 하시겠다고요?"

대자대비하신 관세음보살, 법력이 광대무변하시고 억만 화신(億萬化身)을 지닌 분이 마음으로 뜻을 모으고 뜻으로 몸을 이룩하시니, 황홀한 사이에 어느덧 능허자의 모습으로 바뀌어 있었다.

몸에 걸친 학창의(鶴氅衣)에 선풍(仙風)이 나부끼고, 날렵한 걸음걸이 허공을 딛는 보허자(步虛子)의 모습일세.

창백한 얼굴빛은 해묵은 송백이요, 준수한 기색은 고금에 다시 없다.

가고 또 가도 머무름이 없으며, 같고 또 같으나 스스로 다름이 있다네.

모든 것이 하나로 돌아가는 법이니, 사악함을 막는 몸일 따름일세.

능허자로 변신한 보살을 넋잃고 바라보던 손행자, 저도 모르게 입에서 탄성이 흘러나왔다.

"훌륭하십니다! 참으로 절묘하십니다! 요정이 보살님으로 변신하셨는지, 아니면 보살님이 요정으로 변신했는지, 도무지 분간할 수 없습니다그려!"

보살이 자비로운 미소를 짓는다.

"오공아, 보살이든 요정이든 결국은 일념에서 나올 따름이다. 그 근본으로 따진다면 모두가 무(無)에 속하는 것이다."

손행자는 그 말씀의 뜻을 속으로 깨우쳤다. 훌쩍 몸을 돌이킨 그는 어느새 한 알의 선단으로 바뀌어 있었다.

쟁반에 떼구르르 구르니 가만 있지 못하고, 둥글둥글 밝은 것이 모난 데가 없다.

삼각형의 짧은 변이 빠져 합쳐지고, 육각형의 여섯 모가 적은 옹상(翁商)이라네.

기와를 녹이는 황금 불꽃이요, 석가모니의 백주광(白晝光)이로구나.

겉 껍질에는 납과 수은을 씌웠으니, 쉽사리 분량을 따지지 못하게 하네.

손행자가 변한 그 낱알은 다른 것보다 약간 커서, 보살도 이내 알아볼 수 있었다. 감쪽같이 능허자로 변신한 보살은 그것을 집어 유리 쟁반 위에 올려놓고 천연덕스럽게 흑풍동 문턱에 이르렀다. 주변의 경치를 둘러보니, 과연 명승 절경이라 일컬을 만했다.

낭떠러지 깊고 산봉우리 험준하여, 구름이 고개 마루턱에서 일며,
송백은 짙푸르고 또 푸른데, 소슬바람 나무 숲 사이로 소리내며 불어가네.
낭떠러지 깊고 산봉우리 험준하니, 과연 요사한 괴물만 출몰하고 인적 드물며,
송백이 짙푸르니, 진선(眞仙)이 은둔하여 도를 닦을 마음 우러나겠네.
산에는 시냇물, 냇물의 근원은 샘물, 좔좔좔 흐르는 물소리가 칠현금 흐느끼듯 귀를 씻고 들을 만하구나.
낭떠러지에는 사슴이, 나무 숲에는 두루미, 그윽한 선뢰(仙籟)가 이따금 적막한 산골짜기에 메아리치니, 이 역시 마음을 기쁘게 해주네.
이야말로 요선(妖仙)에게 연분 있어 보리(菩提)가 강림하니, 크나큰 다짐에 가없는 측은지심을 드리워주도다.

주변을 다 둘러본 관음보살, 속으로 흐뭇한 마음을 이기지 못한다.

"죄 많은 짐승이 이토록 아름다운 명산에 동부를 차지하고 있다니, 그놈에게 도심이 전혀 없는 것은 아닌 모양이로구나!"

혼잣말로 중얼거렸을 때, 그의 마음 속에는 이미 요괴에 대한 자비(慈悲)가 움트고 있었다.

동굴 어귀에 가까이 걸어가니, 파수를 보던 졸개 요괴가 먼저 그를 알아보았다.

"능허 선장(凌虛仙長)께서 오셨다!"

이어서 안으로 보고를 전달하는 놈에, 손님을 맞아들여 안내하는 놈에, 동굴 문 앞이 한바탕 부산을 떨고 나서, 뒤미처 연통을 받은 요괴가 부랴부랴 문 앞까지 영접을 나왔다.

"능허 도우! 이 누추한 집을 찾아주다니, 참으로 영광일세."

"불초 빈도가 선단(仙丹)을 구웠기에, 대왕의 장수를 비는 뜻으로 한 두어 알 가져왔소이다."

두 사람이 맞절로 인사치레를 끝내고 나서 자리 잡고 앉았다. 요괴는 어제 나누었던 얘기를 끄집어냈으나, 보살은 응답하지 않고 서둘러 선단을 담은 쟁반을 내밀었다.

"대왕, 빈도가 보잘것없으나마 드리는 작은 정성이오."

그리고 낱알이 조금 큰 것을 골라 요괴에게 건네주었다.

"대왕의 천수를 축원하오!"

그러자 요괴도 나머지 한 알을 집어 보살에게 주었다.

"능허자께서도 함께 누리시기를!"

점잖게 답례를 건넨 요괴가 알약을 입에 넣고 막 삼키려 할 때였다. 어찌 된 노릇인지, 알약은 저절로 목구멍을 타고 뱃속까지 쑥 내려가는 것이 아닌가? 요괴는 미처 놀랄 틈도 없었다. 뱃속에 들어앉은 손행자가 벌써 본상을 드러내고 사지 팔다리를 쭈욱 뻗으니, 그 아픔을 무슨 수로 견뎌내랴. 요괴는 땅바닥에 털썩 거꾸러져 데굴데굴 굴러가며 비명을 지르기 시작했다.

"아이고, 나 죽겠다! 아이고, 아파라! 내 뱃속이야!……"

이 무렵 보살도 본래의 모습을 드러내고 엄하게 다그쳤다.

"이 못된 짐승아! 가사를 어디다 숨겼느냐? 냉큼 이리 내오지 못할까!"

뱃속에서 미친 듯이 날뛰는 손행자, 난생처음으로 이런 고통을 겪어보는 요괴가 더 이상 뻗댈 재간이 없다. 요괴는 부하를 시켜 숨겨둔 가사를 꺼내다 바치게 했다. 이래서 금란가사는 무사히 주인의 손으로 돌아가게 된 것이다.

손행자는 어느새 콧구멍을 통해 빠져나오고, 관음보살은 고통이 사라진 요괴가 다시 행패를 부릴까 걱정스러워, 그 머리통에 금테 고아(箍兒)를 한 개 뒤집어씌워주고 있었다. 아니나 다를까, 고통이 씻은 듯이 사라지자, 요괴는 벌떡 일어나기가 무섭게 창대를 찾아들고 손행자를 겨냥하여 힘껏 내질렀다. 그러나 손행자와 보살은 벌써 공중으로 날아오른 뒤였다. 보살이 진언을 외기 시작하자, 요괴란 놈은 또다시 골통이 빠개질 듯이 아파 창대를 내던지고 쓰러진 채 온 땅바닥이 비좁아라 하고 떼굴떼굴 마구 뒹굴면서 고래고래 비명을 질러댔다. 공중에서는 그 무시무시한 고통을 이미 두어 차례나 맛본 원숭이 임금께서 고소하다 못해 손뼉까지 쳐가며 깔깔대고, 평지에서는 두 눈알이 튀어져 나올 정도로 아픈 고통을 못 이겨 두 손으로 머리통을 감싸쥐고 데굴데굴 뒹구는 흑곰의 요괴……

이윽고 보살님이 주어를 그치고 물었다.

"이 죄 많은 짐승아! 이제 정과에 귀의할 마음이 있느냐?"

흑곰의 요정은 거침없이 대답했다.

"충심으로 귀의하오리다! 그저 목숨만 살려주십시오!"

앙큼스런 손행자, 곁에서 가만히 듣고 있다가 우물쭈물해서는 앙갚음할 때를 놓치겠다 싶었는지 허공에서 곤두박질치며 내려서기가 무섭게 철봉으로 괴물의 머리통을 후려갈겼다. 이때 관음보살이 급히 철봉 앞을 가로막고 호통쳐 꾸짖었다.

"안 된다! 죽이지 마라! 내 저놈을 쓸데가 있다."

"이 따위 괴물을 때려죽이지 않고 어디다 쓰시겠다는 말씀입니까?"

투덜투덜 볼멘소리를 늘어놓는 손행자, 그러나 보살은 차분하게 쓸모를 얘기해주었다.

"내가 거처하는 보타락가산에 뒷동산을 지킬 만한 사람이 없어 아쉽던 참이라, 내 저놈을 데려다가 수산 대신(守山大神)으로 삼아 그곳을 지키게 하려는 것이다."

그 말씀을 듣고 손행자는 빙그레 미소를 지었다.

"진실로 대자대비하시고 구고구난(救苦救難)하시는 우리 보살님이십니다. 아무리 몹쓸 생령이라도 함부로 해치려 들지 않으시니 말입니다. 이 손선생한테 그런 주문을 외는 재주가 있었다면, 아마 지금쯤 천 번이라도 외서 저놈의 흑곰 요괴들이 죽고 못 살도록 실컷 혼뜨검을 내주었을 겁니다."

이 무렵 흑곰의 정령도 정신을 차린 지 이미 오래되었으나, 저 무서운 고통의 여운이 아직도 남아 있어 공포에 질린 기색으로 와들와들 떨고 있었다. 그는 땅바닥에 무릎 꿇고 엎드려 관음보살에게 애걸복걸 빌었다.

"그저 목숨만 살려주신다면, 진심으로 귀의하여 정과를 얻겠습니다."

보살이 그제야 상광을 내리고 흑곰의 정령에게 마정수계(摩頂受戒)

의 예식을 베풀어주었다. 그리고 흑영창을 들려서 곁에 따르도록 했다. 흑곰의 정령은 비로소 야심이 가라앉았으며, 하늘 무서운 줄 모르고 한없이 날뛰던 사나운 성품도 씻은 듯이 없어졌다.

보살은 손행자를 돌아보고 분부를 내렸다.

"오공아, 너는 이만 돌아가거라. 당나라 스님을 잘 모시고, 이후에는 두 번 다시 마음이 풀어져 이런 불상사를 일으키지 말거라."

손행자는 가슴속으로부터 우러나오는 마음으로 감사를 드렸다.

"보살님, 이렇게 멀리 오셔서 도와주시니 감사합니다. 제가 보살님을 남해까지 모셔다 드리겠습니다."

"그럴 것 없다. 어서 가려무나."

손행자는 그제야 가사를 받아들고 머리 조아려 작별을 고했다. 관음보살은 흑곰의 정령을 이끌고 대해로 돌아갔다.

이 광경을 증명하는 시가 있다.

상광이 금신 법상(法相)에 아련히 맺혀서, 너울너울 춤추듯 만 갈래로 흩어지니 실로 자랑할 만하구나.

인간 세상 널리 구제하여 긍휼함을 드리우니, 법계(法界)를 두루 살펴 금련(金蓮)을 나타낸다.

오늘 멀리 온 뜻은 진경을 전하기 위함이요, 이제 다시 본원(本源)으로 돌아가니 티끌 한 점 떨어뜨림이 없도다.

요괴를 항복시켜 진(眞)을 이루고 대해로 돌아가노니, 공문(空門)에 금란가사 다시 얻었다네.

과연 그 후에 일이 어떻게 될 것인지, 다음 회에서 풀어보기로 하자.

제18회 당나라 스님은 관음선원의 재난에서 벗어나고, 손대성은 고로장에서 요마를 없애러 나서다

보살과 작별한 손행자는 구름을 내리고 우선 가사를 향남수(香柟樹) 가장귀에 걸쳐놓은 다음, 철봉을 뽑아 들고 흑풍동 안으로 쳐들어갔다. 그러나 어찌 된 노릇인지, 동굴 안에는 새끼 요괴 한 마리도 눈에 띄지 않았다. 난데없는 보살이 나타났기 때문에 겁도 집어먹은 데다, 믿고 믿었던 노괴가 제압을 당하여 흙바닥에 나뒹구는 꼴을 보고서, 모두들 허겁지겁 뿔뿔이 흩어져 달아난 것이다.

아직도 분이 풀리지 않은 손행자는 홧김에 동굴 문짝이란 문짝마다 안팎으로 마른 장작을 잔뜩 올려 쌓고, 한꺼번에 불을 놓아 흑풍동을 깡그리 불태워 '홍풍동(紅風洞)'으로 만들어버리고 말았다. 앙갚음이 끝나고 속이 후련해진 그는 비로소 가사를 찾아들고 상광에 오르더니 곧바로 북쪽을 향해 날아갔다.

한편, 손행자가 돌아오기만을 목이 빠지게 기다리던 삼장 법사, 조바심에 안절부절못하다 못해 나중에는 엉뚱한 의심마저 들기 시작했다. 혹시 보살님을 모셔오지 못한 것은 아닐까? 그게 아니면 제자 녀석이 가사를 찾아올 자신이 없어서, 보살님 핑계를 대고 삼십육계 줄행랑을 놓은 것은 아닐까?…… 이런저런 터무니없는 망상에 잠겨 있는데, 갑자기 반공중에서 채색 안개가 찬란하게 비치더니 그토록 학수고대하던 손행자가 뚝 떨어져 내려와 돌계단 앞에 무릎을 꿇는다.

"사부님, 가사를 찾아왔습니다!"

그 말 한마디에, 삼장 법사의 태산 같던 근심 걱정이 눈 녹듯 말끔히 사라지고 그 대신에 입이 찢어지게 헤벌어졌다. 좋아한 것은 그만이 아니다. 화상들도 뛸 듯이 기뻐 어쩔 줄을 몰랐다.

"잘됐구나, 잘됐어! 이제야 우리 목숨도 온전히 살아남게 되었구나!"

삼장이 가사를 받아들면서 묻는다.

"오공아, 너 아침에 떠날 때에는 늦어야 점심 먹을 때면 돌아온다고 했는데, 왜 해가 서산에 저물녘에야 돌아오는 거냐?"

스승의 물음에, 손행자는 보살을 청해다가 변화술법을 써서 요괴를 항복시킨 사연을 낱낱이 말씀드렸다. 삼장은 보살님이 또 오셨다 가셨다는 말을 듣고, 그 즉시 화상들더러 향탁을 차려놓게 하고 남쪽을 향하여 예배를 드렸다.

"제자야, 부처님의 옷을 찾았으니, 이제 서둘러 행장을 수습하고 떠나자꾸나."

배례를 끝낸 삼장이 출발을 재촉한다.

"사부님, 서두르실 것 없습니다! 해가 다 저물었는데 뭐 그리 바쁘게 떠나려 하십니까? 밤길에 고생하지 마시고, 내일 아침 일찍 떠나도록 하시죠."

관음선원 승려들 역시 일제히 무릎 꿇고 간청했다.

"손씨 나으리 말씀이 옳습니다. 날도 저물었거니와, 또 저희들도 그렇게 해주셨으면 바라고 있습니다. 천만다행히도 보배를 되찾으셔서 저희 마음이 편해졌으니, 오늘밤에 저희가 기원 성취의 재를 올렸으면 합니다. 재를 마친 후 신승께서 저희들에게 제물을 나누어주시면, 내일 아침 서천으로 떠나는 길을 배웅해드리겠습니다."

스승이 뭐라고 대답하기도 전에, 손행자가 얼른 그 말을 받았다.

"아무렴, 그래야지! 사부님, 오늘 여기서 하룻밤 더 묵어갑시다."

화상들은 주머니를 톡톡 털어 제물을 마련하기 시작했다. 불탄 잿더미 속에서도 건질 만한 금붙이 은붙이가 있었는지, 모두들 추렴을 해서 마련한 것이다. 공양을 드릴 제물이 갖추어지자, 그들은 평안무사를 비는 소지(燒紙)를 사르고 재난과 액운을 푸는 불경 몇 권을 읽었다. 그리고 밤이 이슥해지면서 일을 끝내고 모두들 잠자리에 들었다.

이튿날 아침, 말에게 솔질을 하고 행장을 꾸린 일행 두 사람은 일찌감치 산문을 벗어나 서행 길에 올랐다. 관음선원의 승려들은 멀리까지 배웅을 나왔다가 아쉬운 마음으로 돌아갔다.

손행자는 길을 인도해 나아갔다. 때는 바야흐로 봄이 한창 무르익는 시절이라, 가는 도중의 경치도 새롭고 싱그러웠다.

풀섶은 옥총마(玉驄馬) 말굽 아래 부드러운 요가 되고, 금실처럼 늘어진 버들가지 하느작거리니 이슬이 새롭게 반짝인다.

온 숲의 복사꽃, 살구꽃이 고운 자태 경쟁하고, 담쟁이덩굴은 길섶에 휘감겨 싱싱하게 뻗어 있다.

모래 둔덕 포근한 양지녘에 원앙새가 잠들고, 산골짜기 시냇가에 꽃향기는 범나비 떼 길들인다.

이렇듯 가을철 보내고 겨울 끝 봄날도 절반이 지났으나, 어느 세월에야 서천 가는 길 차서 진경을 얻게 될지 기약 없다네.

스승과 제자 두 사람은 황량한 산길을 대엿새나 걸어갔다. 어느 날 해가 또 저물고 날이 어둑어둑 땅거미가 드리우기 시작하는데, 길 앞쪽 멀리 아담한 마을에 민가 몇 채가 나그네들의 눈길을 잡아끌었다.

"오공아, 저쪽을 보려무나. 산 밑에 장원이 가까운 듯싶은데, 우리

저기 가서 하룻밤 묵고 내일 아침에 길떠나는 게 어떠냐?"

"잠깐만 기다리십쇼. 길한 곳인지 흉한 곳인지 이 손선생이 먼저 살펴보고 나서 결정하지요."

손행자가 눈을 부릅뜨고 둘러보는 동안, 스승은 말고삐를 잡고 멈춰섰다.

마을은 평화스러웠다.

대나무 울타리 빽빽하게 둘러친 가운데, 이엉 얹은 초가 삼간 옹기종기 들어앉았다.

하늘을 찌르는 들판 나무 숲이 손님 맞는 대문이요, 돌다리 밑 굽이쳐 흐르는 시냇물에 집 그림자 거꾸로 비치네.

길 곁에 한들거리는 수양버들 여전히 푸르고, 뜰 안에는 꽃이 만발하여 그윽한 꽃향기 짙게 풍긴다.

하루해 석양이 서녘으로 잠기는 때, 산속 나무 숲마다 지저귀는 새소리 그칠 줄 모르고,

저녁 짓는 연기 아궁이에서 피어나니, 이 길 저 길마다 소와 양떼 서둘러 집으로 돌아간다.

배부른 닭과 돼지 집 모퉁이에 잠자고, 거나하게 취한 동네 영감 노랫가락 흥얼흥얼 이웃 마을에서 돌아온다.

동네 구석구석을 두루 훑어본 손행자가 고개를 끄덕끄덕했다.

"사부님, 가십시다. 마을 인심이 좋을 듯싶으니, 하룻밤 잠자리를 빌려볼 만하겠습니다."

"오냐, 가자!"

삼장이 백마를 재촉하여 동네 어귀 갈림길에 다다랐을 때였다. 마

을 안에서 젊은이 한 사람이 부지런히 걸어 나오는데, 머리에는 무명 수건을 질끈 동이고 몸에는 쪽빛으로 물들인 적삼을 걸쳤으며, 손에는 우산을, 등에는 보따리를 짊어지고 바지 자락을 척척 걷어올렸는가 하면 두 발에는 올이 굵다란 짚신 한 켤레를 꿰어 신었다. 기운차게 씩씩거리며 바쁘게 걷는 품이 어디론가 먼길을 떠나는 행색이 분명했다. 젊은이가 두 사람 곁을 스쳐 지나가는 순간, 손행자는 그의 팔뚝을 덥석 움켜잡고 물었다.

"잠깐만! 어딜 가는 길이오? 내가 물어볼 말이 있는데, 여기가 어떤 고장이오?"

그러자 젊은이는 성가시다는 듯이 팔뚝을 홱 뿌리치면서 투덜댔다.

"이런 젠장! 이 동네에는 사람이 나 하나뿐인가? 왜 날 보고만 묻는 거야!"

손길을 뿌리쳐봤자 헛수고, 하기야 손행자의 뚝심을 누가 당해낼 수 있으랴. 손행자는 싱긋 웃으면서 슬슬 구슬렸다.

"시주님, 그렇게 화낼 것까지는 없잖소? '남의 편리를 봐주면 자기한테도 편리를 봐줄 사람이 생긴다'는 말도 못 들어보셨소? 여기가 어딘지 이름쯤 가르쳐준다고 해서 어디가 덧나오? 혹시 나도 당신 걱정거리를 덜어줄 수 있을지 모를 일이고 말이오."

젊은이는 손을 뿌리치려 해도 되지 않으니, 화를 벌컥 내면서 펄펄 뛰기 시작했다.

"재수 없게 왜 이러는 거야! 주인 영감한테 들볶이는 것도 화가 나서 견딜 수 없을 지경인데, 어디서 굴러먹다 온 까까중 녀석이 약을 올리니, 이거 사람 미쳐 죽는 꼴을 보고 싶어서 이러는 거야? 이 손 놔! 손을 놓으라니까!"

상대방이 펄펄 뛰면 뛸수록, 능글맞은 손행자는 이죽이죽 더 약을 올린다.

"내 손을 뿌리칠 재주가 있다면, 내 곱게 보내주지!"

젊은이는 좌로 우로 몸을 비틀고 발버둥을 쳤으나, 팔뚝은 무쇠 집게에 물린 것처럼 꼼짝달싹도 하지 않는다. 독이 오를 대로 오른 젊은이, 메고 가던 보따리도 벗어 팽개치고 우산도 집어던지고 기를 쓰고 몸부림을 쳐가며 두 주먹으로 손행자를 빗발치듯 마구잡이로 후려 때리기 시작했다.

그래도 손행자는 한 손에 짐짝을 부여잡고 다른 한 손으로 젊은이의 팔뚝을 단단히 움켜잡은 채 교묘한 솜씨로 젊은이의 주먹질을 척척 막아냈다. 아무리 움켜잡으려 해도 안 되고, 주먹다짐을 먹이려 해도 안 되고, 붙잡힌 팔뚝은 점점 더 세게 조여들고…… 나중에 가서 젊은이는 울화통이 한꺼번에 터져 나와 고래고래 악을 써가며 미친 듯이 몸부림을 쳤다.

삼장이 실랑이질을 보다 못해 참견하고 나섰다.

"오공아, 저쪽에서 또 누가 오는구나. 저 사람에게 다시 물어보면 될 것을, 왜 이 젊은이만 붙잡고 야단이냐? 그만 놓아 보내주려무나."

손행자는 싱글싱글 웃어가며 대답한다.

"모르시는 말씀 마십쇼, 사부님! 다른 사람은 재미가 없어요. 무슨 일이 있어도 이 친구한테 물어야만 수지가 맞는걸요."

발악을 하다 제풀에 지쳐 떨어진 그 젊은이, 할 수 없이 묻는 말에 곧이곧대로 대답을 하고 말았다.

"이곳은 우쓰장국(烏斯藏國)[1]의 국경 지대요. 마을 이름은 고로장

---

[1] 우쓰장국: 티베트의 옛 별칭. 원-명(元明) 시대에는 이 지역을 전장(前藏)과 후장(後藏)으로 나누고, 아리(阿里)·장(藏, 곧 후장)·웨이장(衛藏, 곧 전장)·케무(喀木)로 구분하였는데, 티베트어로 웨이장을 가리키는 Dbus-Gtsang의 Dbus가 우쓰(烏斯 또는 烏思), Gtsang은 곧 장(藏)의 음역이다.

(高老莊)이라 부르오. 한마을 사람 가운데 절반 이상이 고씨(高氏) 성을 가진 집성촌이라, 그런 이름을 붙인 거요. 이제 됐소? 자, 그럼 나를 놓아주시오!"

그러나 손행자는 찰거머리나 된 듯, 좀처럼 손쉽게 풀어보낼 기색이 아니다.

"자네 행색을 보아하니, 어디 가까운 곳에 가는 것이 아닌 모양이로군. 나한테 솔직히 털어놓게. 도대체 어딜 가는 길인가? 또 무슨 일로 가는 건가? 그걸 말해주어야 나도 선선히 자넬 놓아주겠네!"

젊은이는 마침내 항복을 하고 말았다.

"나는 고태공(高太公) 댁에서 머슴살이를 하는 고재(高才)라 하오. 우리 태공 어른의 막내따님은 올해 스무 살인데, 아직 시집을 가지 않았소. 삼 년 전에 어떤 요괴 하나가 따님을 채뜨려 가지고 이 댁에 눌러앉아 사위 노릇을 하고 있소. 우리 태공 어른은 사윗감이 마땅치 않아 내어쫓으려고 무진 애를 쓰셨소만, 뜻대로 되지 않아 울화병이 다 나셨소. 어르신 말씀이, '딸년을 잘못 길러 요괴를 불러들였으니 집안 망신이요, 그 통에 일가 친척끼리 왕래가 끊어졌으니, 이래저래 다 큰일'이라면서, 지난 삼 년 동안 줄곧 그 요괴더러 집 안에서 나가달라고 요구했던 거요. 그러나 요괴란 자도 낯짝이 얼마나 두꺼운지, 도무지 물러갈 생각을 않으니 어쩌겠소. 물러나기는커녕 오히려 따님을 뒤채 골방에 가두어놓고 집안 식구들조차 만나보지 못하게 한 지 벌써 반년이 넘었단 말이오.

그래서 태공 어른은 생각다 못해 나한테 은자 몇 냥을 주시면서 '어디 가서라도 재간 있는 법사님을 초빙해다 그 요괴를 잡으라'고 시켰소. 그래서 나는 이날 이때껏 신발 바닥이 다 닳아빠지도록 뛰어다니면서 잇달아 네댓 사람이나 모셔와서 요괴를 잡아가게 해보았지만, 하나

같이 변변치 못한 법사에다가 너절한 화상, 밥통 같은 도사들뿐이라, 그 놈의 요괴를 항복시키기는커녕 반대로 그 요괴한테 번번이 쫓겨 달아나기 일쑤였소.

　오늘도 나는 태공 어른께 '일 하나 제대로 못하는 등신 녀석'이라고 눈물이 쑥 빠지도록 한바탕 욕을 얻어먹고, 하늘이 무너지는 한이 있더라도 그 요괴를 항복시킬 수 있는 법사를 모셔오라면서, 노잣돈으로 주시는 은자 닷 푼을 받아 가지고 이렇게 쫓겨나다시피 법사를 찾으러 나선 길이오. 그런데 동네 어구를 나서기도 전에 당신 같은 찰거머리한테 붙잡혀 바쁜 내 갈 길만 늦어지게 되었으니, 화가 안 나게 생겼소? 집 안에서도 꾸지람을 듣고, 밖에 나와서도 당신 같은 사람한테 걸려 성화를 받고…… 그러니까 악을 쓰고 야단을 쳤던 거요. 한데 당신은 사람 잡는 재주가 보통이 아닌 모양이구려. 아무리 손을 빼려고 몸부림쳐도 빠져나올 수 없으니 말이오. 그래서 어차피 이렇게 된 바에야 다 부질없는 짓이라 생각되기에, 있는 그대로 말씀드린 거요. 자아, 이만 하면 속이 시원하오? 그럼 나를 놓아주시오. 나는 갈 길이 바쁜 사람이오!"

　사연을 다 듣고 나서 손행자는 무슨 생각이 났는지 점잖게 고개를 끄덕거렸다.

　"흐흠, 자네 오늘 운수 대통했는걸! 나도 돈벌이가 생겼으니 잘되었고 말씀이야. 이야말로 누이 좋고 매부 좋은 격이 아닌가! 지네, 내 말 잘 듣게. 노잣돈 써가며 먼 데까지 헤매고 다닐 것 없네. 우리는 자네가 여태껏 초빙해온 그 따위 너절한 화상들이나 밥통 같은 도사 나부랭이가 아니니까 말일세. 사실 자랑은 아니지만, 우리에게는 요괴 마귀들을 잡아 끓이는 수단이 좀 있다네. 여기까지 오는 동안 요괴를 곧잘 잡아왔거든! 어떤가, 이게 바로 '의원 부르러 갔다가 눈병마저 고치고 온다'는 격이 아닌가? 수고스럽지만 자네 이 길로 되돌아가서 주인 어른께 말씀을 드려주게. 우리는 동녘 땅 천자 폐하께서 파견하신 어제 성승 일행으로, 서천에 가서 부처님을 뵙고 진경을 얻으러 가는 사람인데, 요괴 마귀를 항복시키는 데 도통한 재주꾼이라고 말일세."

허나 고재란 젊은이는 그 말을 코웃음으로 넘겨듣는다.

"또 날 골탕 먹이려는 거요? 나는 뱃속에 울화통만 남은 사람이오. 요괴를 잡을 수단도 없으면서 그 사나운 요정을 붙잡겠다? 예끼 여보슈! 그 따위 말로 날 속여넘겨볼 참이오? 당신이 요정을 잡지 못했다가 날더러 태공 어른의 그 혼뜨검을 또 어떻게 당하라고 그런 소리를 하는 거요?"

"정말일세! 자네 골탕 먹일 일은 전혀 없을 테니까, 그저 주인 댁 대문 앞까지 우리를 안내해주기만 하게."

고재는 어쩔 수가 없었다. 귀도 점점 솔깃해지려니와, 무엇보다 꽉 붙잡힌 팔뚝을 여전히 놓아주지 않으니 억지 춘심으로 길라잡이 노릇을 할 수밖에. 그는 보따리와 우산을 주섬주섬 집어들고 왔던 길을 되돌아서서 주인 댁 문턱 앞에까지 두 사람을 안내했다.

"두 분 장로님은 잠시 이 말 놓아두는 댓돌에 앉아서 기다려주십쇼. 제가 들어가서 주인 어른께 말씀드릴 터이니······"

손행자는 그제야 젊은이의 팔뚝을 풀어준 다음, 짐 보따리를 부려놓고 백마를 끌어다 풀어놓았다. 그리고 스승과 함께 문 곁에 서서 조용히 하회를 기다렸다.

나그네를 밖에 남겨둔 채 대문 안으로 들어선 고재가 중간 채로 달려가던 도중, 딱 마주친 사람이 바로 주인 어르신 고태공이다.

"이 바보 같은 자식아! 법사님을 찾아 모셔오라니까, 아직도 안 떠나고 거기서 뭘 꾸물대고 있는 거야?"

고태공은 대뜸 욕설부터 퍼부었다. 고재는 보따리와 우산은 한 곁에 내려놓고 주인에게 말했다.

"나으리, 여쭐 말씀이 있어서 되돌아왔습니다. 소인이 동네 어구에서 큰 길거리로 막 나섰을 때, 웬 화상 둘과 마주쳤습니다. 한 사람은 말을 타고, 다른 한 사람은 보따리를 짊어지고 있었는데, 그 사람이 저를 붙잡고 놓아주지 않는 게 아니겠습니까. 그리고 절더러 어딜 가느냐, 무엇 하러 가느냐 하고 꼬치꼬치 따져 묻기에, 저는 끝까지 대꾸를 않고 그저 뿌리치려고만 했습니다. 이래서 옥신각신 실랑이가 벌어졌는데, 아무리 몸부림치고 발버둥을 쳐도 그놈의 손에서 빠져나올 수가 있어야지요. 저는 할 수 없이 주인 어르신 댁 사정을 낱낱이 알려주고 말았습니다. 그랬더니 그 사람은 몹시 기뻐하면서 하는 말이, 자기가 요괴를 잡아주겠다고 하는 게 아니겠습니까. 그래서 저는 떠나지 못하고 이렇게……"

고씨 댁 사람들은 주인이나 머슴이나 성미가 다 급한 모양이다. 고태공은 하인의 얘기가 다 끝나기도 전에 말끝을 낚아채고 물었다.

"그래, 그 사람들이 어디서 왔다더냐?"

"동녘 땅 천자가 칙명으로 파견한 어제 성승이랍니다. 서천으로 가서 부처님을 뵙고 불경을 얻으러 가는 길이라나요."

"그렇게 먼 데서 온 화상들이라면 정말 수단이 좀 있을지도 모르겠구나. 그래, 그 사람들이 지금 어디 있느냐?"

"문밖에서 기다리게 해놓았습니다."

하인의 말이 끝나기가 무섭게, 고태공은 부랴부랴 안채로 들어가 옷부터 갈아입고 고재를 앞세워 대문 바깥으로 나갔다.

"어서 오십쇼, 장로님들!"

삼장이 인기척을 듣고 돌아섰을 때, 주인은 벌써 코앞에 다다르고 있었다. 나이 지긋한 인상에, 머리에는 검정 비단 모자를 쓰고, 몸에는 파뿌리처럼 하얀 옥청색 비단 옷을 걸쳤는데, 그 비단천은 촉(蜀) 지방에서 나는 특산품이다. 게다가 두 발에는 거칠게 무두질을 한 송아지 가죽 신발을 신었고, 허리에는 흑록 빛깔 짙은 띠를 질끈 동여매고 있었다. 고태공은 웃음기를 가득 머금은 얼굴로 영접 인사를 건넸다.

"장로님들, 소인 절 받으시지요!"

삼장은 얼른 답례를 했으나, 손행자는 그 자리에 꼼짝도 않고 서 있기만 했다. 고태공은 그 사납고도 추악한 생김새를 보고 기분이 언짢아 인사를 건네지 않았다. 그러자 손행자가 시비를 걸었다.

"왜 이 손선생한테는 아는 체도 않는 거요?"

늙은 주인은 겁이 더럭 나서 한 발 물러나더니, 애꿎은 하인 녀석을 돌아보고 야단을 쳤다.

"이 망할 자식아! 나를 죽일 작정이냐? 집안에 있는 괴상망측한 사위 녀석 하나도 내쫓지 못해 속상해 죽겠는데, 어디서 이 따위 뇌공 같은 괴물을 또 끌어들여서 나를 못살게 구는 거냐?"

이때 손행자가 나섰다.

"여보, 고영감! 당신 나이를 헛 잡수셨구먼. 어째 세상일을 그리도 모르시오? 겉모습 생김새만 보고 사람을 따진다면, 그거 아주 잘못이지. 이 손선생이 비록 추접스럽게는 생겨먹었으나 그래도 재간은 제법 많이 있단 말씀이야. 당신네 집안에 요괴 귀신 도깨비가 있다 하기에 잡아주려고 왔더니, 이게 무슨 대접이오? 당신 사위를 잡아서 쫓아내고 따님을 되찾아드리면 그만인 것을, 내 생김새를 놓고 이러쿵저러쿵 따지기만 할거요?"

외모만 거칠 뿐 아니라 목소리도 왁살스럽기 짝이 없다. 고태공은 전전긍긍, 자꾸 뒷걸음치려는 두 다리를 단단히 딛고 서서, 정신을 가다듬고 한마디 건넸다.

"들어오시오!"

주인이 들어오라니 들어설밖에. 손행자는 백마를 끌고 고재더러는 짐 보따리를 둘러메게 하고 스승과 함께 집 안으로 들어가더니, 다짜고짜 말고삐를 대청 기둥에 비끄러매놓고 칠이 다 벗겨진 의자 한 개를 우당탕퉁탕 끌어다가 스승을 앉힌 다음, 또 하나 더 끌어다가 자기도 궁둥이를 털썩 붙이고 천연덕스레 앉았다.

고태공이 기가 막혀 투덜투덜 혼잣말로 중얼거렸다.

"이 젊은 장로가 남의 집을 다 때려부술 모양이로군!"

손행자가 넉살좋게 그 말을 받는다.

"한 반년만 머물게 해준다면, 그때는 다 때려부숴 남아나는 게 없을 거요."

이윽고 늙은 주인도 자리 잡고 앉았다.

"방금 우리 집 아이 녀석 하는 말을 들으니, 장로님들은 동녘 땅에서 오셨다지요?"

삼장은 고개를 다소곳이 숙이고 대답했다.

"그렇습니다. 소승은 천자 폐하의 칙명을 받들어, 서천 땅으로 가서 부처님을 뵙고 진경을 얻으러 가는 길인데, 도중에 노인장의 댁을 지나치게 되어 하룻밤 신세를 지고 내일 아침에 떠날까 해서 이렇게 찾아뵈었습니다."

"아니, 그럼 두 분은 내 집에서 그저 하룻밤 묵어갈 작정으로 왔단 말이오? 그럼 왜 요괴를 잡아주겠다고 말씀하셨소?"

주인 영감은 얘기가 달라지는 줄 알고 버럭 역정을 냈다. 손행자는 냉큼 오해를 풀어주려고 손을 내저으면서 나섰다.

"하룻밤 신세 질 겸해서 요괴 몇 마리 붙잡아 데리고 놀아보겠다, 그 말씀이오. 한데, 이 댁에는 요괴가 도대체 몇 마리나 있소?"

"하느님 맙소사! 몇 마리씩이나 있어서야 사람이 어떻게 견딜 수 있단 말이오? 그저 해괴망측한 사위 녀석 하나 때문에도 이처럼 골치가 푹푹 썩고 있는 판인데……"

"그 요괴 사위란 작자에 대해서 말씀을 좀 해주시오. 그놈의 수단이 얼마나 대단한지 내력을 알아야만 이 손선생이 그놈을 잡아 족치는 데 도움이 되지 않겠소?"

손행자가 하는 말을 듣고, 주인장은 한숨을 푹푹 내리쉰다.

"우리 이 마을에는 자고 이래로 무슨 요괴나 도깨비 따위가 동티를 낸 적이 없었소이다. 사(邪)가 끼어본 적도 없었고 말이오. 그저 이 늙은이가 불행하게도 슬하에 아들 하나 얻지 못하고 딸만 셋을 두었지 뭐요. 맏딸 향란(香蘭), 둘째딸 옥란(玉蘭)은 어릴 적부터 이 마을 집안과 정혼을 해서 이미 시집을 보냈고, 막내딸 취란(翠蘭)이만 남았습니다그려. 그래서 나는 이 막내딸 아이에게만은 데릴사위를 붙여주어서, 늘그막에 사위한테 의지하고 살아갈까 생각을 했소. 한 집에 같이 살면서 사위가 집안 일을 이것저것 도와주고, 농사짓는 일을 도맡아 해주었으면 하고 바랐던 거요.

그런데 삼 년 전 어느 날인가 장정 한 녀석이 제 발로 찾아들었는데, 처음 보았을 때는 생긴 겉모습도 제법 멀끔하고 힘깨나 씀직한 놈이었소이다. 얘기인즉, 자기는 복릉산(福陵山)에 살고 있는데, 성은 저씨(豬氏)에 부모 형제 없이 혼자 살아가는 외톨이라, 우리 집에 데릴사위로 들어오고 싶다는 것이었소. 이 늙은이는 그 녀석이 사고무친(四顧無親)으로 꺼릴 것이 아무것도 없는 놈으로 보고 선뜻 사위로 맞아들이고 말았소. 그놈은 우리 집에 발을 들여놓던 그날부터 얼마나 부지런하게 일을 잘하고 곰살궂게 구는지, 정말 복덩이가 넝쿨째로 굴러 들어온 줄 알았소. 논밭을 갈아엎는 데 황소도 부리지 않고 쟁기 따위도 쓰지 않을 뿐 아니라, 여문 곡식을 베어들여 타작을 하는 데 낫질도 않고 도리깨질 한 번 하는 법이 없이, 그저 쇠스랑 하나만으로 척척 해대는 것이었소. 이렇듯 해가 뜨기 전에 밭에 나갔다가 달이 떠올라서야 돌아오고, 밤낮 없이 일을 잘하는 거야 좋았는데 딱 한 가지, 그놈의 주둥이와 얼굴 상판이 변덕맞게 때없이 잘 바뀌니, 그게 보통 문제가 아니었소이다."

"어떻게 바뀝디까?"

"처음에 왔을 때는 살결이 시커멓고 뚱뚱한 몸집이었소이다만, 시간이 얼마쯤 지나고 보니 주둥아리가 비죽 나오고, 두 귀가 대장간 부챗살보다 더 커져서 너울거리고, 이건 아예 바보 멍텅구리 같은 모습으로 바뀌는 것이었소. 게다가 뒤통수에는 억센 갈기 터럭이 돋아나고 살갗마저 우툴두툴 거칠어져서, 보는 사람마다 놀라 까무러칠 정도가 되고 말았지 뭡니까. 그 머리통하고 상판은 한마디로 돼지라고밖에 말할 수 없었소이다. 어디 그뿐이겠소? 식탐은 또 얼마나 크고 사나운지, 한 끼니에 쌀밥을 네댓 말씩이나 먹어 치우고 점심 때 밀가루 구운 떡을 앉은 자리에서 1백여 개나 먹어야 직성이 풀린답니다그려. 그나마 다행인 것은 소식을 하기에 망정이지, 만약 그놈이 고기나 즐기고 술까지 퍼마셨다가는, 우리 집 논밭하며 세간살림을 다 팔아 대어도 모자라, 반년이 채 못 가서 거덜나고 말았을 거외다."

"일을 그만큼 많이 하니까, 먹성도 그렇게 크지 않겠슈니까?"

삼장이 조용히 한마디 거들자, 고태공은 두 손을 홰홰 내젓는다.

"먹성이 크다는 것쯤이야 아무것도 아닙니다. 기껏 해보았자, 우리 집 곳간이 바닥나는 정도로 끝날 테니까요. 그놈은 요즈음 어디서 배웠는지 바람을 일으키고 구름과 안개를 타고 다니면서 바윗돌을 굴리고 모래를 날려가며 야단법석 소동을 부리니 그게 더 문젭니다. 그 통에 앞뒷집 이웃 사람들이 모두들 겁을 집어먹고 도무지 마음 편하게 살아갈 수가 없는 겁니다. 더구나 막내딸년 취란이를 아예 뒤채 골방에 옮겨다 가둬놓는 바람에, 집안 식구들이 그 아이 얼굴을 못 본 지가 벌써 반년이나 지났소이다. 그러니 죽었는지 살았는지 도대체 알 수가 있어야 말이지요. 그런 모든 점으로 보아서, 사위 녀석은 분명 요괴가 틀림없을 듯싶기에, 이 늙은이는 귀신 쫓는 법사님을 모셔다가 그놈을 몰아내려고 했던 것이외다."

손행자는 냉큼 그 말을 받았다.

"그런 것쯤 뭐가 어렵다고 그러시오? 영감은 그저 마음 푹 놓고 계시구려. 내가 오늘밤에 그놈을 붙잡아 꿇려놓고, 이혼 문서 한 장 쓰게 하고 따님을 되찾아드리면 그만 아니겠소?"

고태공이 기뻐 어쩔 줄을 모르면서 다시 말했다.

"내가 그놈을 사위로 맞아들인 것은 기왕에 어리석은 내 잘못이니 따지지는 않겠소. 내 깨끗한 이름을 더럽히고 일가 친척들과 왕래가 드물어진 것도 지난 일이니 어쩔 수 없는 노릇이오. 그저 그놈을 붙잡아서 내쫓아주기만 하시오. 이혼장 따위는 써서 뭘 하겠소? 제발 부탁이니, 그놈의 화근을 속시원하게 송두리째 뿌리뽑아주시구려!"

"그야 쉬운 일입죠! 누워서 떡 먹기로 쉬운 일이라니까요! 밤이 되면 좋든 나쁘든 결판이 날 테니까, 두고만 보시구려."

손행자의 장담에 고태공의 기쁨은 이루 말할 수 없이 컸다. 그는 이때서야 탁자 걸상을 말끔히 걸레질해서 닦아놓고 저녁 밥상을 차려 내오게 했다. 식사가 끝나고 저녁 무렵이 되자, 노인은 손행자에게 물었다.

"병기는 무얼 쓰시겠소? 또 사람은 몇 명이나 따라붙일까요? 미리 준비를 해놓을 테니 말씀해주시오."

"병기라면 나한테 있소."

손행자가 딱 부러지게 말했더니, 고태공은 의아스런 눈으로 멀뚱멀뚱 쳐다본다.

"두 분 수중에 있는 것은 저 석장 하나뿐인데, 지팡이 하나로야 어떻게 요괴를 때려잡을 수 있단 말이오?"

그 말을 들은 손행자가 귓속에서 바늘 한 개를 꺼내더니 중얼중얼 주문을 외면서 맞바람 결에 흔들어 붙였다. 바늘은 삽시간에 밥공기 둘레만큼이나 굵다란 여의금고봉으로 변했다. 그는 철봉을 노인장 눈앞에 들이대고 자랑스레 말했다.

"보세요, 이 쇠몽둥이가 당신네 병기에 비해 어떻소? 이만하면 요괴를 때려잡을 수 있겠소, 없겠소?"

"병기는 그걸로 됐다 치고, 사람은 따라붙여야 할 게 아니겠소?"

"나는 사람 손을 빌려 써본 적도, 쓸 필요도 없소. 그저 나이 지긋하고 덕망 있는 노인장 몇 분만 청해다가 우리 사부님을 모시고 앉아서 한담이나 나누게 해드리면 좋겠소. 그래야 나도 사부님 걱정을 않고 갈 수 있으니까 말이오. 내가 그놈의 요정을 붙잡아 끌고 오면, 여러분이 보는 앞에서 자백을 받아내기도 좋겠고, 그럼 당신네 화근을 모조리 뽑아놓는 셈이 되지 않겠소?"

고태공은 그 자리에서 머슴 아이를 시켜 동네 친구 몇 분을 모셔오게 했다. 이윽고 나이 지긋한 고태공의 친구들이 한꺼번에 몰려오더니, 삼장 법사와 인사를 나눈 다음, 자리 잡고 앉아서 얘기꽃을 피우기 시작했다.

"사부님, 마음 푹 놓고 앉아서 기다리십쇼. 이 손선생은 다녀오겠습니다!"

스승에게 한마디 당부 말을 남겨놓은 손행자, 철봉을 어깨에 둘러메고 늙은 주인의 손목을 잡아끌었다.

"뒤채 골방이 어디 있소? 요괴가 있다는 그곳으로 가봅시다."

고영감은 그를 뒤채 문턱까지 데리고 갔다. 가서 보니, 문고리에 자물쇠가 채워져 있다.

"빨리 가서 열쇠를 가져오시오."

손행자가 독촉을 하니, 고영감은 절레절레 도리질을 했다.

"허어, 그것 참! 열쇠로 열릴 문 같으면, 내가 당신을 무엇 하러 불러들였겠소?"

손행자는 멋쩍게 씨익 웃었다.

"이 영감 봤나! 연세를 그만큼 자신 분이 벽창호로군. 농담으로 한 번 해본 소리를 못 알아듣고, 정말인 줄 아시는 모양이야."

앞으로 썩 나서서 자물쇠를 더듬어보았더니, 아예 뜯고 들어가지 못하도록 구리 쇳물을 끓여 부어서 채워놓았다. 약이 오른 손행자, 철봉을 번쩍 들어 절구질하듯 내리찧으니, 문짝은 단번에 박살나고 말았다. 결국은 대문이 활짝 열린 셈인데, 안쪽은 캄캄절벽이라 아무것도 보이지 않았다. 그는 주인 영감을 앞으로 내세웠다.

"고영감, 안에 들어가서 따님이 있는지 없는지 한번 불러보시오."

늙은 주인은 배짱을 두둑이 먹고 뒤채에 들어섰다.

"얘, 막내야! 거기 있느냐?"

딸이 아버지의 목소리를 못 알아들을 리 없다. 이윽고 골방 안에서 숨이 넘어갈 듯 힘없는 목소리가 들려 나왔다.

"아버지…… 나…… 여기 있어요!"

손행자는 금빛 눈동자를 부릅떠서 소리나는 어둠 속 그림자를 자세히 살펴보았다. 참담하기 짝이 없는 몰골, 무기력증에 시달린 자태가 애처롭기만 하다.

구름같이 흐트러진 쑥대머리 빗질도 않고, 옥 같은 얼굴에 엉겨붙은 먼지 때를 씻지 못했네.

한 조각 혜질난심(慧質蘭心) 아리따운 마음씨는 예와 다름없으나, 교태 어린 매무새는 기울어 시들었구나.

앵두 같던 입술에는 핏기라곤 한 점 없고, 가는 허리에 사지 팔다리는 휘청휘청 흔들리네.

수심 어린 이맛살은 펼 줄 모르고, 부옇게 빛을 잃은 두 눈썹 여리디여린 흔적만 남았을 뿐.

수척해진 몸매는 겁을 잔뜩 집어먹고, 목소리도 여위어 가냘프기 짝이 없다.

골방에서 걸어나온 딸이 고영감을 보자 와락 부여잡고 아버지의 가슴에 머리통을 파묻은 채 대성통곡을 터뜨렸다. 이때 손행자가 슬그머니 다가서서 물었다.

"울지 마시오! 울지 말아요. 그놈의 요괴는 지금 어딜 갔소?"

"어디로 갔는지 몰라요. 요즘에는 날이 훤히 밝기가 무섭게 나갔다가 밤이 이슥해져서야 돌아오니까요. 구름을 일으켜 타고 안개를 흩날리면서 어디로 돌아다니는지 모르겠어요. 아버님이 쫓아내시려는 걸 눈치 채고 여간 경계를 하는 게 아니죠. 그래서 밤늦게 돌아오고 새벽녘에 일찌감치 휑하니 나가버리는 거예요."

"흐흠, 알만하겠군! 더 말할 것 없소이다. 고영감, 따님을 데리고 앞채로 나가서 그 동안 못 풀었던 회포나 풀어보면서 편히 쉬게 하시구려. 여기 일은 이 손선생한테 맡겨놓고 말이오. 그놈이 안 나타난다면 내 탓할 건더기도 없겠거니와, 만약 나타나기만 하는 날에는 내 반드시 화근을 송두리째 뽑아드리고 말겠소!"

고영감은 기뻐 어쩔 줄을 모르면서 딸을 데리고 앞채로 나갔다.

홀로 남은 손행자, 신통력을 발휘하여 몸뚱이 한 번 꿈틀했더니, 눈 깜빡할 사이에 고영감의 막내따님 취란의 모습으로 감쪽같이 바뀌었다. 그는 골방에 홀로 앉아서 요괴가 돌아올 때를 기다렸다. 얼마쯤 지났을까. 과연 일진광풍이 휘몰아치더니, 진짜 바윗돌이 떼굴떼굴 굴러가고 세찬 모래 바람에 흙먼지가 뿌옇게 흩날리기 시작했다.

처음에는 아련하고 허망하게만 보이더니, 나중에는 자욱한 모래 바람에 아득하게 보이는 것 하나 없다.

아련하게 허망한 광경은 건곤(乾坤)처럼 크고 넓다가, 자욱한 모래 바람에 아득하게 보이는 것은 막힘이 없다.

꽃송이 시들고 버드나무 가지 꺾이기는 삼대 휩쓸기보다 더 재빠르고, 나무 등걸 쓰러뜨리고 숲을 휘말아 올리기는 푸성귀 뽑듯 손쉽다.

강물을 뒤집고 바닷물 휘저으니 귀신이 수심에 잠기고, 바윗돌 쪼개내고 산악을 무너뜨리니 천지가 탓을 한다.

꽃송이 머금은 노루, 사슴 떼가 온데간데 종적 잃고, 과일 따던 원숭이 떼 길을 못 찾아 헤맨다.

칠층 높이 철탑이 부처님 머리를 침범하고, 여덟 폭 깃발이 보개(寶蓋) 일산을 다치게 한다.

황금 대들보에 옥 기둥이 뿌리째 흔들리고, 지붕 위의 기왓장은 제비 날듯 흐트러진다.

삿대 잡은 사공이 목숨 빌어 기원하고, 떠난 배는 돼지 양 잡아 부랴부랴 제사를 지낸다.

그 고을 토지신은 사당을 내버리고, 사해 용왕은 하늘을 우러러 옥황상제께 큰절 올린다.

바닷가에 야차(夜叉)들은 배를 부딪쳐 난파하고, 만리장성까지 미친 바람에 국경 요새 절반이나 무너진다.

미쳐 날뛰는 돌개바람이 한바탕 휘몰아쳐 지나가더니, 반공중에서 요정 한 마리가 뚝 떨어져 내리는데 과연 그 생김새가 지저분하고 추악하기 짝이 없다. 시커먼 상판에 짧은 턱력, 비죽 뻗어 나온 주둥이에 부채질하듯 너울거리는 두 귀, 몸에는 푸른색도 아니요 쪽빛도 아닌 시퍼런 무명 직철을 한 벌 걸쳤는가 하면, 머리통에는 얼룩덜룩한 수건을 질끈 동여매고 있었다.

그 꼬락서니를 보고 손행자는 속으로 코웃음을 쳤다. 이제 봤더니 별 놈팽이가 아니더라 그 말씀이다.

앙큼스런 손행자, 맞아들이지도 않고 아는 척도 하지 않은 채, 그저 침상에 돌아누워 끙끙 앓는 소리만 냈다. 요괴란 놈은 진짜인지 가짜인지 알아볼 겨를도 없이 골방 안으로 들어서기가 무섭게 대뜸 부여안고 입을 맞추려 했다.

손행자는 속으로 우스워서 죽을 노릇이다. 이 녀석이 진짜 이 손오공하고 한번 놀아나 보겠다는 거냐!

이렇게 생각한 손행자, 재빨리 솜씨를 부려 그놈의 기다란 주둥이를 냅다 밀어붙여서 침대 아래로 떨어뜨렸다. 느닷없이 엉덩방아를 찧고 나가떨어진 요괴가 엉금엉금 기어 일어나 침대 모서리를 붙잡고 투덜투덜 푸념을 늘어놓았다.

"여봐, 왜 오늘은 나한테 성질을 부리는 거야? 늦게 돌아와서 그러나?"

손행자는 시침 뚝 떼고 대거리를 했다.

"뭐가 어쨌다고요? 성질을 부리다니, 아무것도 아니에요!"

"날 원망하는 게 아니라면, 왜 떠밀었어?"

"당신, 어쩌면 그렇게나 점잖지 못해요? 다짜고짜 날 붙들고 입맞춤을 하려 들다니 말이죠. 난 오늘 기분이 아주 나쁘단 말이에요. 다른 때 같으면 문을 열어놓고 당신을 기다렸겠지만, 오늘은 안 그래요. 어서 옷이나 벗고 주무세요."

물정 모르는 요괴, 시키는 대로 옷을 벗어들고 횃대에 걸어두려 벽 쪽으로 걸어갔다. 그 틈에 손행자는 벌떡 일어나 침상 한 모퉁이에 놓아둔 요강 위에 걸터앉았다. 벌거숭이가 된 요괴는 아무것도 모른 채 더듬더듬 침상 위에 기어오르더니, 두 손을 휘휘 내저어 사람을 찾기 시작했는데, 도무지 손길에 와서 닿는 기척이 없다.

"여보, 어디 있는 거야? 어서 옷을 벗고 잡시다!"

"당신 먼저 주무세요. 난 뒤 좀 보고 올라갈 테니까요."

요괴란 놈은 그 말대로 먼저 자리에 누웠다. 뒤미처 캄캄절벽 어둠 속에서 한숨짓는 소리가 들려왔다.

"아이 참! 난 왜 이렇게나 팔자가 사나운지 몰라……"

"무슨 걱정이 그리도 많은 거야? 팔자가 사납다니! 내 비록 당신네 집에 얹혀서 밥술이나 얻어먹고는 있지만, 공밥을 먹는 것도 아니잖소? 나 역시 당신네를 위해서 열심히 일해왔단 말이오. 마당도 쓸고 벽돌에 기왓장도 옮겨다 담쌓고 지붕 얹고, 논밭 갈아 씨뿌리고 보리 심고 모내기까지 온갖 어려운 일 힘든 일을 마다 않고 했으니 고씨네 가업을 일으켜 세워서 잘살게 해준 셈이 아니오? 지금 당신이 몸에 비단 옷을 감고, 머리에 금붙이 노리개를 꽂았으며 일 년 사시사철 꽃을 보면서 제때에 과일을 맛보고, 늘 싱싱한 푸성귀를 지지고 볶아서 반찬을 해 먹게 된 것이 다 누구 덕분인 줄 아시오? 그런데도 당신은 뭐가 못마땅하고 부족해서 방바닥이 꺼지도록 긴 한숨 짧은 탄식을 해가며 팔자 타령을 늘어놓는 거요?"

"그런 게 아녜요. 오늘 낮에 우리 아버님과 어머니가 담장 바깥에 오셔서 벽돌하며 기왓장을 마구잡이로 던져서 날 때리고 심하게 욕설을 퍼부으셨단 말이에요."

"뭐라고? 당신을 때리고 욕설을 퍼부어서 어쩌자는 건가?"

"아버님 하시는 말씀이, 딸년이 남편을 맞아들여 부부가 되었으면, 그 남편은 고씨 문중에 하나밖에 없는 사위 녀석인데, 예의범절을 손톱만큼도 차릴 줄 모르는 생판 무식꾼이라는 거예요. 낯짝이나 주둥이가 추악하게 생겨먹어서 큰사위 둘째 사위하고 만나보게 할 수도 없을 뿐 아니라, 일가 친척을 알아보지 못하고 날마다 구름만 타고 돌아다니기나 하니, 도대체 어디서 굴러먹던 뉘 집 자식인지 성도 이름도 알 수 없어, 도무지 남들 보는 앞에 얼굴을 쳐들 수가 없는 데다, 가문을 더럽혔다 하시면서 그렇게 날 때리고 욕설을 퍼부으셨단 말이에요. 그러니 제가 슬프지 않겠어요?"

취련의 목소리를 흉내 내어 종알종알 읊어대는 손행자, 그 수작에 깜빡 속아넘어가는 요괴가 한숨을 푸욱푹 내리쉰다.

"내 비록 지저분하고 추접스레 생겨먹기는 했으나, 잘생긴 얼굴을 보고 싶다면 그것도 별로 어려운 일이 아니지. 내가 처음 당신 집에 왔을 때 장인 어른께 말씀드린 적이 있었는데, 그걸 벌써 잊으셨나보군. 당신도 생각해보구려. 장인 영감께서 괜찮다고 보셨으니까, 날 사위로 맞아들인 게 아니오? 그런데 왜 지금 와서 그런 얘기를 또 끄집어내는지 모르겠는걸! 다시 말하지만 내 집은 복릉산 운잔동에 있소. 그리고 내 생김새 그대로 따서 저씨(豬氏) 성을 붙였고, 이름은 저강렵(豬剛鬣)이라 부르오. 만일에 그분이 다시 와서 묻거든 내가 얘기한 대로 말씀드리면 그만 아니오?"

손행자는 속으로 기뻐 춤이라도 추고 싶을 지경이다. 이 요괴란 녀석, 어지간히도 솔직하구나! 손 한 번 대지도 않았는데 곧이곧대로 실토하다니…… 오냐 좋다! 사는 곳과 이름 석 자까지 분명히 알아낸 바에야, 세상 천지에 어딜 가서든지 네놈을 못 잡으랴?

손행자는 이제 막바지로 몰고 갈 작정을 했다.

"아버님이 법사를 모셔다가 당신을 잡겠대요."

그 말을 듣자, 요괴는 어이가 없다는 듯이 너털웃음을 터뜨린다.

"됐어 됐다니까! 그만 잠이나 자자고! 당신 아버님이 뭐라고 하든, 그냥 내버려둬. 나는 이래 보여도 천강수(天罡數) 서른여섯 가지 변화술법을 지니고 있는 몸이야. 게다가 이빨 아홉 달린 쇠스랑도 가지고 있고 말씀이야. 법사나 화상, 도사 따위를 내가 겁낼 줄 알아? 설령 그 노친네가 신심이 돈독해서 하늘 위에 구천탕마 조사(九天蕩魔祖師)를 불러 내린다 하더라도 상관없네. 그 친구와는 옛날부터 잘 아는 사이니까, 나를 어쩌지는 못할 거야."

"보통 법사가 아니래요. 아버님 얘기로는, 오백 년 전에 천궁을 뒤엎어 대소동을 일으켰던 손가라나 뭐라나 하는 제천대성을 모셔와서 당신을 잡아 꿇리겠다는 거예요."

요괴는 손대성의 이름을 듣자, 어지간히 겁이 나는지 안색이 시커멓게 질렸다.

"에쿠! 그 친구를 불러온다니 안 되겠군. 나는 떠날밖에. 우리 부부 노릇도 이제 그만이야……"

"아니, 왜 떠나신다는 거예요?"

"당신은 모를 거야. 천궁을 뒤엎었다는 그 필마온 녀석으로 말하자면 솜씨가 보통이 아니거든. 나도 그놈과 맞서 싸워봤자 창피스런 꼴만

당할 게 분명하니 어쩌겠나. 자신이 없으면 일찌감치 삼십육계 줄행랑이나 놓아야지."

말을 마친 요괴가 침대 아래로 내려서더니, 주섬주섬 옷을 걸쳐 입고 골방 문 쪽으로 걸어 나간다.

이래저래 구슬려서 알아낼 것을 다 알아낸 손행자, 옳다구나 됐다 싶어 그놈의 옷자락을 덥석 움켜잡으면서 한 손으로 얼굴을 쓰윽 훑어내려 본색을 드러냈다.

"이 요괴 놈아! 어딜 내빼겠다는 거냐? 고개를 쳐들고 내가 누군지 똑똑히 봐라!"

옷깃을 붙잡힌 요괴가 흘끗 뒤돌아보니, 이게 어찌 된 일이냐? 야들야들 곰살궂게 놀던 마누라는 어디로 사라졌는지 온데간데없고, 그 대신 털북숭이 얼굴에 뇌공의 낯짝을 한 저 무서운 원숭이 녀석이 허연 이빨로 입술을 악물고 주둥이를 비죽 내민 채, 불덩어리같이 시뻘건 두 눈에 금빛으로 번쩍이는 눈동자를 딱 부릅뜨고 자기를 노려보고 있는 것이 아닌가!

요괴는 깜짝 놀라다 못해 그만 양팔 두 다리에 맥이 탁 풀리고 말았다. 그래도 엉겁결에 허리를 비틀어대니 옷자락이 "부욱!" 찢겨 나가면서 자유를 얻었다. 다음 순간, 그는 한바탕 미치광이 돌개바람으로 화해 골방 문 바깥으로 빠져나갔다. 뒤미처 들이닥친 손행자의 철봉이 돌개바람을 겨냥하고 한 대 내리쳤으나, 요괴는 이미 수만 가닥 화광(火光)으로 변하여 제 소굴이 있는 복룡산으로 달아났다.

부랴부랴 근두운을 일으켜 타고 그 뒤를 쫓는 손행자가 고래고래 악을 질렀다.

"게 섰거라! 어딜 도망치려고? 네놈이 하늘 위로 올라간다면, 내 두우궁(斗牛宮)까지라도 쫓아갈 테고, 땅속으로 들어간다면 왕사성(枉

死城) 지옥까지라도 쫓아갈 테다!"

허어! 과연 손행자가 요괴를 어디까지 쫓아갈 것인지, 다음 회에서 풀어보기로 하자.

제19회 운잔동에서 오공은 팔계를 굴복시켜 받아들이고, 삼장 법사는 부도산에서 『심경』을 받다

바야흐로 쫓고 쫓기는 추격전, 요괴의 불빛은 앞으로 나아가고, 손대성의 채색 노을은 그 뒤를 바짝 따른다.

둘이서 한참 정신없이 쫓고 쫓기다 보니, 갑자기 높은 산이 앞길을 가로막는다. 요괴는 화광을 한 덩어리로 뭉쳐 거두어들이고 본상을 드러냈다. 그리고 동굴 안에 뛰어들기가 무섭게 이빨 아홉 달린 쇠스랑을 꺼내 가지고 다시 뛰쳐나와 덤벼들기 시작했다.

손행자가 버럭 호통을 쳐서 꾸짖는다.

"이 바보 같은 요괴 놈아! 네놈은 어디서 굴러먹던 마귀 녀석이냐? 이 손선생의 함자는 어떻게 알았으며, 또 무슨 재간을 지녔느냐? 사실대로 불어라! 그럼 네 목숨 하나만은 용서해주마!"

요괴가 능청맞게 거들먹거리면서 대꾸를 한다.

"내 솜씨가 어떤 것인지도 모르는 모양이로구나! 얘기해줄 테니까, 앞으로 썩 나와서 귀를 씻고 잘 듣기나 해라. 이 어르신이 누구냐 하면 말이다……"

어려서는 태어날 적부터 심성이 졸렬하여, 한가로움을 탐내고 게으르게 놀기만을 좋아해 마지않았다.

심성을 기르지도 않았고 참된 도를 닦지도 않았으며, 혼돈 속에 마음 빼앗겨 헛되이 세월만 보냈다네.

그런 가운데 홀연 진선(眞仙)을 만났더니, 한온(寒溫)의 좋은 말씀 앉아서 들었네.

날더러 권유하기를 범속(凡俗)함에 떨어지지 말라 하시고, 목숨 가진 것을 해쳐 한없는 죄업에 빠지지 말라 하셨네.

명(命)에는 한계가 있는 법, 어느 날 그 목숨 끝장날 때에 팔난삼도(八難三途)¹를 아무리 후회해도 소용없다고.

그 말씀 듣고 마음 돌려 수행할 뜻을 다져먹고, 그 말씀 듣고 회심하여 묘결을 구하였다네.

연분 있어 즉석에서 스승으로 받드니, 천관지궐(天關地闕)의 도리를 가르쳐주셨네.

불로장생의 구전 대환단(九轉大丸丹)을 전해 받고, 밤낮없이 공부하니 쉴 새가 없었구나.

위로는 정수리의 이환궁(泥丸宮)에 이르고, 아래로는 발바닥의 용천혈(湧泉穴)²에 이르렀다.

신수(腎水)는 두루 흘러 화지(華池)³에 들어가고, 단전(丹田)은 보(補)함을 얻어 뜨끈뜨끈하게 더워졌더라.

영아(嬰兒)와 차녀(姹女)⁴로 음양을 배합하니, 납과 수은이 서

---

1 팔난·삼도: 팔난(八難)은 제8회 주 **17** 참조. 삼도(三途)는 제12회 주 **2** '삼도·육도' 참조.
2 이환궁·용천혈: **이환궁**(泥丸宮)은 인체의 두뇌, 도교의 내단(內丹)에 속하는 정수리 상단전(上丹田)을 말하며, 침술가들이 '백합혈(百合穴)'이라 부르는 수지양생(守持養生)의 관건이 되는 부위. 이원궁(泥垣宮)이라고도 한다. **용천혈**(湧泉穴)은 발바닥의 중심 부위.
3 신수·화지: **신수**(腎水)란 일명 신음(腎陰), 원음(元陰), 진수(眞水). 도교 내단의 한 가지. 신장(腎臟)의 정화(精華)로 인체 음액(陰液)의 근본이 되며, 움직이는 물질의 기초가 되어 인체 내 오장육부에 자양분이 되는 역할을 한다고 한다. **화지**(華池) 역시 도교 내단의 한 가지로, 사람의 입 속 혓바닥 밑 부분을 가리키며, 연공(煉功)할 때에 기(氣)를 머금고 이를 부딪힐 때 생기는 침, 곧 신액(腎液)을 혓바닥 밑으로 흘려 넣고 다시 오른쪽으로 돌리는 것을 '화지'라고 일컫는다.

로 어울려 일월(日月)을 분간했다.

　이룡감호(離龍坎虎)⁵를 써서 조화를 이루니, 영귀(靈龜)는 금오(金烏)의 피를 모조리 빨아들였다.

　삼화취정(三花聚頂)하니 근본에 돌아가고, 오기조원(五氣朝元)⁶하니 투철하게 통하였다.

　공덕을 원만하게 이루어 비승(飛昇)⁷할 때가 되니, 하늘의 신선들이 쌍쌍이 나와 영접하더라.

　발밑에 밝은 채색 구름 거뜬히 딛고, 다부진 몸매 날렵한 몸놀림으로 금궐(金闕)에 나아가 천존을 뵈었도다.

　옥황상제 잔치 베풀고 뭇 신선들을 모았더니, 저마다 품계 따라 반열대로 늘어섰다.

　칙명으로 원수에 봉하여 천하(天河)⁸를 다스리게 되고, 수군을

---

4 영아·차녀: 도교에서 쓰이는 연단술(煉丹術)의 비방(秘方) 또는 약물의 은어. **영아**(嬰兒)란 갓난아기가 아니라, '외단(外丹)'을 구워 만들 때에 쓰는 납을 가리키며, '내단(內丹)'을 수련할 경우에는 인간의 정(情)을 뜻한다. **차녀** 역시 아름다운 색녀를 뜻하는 것이 아니라, '하상차녀(河上姹女)'의 준말로 외단에서 수은(水銀)을 가리키며, 오행으로 쳐서 '영아'는 금(金)과 수(水), '차녀'는 목(木)과 화(火)에 해당하므로, 이 두 가지가 교합하면 정(精)·기(氣)·신(神)이 한꺼번에 단련되어 금단(金丹)을 맺는다고 한다.

5 이룡감호: **이**(離)와 **감**(坎)은 『주역(周易)』 팔괘(八卦)의 이름. 도교에서 용호(龍虎)와 더불어 내단(內丹)을 수련하는 방법. '용(龍)'은 양(陽)으로서 '이(離)'를 낳으며 '이'는 화(火)에 속하고, '호(虎)'는 음(陰)으로서 '감(坎)'을 낳으며 '감'은 수(水)에 속하므로, 이룡감호가 합쳐지는 것을 '도의 근본(道本)'이라 하여, 두 가지 모두를 '원신(元神)' '원정(元精)'의 대표로 삼는다고 한다.

6 삼화취정, 오기조원: **삼화취정**(三花聚頂)이란, 도교에서 정(精)·기(氣)·신(神)의 세 가지 정화(精華)를 인체의 정수리에 모으는 만겁불침(萬劫不侵)의 최고 수련법. **오기조원**(五氣朝元)은 도(道)를 이룩할 때 오행을 진기(眞氣)로 변화시켜 정수리에 모으는 것을 말한다. 여기서 '원(元)'이란, 육양(六陽)의 으뜸, 곧 두뇌를 일컫는다.

7 비승: 도교에서 최고의 목표로 삼는 신선술(神仙術). 육신의 형체를 지닌 채 허공에 오르는 술법. '우화등선(羽化登仙)'이란 말이 곧 여기에 해당된다. 후세에 와서는 "구소(九霄) 높은 하늘에 오르다, 상청(上淸)에 날아가다"라는 뜻으로 널리 쓰이게 되었다.

서유기 제2권　297

통솔하는 부절(符節)을 받았다네.

그런데 서왕모가 반도연을 베풀고, 요지(瑤池)에 잔치를 열어 귀빈들을 초청하던 날,

이 사람은 술 취하여 곤드레만드레, 이리 쓰러지고 저리 뒹굴어 정신없이 주정을 부렸구나.

술김에 영웅 본색 뽐낸답시고 주책없이 뛰어든 곳이 광한궁(廣寒宮)[9]이라, 멋쟁이 선녀들이 영접을 나왔다네.

그 아리따운 용모를 보니 인간의 넋을 띠고 있어, 저 옛날 범속한 마음이 스러지지 않고 되살아났구나.

위아래 구별도 전혀 못 하고 존비귀천의 생각을 몽땅 잊었으니, 월궁의 항아님을 부여잡고 동침하자 졸라댔네.

항아님은 요리조리 몸을 빼어 두 번 세 번 거듭해서 안 된다고 피하니, 내 마음 불쾌하기 이를 데 없었다네.

색심이 하늘처럼 높아 쫓아가며 고함지르니 우렛소리같이 울리고, 하마터면 천궁 지옥을 뒤흔들어 무너뜨릴 뻔했네.

드디어 규찰하는 영관(靈官)이 옥황상제께 아뢰었으니, 내 운명은 그날로 쫄딱 망할 수밖에.

광한궁은 포위되어 바람 한 점 통하지 못하고, 나는 진퇴유곡, 빠져나갈 문조차 없게 되었네.

제신(諸神)들의 손에 붙잡혀 결박지은 신세가 되었어도, 나는 술김에 겁도 없이 큰소리만 쳤다네.

---

8 천하: 은하수의 별칭. 은한(銀漢)·천한(天漢)·명하(明河)라고도 부른다. 도교에서 천계(天界)를 지키는 호법사성(護法四聖) 가운데 하나인 천봉원수진군(天蓬元帥眞君)이 다스린다고 한다.
9 광한궁: 곧 달나라에 있다는 궁전. 광한부(廣寒府)·광한전(廣寒殿)이라 부르기도 한다.

영소전 앞으로 끌려나가 옥황상제를 뵈었더니, 형률(刑律)에 따라 문초하고 극형에 처하라는 명령이 떨어졌구나.

다행히도 태백금성 이장경(李長庚)이 반열 앞에 나서서, 머리 숙여 말씀 잘 아뢴 덕분에 극형을 면하였으나,

형량 고쳐 때린 철퇴가 무려 2천 대, 살점이 튀고 가죽 터져 뼈마디가 모조리 으스러졌네.

석방되어 천궁에서 쫓겨난 신세, 하계로 폄(貶)을 받아 복릉산 아래 내려와 가업을 일으켜 세우기로 한 것은 좋았으나,

내 죄가 많은 탓으로 돼지의 태중에 잘못 들어, 요 모양 요 꼴로 속명을 저강렵(猪剛鬣), 멧돼지 화신이라 불리는 신세가 되고 말았네.

그 얘기를 다 듣고 나서야 손행자도 내막을 알 수 있었다.

"너 이 녀석, 이제 봤더니 하계로 쫓겨 내려와 귀양살이를 하는 예전의 천봉 수신(天蓬水神)이로구나! 어쩐지 이 손선생의 이름 석자를 아는가 싶었더니……"

괴물도 지지 않고 한마디 던졌다.

"흥, 웃기는군! 옥황상제를 속여먹던 필마온 녀석이 누군데? 그 당시 네놈이 벌집을 쑤셔놓는 바람에 내가 얼마나 골탕을 먹었는지 알기나 하느냐? 그리고도 이제 또 나타나서 사람을 업신여기다니, 버르장머리 없는 짓일랑 작작 하고, 내 이 쇠스랑이나 한 대 먹어봐라!"

허나 손행자라고 인정사정 볼 것이 어디 있으랴. 철봉을 치켜들기가 무섭게 요괴의 골통을 겨누고 힘차게 내리친다. 이래서 둘은 산허리 어둠 속에서 한판 호되게 맞붙기 시작했다.

손행자의 금빛 눈동자는 섬전(閃電)같이 번뜩이고, 요마의 고리눈은 은화(銀花)처럼 반짝인다.

이편에서 채색 안개를 뿜어내면, 저쪽은 붉은 노을 기염을 토해낸다.

여의금고봉에 이빨 아홉 달린 쇠스랑, 두 사람의 영웅호걸이 실로 뽐낼 만도 하구나.

한쪽은 제천대성 범세(凡世)에 강림하고, 또 한쪽은 천봉 원수 하늘가에 귀양왔네.

저쪽이 위엄과 체통 잃어 괴물이 되었다면, 이쪽은 요행으로 고난에서 벗어나 승가(僧家)에 입문했네.

내찌르는 쇠스랑은 마치 용의 발톱 펼치는 듯하고, 마주치는 철봉은 봉황이 꽃떨기 사이를 누비는 듯하다.

저편에서 "네놈은 남의 집안 일에 뛰어들어 인륜 대사를 망쳤으니, 아비라도 쳐죽일 놈이다!" 하고 욕하면,

이편에서 "네놈은 어린 계집 강간했으니, 잡아 죽이지 않을 수 없다!"고 맞받는다.

제멋대로 지껄이고 함부로 떠들어대고, 동에 번쩍 서에 번쩍, 철봉은 쇠스랑의 공격을 거침없이 막아낸다.

한판 싸움은 날이 밝아올 무렵까지 이어졌으나, 요괴는 벌써부터 두 팔뚝이 시큰시큰 저려들고 있었다.

그들 두 사람은 한밤중 이경(二更, 22시~23시)부터 시작하여 동녘 하늘이 훤히 틀 때까지 쉴새없이 싸우더니, 마침내 요괴가 손행자의 공세를 막아낼 수 없게 되자 더는 버티지 못하고 또 한 차례 일진광풍으로 화해 동굴 속으로 달아났다. 그리고는 문을 굳게 걸어 닫고 두 번 다시

얼굴을 내밀지 않았다.

　손행자가 동문 밖에서 바라보았더니, 돌 문짝 앞에 커다란 비석이 하나 서 있는데 거기에는 '운잔동(雲棧洞)'이란 글자가 쒸어 있었다. 괴물은 나오지 않고 날은 활짝 밝았고, 손행자는 문짝을 때려부수고 쳐들어갈까 하다가, 이내 생각을 바꾸었다. 스승님이 밤새도록 기다리고 계실 텐데 시간을 오래 끌면 궁금해하실 게 분명하다. 잠시 돌아가서 뵙고 다시 찾아와서 이 괴물을 잡더라도 늦지 않을 것이다. 이리하여 그는 구름을 일으켜 타고 단숨에 고로장으로 되돌아왔다.

　한편 삼장은 촌로들과 어울려 한담을 나누느라 하룻밤을 잠을 자지 않고 꼬박 지새웠다. 얘기를 나누면서도 마음은 제자에게 향한 채, 이제나저제나 언제 오려는가 싶어 은근히 걱정하던 참이었는데, 어느새 돌아왔는지 앞뜰에 손행자가 우뚝 서 있는 것을 발견하고 반색을 했다. 제자는 철봉을 거두어 넣고 옷매무새를 가다듬으면서 스승에게 귀환 인사를 드렸다.

　"사부님, 제가 돌아왔습니다!"

　이른 아침 정신이 번쩍 들게 큰 목청으로 외쳐대는 소리에 촌로들이 깜짝 놀라 일제히 손행자 앞에 절을 드렸다.

　"수고 많으셨소이다! 수고 많으셨어!"

　삼장이 묻는다.

　"오공아, 밤새도록 떠나 있었는데 그 요정을 붙잡아 어디다 두었느냐?"

　"사부님, 그 녀석은 속세에 너절하게 살아가는 보통 요괴가 아니었습니다. 또 산중에 들짐승이 둔갑한 것도 아니었고요. 그놈은 하늘의 천봉 원수였다가 죄를 짓고 하계에 귀양살이를 하러 내려온 녀석이었습니다. 그런데 태 속을 잘못 찾아들어 주둥이하고 낯짝이 그만 멧돼지 생김새가 되고 말았던 겁니다. 하지만 천궁에서 살아온 그대로 영성(靈性)을 아직도 지니고 있습니다. 그 녀석 얘기가, 자신은 생겨먹은 모습대로 '돼지 저(豬)'자를 성씨로 삼아, 저강렵이라고 부른다더군요."

"그래, 어떻게 잡기는 했느냐?"

"아직은 못 잡았습니다. 제가 뒤채 골방에서 철봉으로 한 대 후려쳤더니, 미치광이 돌개바람으로 화해 달아났습니다. 그래서 돌개바람을 겨냥하고 한 대 먹이니까, 이번에는 화광으로 변해 소굴이 있는 복릉산으로 도망쳤습니다. 저는 끝까지 뒤쫓아갔습죠. 그놈은 동굴 안에 감추어둔 이빨 아홉 달린 쇠스랑을 꺼내들고 나와서 이 손선생과 밤새도록 싸웠습니다. 그러다가 조금 전 날이 밝을 무렵, 그놈은 겁을 집어먹고 뺑소니를 치더니, 동굴 속으로 뛰어들어 돌 문짝을 단단히 걸어 닫고 다시는 나오지 않는 겁니다. 이 손선생은 그놈의 돌 문짝을 때려부수고 쳐들어가 생사 결판을 낼까도 생각해보았습니다만, 사부님께서 걱정하고 기다리실까봐 우선 말씀을 드리려고 일단 돌아온 것입니다."

그 말을 듣자, 고태공 영감이 앞에 나와 무릎을 꿇고 빌었다.

"장로님, 아직도 못 잡으셨으면 어쩝니까? 비록 그놈을 쫓아냈다고는 하나, 장로님 일행이 떠나시고 나면 다시 돌아와서 앙갚음을 하려 들 텐데, 그때는 어떻게 해야 좋겠습니까? 제발 부탁이니, 조금 더 수고하셔서 아예 그놈을 붙잡아 화근을 뽑아주셔야만 후환이 없겠습니다. 이 늙은이도 두 분 장로님을 섭섭하게 대접해드리지 않고 반드시 후히 사례하겠습니다. 여기 있는 제 친구들을 보증인으로 세워서 다짐장을 쓰고, 저희 집 재산과 논밭 전지를 장로님과 똑같이 나눌 것이니, 그저 화근을 뿌리째 뽑아주셔서, 저희 고씨 가문의 깨끗한 명망을 더럽히지 않게만 해주십시오."

손행자는 어처구니가 없어 너털웃음을 터뜨렸다.

"이 영감, 도무지 사리 분별을 못하시는군그래! 그 요괴가 나한테 하는 말을 들으니, 그 녀석이 비록 먹새가 대단해서 당신네 밥을 적지 않게 축냈다고는 하지만, 당신네를 위해 좋은 일도 무척 많이 해서 지난 몇 해 동안에 숱한 재물이 늘어나게 된 것도 모두가 자기가 힘쓴 덕분이라고 합디다. 그러니까 그놈은 당신네 집에서 공밥을 얻어먹은 게 아닌 셈인데, 어째서 화근이니 뭐니 하면서 때려잡아달라고만 고집하는 거요? 그놈은 하늘의 신선이 죄를 짓고 하계에 내려와서 고씨 가문을 위해 집안의 온갖 힘들고 궂은 일을 다 해주었다고 했소. 또 영감의 막내딸에게 해를 끼친 적도 없었다고 했소. 이만한 데릴사위감이라면 고씨 가문의 명망을 더럽혔다고 할 수도 없으려니와 욕된 행동을 한 일도 없을 텐데, 왜 쫓아내려고만 하시는 거요? 정말 그대로 집안에 받아들이도록 하시구려."

허나 고태공은 막무가내로 고개를 절레절레 내두른다.

"장로님, 설사 내 딸년의 몸을 건드리지 않았다 하더라도, 가문의 명성에는 듣기 거북한 소문이 나 있습니다. 마을 사람들이 걸핏하면 '고씨 집안이 요괴를 사위로 맞아들였다'고 쑥덕거리고 있으니까요! 그런 말을 어떻게 듣고 살라는 겁니까?"

이때 삼장 법사가 한마디 거들었다.

"오공아, 너는 어차피 그놈과 한바탕 싸웠으니 기왕이면 이 댁을 위해서 아주 깨끗하게 결판을 내드려야 좋지 않겠느냐? 그래야만 일이 시종여일하게 수습될 것이다."

스승까지 나섰으니 어쩌겠는가. 손행자는 이렇게 둘러댔다.

"제가 이 영감한테 들으라고 한번 해본 소리였습니다. 이제 가거든 반드시 그놈을 붙잡아 끌고 와서 여러분에게 보여드릴 테니까, 조금도 걱정 마십시오!"

그리고 고태공을 돌아보더니 냅다 악을 썼다.

"고영감, 우리 사부님을 잘 모셔야 하오! 난 떠나겠소!"

말끝이 떨어지기도 전에, 벌써 온데간데없이 사라진 손행자, 어느덧 요괴가 숨어 있는 복룽산에 당도하여 동굴 어귀로 다가서고 있었다. 그 다음에는 철봉을 번쩍 쳐들어 대문 두 짝을 단번에 때려부숴 콩가루로 만들어버렸다.

"이 보릿겨나 처먹고 사는 미련퉁이 곰 같은 녀석아! 냉큼 나와서 이 손선생과 싸우지 않을 테냐!"

요괴란 놈은 동굴 속에서 "푸우, 푸우!" 코를 골아가며 잠자고 있다가, 문짝을 때려부수는 소리에 깜짝 놀라 잠이 깨었다. 게다가 '보릿겨나 처먹고 사는 미련퉁이 곰 같은 녀석'이란 욕설까지 듣고 보니, 도무지 울화통이 들끓어 올라 견딜 수가 없었다. 그는 참다 못해 쇠스랑을 질질 끌면서, 정신을 바짝 차리고 동굴 바깥으로 뛰쳐나갔다.

"이 필마온 녀석! 정말 눈뜨고 봐줄 수가 없는 놈이로구나. 네까짓 놈이 도대체 뭐기에 남의 일에 끼어들고 내 집 문짝을 때려부순 거냐? 이 버르장머리 없는 자식 같으니! 돌아가서 형법 조문이 어떤지 들춰보고 다시 오너라. 너 같은 잡놈은 내 집 대문을 부수고 들어온 것만으로도 죽을죄를 졌다고 씌어 있을 것이다!"

손행자는 그 말이 우스워 견딜 수가 없다.

"허허! 이 얼빠진 놈아, 내가 이 따위 문짝을 때려부순 것쯤은 아무것도 아니다. 네놈은 남의 집 따님을 중매쟁이도 세우지 않고 증인 하나 없이 강제로 빼앗아 차지하고, 장인 장모한테 차 한 잔 올리기는커녕 하객들을 불러모아 술 한잔 대접하지 않고 무쪽같이 잘라먹었으니, 그 죄야말로 능지처참을 당해야 마땅할 것이다."

"쓸데없는 잔소리 걷어치우고 이 저선생의 쇠스랑 맛이나 봐라!"

"그놈의 쇠스랑은 기껏해야 고태공 댁 논밭이나 갈아붙이고 씨나 뿌리는 일에 쓰던 것일 텐데, 그게 뭐 대단하다는 거냐?"

"흐흠, 네 녀석이 잘못 알아도 한참 잘못 알았구나! 이 쇠스랑이 인간 속세의 물건인 줄 아느냐? 어디 내가 설명해줄 테니, 잘 들어보기나 해라."

이것은 신빙철(神冰鐵)로 단련하여, 갈고 닦고 다듬어서 만들어졌으니 그 광채가 맑고 깨끗하다.

태상노군이 몸소 쇠망치를 휘두르고, 형혹성군(熒惑星君)[10]이 친히 숯불을 피웠다.

오방오제(五方五帝)가 심혈을 기울였고, 육정육갑(六丁六甲)이 고심참담 애를 썼네.

아홉 이빨 옥수아(玉垂牙)를 만들어 박았고, 철을 녹여 쌍환 금추엽(雙環金墜葉)을 드리웠다네.

자루에는 육요성군(六曜星君)이 다섯 별을 장식했고, 몸통에는 사시 따라 여덟 마디 그었네.

위아래 길이는 건곤(乾坤)에 맞췄으며, 좌우의 음양은 일월(日月)로 나누었네.

육효신장(六爻神將)이 천조(天條, 하늘의 법률)를 안배하고, 팔괘성신(八卦星辰)이 북두칠성 따라 배열했네.

이름하여 상보심금파(上寶沁金鈀)라 부르니, 옥황상제께 진상하여 단궐(丹闕)을 지키게 되었다네.

이 몸이 도를 닦아 대라신선(大羅神仙)이 되었더니, 나를 길러

---

10 형혹성군: 곧 화성(火星)의 신령. 남방 삼기 화덕형혹성군(南方三炁火德熒惑星君)의 준말. 제16회 주 **2** '삼기 화덕성군' 참조.

장생객(長生客)으로 만들었네.

칙명으로 원수 직분에 봉하니 그 이름 천봉이요, 쇠스랑 하사하여 부절(符節)로 삼게 했네.

치켜들면 맹렬한 불길과 찬란한 광채 일으키고, 내리치면 사나운 바람결에 서설(瑞雪)을 흩날린다.

천조(天曹)의 신장들이 모두 놀라 요동하고, 지부(地府)의 염라왕도 간담이 서늘해져 겁을 먹고 엎드릴 판.

인간 속세에 이런 병기 어디 있으랴, 세상에 이런 철기 두 번 다시 없을 게다.

동작 따라 마음대로 변화시킬 수 있으며, 구결을 외면 내 멋대로 뒤챌 수 있다.

몸에 지녀 여러 해 동안 떼어놓은 적이 없었고, 하루 세 끼 먹을 때도 손에서 놓아본 적이 없었으며, 하룻밤을 잠자도 곁에서 헤어지는 법이 없었다.

이것을 차고 반도연 잔치 자리에도 참석했고, 이것으로 무장한 채 옥황상제를 뵈러 단궐에 들어가기도 했다.

술 마시고 대취하여 못된 짓을 저질렀으나, 오로지 이것 믿고 행패를 부린 탓이라네.

상천(上天)에서 나를 폄하여 속세로 내려보내 귀양살이 시키니, 하계에서 내 멋대로 죄를 저질렀다.

바위 동굴에서 사심(邪心)을 일으켜 사람도 잡아먹었고, 고태공의 정리를 기꺼이 받아들여 혼인도 맺었다.

바다에 들어가면 용과 악어의 소굴도 쳐서 뒤엎고, 산 위에 올라가면 호랑이 늑대 소굴을 짓찧어 부수었다.

세상에 온갖 병기 말도 꺼내지 말아라, 오로지 내 쇠스랑만 가장 잘 쓰일 테니까.

서로 맞서 싸워 승리하기가 무엇이 그리 어려우랴? 겨루어서 공을 얻기는 말할 것도 없다.

네놈의 머리통이 구리쇠를 녹여 만들고 온 몸뚱이가 강철로 단련되었다 한들, 이 쇠스랑 아홉 이빨 닿는 곳에 넋이 빠져나가고 신기(神氣)가 몽땅 새어버릴 것이다!

손행자가 그 말을 듣더니, 철봉을 거두고 이렇게 말했다.

"이 미련한 놈아! 주둥아리 작작 놀려라. 이 손선생께서 머리통을 네놈 앞으로 내밀 테니, 그 쇠스랑으로 한번 찍어보려무나. 과연 네 말대로 내 혼백이 스러지고 신기가 새어 나가는지 두고보자꾸나!"

요괴는 정말 쇠스랑을 번쩍 치켜들더니, 있는 힘껏 손행자의 머리통을 내리찍었다.

"따악!"

쇠스랑 이빨 아홉 개가 손행자의 머리통을 내리찍기는 찍었는데, 웬걸! 불티만 사방으로 "번쩍!" 튕겨 날았을 뿐, 구멍이 뚫리기는커녕 머리 가죽에 흠집 한 군데도 나지 않았다. 어디 그뿐이랴. 요괴는 얼마나 힘차게 내리찍었는지, 제풀에 도로 튕겨 나온 탄력에 손발이 저리고 맥이 풀려 저도 모르게 비명이 터져 나왔다.

"어이쿠!…… 정말 어지간한 대가리로구나! 어지간히 단단한 돌대가리야!……"

"네놈이 알 턱이 있나! 이 손선생께서 천궁을 뒤엎었을 때, 태상노군의 선단을 훔쳐 먹고 반도원의 구천 년 묵은 복숭아를 얼마나 많이 따먹었는지 아느냐? 어디 그뿐이랴. 옥황상제의 술까지 훔쳐 마신 몸이란 말이다. 그래서 소성이랑에게 붙잡혀 두우궁 앞으로 끌려가, 천신들이 도끼로 찍고 철퇴로 후려 때리고, 칼로 베어내고 장검으로 찌르고, 하다 못해 불길에 태우고 벼락을 쳤어도 내 털끝 하나 다치지 못했다. 그 다음에는 태상노군이 나를 팔괘로에 던져 넣고 신화(神火)로 사십구 일 동안 졸이고 단련했으나, 이 역시 내 눈의 흰자위만 시뻘겋게 핏발 서게 만들고, 눈동자를 금빛으로 물들였을 뿐, 아무런 소용이 없었다. 그때부터 내 머리통은 구리쇠처럼 단단해지고 팔뚝마저 무쇠 덩어리가 되었단 말이다. 내 말을 못 믿겠거든 어디 몇 번이고 그 쇠스랑으로 더 찍어봐라. 아픈가 아프지 않은가 보자꾸나!"

"이 못된 놈의 원숭이 녀석! 네가 천궁을 뒤엎었을 때의 일은 나도 잘 알고 있다. 그 당시 너는 동승신주 오래국 화과산 수렴동에 살고 있었지 않느냐? 그 동안에 통 이름을 듣지 못했는데, 도대체 왜 여기에 나타나서 날 못살게 구는 거냐? 설마 우리 장인 영감이 너 있는 곳까지 찾아가서 모셔온 것은 아닐 테지?"

"네 장인 영감이 날 찾아올 턱이야 물론 없지! 이 손선생은 이미 사악한 마음을 고쳐먹고 정도에 귀의하여 불제자가 되었단 말씀이다. 그래서 지금은 동녘 땅 대당나라 출신의 삼장 법사란 스님을 모시고 서천으로 가서 부처님을 뵙고 불경을 얻으러 가는 길인데, 때마침 고씨 마을을 지나가다가 날이 저물었기에 하룻밤 쉬어가려고 들른 것이다. 그리고 어젯밤에 너희 장인 영감이 자초지종을 늘어놓고 자기 딸을 구해달라며 애걸하면서, 보릿겨만 처먹고 사는 미련퉁이 곰 같은 네 녀석을 잡아서 내쫓아달라고 부탁까지 했단 말이다!"

손행자의 말이 미처 다 끝나기도 전이었다. 요괴란 놈은 느닷없이 들고 있던 쇠스랑을 "땡그렁!" 내동댕이치면서 허리를 꾸벅하고 절하는 것이 아닌가!

"여보게, 손대성! 불경을 가지러 가신다는 그분이 지금 어디 계신가? 수고스럽지만 꼭 한번 뵙도록 해주게!"

손행자는 이것 봐라 싶어, 두 눈을 똥그랗게 부릅뜨고 꾸짖듯이 물었다.

"네까짓 녀석이 무엇 하러 그분을 뵙겠다는 거냐?"

그래도 요괴는 정색을 하고 대답했다.

"나는 본디 관세음보살에게서 착하게 살라는 권선 계행을 받고, 이곳에서 부처님의 계율을 지켜 고기와 냄새나는 채소를 입에 대지 않고 소식으로 살아왔소. 보살님께서 날더러 하시는 말씀이, '진경을 얻으러 가는 사람을 모시고 서천으로 함께 가서 부처님을 뵙고, 경을 얻어 가지고 돌아오면, 그 공덕으로 모든 죄가 씻어질 것이며 또 정과를 얻을 수 있다' 하셨소. 그런데 손대성은 어째서 경을 가지러 간다는 말 한마디 없이, 무턱대고 자기 힘센 것만 믿고 사납게 나를 잡아 죽이려고 대들었던 거요?"

하지만 손행자의 의심은 좀처럼 풀리지 않는다. 그는 요괴에게 다짐을 받기로 했다.

"너 이놈! 섣부른 수작으로 잔꾀를 부려 이 손선생을 얼렁뚱땅 속여넘기고 도망칠 속셈이지? 네가 진심으로 당나라 스님을 모시고 서천으로 함께 갈 생각이라면, 하늘을 두고 맹세해라. 그러면 내가 널 데리고 가서 우리 사부님을 만나뵙도록 해주마!"

그 말을 들은 요괴는 그 자리에 넙죽 엎드리더니, 절구 찧듯 땅바닥에 연거푸 이마를 조아려가며 굳게 맹세를 했다.

"아미타불! 나무불! 제게 만약 진실한 마음과 뜻이 없다 하오면, 저로 하여금 다시 한 번 천조(天條)를 어기게 하사, 이 몸을 갈기갈기 찢어 죽여 다시는 환생하지 못하도록 하소서!"

요괴가 이렇듯 목숨 걸어 맹세하고 기원하니, 손행자도 믿어주지 않을 도리가 없었다.

"그렇다면 좋다. 네가 살던 이 동굴에 불을 질러 다 태워버려라. 그래야만 나도 의심을 풀고 너를 데리고 가겠다."

손행자의 말이 끝나기가 무섭게, 요괴는 정말로 갈대와 가시덤불을 모아다가 동굴에 쌓아놓고 불을 질렀다. 이리하여 운잔동은 마치 기와 굽는 가마터와 다를 바 없이 순식간에 폐허로 변하고 말았다.

일을 마친 요괴가 두 손바닥 툭툭 털고 손행자에게 말했다.

"자아 보구려! 이제 거추장스러운 것도, 미련을 둘 것도 남아 있지 않으니, 날 데리고 가주시구려."

"한 가지 더!…… 그 쇠스랑을 나한테 넘겨주어야겠어."

각박한 요구에도 요괴는 선선히 병기를 내주었다. 모든 일이 뜻대로 되자, 손행자는 솜털 한 가닥을 뽑아 "훅!" 하고 숨 한 모금 불어넣더니 외마디 소리로 호통을 쳤다.

"변해라!"

솜털은 당장 길이가 서너 발쯤 되는 삼 밧줄로 바뀌었다. 손행자는 요괴 앞으로 선뜻 나서더니, 양 팔뚝을 뒤로 꺾어 단단히 결박지었다. 요괴는 반항 한 번 않고 손행자가 얼기설기 친친 동여매는 대로 순순히 묶였다. 순조롭게 일을 끝낸 손행자, 이번에는 요괴의 큼지막한 귀를 비틀어 잡고 끌어당기면서 호통을 쳤다.

"어서 가자, 어서 가!"

"이봐, 손대성! 조금만 살살 당겨줄 수 없겠나? 그 무지막지한 손으로 억세게 잡아당기니까 귀가 떨어질 것처럼 아파 죽겠네."

"살살 잡아당기라니? 그럴 수는 없다! 옛말에도 '양순한 돼지일수록 무섭게 다루어야 한다'고 하지 않았더냐? 우리 사부님을 만나뵙고 과연 네놈에게 참된 마음이 있다는 걸 확인하지 않고서는 절대로 놓아

줄 수 없으니, 그리 알아라!"

이윽고 그들 두 사람은 구름과 안개를 절반씩 갈아타고 단숨에 고로장까지 날아서 돌아왔다.

이를 증명하는 시구가 있다.

> 금성(金性)은 강하고 굳세어 목성(木性)[11]을 이겨내니,
> 심원(心猿)이 목룡(木龍)을 항복시켜 이끌고 돌아간다.
> 금은 따르고 목은 순종하니 모두가 하나요, 목은 스승을 그리워하고 금은 인자하니 저들의 천성을 남김없이 발휘하겠네.
> 하나는 주인이요 하나는 손님이나 서로 간격이 없고, 삼교삼합(三交三合)에 오묘한 기미(機微)가 담겨 있다.
> 성정과 기쁨의 원정(元貞)이 한데 뭉쳐지니, 서방으로 함께 동행하기를 다짐하는 말에 어긋남이 없으리.

고로장 앞에 당도한 것은 순식간의 일, 손행자는 여전히 한 손에 요괴의 쇠스랑을 잡고 다른 한 손으로는 귀를 비틀어 당기면서 자랑스레 말했다.

"이놈아, 저기 대청 위에 단정하게 앉아 계신 분이 누군지 아느냐? 바로 내 사부님이시다!"

고씨 댁 동네 친구들과 고영감은 손행자가 괴물을 결박지어 끌고 문턱을 넘어서는 것을 보자, 일제히 앞뜰로 내려와 맞아들였다. 그 중에서도 고영감의 기쁨은 이루 말할 수 없이 컸다.

"장로님! 장로님이 돌아왔군요! 맞습니다, 그놈이 우리 집 사위 녀

---

[11] 금성·목성: 금성(金性)은 곧 사오정, 목성(木性)은 저오능. 주인공들을 오행에 따라 안배한 별칭. 제7회 주 **1** '심원' 참조.

석입니다!"

뒷짐을 지운 채 삼장 앞에 끌려나간 괴물은 무릎 꿇고 공손히 머리를 조아렸다.

"사부님! 제가 영접하지 못하여 죄송합니다. 사부님께서 저희 장인어른 댁에 머물러 계신 줄을 진작 알았더라면, 이렇듯이 쓸데없는 우여곡절을 겪으시게 해드리지 않았을 겁니다."

삼장은 이게 무슨 소린가 싶어 손행자를 돌아보았다.

"오공아, 이자를 어떻게 항복시켰기에 나를 보고 절하는 거냐?"

손행자는 그제야 귀를 잡았던 손을 풀어주고, 쇠스랑 자루로 등줄기에 한 대 먹였다.

"이 곰같이 미련한 놈아! 네 입으로 말씀드려라!"

이윽고 괴물이 관음보살에게서 권선을 받았던 경위를 하나도 빠뜨리지 않고 낱낱이 말씀드렸다. 삼장은 크게 기뻐하면서, 고영감을 돌아보고 한 가지 부탁을 했다.

"고태공, 수고스럽지만 향탁을 하나 마련해주시오. 소승이 좀 써야겠소."

고영감이 부랴부랴 탁자와 향로를 갖추어 들고 나오니, 삼장은 손을 깨끗이 씻은 다음, 향을 살라 꽂고, 남녘을 향해 배례를 올렸다.

"보살님, 거룩하신 은혜를 여러 차례 내려주시니, 감사하나이다!"

고영감의 몇몇 동네 친구들도 일제히 무릎 꿇고 분향하며 예배를 드린다.

배례를 마친 다음, 삼장은 다시 대청에 오르더니 손행자더러 괴물의 결박을 풀어주라고 분부했다. 손행자가 그 자리에서 몸을 떨치니, 삼밧줄은 어느새 솜털로 변해 거두어지고 결박이 저절로 풀렸다. 자유로운 몸이 된 괴물은 삼장 앞에 새삼스럽게 큰절을 올리고 서천으로 따라가기를 거듭 자청했다. 그리고 이번에는 손행자에게 큰절을 드렸다. 먼저 입문했으니 형님뻘이 되는 터라, 손행자를 사형(師兄)으로 모시겠다는 다짐이었다.

삼장이 새로 맞아들인 제자에게 말했다.

"기왕에 우리 선과(善果)를 따르고 제자 노릇을 하겠다니, 너에게 법명을 하나 지어주겠다. 그래야 아무 때나 부르기 좋을 게 아니냐."

그러자 괴물은 도리질을 해 보였다.

"사부님, 제게는 법명이 있습니다. 보살님께서 저한테 마정수계를 베풀어주실 때 이미 오능(悟能)이란 법명을 함께 지어주셨답니다. 그래서 저는 '저오능'이라고 불리고 있습니다."

삼장은 너무나 기뻐 입이 함박만하게 벌어졌다.

"저오능이라! 그것 참 잘되었다. 네 사형은 오공, 너는 오능, 이 모두가 실로 우리 법문 종파에 꼭 알맞은 이름이로구나!"

저오능이 다시 아뢰었다.

"사부님, 저는 보살님의 가르침을 받은 이래 오훈삼염(五葷三厭)[12]을 딱 끊었습니다. 그래서 우리 장인 댁에 있으면서도 소식만 하고 비린 고기나 마늘, 파, 부추같이 냄새나는 음식에 젓가락을 대지 않았습니다. 이제 사부님을 만나뵙게 되었으니, 오늘부터는 그 계율을 풀고 다시 먹겠습니다."

그 말에 삼장이 펄쩍 뛰었다.

"안 된다, 안 돼! 네가 기왕에 오훈삼염의 여덟 가지 음식을 먹지 않았으니, 그대로 소식을 지켜야 한다. 안 되겠구나, 너한테 별명을 하나 더 붙여주어야겠다. 앞으로 너를 '팔계(八戒)'라고 부르마!"

---

[12] 오훈·삼염: 불교와 도교에서 먹기를 금하는 음식. 제8회 주 **22** 참조.

미련퉁이 팔계가 그것도 좋아서 히죽벌쭉 웃는다.
"좋습니다! 사부님 분부대로 합지요!"
이리하여 저오능은 또 다른 이름으로 저팔계라고 부르게 되었다.
고로장의 주인 고영감은 사위가 바른길에 들어서는 장면을 목격하고 기쁨과 감동에 못 이겨 어쩔 줄을 몰라했다. 그는 당나라 스님의 고마운 은혜에 보답할 생각으로, 그 자리에서 하인들에게 분부하여 잔칫상을 차려 내오도록 했다. 이때 저팔계가 장인의 소맷자락을 넌지시 끌어당겼다.
"장인 어른, 기왕이면 제 집사람을 이곳에 데리고 나와서 사부님과 사형 두 분께 인사를 시켰으면 좋겠는데, 어떻습니까?"
곁에서 가만 듣고 있던 손행자, 기가 막혀 웃음이 절로 나온다.
"이것 봐, 아우님! 자네는 이제 사문에 들어와서 화상 노릇을 해야 하는 몸이야. 승려가 된 이상, 오늘 이후부터는 '집사람'이니 '제 처'라느니 하는 소리를 떠벌리면 안 되네. 세상에 아내를 거느리고 사는 도사(火居道士)가 있단 말은 들었어도, 마누라 거느리고 사는 화상(火居和尙)이 있단 소리는 내 못 들어봤네. 우리 조금만 더 쉬다가 차려주는 잿밥이나 한술 얻어먹고 일찌감치 서천으로 떠나는 길에나 오르세!"
고영감은 잔치를 차려놓고 삼장을 모셔다가 상석에 앉혔다. 손행자와 저팔계는 스승을 좌우 곁에 모시고 앉았다. 이어서 고씨 댁 여러 친척들이 맨 아랫자리에 앉았다. 고태공은 야채 요리에 과일로 빚은 소주(素酒) 한 항아리를 가져다가 술잔에 가득 부어서 천지신명에게 올린 다음, 그 잔을 삼장 법사에게 바쳤다.
삼장은 완곡하게 술잔 받기를 사양했다.
"고태공께 숨기지 않고 말씀드립니다만, 소승은 모친의 태중에 있을 때부터 소식으로 자란 몸이요, 어릴 적부터 비린 음식을 입에 댄 적이 없었습니다."

고태공이 다시 한 번 권한다.

"노사부님께서 소식만 하시는 줄 알기 때문에, 저희도 애당초 그런 음식을 차리지 않았습니다. 이 술 또한 소주이오니, 한 잔만 드신들 어떻겠습니까."

"그래도 술을 마실 수는 없습니다. 음주란 우리 승가에서 제일 삼가야 하는 계율입니다."

스승이 사양하는 말을 듣자, 누구보다 먼저 당황한 것은 저팔계였다.

"사부님, 저는 소식을 해왔습니다만, 술을 끊지는 못했습니다."

손오공도 사제의 말에 맞장구를 치고 나섰다.

"이 손선생 역시 주량이 작아 술을 항아리째 들이켜지는 못해도, 술을 끊어본 적은 없습니다."

삼장은 할 수 없이 제자들에게만 허락을 내렸다.

"기왕에 그렇다면, 너희 형제 둘이서 소주라도 마시려무나. 하지만 술을 취하도록 마시지 말고 조금만 들도록 해라. 취해서 실수를 해서는 안 되니까 말이다."

스승의 허락을 받아낸 두 형제는 여전히 자리 잡고 앉아서 권커니 잣거니, 정답게 술잔을 돌려가며 소주를 마시기 시작했다. 술자리에는 안주하며 음식하며 먹음직스런 요리가 한 상 그득하니 푸짐하게 차려진 것은 더 말할 나위도 없다.

이윽고 스승과 제자들이 잔칫상을 물리니, 고태공은 붉은 칠을 입힌 쟁반에 2백 냥쯤 되어 보이는 금붙이 은붙이를 담아 가지고 나와서, 도중에 노잣돈으로 쓰라고 세 분 장로에게 올렸다. 그리고 다시 무명으로 지은 편삼 세 벌을 가져다가 겉옷으로 걸치라고 내어놓았다. 그러나 삼장은 받지 않았다.

"우리는 행각승입니다. 도중에 마을이 있으면 잿밥 한 끼니 동냥해서 얻어먹고 하룻밤 잠잘 데를 빌려 쉬고 떠나면 그뿐입니다. 금붙이 은붙이나 비단 재물을 받아서 무엇에 쓰겠습니까?"

이때 손행자가 앞으로 불쑥 나서더니, 손아귀를 쩍 벌려 쟁반에 담긴 금붙이 은붙이를 손에 잡히는 대로 한 움큼 집어들고, 어제저녁 동네 어귀에서 실랑이를 벌였던 젊은이를 불렀다.

"고재야! 옛다, 이것 받아라. 어제 우리 사부님을 모셔오느라 폐를 끼쳤고, 또 오늘은 네 덕분으로 제자 한 명을 더 얻으시고도 사례할 물건이 아무것도 없어 서운했는데, 이 금붙이 은붙이라도 받아두었다가 짚신 몇 켤레 사서 신으려무나. 이 다음에 또 요정이 나타나거든 몇 놈이고 나한테 알려주면 내가 또 사례하마."

뜻밖에 횡재를 만난 젊은이, 두 번 세 번 머리를 조아려 정신없이 큰절을 올리던 끝에 겨우 그것을 받아 넣고 물러갔다.

고영감이 다시 한 번 간곡하게 권했다.

"사부님들께서 굳이 돈을 받지 않으시겠다니 할 수 없습니다만, 이 옷가지라도 웃고 받아주시면 고맙겠습니다. 저희들이 작으나마 성의를 표하고 싶어서 이러는 겁니다."

"우리 출가인들은 비록 실 한 오리라도 사례나 뇌물로 받는다면 천 겁을 두고 도행을 닦아도 이룩하기 어렵게 됩니다. 정녕 섭섭하여 그러신다면, 방금 잔칫상에 먹다 남긴 떡이나 과자 부스러기를 싸서 주시지요. 가는 도중에 마른 음식으로 먹을 수 있으면, 그것으로 족합니다."

이때 곁에서 저팔계가 불쑥 나섰다.

"사부님! 안 됩니다. 사부님이나 형님은 싫거든 그만두십쇼. 그러나 저는 이 집에서 몇 해 동안이나 사위 노릇을 하면서 벌어놓은 양식거리만도 석 섬은 넘게 쌓였을 겁니다. 장인 어른, 내가 입고 있는 이 직철은 어젯밤 형님과 실랑이를 벌이다 찢겨서 더는 입을 수 없으니, 푸른 비단으로 가사 한 벌만 지어주시구려. 아니, 신발도 다 떨어졌으니 새것으로 한 켤레 장만해주시오."

골치를 썩이던 사위 녀석이 제 발로 떠난다는 데야 고영감은 안 줄 까닭이 어디 있겠는가. 부랴부랴 머슴을 시켜 신발 한 켤레 사오게 하고, 가사 대신에 무명 편삼을 낡아빠진 옷과 바꾸어서 갈아입혔다.

새 신발에 진솔 옷 한 벌 얻어 걸친 저팔계, 신바람이 나서 우쭐대며 장인 영감에게 고맙다는 인사를 올리고 이렇게 덧붙였다.

"장모님, 큰 처형, 둘째 처형! 그리고 동서님네와 할머니 할아버지, 그밖에 일가 친척 되시는 여러분! 이 저강렵은 오늘부터 화상 노릇을 하러 떠납니다. 일일이 찾아뵙고 작별 인사를 드리지 못했다고 너무 언짢게 여기지 마십쇼. 그리고 장인 어른, 제 집사람을 잘 보살펴주십쇼. 제가 만약 경을 얻지 못하고 돌아오게 되면, 다시 환속을 해서 예전처럼 이 댁 사위 노릇을 할 테니까요."

손행자가 그 말을 듣고 버럭 호통을 쳤다.

"이 미련한 놈아! 쓸데없는 소리 그만 해!"

사형에게 호된 꾸중을 듣고도, 저팔계는 능청스레 대꾸를 한다.

"쓸데없는 소리가 아니오, 형님. 아차 잘못하는 날이면 화상 노릇도 제대로 못 하게 될 테고 게다가 여편네마저 잃어버리면, 그야말로 산토끼 집토끼 다 놓치는 셈이 되지 않겠소?"

손행자는 기가 막혀 혀를 쯧쯧 차고 말았다.

"덜 떨어진 녀석, 허튼 소리 작작 지껄여라!"

삼장도 듣다 못해 한마디 거들었다.

"실없는 소리 그만두고, 어서 길이나 떠나자."

이윽고 떠날 채비가 다 되었다. 저팔계는 행장을 꾸려서 등에 짊어지고, 삼장은 백마에 올라탔다. 손행자는 철봉을 어깨 위에 둘러메고 앞장서서 길을 인도했다.

이리하여 삼장 일행 세 사람은 고태공과 일가 친척 벗들에게 작별 인사를 남기고 서쪽으로 방향 잡아 하염없는 길을 떠났으니, 이를 증명하는 시구가 있다.

온 대지에 연하(煙霞) 가득 서리고 나무 빛은 높으니, 당나라 조정을 떠난 부처님의 제자들 간난고초 막심하구나.

굶주리면 바리때 하나로 일천 가호 밥을 동냥하며, 모진 추위에 옷 떨어지니 바느질 천 번으로 승포를 기워 입는다.

백마는 뜻이 있어 머리를 가슴에 파묻고 방탕하게 굴지 않으며, 심원(心猿)은 짓궂고 졸렬한 놈이나 함부로 울부짖지 못하게 한다.

성정을 굳게 지켜 모든 인연과 합치고, 달은 금련(金蓮)[13]에 가득 찼으니, 이게 바로 선인이 몸을 닦는 벌모세수(伐毛洗髓)[14]라네.

스승과 제자 세 사람은 서쪽으로 한 달 남짓한 길을 무사히 걸어갔다.

---

13 금련: 불전에 공양하는 황금빛으로 만든 연꽃. 정식 명칭은 금파라화(金婆羅華). 『불조통기(佛祖統記)』 제5권에 보면, 석가세존이 영산에서 범왕(梵王)이 바친 금색 파라화를 받아 손에 쥐고 있을 때, 오로지 가섭(迦葉)만이 무언중에 웃음을 지으며 불타의 뜻을 깨달았다고 하여 '가섭의 미소'라는 말이 생겼다.

14 벌모세수: 도교 용어로 더러운 때를 씻어내어 몸을 깨끗이 한다는 뜻. 공덕과 수행을 원만히 이루었다는 뜻으로, '탈태환골(脫胎換骨)'과 같이 쓰이는 말. 『태평광기(太平廣記)』 제6권 「동방삭(東方朔)」 동명기(洞冥記)에 보면 "3천 년에 한 차례 골수(骨髓)를 새롭게 씻어내고, 2천 년에 살갗을 벗겨내고 터럭을 밀어버리니, 내가 태어난 이래 벌써 세 차례 세수(洗髓)하고 다섯 차례 벌모(伐毛)하였다"는 기록이 있다.

이윽고 우쓰장(烏斯藏) 국경 지대를 넘어서서 고개를 들고 바라보니, 난데없이 높은 산 하나가 앞길을 가로막았다. 삼장은 백마의 고삐를 당겨 멈추고 서서 두 제자에게 물었다.

"오공아, 오능아! 저 앞에 보이는 산이 무척 높구나. 조심해서 자세히 살펴보아라."

저팔계가 대수롭지 않게 대답한다.

"아무 일도 없을 겁니다. 저 산은 부도산(浮屠山)입니다. 산중에 오소 선사(烏巢禪師)란 분이 도를 닦고 계시는데, 저도 한번 만나본 적이 있습니다."

"그 선사는 어떤 수행을 하고 계시는 분이냐?"

"제법 도를 닦으신 분이지요. 절더러 같이 도를 닦자고 권유했지만, 저는 따르지 않았습니다."

스승과 제자가 이런저런 얘기를 주고받는 동안에, 걸음걸이는 어느덧 산 위에 올랐다. 부도산이라!…… 이름도 의미심장하지만, 경치도 무척 볼 만했다.

저 산 남쪽 양지녘에 짙푸른 소나무 전나무 서 있고, 북녘에는 초록빛 버드나무에 붉디붉은 복사꽃이 한창일세.

이 산에 날짐승이 서로 주고받아 지저귀는 소리 시끄럽고, 훨훨 날아 춤추던 두루미 떼, 속세의 두런거리는 소리에 일제히 푸드득 날아오른다.

향기를 내뿜는 온갖 꽃떨기 천태만상이라면, 파릇파릇 돋아나는 잡초 또한 헤아릴수 없이 기기묘묘하다.

냇가에는 쫠쫠 흐르는 청산녹수 있고, 개울가 둔덕 위에는 상서로운 구름이 뭉게뭉게 피어오른다.

진실로 그윽한 경치 아름다운 곳이니 속세에서 보기 드문 곳이요, 오가는 나그네 없는 적막강산이라네.

삼장이 말 위에서 멀리 바라보자니, 전나무 가장귀 위에 삭정이와 풀섶으로 얽어 만든 둥지가 있고, 그 아래 왼편에는 사슴이 꽃가지를 물고 있는가 하면 오른편에는 야생 원숭이가 과일을 떠받들고, 나무 초리 끝에는 푸르른 난새와 채색 봉황이 어우러져 우짖으며, 검정 두루미와 금계(錦鷄)가 떼를 지어 몰려 있다.

저팔계의 손길이 나뭇가지를 가리킨다.

"저길 보십쇼. 오소 선사가 아닙니까!"

삼장은 말 채찍질을 가해 전나무 밑으로 달려갔다.

나그네 일행을 발견한 오소 선사도 둥지를 벗어나더니, 곧장 나무 아래로 뛰어내렸다. 삼장이 말에서 내려서서 배례를 올리자, 그는 두 손으로 부축해 일으켰다.

"성승, 일어나십시오. 영접이 늦어 송구스럽습니다."

그 사이에 다가온 저팔계가 꾸벅하고 절을 드렸다.

"노선사님, 그 동안에 평안하셨습니까?"

오소 선사는 깜짝 놀라 되물었다.

"아니, 그대는 복릉산에 살던 저강렵 아닌가? 자네가 무슨 인연으로 이 성승과 동행하게 되었는가?"

"여러 해 전에 관음보살님의 권선을 받고, 이 사부님의 제자 노릇을 하게 되었습죠."

"하하, 그것 참 잘되었네그려! 잘된 일이야. 한데 이 분은 뉘신고?"

오소 선사가 손행자를 가리키면서 물으니, 장본인은 껄껄대고 웃어 눙쳤다.

"젠장, 이 노선사란 분은 저 미련퉁이 녀석만 알고, 나는 모르신단 말이오?"

"허허, 내 식견이 모자라서 그렇소."

오소 선사의 겸연쩍은 말에, 삼장이 얼른 변명을 했다.

"이 사람은 소승의 맏제자 손오공입니다."

그제야 오소 선사는 미소를 머금고 고개를 주억거렸다.

"아하, 그러셨군! 몰라보아 실례했소이다."

삼장은 오소 선사에게 거듭 절하고, 서천 뇌음사가 어디쯤 되느냐고 물었다. 그러자 선사는 고개를 절레절레 내둘렀다.

"아주 멉니다. 아직도 한참 멀지요! 도중에는 또 호랑이, 늑대, 이리와 같은 맹수들이 많아서 가시기 어려울 거외다."

그래도 삼장은 은근히 사의를 표하면서 다시 물었다.

"거리가 얼마나 되는지요?"

"길이 아무리 멀다 하더라도 언젠가는 당도할 날이 있겠소만, 문제는 도중에 마귀들의 시달림을 받아야 한다는 점입니다. 내게 『다심경(多心經)』이 한 권 있는데, 오십사 구절에 이백칠십 자로 되어 있습니다. 마귀나 요괴의 시달림을 당할 때마다 이 경을 외우면 자연 그 피해를 입으실 일이 없으실 텐데, 어디 한번 들어보시겠습니까?"

삼장은 무릎 꿇고 가르쳐줄 것을 간청하였다. 그랬더니 오소 선사는 『다심경』을 입으로 외워가며 차근차근 삼장에게 전수해주었다.

『마하반야바라밀다심경(摩訶般若波羅蜜多心經)』[15]

---

[15] 마하반야바라밀다심경: 마하는 '큰, 위대한'이란 뜻으로 쓰이는 존칭. 반야바라밀다심경은 Prajñāpāramitā-hṛdaya-sūtra의 음역. 당나라 현장 법사가 번역했다. 줄임말로 『반야 심경』 『심경』이라 일컫는다. 오온(五蘊), 삼과(三科), 열두 인연, 사체(四諦)의 법을 들어 온갖 법이 모두 공(空)하다는 이치를 기록하고, 보살이 이 이치를

관자재보살(觀自在菩薩)은 심반야바라밀다를 행할 때에, 오온(五蘊)[16]은 모두 비었다고 보아, 일체의 고액(苦厄)을 겪으셨다.

사리자(舍利子),[17] 색(色)은 공(空)과 다를 바 없으며, 공은 색과 다를 바 없다. 색은 즉 공이요, 공은 즉 색이다.

상(想)을 받아 식(識)을 행함도 또한 이와 같다.

사리자, 제불(諸佛)은 공상(空相)[18]이니, 생(生)도 없고 멸(滅)도 없으며, 더럽지도 않고 깨끗하지도 않으며, 늘어남도 없고 줄어듦도 없다.

이런 까닭으로 공(空) 가운데에는 색도 없고 상을 받아 식을 행함도 없으며, 눈으로 보고, 코로 냄새 맡으며, 귀로 듣고, 혀로 맛보는 일도 없으며, 몸으로 느낌〔身〕도 없고 인식하는 바〔意〕도 없으며, 빛깔, 소리, 냄새, 맛, 감촉과 법(法)도 없으며, 안계(眼界) 내지 의식계(意識界)[19]도 없고, 무명(無明)도 없으며, 그 무명이 다함〔無明盡〕역시 없다.

늙어 죽음도 없고, 늙어 죽음이 다하는 일 또한 없다. 고적멸도(苦寂滅道)가 없으며, 지혜도 없고 얻는 것 또한 없다.

얻는 것이 없음으로써 보리살타(菩提薩埵)[20]요, 반야바라밀다에

관조(觀照)할 때는 일체 고액(苦厄)을 면하고 열반을 구경하여 아뇩다라삼먁 삼보리(阿耨多羅三藐三菩提, 주 **22** 참조)를 터득하는데, 이를 요약하여 '아제아제(揭諦揭諦)' 등의 대신주(大神呪)를 읊는다.

16 오온: 불교 용어로 물질과 정신을 다섯 가지로 분석한 것. 제8회 주 **13** '오온·능엄' 참조.

17 사리자: 부처님이 입멸하고 유해를 화장(火葬)한 뒤에 나온 오색 영롱한 구슬 같은 사리. 또는 부처님의 제자 가운데 지혜가 으뜸인 사리불(舍利弗) Sāriputra을 일컫기도 함.

18 공상(空相): 공(空)의 특질, 즉 모든 것은 실체가 없다는 특성. 공을 본질로 하는 무한정성(無限定性)의 특징.

19 의식계: 의식(意識)의 영역, 의식적 판단의 영역, 마음의 식별 작용으로 18계(界)의 하나.

의존하는 까닭에 마음에 거리낄 것이 없으며, 거리낄 바가 없는 까
닭에 공포(恐怖)가 있을 수 없으며, 전도(顚倒)되는 몽상(夢想)을
멀리 떠나 마침내는 열반(涅槃)[21]에 이르고, 삼세(三世)의 제불(諸
佛)이 반야바라밀다에 의존하는 까닭으로, 아뇩다라 삼먁 삼보리
(阿耨多羅三藐三菩提)[22]를 얻었다.

그러므로 반야바라밀다는 대신주(大神咒)요, 대명주(大明咒) 무
상주(無上咒)요, 무등등주(無等等咒)이니, 일체의 괴로움을 능히 제
거하여 진실로 헛되지 않음을 알 것이다.

그러므로 반야바라밀다주(般若波羅蜜多咒)를 말하노니, 그 주
문(呪文)은 곧 이렇게 말한다.

"아제(揭諦)! 아제! 바라아제(波羅揭諦)! 바라승아제(波羅僧揭
諦)! 보리살바하(菩提薩婆訶)!"[23]

당나라 스님 삼장 법사는 워낙 사문의 바탕이 있는 고승이라, 『다
심경』을 귓결에 한 번 듣는 것만으로도 모조리 기억할 수 있었다. 이리
하여 『다심경』은 지금까지 이 세상에 전해 내리게 되었으니, 이것이 바

---

20 보리살타: bodhi-sattva의 음역. 구도자(求道者), 불과(佛果)를 얻으려고 수행하는
   이, 일반적으로 대승(大乘)에 귀의한 이. 보통 줄여서 '보살(菩薩)'이라고 쓴다.
21 열반: nirvāṇa의 음역. 번뇌의 불길을 불어 끈 상태. 해탈(解脫)과 같은 뜻으로 풀이
   되기도 하나, 어떤 경우에는 해탈로부터 열반이 얻어진다고도 한다.
22 아뇩다라 삼먁 삼보리: **아뇩다라**(阿耨多羅)는 anuttara의 음역. '더 이상 없는, 무상
   (無上)의……'라는 뜻. **삼먁 삼보리**(三藐三菩提)는 samyak-saṃbodhiḥ의 음역으로
   부처님의 깨달음, 완전하고도 올바른 깨달음이란 뜻. 이를 종합하면 '세상의 그 어
   느 것과도 비교할 수 없는 뛰어나고 올바른 깨달음'이란 뜻이다.
23 아제, 아제!…… 보리살바하!: **아제**(揭諦=계제)는 gata의 음역. 곧 '가는 사람이
   여!'라는 뜻. **바라아제**(波羅揭諦)는 '피안(彼岸)에 가는 자'요, **바라승아제**(波羅僧揭
   諦)는 '피안에 갈 수 있는 자', 그리고 **보리살바하**(菩提薩婆訶)는 보리살타마하살타
   의 다른 명칭으로, 보살마하살(菩薩摩訶薩)bodhi-mahā-satva, 곧 '위대한 사람'이라
   는 뜻이다.

로 참된 도를 닦는 근본 원리의 지름길이 되고, 부처님의 세계에 들어서는 입문 요체라고 할 수 있는 것이다.

삼장에게 『다심경』을 전수해준 오소 선사는 그 즉시 운광(雲光)을 딛고 까마귀 둥지와 같은 처소로 올라가려다가 또 한 번 삼장에게 붙잡혔다.

"제발 부탁합니다. 서천으로 가는 여정이 어떻게 될 것인지 꼭 알려주십시오!"

오소 선사는 껄껄 웃으면서 다음과 같은 시 한 편을 읊조렸다.

    갈 길은 그리 어렵지 않으나, 내 분부를 귀담아 들어보라.
    천산(千山)의 봉우리는 높디높고, 천수(千水)의 강물 또한 깊고 또 깊으니,
    닿는 곳마다 장독(瘴毒)이 만연하고 요괴 마귀가 들끓는다.
    하늘에 닿는 층암 절벽을 만나더라도 마음놓고 두려워하지 말 것을.
    귀를 스칠 듯 아찔한 바위 길을 지날 때에는, 두 발을 모로 뉘고 살금살금 걸어라.
    흑송림 우거진 숲을 자세히 살펴볼지니, 요망한 여우가 자주 길을 가로막으리.
    요괴는 도성 안에 득시글거리고, 마왕은 산중에 가득 찼으니,
    늙은 호랑이가 동헌(東軒)에 자리 잡고 앉았으며, 푸른 이리 떼가 낭청(郎廳)에서 주부(主簿) 노릇을 한다.
    사자와 코끼리는 저마다 왕이라 일컫고, 호랑이와 표범은 저마다 임금 노릇을 하고 있으니,
    멧돼지는 등짐을 짊어지고 가다가, 물귀신과 앞길에서 마주치

겠네.

여러 해 묵은 돌 원숭이 어디서 노여움을 품고 성을 내랴,
그들과 서로 사귀어 물을 것이니, 그들은 서천 가는 길을 알고 있으리.

손행자는 그 시를 끝까지 다 듣고 나더니, 코웃음 한 번으로 무시해 버렸다.

"사부님, 우리 어서 떠납시다. 저 작자한테 물으실 것도 없이, 저한테 물어보시면 다 됩니다."

삼장은 그 뜻을 알 수 없어, 양자를 번갈아 쳐다보았다. 그 동안에 오소 선사는 한 줄기 금빛 광채로 변하여 까마귀 둥지 위로 "휙!" 하니 올라가고 말았다. 이어서 금빛 광채가 뒤따라 사라지자, 삼장은 전나무 꼭대기를 우러러 공손히 절을 올렸으나, 손행자는 무엇 때문에 화가 났는지 철봉을 휘둘러 나무 줄기를 닥치는 대로 마구 짓찧고 후려 때리기 시작했다. 그랬더니 수만 송이나 되는 연꽃이 나부껴 떨어지고 상서로운 구름이 아련히 피어오르더니, 까마득히 높은 나뭇가지를 천 겹으로 에워싸고 보호하는 것이 아닌가! 손행자는 비록 바다를 휘젓고 강물을 뒤엎는 신통력을 지니고 있었으나, 까마귀 둥지를 엮어 만든 등나무 덩굴 한 가닥조차 끌어당길 수가 없었다.

삼장이 깜짝 놀라 제자를 부여잡고 말렸다.

"얘, 오공아! 저런 보살님이 사시는 곳을 왜 때려부수려고 하는 거냐?"

"저 작자가 우리 형제 두 사람에게 한바탕 욕설을 퍼붓고 갔으니까 그렇죠!"

"아니, 서천으로 가는 길을 암시해주셨는데, 너한테 무슨 욕을 했

다는 거냐?"

"사부님이 뭘 아셔야 말이죠! 방금 저 작자 말이, '멧돼지는 등짐을 짊어지고……'라고 했는데, 그건 말귀를 돌려서 팔계를 욕한 것이고, '여러 해 묵은 돌 원숭이'란 말은 이 손선생을 빗대어 욕한 것입니다. 사부님이야 그런 뜻을 어찌 아시겠습니까?"

저팔계가 사형에게 한마디 던졌다.

"형님, 화내실 것 없소. 저 선사는 과거와 현재, 미래를 훤히 내다보시는 분이오. 한데 내가 '물귀신과 앞길에서 마주친다'는 말씀이 과연 효험이 있는지 없는지 알 수가 없군. 자, 모두 다 용서하고 그만 떠나기로 합시다."

손행자는 아직도 전나무 둥지 주변에 서려 있는 연꽃 떨기와 상서로운 구름장을 하염없이 바라보다가, 어쩔 수 없이 스승을 재촉해서 말 안장에 올려 태웠다. 그리고 다시 산 밑으로 내려와 서쪽으로 길을 떠났다.

인간 세상에 앞길을 누가 알랴! 청복을 누리게 할 사람은 드물고, 산중에 재난을 가져올 마귀들만 득시글거릴 테니 말이다.

과연 이들의 앞길에 무슨 일이 가로막고 있을 것인지, 다음 회에서 풀어보기로 하자.

제20회 황풍령에서 당나라 스님은 재난에 봉착하고, 저 팔계는 산허리에서 사형과 첫 공로를 앞다투다

법은 본디 마음에서 생겨나고, 또한 마음 따라 멸한다.
생(生)과 멸(滅)은 누구에게서 말미암는가, 그대 스스로 판결하리라.
모두가 이미 자기 마음에서 비롯된다면, 남의 말이 무슨 소용 있으랴?
모름지기 괴로운 공덕을 쌓으리니, 무쇠 덩어리 속에서 피를 짜내야 하리라.
가는 실끈으로 코를 꿰어서, 잡아끌어 허공에 매듭을 짓는다.
무위수(無爲樹) 가지에 매달아, 그를 넘어지지 않게 하리니,
도둑을 잘못 알고 아들로 삼지 말 것을, 마음과 법을 모두 잊어 버린다.
남이 나를 속이게 하지 말지니, 한 주먹으로 먼저 때려 부수라.
마음을 드러내도 역시 마음 없는 무심(無心)이요, 법을 드러내도 역시 법 또한 없어진다.
사람과 소가 보이지 않을 때면,[1] 짙푸른 하늘빛이 맑고 깨끗해

---

[1] 사람과 소가 보이지 않을 때……: 불교 선종에서 자기 본심을 발견하고 깨달음에 이르기까지의 순서를 자신과 소의 관계에 비유한 것. 심우(尋牛)의 열 가지 단계 중의 하나로, 송나라 곽암사원(廓庵師遠)의 「십우도송(十牛圖頌)」에서 비롯되었다고 한다. 즉 ①자기 본심인 소를 찾아(尋牛), ②그 발자취를 발견하고(見跡), ③소를 발견하고(見牛), ④소를 잡아(得牛), ⑤소를 길들여(牧牛), ⑥소를 타고 무위(無爲)의 세계

질것을.

가을 달은 언제 보나 둥근 법이니, 그대와 나(彼此)를 분별하기 어렵다네.

이 한 편의 게(偈)²는 현장 법사가 『다심경』을 철저히 깨우치고 나서 자신의 문호(門戸)를 열었을 때 읊은 것이다. 삼장은 부처님의 가르침을 언제나 마음속에 깊이 새겨두고 있었기 때문에, 한 점의 영광(靈光)이 저절로 투철해진 것이다.

어찌 되었든, 그들 세 사람은 풍찬노숙을 거듭하며 달빛과 별빛을 띠고 서천으로 가는 도중에, 또 어느덧 불볕이 내리쬐는 무더운 여름철이 돌아왔다.

봄날의 화사한 꽃떨기는 다 떨어지고, 나비 떼도 정답게 얘기할 데가 없으니,
높은 나뭇가지에 매미 우는 소리만이 요란하게 들린다.
들에는 누에가 고치를 치고 석류는 불덩어리 고운 빛을 자랑하는데,
고요한 늪에는 연꽃이 새록새록 피어나는구나.

인 우리 집에 돌아오니(騎牛歸家), ⑦이제 소가 달아날 걱정이 없으므로 소 같은 것을 다 잊어버리고 안심하여(忘牛存人), ⑧다시 사람도 소도 본래의 공(空)인 것을 깨달아(人牛俱忘), ⑨꽃은 붉고 버들은 푸른 그대로의 세계를 여실히 보고(返本還源), ⑩중생을 건지기 위해 길거리에 나선다(入廛垂手)고 하는 열 가지 단계를 말하는데, 여기서는 여덟번째 경지 곧 사람과 소가 보이지 않을 때, 대승(大乘)의 이른바 '나와 법을 모두 잊는(我法俱忘)' 성취에 도달했다는 말이다. 절간 대웅전 외벽 사면에는 거의 모두 이 「십우도」가 그려져 있다.
2 게: gāthā의 음역으로 불교의 경(經) · 논(論) · 석(釋) 가운데 글귀로써 부처의 사상을 노래하거나, 부처와 보살의 덕을 찬양한 송시(頌詩).

그날도 길을 가고 있으려니, 어느새 날이 뉘엿뉘엿 저물었다. 그들은 산길 한 곁에 아담하게 자리 잡은 마을 한 군데를 발견했다.

"오공아, 저길 보려무나. 해는 이미 서산에 떨어져 화경(火鏡)을 감춘 지 오래고, 달은 동해 쪽에 솟아올라 덩그런 제 모습을 드러내지 않았느냐? 다행히도 저 길 곁에 인가 몇 채가 있으니, 우리 저기서 하룻밤 잠자리를 빌려 쉬고, 내일 아침에 일찍 떠나기로 하자꾸나."

스승의 말끝이 미처 다 떨어지기도 전에, 저팔계가 먼저 대답을 하고 나섰다.

"말씀 한번 잘하셨습니다! 이 저선생도 배가 슬슬 고파지는데요. 어디든지 인가에 들어가서 밥이나 좀 얻어먹고 기운을 내야 짐을 짊어지기도 수월해질 것 같습니다."

넉살 좋은 그 말에, 손행자가 버럭 호통을 쳐서 꾸짖는다.

"이런 밥통 같은 녀석 봤나! 벌써부터 집 생각만 하는 거냐? 네놈이 집을 떠난 지 고작 며칠이나 되었다고, 벌써 싫증이 나서 투덜투덜 집 타령에 밥 타령을 늘어놓는 거야?"

"형님, 자꾸 야단만 치지 말구려. 형님처럼 아지랑이에 바람이나 마셔도 살아가는 사람이 나 같은 놈의 뱃골하고야 어디 비교나 되겠소? 사실 이제 말이지, 내가 사부님을 모시고 며칠 따라오는 동안에 노상 배를 곯고 있었다는 것을 형님이 알기나 하시오? 정말 나는 배고픈 것을 꾹 참고 여기까지 왔소."

그 말을 듣자, 스승이 한마디 건넸다.

"오능아, 그렇게도 집 생각이 간절하게 나느냐? 그렇다면 너는 출가인이라고 말할 수 없겠다. 이 길로 당장 돌아가거라."

말씀 한두 마디에 축출령이 떨어졌으니 이 노릇을 어쩌면 좋으랴.

저팔계는 어마 뜨거라 싶어 그 자리에 털썩 무릎을 꿇었다.

"사부님! 사형의 말씀은 듣지 마십쇼. 형님은 지금 저를 골탕 먹이려고 그러는 겁니다. 절더러 누굴 원망하고 투덜거렸다고 하지만, 사실 저는 아무것도 원망한 일이 없습니다. 저 같은 놈은 뭐든지 생각나는 대로 입에 올리는 아둔한 녀석이라, 배가 고프면 고프다 하고, 힘들면 힘이 든다 곧이곧대로 말해야 직성이 풀립니다. 방금도 배가 고프기에 어디서 인가를 찾아가 잿밥이나 한 술 동냥해 먹자고 말씀드렸을 뿐인데, 형님은 대뜸 절더러 집 생각만 하는 밥통 녀석이라고 욕을 해대지 않았습니까? 사부님, 이 저팔계가 보살님의 계행(戒行)을 받고 또 사부님께서 불쌍히 여겨주신 덕분에, 이렇게 자청해서 사부님을 모시고 서천 땅으로 가기를 원했고, 또 그렇게 맹세한 것을 조금도 후회해본 적이 없습니다. 이게 바로 고생을 해가며 도를 닦는 길이 아니겠습니까. 그런데 절더러 출가인이라 할 수 없으시다니, 어떻게 그런 말씀을 다 하십니까?"

"됐다, 그렇게 생각한다면 어서 일어나거라."

미련한 저팔계 녀석, 그 말씀 한마디에 신바람이 나서 벌떡 일어나더니, 짐을 챙겨 메고 부지런히 뒤따라 걷기 시작했다. 그래도 여전히 투덜투덜 구시렁대는 꼬락서니를 보건대, 체념을 했으나 억울한 마음은 아직껏 덜 풀린 게 분명하다.

이윽고 일행 세 사람은 길 곁 어느 집 대문 앞에 이르렀다. 삼장이 말에서 내려서니, 손행자는 말고삐를 받아 쥐고, 저팔계는 나무 그늘 아래 짐 보따리를 내려놓았다. 삼장은 구환석장을 짚고 등나무 덩굴로 엮어 올린 차양 밑을 지나 대문 앞에 다가갔다. 대문 안뜰에는 늙수그레한 노인 한 사람이 다락 위 대나무 평상에 비스듬히 기대앉아서 중얼중얼 염불을 외고 있었다. 삼장은 감히 목소리를 높이지 못하고 겸연쩍게 인사를 건넸다.

"노시주님, 말씀 좀 여쭙겠습니다."

노인이 벌떡 일어나더니 부랴부랴 옷매무새를 가다듬으며 문밖으로 나왔다.

"이런! 어디서 오시는 장로님이신가? 이거 실례했소이다. 그런데 이 누추한 우리 집에는 무슨 일로 오셨소이까?"

"소승은 동녘 땅 대당나라의 화상으로, 폐하의 어명을 받들어 서천 뇌음사로 부처님을 찾아뵙고 진경을 얻으러 가는 길입니다. 때마침 날도 저물었기에, 하룻밤 묵어갈까 해서 이렇게 찾아왔습니다."

그 말을 듣자, 노인은 손을 홰홰 내저으면서 도리질을 했다.

"안 될 말씀이오! 절대로 못 가십니다. 서천으로 불경을 얻으러 가신다니, 그게 보통 어려운 일이 아니오. 경을 가지러 가시겠다면 동쪽으로나 가보시오."

삼장은 대꾸를 못 한 채 혼자서 곰곰이 생각했다. 보살님은 서천으로 가라고 말씀하셨는데, 동쪽으로 가라니 이게 도대체 무슨 소리냐? 설마 동쪽에도 그런 경전이 있단 말인가?

그는 노인의 말을 반박도 하지 못하고, 그저 두 눈 멀뚱멀뚱 뜬 채 물끄러미 바라보기만 했다. 그러나 성미가 고약한 손행자는 참지 못하고 앞으로 성큼 나서더니, 불량기 섞인 목소리로 노인에게 대들었다.

"여봐, 늙은이! 당신은 그토록 나이를 잡숫고도 어째서 그렇게나 세상 물정 모르는 소리만 지껄이는 거야? 우리네 출가승이 먼 데서 찾아와 하룻밤 신세 좀 지자는데, 그 따위 시답지 않은 소리를 지껄여서 우리를 놀라 자빠지게 할거야? 당신 집이 비좁아서 잘 만한 곳이 없거든 그만두시구려. 이 나무 그늘 땅바닥에서라도 하룻밤 지내고, 영감 댁에는 폐를 끼치지 않을 테니까!"

왁살맞고도 험상궂은 말투에, 노인은 삼장의 소매를 부여잡고 하소연했다.

"스님은 아무 말씀을 않고 계시는데, 저 제자란 사람은 어떻게 말을 저렇게 하는 거요? 생김새도 영락없는 사기꾼 낯짝에, 두 눈자위는 시뻘겋고 별뚝스런 뺨따귀하며 뇌공의 주둥이를 한 꼬락서니에다 폐병 걸린 마귀 상판으로 이렇게 나이 먹은 늙은이한테 시비를 걸다니, 어째 이럴 수가 있단 말이오?"

그래도 손행자는 어처구니가 없어 너털웃음을 터뜨렸다.

"이 영감, 진짜 사람 볼 줄 모르시는군! 낯짝만 번지르르 해봤자 무슨 소용이 있소? '겉보기에는 근사해 보여도 실속은 없다'는 말도 못 들었소? 이 손선생이 비록 체구는 작지만 워낙 다부진 몸매라, 살 껍질 속은 근육으로 똘똘 뭉쳐져 있단 말이오!"

"얘기를 그렇게 하는 걸 보면, 무슨 재간이 있기는 있는 모양이구려?"

노인이 비웃어 말했으나, 손행자는 아랑곳하지 않고 계속 대거리를 했다.

"자랑하는 게 아니라, 실제로 그렇단 말이오!"

"도대체 자네 집은 어딘가? 자네 같은 왈패가 무엇 하러 머리 깎고 중이 된 거야?"

노인이 다그쳐 물으니, 철면피 손행자는 넉살 좋게 신분 내력을 늘어놓기 시작한다.

"내 본적은 동승신주 바다 동쪽 오래국 화과산 수렴동이오. 어렸을 적부터 요괴 노릇을 배웠고, 이름은 손오공이라 하오. 알량한 재주 하나 믿고 제천대성이 되었으나, 천록(天籙)에 오르지 못한 것이 분하여 천궁을 뒤집어엎고, 한바탕 재난과 분란을 일으킨 끝에 죄를 받고 말았소.

오늘에 와서야 벌 받는 기한이 꽉 차서 재난을 벗어나게 되었고, 마음을 돌이켜 사문에 들었으며 여기 계신 당나라 스님을 보호하여 모시고 서천으로 가서 부처님을 뵙고 정과를 얻으러 나선 길이오. 산이 아무리 높고 길이 험해도, 강물이 아무리 너르고 풍파가 심해도 두려울 것이 무엇이랴! 이 손선생은 요괴도 잡고 마귀도 항복시킬 수 있으며, 호랑이를 때려눕히고 용을 잡아 끓일 수도 있으며, 위로는 하늘까지 아래로는 땅속까지 못 가는 데가 없고, 온갖 재주를 조금씩 다 부릴 줄도 아는 몸이오. 영감 댁에 돌팔매를 하는 놈이 있다든가, 세간 살림을 건드리고 장난질치는 도깨비 녀석 따위가 있거든 말씀만 하시오. 이 손선생이 당장에 찍소리도 못 하게 처치해줄 테니까!"

사정 모르는 노인이 그 황당한 얘기에 어처구니가 없어 껄껄껄 너털웃음을 터뜨린다.

"어쩐지, 동냥질이나 하고 돌아다니느라 주둥이만 까진 화상일세그려!"

"영감이야말로 입으로만 떠벌리는 사람이지, 누구더러 주둥이만 까졌다는 게야? 나는 지금 사부님을 따라서 길을 걸어가느라 고생이 이만저만이 아니어서, 말조차 하기 싫은 사람이오!"

"허허, 고생이 이만저만 아니어서 말조차 하기 싫다니? 그렇지 않았더라면 이 늙은이 같은 사람을 그놈의 주둥아리로 놀라 까무러쳐서 죽게 만들고도 남았겠군. 하긴 자네 말대로 그런 재간을 지녔다면야 서천 땅에는 갈 수 있을 테지."

입씨름을 하다 지쳤는지, 노인은 다시 삼장을 돌아보고 물었다.

"스님, 일행은 모두 몇 분이오? 안에 들어가서 쉬도록 하시지요."

"고맙습니다. 무례한 제자를 나무라지도 않으시고…… 저희 일행은 세 사람입니다."

"한 분은 또 어디 계시오?"

이때 손행자가 나무 그늘 밑을 가리켰다.

"영감이 정말 눈이 어둡군그래! 저기 저 나무 그늘 아래 서 있는 게 또 한 사람 아니오?"

과연 노인장은 눈이 어두운 모양이라, 고개를 쳐들고 이리 기웃 저리 기웃 자세히 살피더니, 마침내 저팔계의 괴상한 주둥이와 낯짝을 발견하고 소스라치게 놀라 헛걸음질을 하던 끝에, 허겁지겁 곧장 집 안으로 줄달음질쳐 달아나면서 고래고래 악을 쓰기 시작했다.

"문 닫아라! 문 닫아! 요괴가 왔다, 요괴가 왔어!"

손행자가 이거 놓쳤다가는 한뎃잠을 자겠구나 싶어 냉큼 뒤쫓아가서 덜미를 거머잡았다.

"여보, 영감님! 겁내지 마시오. 저 친구는 요괴가 아니라, 내 사제요."

그래도 노인은 얼마나 기절초풍을 했는지, 전전긍긍 떨면서 목구멍에 다 기어 들어가는 소리로 투덜거렸다.

"그래 알았소! 알았으니까, 이 덜미 좀 놓아주게! 스승은 멀쩡한데, 제자란 것들이 어쩌면 하나같이 괴상망측스럽고 저토록 지지리도 못나게 생겨먹었을꼬?"

이때서야 저팔계도 나무 그늘에서 걸어 나왔다.

"이것 봐요, 노인장! 겉모습만 가지고 사람을 따진다면 그거 보통 큰 실수가 아니오. 우리 생김새가 비록 괴상하기는 해도 모두가 제법 쓸모 있는 사람들이란 말이오!"

노인이 대문 앞에서 나그네 승려 세 사람과 옥신각신 입씨름을 벌이고 있을 때였다. 마을 남쪽에서 두 젊은이가 한창 나이 들었을 듯싶은 노파 한 사람을 모시고 어린 소년 소녀 서넛과 함께 다가오는데, 소맷자락과 바지 자락을 걷어올리고 맨발 차림새를 한 것이, 논에서 하루 온종일 모내기를 마치고 돌아오는 모양이었다. 그들은 자기 집 나무 그늘 아래 백마 한 필과 짐 보따리를 발견하고 걸음걸이를 부지런히 놀려 거의 뛰다시피 달려왔다. 그리고 낯선 화상들과 노인이 시끄럽게 떠드는 소리를 듣더니 한꺼번에 와르르 몰려들어 그들을 에워쌌다.

"무엇 하는 사람들이냐?"

등뒤에서 호통치는 소리가 들리니, 저팔계도 고개를 돌려 뒤돌아볼 수밖에. 일산처럼 너울거리는 두 귀에 기다란 주둥이를 쑥 빼어 악무는 무시무시한 몰골에, 그들은 혼비백산을 하도록 놀라 이리 자빠지고 저리 쓰러지고 갈팡질팡하면서 한바탕 난리 법석을 떨었다. 삼장은 당황한 나머지 저도 모르게 고함을 질러대기 시작했다.

"겁내지 마십쇼! 무서워할 것 없습니다! 우리는 나쁜 사람이 아니라, 서천으로 경을 가지러 가는 화상들입니다."

노인장도 그제야 문밖으로 나와서 노파를 부축했다.

"여보 할망구, 일어나구려. 놀랄 것도 무서워할 것도 없다니까. 이 스님은 당나라에서 오신 분인데, 제자들의 얼굴하며 주둥이가 조금 추접스럽게 생겼을 뿐이오. 생김새는 추악하지만, 저래 보여도 속마음은 착한 사람들이랍디다. 애들아, 아이들을 데리고 먼저 들어가거라."

노파는 그제야 영감을 잡아 끌고, 두 젊은이는 아이들을 데리고 들어갔다.

삼장은 다락 위 대나무 평상에 걸터앉아서 제자들을 원망했다.

"제자들아, 너희 둘은 어째 그러냐? 생김새는 추악스럽다 하더라도, 말투까지 거칠어서 온 집안 식구들이 기절초풍을 하도록 놀라 야단법석을 떨게 만들다니, 왜 이렇게 나마저 죄를 짓게 하는 거냐?"

저팔계가 냉큼 그 말을 받았다.

"사부님, 솔직히 말씀드립니다만, 이 저선생도 사부님을 따라 나선 이래 요즈음은 얼마나 미끈해졌다고요. 고로장에 있을 때처럼 이 주둥이를 쑥 빼어 악물고 두 귀를 쭉 뽑아 올렸다가는 아마도 단숨에 이삼십 명은 놀라 자빠져 죽었을 겁니다."

손행자는 기가 막혀 껄껄댔다.

"이 미련퉁이 곰 같은 녀석! 허튼 소리 작작 지껄이고, 그놈의 못생긴 낯짝이나 잘 좀 가다듬어볼 생각을 하지 그래?"

삼장이 만제자를 돌아보고 묻는다.

"오공아, 무슨 말을 그렇게 하느냐? 겉모습이나 얼굴 생김새는 타고난 것인데, 어떻게 가다듬으란 말이냐?"

"그야 간단하죠! 저놈의 주둥아리는 앞가슴에 푹 파묻어두고 꺼내지 않으면 될 테고, 저 부챗살 같은 두 귀는 뒤통수에 찰싹 붙여놓고 너울거리지 않으면 될 거 아닙니까. 이게 바로 낯짝을 잘 가다듬는 방법이지요."

이 말을 곧이들은 저팔계, 정말 주둥이를 앞가슴에 파묻고 두 귀를 뒤통수에 바짝 붙이더니, 머리를 똑바로 쳐들고 한 곁으로 비켜섰다. 손행자는 짐 보따리를 안으로 날라 들이고 백마를 끌어다가 말뚝에 비끄러매었다.

노인은 그제야 찻잔 셋을 쟁반에 얹어서 젊은 아들에게 들려 가지고 들어왔다. 차 대접이 끝나자, 노인은 저녁상을 차리라고 분부했다. 차 쟁반을 가져왔던 젊은이가 구멍이 숭숭 뚫리고 옻칠이 다 벗겨진 식탁 한 개와 다리가 거의 다 부러진 걸상 두어 개를 가져다 앞뜰에 늘어놓더니, 삼장 일행더러 앉아서 땀을 식히라고 했다.

한숨을 겨우 돌린 삼장이 비로소 물었다.

"노시주님, 존함이 어찌 되시는지요?"

"소인은 왕씨(王氏)이외다."

"슬하에 자녀를 몇 분이나 두셨습니까?"

"젊은 녀석만 둘이오. 어린 손자가 셋이고."

"정말 대견하시겠습니다. 한데 연세는 올해 몇이신가요?"

"헛된 나이 그렁저렁 예순한 살 먹었소이다."

이때 손행자가 또 불쑥 끼어들었다.

"예순하나라면, 환갑이 되겠군!"

삼장은 그 말을 못 들은 척하고 주인에게 다시 물었다.

"아까 노시주님 말씀이, 서천으로 경을 가지러 가는 길이 애당초 어렵다고 하셨는데, 어째서 그렇습니까?"

"경을 가지러 가는 거야 어렵지 않소이다만, 도중에 길이 무척 험해서 가기 어렵다는 말이오. 여기서 서쪽으로 삼십 리쯤 나가면 산이 한 군데 있는데, 팔백 리 고갯길에 황풍령(黃風嶺)이라 부른다오. 그 산중에 요괴가 엄청나게 많다고 합디다. 그래서 가기 어렵다는 말씀을 드린 거요. 한데 이 제자분 얘기가 대단한 솜씨를 지녔다고 하니, 그렇다면 무사히 넘어갈 수도 있겠지요."

"문제없어요, 없어! 나하고 이 팔계 아우만 있으면, 어떤 요괴라도 우리한테 섣불리 덤벼들 엄두조차 못 낼 거요."

손행자가 호언장담을 늘어놓는데, 노인의 두 아들이 저녁밥을 가져와 식탁 위에 늘어놓았다.

"어서 드시지요!"

스승은 두 손 모아 합장하고 재경(齋經, 식사 기도문)을 읊기 시작하는데, 팔계란 놈은 벌써 한 그릇 밥을 뚝딱 해치웠다. 장로님의 경문 몇 마디가 미처 끝나지도 않았을 때, 이 미련한 밥통은 또 세 그릇이나 비웠다. 손행자는 보다 못해 구박을 주었다.

"이 보릿겨나 처먹고 살던 놈아! 뱃속에 아귀라도 들어앉았느냐?"

그래도 왕노인은 눈치가 제법 빠른 데다 심성 또한 어질어서, 저팔계의 먹성이 대단한 것을 보고 두 아들에게 분부했다.

"이 장로님은 어지간히 시장하셨던 모양이로구나. 어서 밥을 더 가져오너라."

미련한 저팔계, 과연 밥통 한번 엄청나게 컸다. 주인 아들이 밥을 퍼담아 내오기가 무섭게 머리통을 처박고 단숨에 열댓 사발을 먹어 치웠다. 삼장과 손행자는 미처 두 그릇도 다 먹지 못했는데, 이 미련통이 멧돼지 녀석은 여전히 쉴새없이 퍼먹고 있는 것이다.

늙은 주인이 안쓰러워 한마디 던졌다.

"창졸간에 준비하느라 효찬(殽饌)이 없어 굳이 권하기가 뭣하오만, 밥은 얼마든지 있으니 더 드시지요."

"이만하면 됐습니다."

삼장과 손행자는 사양을 하는데, 팔계는 막무가내다.

"여보, 영감! 뭐 이러니저러니 말씀하실 것 없소. 누가 영감더러 점을 쳐달라고 했단 말이오? 효찬은 뭐 말라비틀어진 것이고 육효(六爻), 칠효(七爻) 팔괘는 따져서 뭣에 쓸 거요? 그저 밥이나 있는 대로 다 내오면 되는 거요."

밥 먹는 데만 정신 팔린 이 무식한 저팔계, '반찬 효(殽)'자를 팔괘의 '효(爻)'로 알아듣고 억지 떼를 쓰는 것이다.

결국 이 미련한 밥통은 한 끼니에 왕씨네 온 집안 식구들이 먹어야 할 밥까지 동을 내고 말았다. 그러고도 하는 말이, 배가 절반밖에 안 찼다고 투덜거리는 데야 기가 막힐 노릇이 아닌가! 그렁저렁 소동 끝에 밥상을 물린 삼장 일행은 주인 댁이 문간방 다락 밑에 깔아놓은 대나무 침상에서 그 밤을 편히 쉬었다.

이튿날 동녘이 훤히 밝아오자, 부지런한 손행자는 말 등에 안장을 걸고 저팔계는 짐을 챙겼다. 왕노인은 다시 자기 아내를 시켜 떡하며 더운물을 내다가 아침 대접을 했다. 삼장 일행은 고맙다는 인사와 함께 작별을 고했다.

"가시는 도중에 무슨 봉변이라도 당하게 되시거든, 어려워 말고 다시 우리 집으로 돌아오시오."

왕노인의 자상한 말에, 손행자는 코웃음으로 응수했다.

"여보 영감! 김빠지는 소리 작작 하시구려. 우리 출가인들은 되돌아올 길은 아예 떠나지도 않소!"

이리하여 삼장 일행은 말 채찍질을 하며 짐짝을 떠메고 서행 길에 올랐다.

왕노인이 말한 대로, 과연 서역으로 가는 길은 순탄하지 않았다. 그들 앞에는 사악한 마귀들의 대재앙이 내리고 있었으니 말이다. 일행 세 사람은 반나절도 채 못 가서 까마득히 높은 산악과 맞닥뜨리고 말았다. 그야말로 험준하기 이를 데 없는 산악이었다. 삼장은 낭떠러지 위에서 말을 멈춘 다음, 말 위에서 등자를 딛고 비스듬히 몸을 기울여 주변 경치를 둘러보았다.

높은 것은 산이요, 험준한 것은 엉마루, 쥐아지른 것은 질벽이요, 깊은 것은 구렁텅이 계곡이다. 소리나는 곳은 샘물이요, 산뜻한 것은 꽃들이다.

산봉우리는 얼마나 높은지 짙푸른 하늘 끝에 닿았고, 구렁텅이 계곡은 얼마나 깊은지 밑바닥에서 지옥이 들여다보인다.

산 앞쪽으로는 흰 구름이 자욱하게 뒤덮였고, 울퉁불퉁 돋아나온 기암괴석에 천길만길 깎아지른 낭떠러지가 길손의 혼백을 뽑아낸다.

낭떠러지 뒤편에는 꾸불꾸불 감돌아 나가는 장룡동(藏龍洞)이 뚫렸고, 동굴 속에는 첨벙첨벙 바윗돌에 물방울 떨어지는 소리.

갈팡질팡 흩어지는 뿔사슴도 보이고, 흘금흘금 낯선 길손 눈치 보는 노루도 있다. 똬리를 틀고 도사린 붉은 비늘의 구렁이가 있으면, 짓궂게 장난질 치며 까불대는 하얀 얼굴 원숭이도 있다.

저녁 무렵 되면 어슬렁어슬렁 소굴 찾아 돌아오는 호랑이가 있고, 날 밝으면 물결 뒤집고 용이 나오며, 동굴 문짝 올라가는 소리가 우당탕퉁탕 요란하다.

풀섶에는 날짐승이 화드득 날아오르는 소리, 나무 숲 속에는 길짐승 떼가 어슬렁대는 소리.

난데없이 지나가는 이리 떼와 호랑이, 지나가는 길손의 간담이 서늘해지고 가슴속 고동이 두방망이질 치게 만든다.

이야말로 동굴이 꽈다당 무너져 동굴 속으로 주저앉아 들어가고, 그 동굴이 또 무너져 산등성이가 되는 판국이다.

청산이 물들어 천 길 낭떠러지 옥벽(玉壁)을 이루고, 벽사(碧紗)가 드리워 만 겹 아지랑이 무더기를 이루었다.

섬뜩하도록 험악한 주변 경관에 위압된 삼장 법사는 은빛 준마[銀驄]를 천천히 몰고, 제천대성 손오공은 구름을 멈추고 느린 걸음걸이로 바꾸었다. 감각이 아둔한 미련퉁이 저오능은 짐을 짊어지고 뒤뚱뒤뚱 뒤따르기만 바쁘다.

삼장이 가슴을 졸이고 두리번거릴 때였다. 갑자기 한바탕 돌개바람 이는 소리가 크게 들려왔다. 삼장은 말 위에서 깜짝 놀라 제자부터 찾았다.

"오공아, 바람이 분다!"

허나 맏제자의 대답은 느긋하다.

"바람 같은 것이 뭐가 두렵다고 그러십니까? 하늘에는 사시사철 기운이 돌게 마련 아닙니까. 겁내지 마십쇼, 사부님!"

"아니다, 이 바람결이 무척 거센 것이, 여느 때 천풍(天風)하고는 다르구나."

"하늘 바람하고 어떻게 다르단 말입니까?"

"이 바람결을 좀 보아라……"

산악을 짓누르듯 엄청난 바람결, 대지를 휩쓸듯 호호탕탕하고, 아득한 하늘 끝에서 망망하게 쏟아져 나온다.

영마루 넘는 동안 천 그루 나무가 울부짖는 소리, 숲 속으로 들어가니 만 그루 대나무가 요동질 치는구나.

냇가에 줄줄이 늘어진 버드나무 뿌리째 흔들리고, 동산의 꽃포기 잎새마저 시들어 나부낀다.

그물 걷은 고깃배는 한결같이 밧줄을 매고, 돛을 내린 나룻배는 저마다 닻을 던진다.

싸움터에 나선 장병들이 도중에 길을 잃어 헤매고, 산중의 나무꾼은 짐을 지기조차 어렵다.

과일나무 숲 속에 원숭이 떼 흩어지고, 기화요초 풀덤불 속에 새끼 사슴 도망친다.

절벽 끝 전나무 잣나무가 모조리 쓰러지고, 시냇가 소나무 대나무 잎사귀도 시들어 떨어진다.

흙더미 파헤쳐 흩뿌리고 먼지를 휘날리니 모래가 사방으로 통겨 날고, 뒤집힌 강물 휘저어놓은 바다에 물결이 도도하게 춤춘다.

뒤처져 있던 저팔계가 앞으로 나서더니 손행자를 붙잡는다.
"형님, 이 바람 굉장히 세차구려. 어디 잠시 피했다 갑시다!"
손행자는 피식 웃었다.
"변변치 못한 소리 말게! 요까짓 바람 거세봤자 얼마나 거세다고, 불 때마다 피한단 말인가? 숲 속으로 뛰어들었다가 요정이란 놈과 딱 마주치면 어쩌려고 그러나?"
"원, 형님도! '여색을 피하려면 원수 피하듯이 하고, 바람을 피하려면 화살 피하듯 하라'는 얘기도 못 들어봤소? 잠깐 피하기로 안 좋을 건 뭐요?"
"잠자코 있게. 내가 이놈의 바람을 한 움큼 잡아서 냄새를 맡아볼 테니까."
그 말을 듣고 이번에는 저팔계가 피식 웃는다.
"형님도 헛소리를 하실 때가 다 있나! 바람을 어떻게 붙잡아서 냄새를 맡는단 말이오? 움켜잡는 대로 새어 나가버릴 텐데……"
"모르는 소리 말게. 이 손선생에게는 '바람 잡는' 방법이 있으니까."
자신만만한 제천대성, 바람 부는 머리 쪽을 슬쩍 지나가게 내버려 두고, 끄트머리 쪽을 꽉 움켜잡더니 정말 코에다 대고 킁킁 냄새를 맡는다. 과연 비릿한 냄새가 풍긴다.
"정말이로군! 이거 진짜 좋은 바람이 아닌걸. 바람결에 섞인 냄새가 호랑이 아니면 요괴의 몸에서 풍겨나는 냄새야. 수상하군! 뭔가 야로가 있는 게 분명해."
그 말끝이 미처 다 떨어지기도 전이었다. 갑자기 산비탈 밑에서 으르렁대는 야수의 포효성이 들려오더니, 얼룩 무늬를 띤 호랑이 한 마리가 긴 꼬리를 흔들면서 네 발굽 소리도 요란하게 뛰쳐나오는 것이 아닌

가. 난데없는 맹수의 출현에 삼장 법사는 혼비백산을 하도록 놀라 안장 위에 가만히 앉아 있지 못하고 백마 아래로 털썩 굴러 떨어지더니, 길 곁에 쪼그려 앉은 채 와들와들 떨기 시작했다.

허나 용감무쌍한 저팔계는 짐짝을 내던지고 사형이 나서지 못하게 얼른 한쪽으로 밀어붙이더니, 어느새 뽑아들었는지 쇠스랑을 머리 위 높직이 쳐들고 대갈일성을 터뜨리면서 앞으로 달려나가고 있었다.

"이놈의 짐승! 게 섰거랏!"

그야말로 저돌맹진(猪突猛進), 단숨에 달려나간 저팔계의 쇠스랑이 불문곡직하고 호랑이의 정수리를 겨냥하여 꽉 내리찍는다. 그러자 호랑이는 뒷발로 우뚝 서서 앞쪽 왼 발톱으로 자신의 앞가슴에서부터 아랫배까지 부욱 그어 내리더니, "어흥!" 하는 외마디 소리와 함께 껍질을 훌러덩 벗고 길 곁으로 슬쩍 피하는 것이 아닌가! 껍질을 벗어 던진 맹수의 몰골은 참으로 눈뜨고 보지 못할 정도로 끔찍스러웠다.

피가 뚝뚝 떨어지는 것은 훌떡 껍질 벗긴 알몸뚱이, 시뻘겋게 푸들푸들 떨리는 것은 넓적다리 근육과 네 발굽의 힘줄.

불꽃처럼 이글거리는 것은 양 볼따구니의 터럭과 수염, 깎은 듯이 꼿꼿하게 곤두세운 것은 양미간의 도끼 눈썹.

서슬 퍼렇게 번뜩거리는 것은 네 개의 강철 송곳니, 번갯불처럼 광채가 번쩍거리는 것은 금빛 눈동자.

기운차게 애써 으르렁대는 것은 목구멍 소리, 이윽고 터져 나온 것은 무시무시한 고함 소리.

"거기들 가만 있거라! 꼼짝 말고 가만 있어! 나는 다른 사람이 아니라, 바로 황풍대왕님의 부하 전로선봉(前路先鋒)이시다. 이제 대왕님의 지엄하신 명령을 받들어 이 산을 순찰하여 변변치 못한 인간 몇 놈 붙잡아다 술안주감으로 쓰려던 참이었는데, 네놈들 마침 잘 걸렸다! 도대체 네놈은 어디서 굴러 들어온 화상이기에 다짜고짜 병기를 휘둘러 무엄하게도 이 어르신을 건드리는 거냐?"

저팔계도 지지 않고 맞대거리로 욕설을 퍼부었다.

"이 못된 짐승 놈아! 날 몰라보다니, 무식하기 짝이 없는 놈이로구나. 우리가 그저 변변치 못하게 길 가는 나그네들인 줄 아느냐? 우리는 동녘 땅 대당나라에서 천자 폐하의 칙명을 받들고 서방 세계로 부처님을 찾아뵙고 경을 얻으러 가는 사람들이다. 그만큼 알았으면 우리 사부님이 놀라지 않으시도록 멀찌감치 피해서 길을 틔워라! 그렇다면 네 목숨 하나 용서해주겠다만, 지금처럼 함부로 날뛴다면, 이 쇠스랑으로 네놈을 단 한 대에 요절내고 말 것이다!"

그러나 요괴한테는 그 말이 먹혀 들어갈 턱이 없다. 호랑이 요괴는 우뚝 서 있던 자세를 버리고 급작스레 앞으로 내닫더니 두 발톱으로 저팔계의 면상을 할퀴려 했다. 저팔계는 황급히 몸을 빼어 피하는 것과 동시에 쇠스랑을 휘둘러 맞받아쳤다. 요괴는 수중에 병기가 없는 터라, 그 공세를 막아내지 못하고 잽싸게 돌아서서 산비탈 아래쪽으로 도망치기 시작했다. 저팔계는 놓칠세라 쇠스랑을 휘둘러가며 바싹 뒤쫓았다. 요괴는 으슥한 돌무더기 틈에서 적동도(赤銅刀) 두 자루를 꺼내더니, 다시 한 번 돌아서서 반격해 나왔다. 이리하여 저팔계와 요괴 둘은 비탈진 산등성이에서, 하나는 올려치고 하나는 내리받아 치면서 무서운 기세로 엎치락뒤치락해가며 사납게 격돌했다.

싸움터 한 곁으로 밀려났던 손행자가 그제야 팔뚝을 걷어붙이고 나섰다. 싸움판에 나서기 직전에 그는 먼저 스승에게 당부하는 말을 잊지 않았다.

"사부님, 겁내지 마시고, 잠깐만 여기 앉아 기다리십쇼. 이 손선생이 팔계 녀석을 도와 저놈의 요괴를 때려잡고 오겠습니다."

삼장 법사는 맏제자의 말대로 길 한 곁에 와들와들 떨리는 몸을 앉히고, 그저 입 속으로 중얼중얼 『다심경』을 외기 시작했다.

이윽고 손행자가 저 무시무시한 여의금고봉 자루를 단단히 움켜잡고 뒤쫓아 나가면서 호통을 질렀다.

"자아, 여기 또 왔다! 그놈 잡아라!"

그러나 이 무렵, 저팔계는 신바람이 날 대로 나서 무서운 기세로 들이쳐 이미 요괴를 궁지에 몰아넣고 있었다. 이런 판국에 또 응원군마저 가세를 했으니, 요괴 한 마리가 그것을 무슨 수로 당해낼 수 있으랴. 요괴는 견디지 못하고 몸을 빼더니 필사적으로 도망치기 시작했다.

"놓치지 말아! 무슨 일이 있어도 따라붙어!"

사형의 고함 소리에 저팔계는 용기 백배, 쇠스랑을 휘둘러가며 요괴의 뒤를 추격했다. 손행자도 철봉을 잡고 그 뒤를 바짝 따라붙었다. 요괴는 당황한 나머지 더 이상 도망칠 생각을 버리고, 그 자리에서 한 바퀴 뒹굴더니, 이른바 가을 매미 허물 벗는다는 '금선탈각지계(金蟬脫殼之計)'를 써서 본상을 드러냈다. 본래의 모습은 물으나마나, 역시 한 마리의 사나운 맹호였다. 호랑이 요괴는 추격자들의 모습이 눈에 들어오자, 다시 한 번 앞가슴부터 아랫배까지 날카로운 발톱으로 부욱 그어 내려 껍질을 훌떡 벗어 가지고 곁에 있는 바위 더미에 덮어씌웠다. 그리고 자신은 일진광풍으로 화하더니, 첫 싸움이 벌어졌던 산비탈 길로 휑하니 되돌아갔다. 그런데 이게 웬 떡이냐. 산비탈에 거의 다가서서 보니, 또 한 명의 화상이 길바닥에 주저앉아 무엇인가 중얼중얼 외고 있는 것이 아닌가?

가련하다, 삼장 법사! 강류승 시절에 얼마나 파란 많은 운명을 타고났기에,

적멸도의 문중에서 또 이다지 공덕을 이루기 어렵단 말인가.

길 곁에서 『다심경』을 외면서 제자들이 돌아오기만을 기다리던 삼장 법사, 느닷없이 들이닥친 돌개바람에 휩쓸려 허공으로 솟구친 다음, 영문도 모른 채 정신없이 어디론가 끌려가고 말았다.

삼장을 낚아챈 요괴는 동굴 어구 앞까지 와서 미치광이 돌개바람을 거두고 문지기 졸개한테 외쳤다.

"얼른 들어가서 대왕님께 보고해라! 전로 호선봉이 중을 한 놈 붙잡아 가지고 문밖에서 명령을 기다리고 있노라고 말이다."

이윽고 동굴 주인이 전령을 내보내 들어오라고 알렸다. 호선봉은 양 옆구리에 적동도 두 자루를 끼어 차고 두 손으로 당나라 스님을 떠받든 채 앞으로 나아가 무릎 꿇었다.

"대왕님, 명령대로 산중에 순찰을 나갔다가 우연히 이놈의 화상과 마주쳤습니다. 얘기인즉, 동녘 땅 대당나라 천자와 의형제를 맺은 삼장 법사라는데, 서방 세계로 부처님을 뵙고 경을 얻으러 가는 길에 운수 나쁘게도 제 손에 걸린 겁니다. 그래서 대왕님께서 한 끼니 반찬거리로 쓰시라고 이렇게 가져왔습니다."

동굴 주인은 그 말을 듣고 깜짝 놀라 물었다.

"지난번 소문을 들으니, 삼장 법사는 당나라 황제의 뜻을 받들어 불경을 가지러 가는 신승으로서, 그 밑에 제자가 하나 있는데 이름이 손행자요, 신통력이 대단히 크고 넓을 뿐 아니라 꾀도 무척 잘 쓰는 놈이라고 했다. 그런데 네가 어떻게 이 화상을 쉽사리 잡아올 수 있었는지 모르겠구나."

호선봉이 보고 들은 대로 대답한다.

"이놈에게는 제자가 둘이 있습니다. 먼저 저하고 싸운 녀석은 이빨 아홉 달린 쇠스랑을 쓰는데, 주둥이가 삐죽 나오고 두 귀가 엄청나게 컸습니다. 또 한 녀석은 금고 철봉을 쓰는데, 눈알이 시뻘겋게 핏발이 서고 눈동자는 금빛으로 생겨먹었습니다. 이 두 놈이 한꺼번에 저 하나를 쫓아와 싸우기에, 제가 '금선탈각계'를 써서 따돌리고 말았습니다. 돌개바람으로 변해 허공에 솟구쳐서 돌아오는 길에 보았더니, 이 화상 혼자 뭔가 중얼거리면서 멍청하니 앉아 있기에, 냉큼 붙잡아온 겁니다. 그래서 이렇게 대왕님을 존경하는 뜻에서 한 끼니 찬거리로 바치오니, 받아 주십시오."

그러자 동굴 주인은 절레절레 도리질을 했다.

"아니지! 저것을 지금 당장 잡아먹어서는 안 된다."

"대왕님, 그게 무슨 말씀이십니까? 눈앞에 맛좋은 음식을 놓고 안 잡수시겠다니, 그건 잘못하시는 겁니다."

"네가 모르고 하는 소리다. 저것을 잡아먹기는 어려운 노릇이 아니다만, 그 제자 두 놈이 내 집 문전에 쳐들어와서 시끄럽게 굴면 여간 성가시지 않을 것이다. 아무튼 저것을 뒤뜰에 있는 정풍주(定風柱) 말뚝에다 묶어두어라. 한 사날쯤 지난 다음에 그 두 놈이 와서 시끄럽게 굴지 않게 되거든 그때 가서 잡아먹기로 하자꾸나. 그렇게 되면 저것의 고기도 깨끗해져 있을 테고, 또 남의 구설수에도 오르내리지 않게 될 터이니, 우리 마음대로 삶든지 굽든지 지지고 볶든지 느긋이 요리해 먹어도 늦지 않을 게 아니냐?"

호선봉은 그 말을 듣고 크게 기뻐했다.

"멀리 내다보시고 하는 대왕님의 그 말씀, 일리가 있습니다!"

그는 즉시 부하들에게 분부를 내렸다.

"얘들아! 저것을 끌어다가 대왕님 말씀대로 정풍주에 결박지어라."

곁에 지켜 서 있던 졸개 7, 8명이 우르르 달려들더니, 마치 송골매가 병아리 낚아채듯 당나라 스님을 거뜬히 떠메다가 밧줄로 친친 동여매었다.

사나운 팔자를 타고난 강류승, 그저 그리운 것이라곤 맏제자 손오공이요, 재앙에 부닥친 신승, 그저 생각나는 것은 둘째 제자 저오능뿐이다.

"제자들아! 너희들은 지금 어느 산 구석에서 요괴를 항복시키겠다고 헤매느냐? 마귀한테 붙잡힌 나는 이렇게 끌려와서 모진 고통을 받고 있는데…… 어떻게 하면 너희들을 만나볼 수 있단 말이냐? 정말 괴롭고 힘들구나. 너희들이 빨리 오면 내 목숨을 구할 수 있겠다만, 조금이라도 늦는다면 나는 견뎌내지 못하고 죽을 것이다!……"

탄식 한 번에 넋두리 한마디, 주르르 흘러내리기 시작한 눈물이 마침내는 비 오듯이 펑펑 쏟아져 내린다.

한편, 비탈진 언덕 아래까지 요괴의 뒤를 쫓아간 손행자와 저팔계는 얼룩 무늬 호랑이가 절벽 밑에 도사려 앉아 있는 것을 발견하고, 한꺼번에 달려들어 인정사정없이 공격을 퍼부어댔다. 먼저 들이친 것은 손행자의 철봉, 있는 힘껏 한 대를 후려 때리고 났더니 여의금고봉은 불티와 함께 도로 튕겨나오고, 그 탄력에 제 손목만 저릿저릿 아파온다. 그 뒤를 이어서 저팔계의 쇠스랑이 "푹!" 하고 내리 찔렀으나, 그 역시 불똥을 튀겨내면서 아홉 이빨이 한꺼번에 도로 튕겨나왔다. 그제야 정신을 차리고 보니, 산 호랑이가 아니라 바위 더미에 호랑이 껍질을 씌워 놓은 것이 아닌가?

손행자는 깜짝 놀랐다.

"아뿔싸, 큰일났구나! 이거 큰일났어!…… 그놈의 잔꾀에 넘어가고 말았구나!"

미련한 저팔계가 어리둥절하게 묻는다.

"잔꾀에 넘어가다니, 그게 무슨 소리요?"

"이건 '가을 매미 허물 벗기' 술법으로 '금선탈각지계'라고 하는 걸세. 그놈의 요괴가 껍질을 훌떡 벗어 이 바위더미에 씌워놓고 살짝 빠져 도망친 것이란 말일세. 우리 빨리 돌아가세. 제발 덕분에 사부님이 그놈의 마수에 걸리지 않았는지 가보아야겠네."

두 사람이 헐레벌떡 돌아와보니, 아니나 다를까 삼장은 벌써 어디로 갔는지 온데간데없고 하다못해 그림자조차 보이지 않는다. 손행자는 발을 동동 굴러가며 벼락치듯 큰 소리로 악을 썼다.

"아아! 어쩌면 좋으냐? 사부님은 벌써 그놈한테 붙잡혀 가셨구나!"

저팔계가 말고삐를 끌고 왔다. 두 눈에 방울방울 눈물이 맺혀 있다.

"하느님 맙소사!…… 어딜 가서 우리 사부님을 찾을꼬?"

손행자는 고개를 번쩍 들고 저팔계를 달랬다.

"울지 말게! 울지 말아! 자네가 울면 내 기운이 떨어지네. 어차피 이 산 속에서 벌어진 일이니까, 여기 어딘가 살아 계실 걸세. 우리 어서 찾아 나서기로 하세!"

이리하여 두 사람은 삼장을 찾아 산속 깊숙이 뛰어들었다. 가파른 언덕을 가로지르고 영마루를 넘어서 한참 동안 정신없이 나가다 보니, 벼랑 아래 동굴 하나가 불쑥 튀어나와 있다. 두 사람은 걸음을 멈추고 동굴 주변을 바라보았다. 과연 요괴 마귀들이나 살고 있을 성싶은 험준하고도 음산하기 짝이 없는 흉지였다.

첩첩이 포개 얹힌 높고 험악한 산, 칼끝보다 더 뾰족한 봉우리, 굽이굽이 산등성이를 감돌고 뻗어 나가는 황량한 옛길.

짙푸른 숲 속 취록색 대나무는 의연하게 부드러운데, 연록색 버드나무와 벽오동은 산들바람 결에 하늘하늘 여려 보인다.

절벽 밑에는 기암괴석이 쌍쌍으로 마주 뒹굴고, 숲 속 으슥한 구석에는 날짐승 떼가 쌍쌍이 짝을 이루었다.

골짜기 시냇물은 멀리 흘러 석벽을 감돌아 나가고, 산중턱 샘물은 방울방울 떨어져 모래 방죽에 번진다.

들판 위에 구름은 조각조각 떠돌고, 기화요초는 무성할 대로 무성하게 웃자랐다.

요망한 여우, 교활한 산토끼는 갈팡질팡 어지러이 넘나들고, 큰뿔사슴과 사향노루는 저들끼리 용맹을 뽐내어 다툰다.

깎아지른 절벽에 만년 묵은 등나무 덩굴이 비스듬히 얽혀 있고, 깊은 구렁텅이에는 천년 묵은 잣나무가 절반쯤 위태롭게 걸려 있다.

까마득히 솟구친 봉우리는 화악(華岳)이 아닌가 속을 만하고, 들꽃 지고 산새 지저귀는 소리 천태산(天台山)[3]에 견줄 만하다.

손행자가 팔계에게 당부를 한다.

"여보게 아우, 자네 그 짐짝을 어디 바람 없는 계곡 으슥한 곳에 감추어두고, 백마는 나돌아다니지 못하게 이 부근에다 풀어놓게. 이 손선생이 저놈들의 문턱에 가서 싸움을 걸어볼 테니까, 자네는 여기서 기다

---

3 화악·천태산: 화악은 지금의 섬서성(陝西省) 화음현(華陰縣) 남쪽에 위치한 산악. 일명 태화산(太華山), 서악(西岳)이라고도 부른다. **천태산**은 지금의 절강성(浙江省) 천태현(天台縣) 성 북쪽에 위치한 산으로, 불교 사원 등 많은 명승 고적이 있다.

리고 있게. 내 반드시 그놈들을 잡아 끓여놓고 사부님을 구해내고야 말겠네."

"그런 분부는 집어치우고, 어서 가보기나 하시우."

손행자는 직철 자락을 훌쩍 걷어올리고 호랑이 가죽 치마를 단단히 동여맨 다음, 철봉 자루를 고쳐 잡고 단숨에 동굴 문 앞까지 쳐들어갔다. 돌 문짝 위를 바라보았더니, 편액에 여섯 글자가 큼지막하게 씌어 있다.

황풍령 황풍동(黃風嶺 黃風洞)

손행자는 두 발을 '정(丁)'자로 떡 버티고 서서 철봉을 짚고 냅다 고함을 질렀다.

"요괴야! 이놈의 동굴을 홀러덩 뒤집어놓기 전에, 우리 사부님을 냉큼 내보내드리지 못하겠느냐! 말을 듣지 않으면, 네놈들이 사는 이곳을 짓밟아 평지로 만들어버릴 테다!"

문을 지키고 있던 새끼 요괴들이 고함 소리를 듣고 겁을 집어먹은 나머지, 부들부들 떨면서 동굴 안 깊숙이 뛰어들어가 급보를 알렸다.

"대왕님, 큰일났습니다!"

황풍동의 주인 황풍괴(黃風怪)가 천연덕스레 앉아서 묻는다.

"큰일나다니, 무슨 일이냐?"

"동굴 문 밖에 뇌공처럼 주둥이가 뾰족 나온 털북숭이 화상 한 놈이 손에 밥공기 둘레만큼이나 굵다란 철봉을 잡고 버텨 서서, 자기네 사부님을 내놓으라고 호통을 치고 있습니다."

깜짝 놀란 동굴 주인은 사뭇 긴장된 기색으로 즉시 호선봉을 불러들였다.

"내가 너한테 산속을 순찰하라고 내보냈으면, 들소나 멧돼지, 살찐 사슴, 면양 따위나 잡아올 것이지 어쩌자고 저 당나라 스님을 잡아왔느냐? 공연히 벌집을 건드려서 그놈의 제자들이 여기까지 찾아와 시끄럽게 굴도록 만들었으니, 도대체 이 노릇을 어쩔 것이냐?"

그러자 호선봉은 느긋하게 호언장담을 했다.

"대왕님, 마음 턱 놓으시고 진정하십쇼. 저를 내보내주신다면, 아무 걱정 근심 없게 해드리겠습니다. 제가 별로 지닌 재주는 없사오나, 소교(小校) 오십 명만 주신다면 손행자인가 뭔가 하는 놈까지 붙잡아서 술안주감으로 삼겠습니다."

심복이 큰소리를 치니, 동굴 주인도 승낙해줄 도리밖에 없다.

"오냐, 오냐, 좋다! 이 산에 크고 작은 우두머리를 빼놓고도 소교가 육칠백 명은 너끈히 되니, 네 마음대로 골라서 데리고 나가거라. 그놈의 손행자를 처치해야만 우리가 마음놓고 저 당나라 중의 고기 맛을 볼 수 있을 게다. 그렇게만 된다면 내가 너하고 의형제를 맺으마. 허나 반대로 그놈을 잡지 못하고 네가 다치기라도 하는 날에는 내 원망일랑 하지 말아라."

"아무렴, 그저 마음 푹 놓고 계십쇼! 마음 푹 놓고 기다리기만 하시면 됩니다! 그럼 다녀오겠습니다."

동굴 주인 앞에서 큰소리를 텅텅 치고 물러나온 호선봉, 그 즉시 50마리의 중견급 졸개들을 가려 뽑아 거느리고 출전하는데, 양 옆구리에는 적동도 두 자루를 차고 부하들을 시켜서 북 치고 깃발 휘둘러가며 기세등등하게 동굴 바깥으로 뛰쳐나갔다.

"이 원숭이 같은 놈아! 너는 어디서 빌어먹다 온 화상이냐? 감히 여기가 어디라고 찾아와서 무엇이 어쨌다고 따따부따 큰소리쳐가며 시비를 거는 게냐?"

한참 기다리고 있던 손행자가 버럭 고함쳐 꾸짖는다.

"제 손으로 제 껍질 벗기는 이 짐승 놈아! 어디서 그 따위 돼먹지 못한 탈각술법(脫殼術法)을 부려 가지고 우리 사부님을 잡아가더니, 도리어 날더러 뭘 하러 왔느냐? 너 이놈! 우리 사부님을 냉큼 내보내드려라. 그렇게 한다면 네놈의 그 목숨만은 살려줄 테다!"

호선봉도 만만치 않게 응수한다.

"그래, 네놈의 사부는 내가 잡아왔다! 우리 대왕님께 술안주감으로 한 끼니 대접해드리려고 말이다. 어쩔 테냐? 그런 줄 알았으면 어서 순순히 돌아가거라! 안 그랬다가는 네놈까지 붙잡아 한꺼번에 잡아먹을 테다. 이야말로 '물건 한 개 사면 덤으로 하나 더 얻는다'는 격이 아닌가?"

이건 듣자 듣자하니 속에서 울화가 불끈 치밀어 오른다. 돌덩어리가 아니라 강철보다 더 단단한 어금니를 뿌드득 갈아붙이고 시뻘겋게 핏발 선 고리눈을 딱 부릅뜬 손행자, 철봉을 정수리 꼭대기까지 높다랗게 치켜들고 대갈일성, 엄하게 호통을 쳤다.

"너 이놈! 네가 얼마나 많은 수단이 있기에 감히 그 따위로 큰소리를 치느냐? 꼼짝 말고 이 철봉이나 받아랏!"

벼락 때리듯 들이치는 여의금고봉, 호선봉도 질세라 재빨리 두 자루 적동도를 잇길려 믹아냈다.

과연 이 한 판 싸움이 좋게 끝나기를 바란다면 어리석은 노릇, 두 적수는 저마다 위력을 한껏 드러내면서 살기등등하게 맞붙어 싸웠다.

요괴가 진짜 거위 알이라면, 손오공은 돌에서 태어난 거위 알.
하찮은 구리칼로 미후왕의 철봉을 막아내다니, 이건 숫제 달걀로 돌덩어리 치는 격이라네.

까마귀 참새가 어찌 봉황과 다투려 하며, 비둘기가 어찌 감히 새매의 적수가 되랴?

요괴가 바람을 뿜어 온 산을 잿더미로 만들면, 손오공은 안개 구름 토하여 해를 가린다.

오락가락 일진일퇴, 삼 합도 못 견뎌, 호선봉은 허리뼈가 흐물흐물해지고 맥이 다 빠진다.

훌쩍 몸을 돌려 달아났으면 오죽 좋으랴만, 손오공이 한사코 윽박질러 몰아붙이니 이를 어쩌랴!

마침내 호선봉은 더 감당할 길이 없어 도망을 치고 말았는데, 애당초 떠날 때에 동굴 주인 면전에서 큰소리 탕탕 치고 나선 몸이라, 동굴로 되돌아가지는 못하고 기껏 방향을 정한다는 것이 비탈진 산등성이 언덕이었다. 철봉의 무시무시한 공격에서 가까스로 빠져나온 요괴는 목숨 하나 건져보려고, 다리야 날 살려라 필사적으로 달아났다. 허나 손행자가 그대로 놓아보낼 턱이 없다. 그는 철봉을 손에 거머쥔 채 무서운 속도로 뒤쫓으면서 고래고래 악을 써가며 바람막이 계곡까지 추격해 들어갔다. 계곡이 점점 가까워지면서 고개를 들어보니, 때마침 저팔계가 말을 풀어놓고 서성거리며 쉬고 있는 모습이 눈에 들어왔다.

"저놈 잡아라! 팔계야, 놓치지 말아라!"

목이 터져라 외쳐대는 소리가 요괴를 앞질러 저팔계의 귀에도 들렸다. 이게 웬 고함 소리인가 싶어 무심결에 홀끗 뒤돌아보았더니, 요괴란 놈은 헐레벌떡 쫓겨오고 그 뒤에는 사형이 고래고래 악을 쓰면서 쫓아오고 있다. 저팔계는 말고삐를 내던져놓고 쇠스랑을 번쩍 들어 요괴의 정수리를 비스듬히 내리찍었다. 뒤에서 쫓아오는 추격자에게만 온 정신이 팔려 있던 요괴 호선봉, 달아나는 길 앞에 또 다른 적수가 있으리라

곧 어디 꿈에나 생각해보았으랴. 이야말로 고기잡이 그물을 벗어났다 싶었을 때 어부와 맞닥뜨리는 격이라, 불쌍한 호선봉은 느닷없이 내리찍는 저팔계의 쇠스랑에 찍혀⁴ 머리통에 아홉 구멍이 뚫리고, 선지피를 뭉클뭉클 쏟아내면서 거꾸러지고 말았다. 박살이 난 두개골에서 흘러나온 뇌수가 흙바닥에 스며들다가 이내 말라붙었다.

저팔계의 공로를 증명하는 이런 시구가 있다.

    4, 5년 전에 올바른 길로 돌아서서, 소식의 계율을 지키고 참된 공(空)을 깨우치더니,
    정성을 다하여 당나라 스님을 보호하다가, 처음으로 사문(沙門)을 위해 이 공을 세웠다네.

저팔계는 한 발로 죽어 널브러진 호선봉의 등줄기 뼈를 밟고 두 손으로 쇠스랑을 수레바퀴 돌리듯 휘둘러가며 연거푸 몇 차례나 더 찍어댔다. 그제야 달려온 손행자, 저팔계가 한 일을 보고 크게 기뻐 어쩔 줄을 몰랐다.

"아우님! 바로 그거야! 이놈이 졸개 수십 마리를 몰고 와서 덤벼들었지만, 어딜 감히 이 손선생의 상대가 되겠나? 그래서 나한테 혼쭐나게 되니까, 동굴 속으로는 뺑소니 치지 못하고 이리로 도망쳐왔는데, 그게 자네 손에 맞아 죽으려고 온 셈이 되었군그래! 여기로만 오지 않았던들 벌써 딴 데로 빠져 목숨을 건졌을 텐데 말씀이야."

"돌개바람을 일으켜서 사부님을 잡아간 놈이 바로 이 녀석이었

---

4 쇠스랑에 찍혀: '찍다'의 동사 '축(築)'은 회안(淮安) 지방 사투리. 쇠스랑의 이빨이 신체에 깊숙이 찌르고 들어가 낚싯바늘처럼 근육을 옭아내어 파괴시킨다는 방언으로, 『서유기』에서 주로 많이 쓰이는 특유한 품사다.

소?"

"맞았네! 바로 그놈일세."

"이 녀석한테 사부님이 어디 계신지 알아보기는 했소?"

"물론이지! 그 요괴 놈은 사부님을 황풍동이란 동굴 속에 잡아다 놓고 무슨 대왕인지 뭔지 하는 녀석에게 한 끼니 술안주감으로 대접하겠다고 그러더군. 내가 그 말을 듣고 약이 올라서 그놈을 들이치다가 여기까지 쫓아오게 된 걸세. 그것이 도리어 자네 손에 목숨을 갖다 바친 꼴이 되고 만 거야. 여보게, 이 공로야말로 자네 것일세. 자네는 계속 여기서 말과 짐짝을 지키고 있게나. 내가 이 요괴의 시체를 끌고 동굴 입구까지 가서 다시 한 번 싸움을 걸어보겠네. 무슨 일이 있어도 그 늙은 놈의 요괴를 붙잡아야만 사부님을 구해낼 수 있으니까 말일세."

"형님 말씀이 옳소. 만약 그 늙은 요괴와 싸워서 이기거든 그놈마저 이리로 몰고 오시구려. 이 저선생이 기다렸다가 방금 이놈처럼 묵사발을 만들어놓을 테니까."

대담한 손행자, 한 손으로 철봉을 짚고, 또 한 손으로는 죽은 호랑이의 시체를 질질 끌어가며 동굴 입구에 당도했다.

삼장 법사 재난에 부닥쳐 요괴를 만났더니, 정(情)과 성(性)이 서로 화합하여 어려운 요마를 항복시킨다네.

과연 손행자가 이번 길에서 요괴를 굴복시키고 당나라 스님을 구해낼 수 있을 것인지, 다음 회에서 풀어보기로 하자.

■ 서유기─총 목차

제1권 제1회~제10회

옮긴이 머리말

제1회　신령한 돌 뿌리를 잉태하니 수렴동 근원이 드러나고, 돌 원숭이는 심령을 닦아 큰 도를 깨치다 · 31

제2회　스승의 참된 묘리를 철저히 깨치고 근본에 돌아가, 마도(魔道)를 끊고 마침내 원신(元神)을 이룩하다 · 63

제3회　사해 바다 용왕들과 산천이 두 손 모아 굴복하고, 저승의 생사부에서 원숭이 족속의 이름을 모조리 지우다 · 94

제4회　필마온의 벼슬이 어찌 그 욕심에 흡족하랴, 이름은 제천대성에 올랐어도 마음은 편치 못하다 · 125

제5회　제천대성이 반도대회를 어지럽히고 금단을 훔쳐 먹으니, 제신(諸神)들이 천궁을 뒤엎어놓은 요괴를 사로잡다 · 155

제6회　반도연에 오신 관음보살 난장판이 벌어진 연유를 묻고, 소성(小聖) 이랑진군, 위세 떨쳐 손대성을 굴복시키다 · 185

제7회　제천대성은 팔괘로 속에서 도망쳐 나오고, 여래는 오행산 밑에 심원(心猿)을 가두다 · 215

제8회　부처님은 경전을 지어 극락 세계에 전하고, 관음보살 법지를 받들어 장안성 가는 길에 오르다 · 243

제9회　진광예(陳光蕊)는 부임 도중에 횡액을 당하고, 그 아들 강류승(江流僧)은 아비의 원수를 갚고 근본을 되찾다 · 276

제10회　어리석은 경하 용왕 치졸한 계략으로 천조(天曹)를 어기고, 승상 위징은 서찰을 보내어 저승의 관리에게 청탁을 하다 · 308

제2권 제11회~제20회

제11회 저승 세계를 두루 유람하던 태종의 혼백이 돌아오고, 염라대왕에게 호박을 바치러 죽어간 유전(劉全)은 새로운 배필을 얻다 · 17

제12회 태종이 정성으로 수륙대회 베풀어 불도를 선양하니, 관세음보살이 현성(顯聖)하여 금선 장로를 깨우치다 · 53

제13회 호랑이 굴에 빠진 삼장 법사, 태백금성이 액운을 풀어주고, 쌍차령에서 유백흠이 삼장 법사 가는 길을 만류하다 · 98

제14회 심성을 가라앉힌 원숭이 정도(正道)에 귀의하니, 마음을 가리던 육적(六賊)도 흔적 없이 스러지다 · 127

제15회 신령들은 사반산에서 남모르게 삼장을 보호하고, 응수간의 용마는 소원 이뤄 재갈을 물리다 · 164

제16회 관음선원의 승려들 보배를 탐내어 음모를 꾸미고, 흑풍산의 요괴가 그 틈에 금란가사를 도둑질하다 · 196

제17회 손행자는 흑풍산에서 일대 소동을 일으키고, 관음보살은 흑곰의 요괴 굴복시켜 거두다 · 231

제18회 당나라 스님은 관음선원의 재난에서 벗어나고, 손대성은 고로장(高老莊)에서 요마를 없애러 나서다 · 270

제19회 운잔동에서 오공은 팔계를 굴복시켜 받아들이고, 삼장 법사는 부도산에서 『심경(心經)』을 받다 · 295

제20회 황풍령(黃風嶺)에서 당나라 스님은 재난에 봉착하고, 저팔계는 산허리에서 사형과 첫 공로를 앞다투다 · 327

제3권 제21회~제30회

제21회 호법 가람은 술법으로 집 지어 손대성을 묶게 하고, 수미산의 영길보살(靈吉菩薩)은 황풍괴를 제압하다 · 17

제22회 저팔계는 유사하(流沙河)에서 일대 격전을 벌이고, 목차 행자는 법지를 받들어 사오정을 거두어들이다 · 47

제23회 삼장은 부귀영화, 여색의 시련에 본분을 잊지 않고, 네 분의 성신(聖神)은 일행의 선심(禪心)을 시험해보다 · 77

358

제24회 만수산의 진원 대선은 옛 친구 삼장을 머물게 하고, 손행자는 오장
관에서 인삼과(人蔘果)를 훔쳐먹다 · 111

제25회 진원 대선은 경을 가지러 가는 스님을 뒤쫓아 잡고, 손행자는 오장
관을 뒤엎어 난장판으로 만들다 · 142

제26회 손오공은 인삼과 처방을 구하러 삼도(三島)를 헤매고, 관세음보살
은 감로(甘露)의 샘물로 나무를 살려내다 · 175

제27회 시마(屍魔)는 당나라 삼장을 세 차례나 농락하고, 성승(聖僧)은 미
후왕의 처사를 미워하여 쫓아내다 · 207

제28회 화과산의 요괴들이 다시 모여 세력을 규합하고, 삼장 일행은 흑송
림(黑松林)에서 마귀와 부닥치다 · 239

제29회 강류승은 재난에서 벗어나 보상국으로 달아나고, 저팔계는 사오정
을 희생시켜 숲속으로 뺑소니치다 · 269

제30회 사악한 마도(魔道)는 정법(正法)을 침범하고, 심성을 지닌 백마는
원숭이 임금을 그리워하다 · 297

제4권 제31회~제40회

제31회 저팔계는 의리를 내세워 미후왕을 격분시키고, 손행자는 지혜로써
요괴의 항복을 받아내다 · 17

제32회 평정산에서 일치 공조(日値功曹)는 소식을 전해주고, 미련한 저팔
계는 연화동(蓮花洞)에서 봉변을 당하다 · 56

제33회 외도(外道)는 진성(眞性)을 미혹하고, 원신(元神)은 본심(本心)을
도와주다 · 92

제34회 마왕은 교묘한 계략으로 원숭이 임금을 곤경에 빠뜨리고, 제천대성
은 사기 쳐서 상대편의 보배를 가로채 달아나다 · 128

제35회 외도(外道)는 위세 부려 올바른 심성을 업신여기고, 심원(心猿)은
보배 얻어 사악한 마귀를 굴복시키다 · 162

제36회 영악한 원숭이는 고집스런 승려들을 굴복시키고, 좌도 방문을 깨뜨
려 견성명월(見性明月)에 잠기다 · 193

제37회 임금은 귀신이 되어 한밤중에 당 삼장을 만나뵙고, 손오공은 입제
화로 변신하여 젊은 태자를 유인하다 · 226

제38회 젊은 태자는 모친에게 물어 정(正)과 사(邪)를 알아내고, 두 제자는 우물 용왕을 만나보고 진위(眞僞)를 가려내다 · 263

제39회 천상에서 한 알의 단사(丹砂)를 얻어 내려오고, 죽은 지 3년 만에 임금은 이승에 다시 살아나다 · 296

제40회 어린것에게 농락당하여 선심(禪心)이 흐트러지니, 세 형제는 각오를 새롭게 다지고 분발 노력하다 · 331

제5권 제41회~제50회

제41회 손행자는 삼매진화(三昧眞火)에 참패를 당하고, 저팔계는 구원을 청하려다 마왕에게 사로잡히다 · 17

제42회 제천대성은 정성을 다하여 남해 관음을 찾아뵙고, 관세음보살은 자비를 베풀어 홍해아를 잡아 묶다 · 52

제43회 흑수하(黑水河)의 요얼(妖孼)이 당나라 스님을 잡아가고, 서해 용왕의 마앙 태자는 타룡(鼉龍)을 사로잡아 돌아가다 · 88

제44회 삼장 일행이 강제 노역을 하는 승려들과 마주치고, 심성 바른 손행자, 요망한 도사의 정체를 간파하다 · 124

제45회 손대성은 삼청관 도사들에게 이름을 남겨두고, 원숭이 임금은 차지국 왕 앞에서 법력을 과시하다 · 159

제46회 외도(外道)가 강한 술법으로 농간 부려 정법(正法)을 업신여기니, 심원(心猿)은 성스러운 법력으로 사악한 도사들을 파멸시키다 · 193

제47회 성승(聖僧)의 밤길이 통천하(通天河) 강물에 가로막히고, 손행자와 저팔계는 자비심을 베풀어 동남동녀를 구하다 · 229

제48회 마귀가 찬 바람으로 농간 부리니 폭설이 나부끼는데, 스님은 서방 부처 뵈올 마음에 층층 얼음길 내딛다 · 263

제49회 삼장 법사 재난을 만나 통천하 수택(水宅)에 잠기고, 구고구난(救苦救難) 관음보살 어람(魚籃)을 드러내다 · 296

제50회 성정(性情)이 흐트러짐은 탐욕(貪慾)에서 비롯되며, 심신(心神)이 동요를 일으키니 마두(魔頭)와 만나다 · 331

제6권 제51회~제60회

제51회 심원(心猿)이 온갖 계책을 다 썼으나 모두가 헛수고요, 수공(水攻) 화공(火攻)으로도 마귀를 제압하지 못하다 · 17

제52회 손오공은 금두동에 들어가 한바탕 뒤집어엎고, 석가여래는 마왕의 주인을 넌지시 일러주다 · 52

제53회 삼장은 자모하(子母河) 강물을 잘못 마셔 잉태하고, 사화상은 낙태천의 샘물 떠다가 태기(胎氣)를 풀다 · 85

제54회 서쪽으로 들어선 삼장 법사는 여인국에 봉착하고, 심원(心猿)은 계략을 세워 여난(女難)에서 벗어나다 · 121

제55회 색마는 음탕한 수단으로 당나라 삼장 법사를 농락하고, 삼장은 성정(性情)을 지켜 원양(元陽)을 깨뜨리지 않다 · 153

제56회 손행자는 미쳐 날뛰어 산적떼를 때려죽이고, 삼장 법사는 미혹에 빠져 심원(心猿)을 추방하다 · 188

제57회 진짜 손행자는 낙가산의 관음보살에게 하소연하고, 가짜 원숭이 임금은 수렴동에서 또 가짜를 찍어내다 · 223

제58회 마음이 둘로 갈리니 건곤(乾坤)을 크게 어지럽히고, 한 몸으로는 참된 적멸(寂滅)을 수행하기 어렵다 · 252

제59회 당나라 삼장은 화염산(火焰山)에 이르러 길이 막히고, 손행자는 속임수를 써서 파초선을 처음 빼앗다 · 282

제60회 우마왕(牛魔王)은 싸우다 말고 잔치판에 달려가고, 손행자는 두번째로 사기 쳐서 파초선을 손에 넣다 · 316

제7권 제61회~제70회

제61회 저팔계가 힘을 도와 우마왕을 패배시키고, 손행자는 세번째로 파초선을 손에 넣다 · 17

제62회 육신의 때를 벗기고 마음 씻어 보탑을 깨끗이 쓸어내고, 요마를 결박지어 주인에게 돌리니 이것이 수신(修身)이다 · 54

제63회 손행자와 저팔계가 두 괴물을 앞세워 용궁을 뒤엎으니, 이랑현성 일행이 도와 요괴들을 없애고 보배를 되찾다 · 85

제64회 형극령(荊棘嶺) 8백 리 길에 저오능이 애를 쓰고, 목선암(木仙庵)에서 삼장 법사는 시(詩)를 논하다 · 118

제65회 사악한 요마는 가짜 소뇌음사(小雷音寺)를 세워놓고, 스승과 제자 네 사람은 모두 큰 횡액(橫厄)에 걸려들다 · 157

제66회 제신(諸神)들은 잇따라 독수(毒手)에 떨어지고, 미륵보살(彌勒菩薩)은 요마(妖魔)를 결박하다 · 191

제67회 타라장(駝羅莊)을 구원하니 선성(禪性)이 평온해지고, 더러운 장애물에서 벗어나니 도심(道心)이 맑아지다 · 224

제68회 당나라 스님은 주자국(朱紫國)에서 전생(前生)을 논하고, 손행자는 삼절굉(三折肱)의 진맥 수법으로 의술을 베풀다 · 257

제69회 심보 고약한 원숭이는 한밤중에 약을 몰래 만들고, 국왕은 연회석상에서 사악한 요마 얘기를 털어놓다 · 290

제70회 요마의 보배는 연기, 모래, 불을 뿜어내고, 손오공은 계략을 써서 자금령(紫金鈴)을 훔쳐내다 · 323

제8권 제71회~제80회

제71회 손행자는 거짓 이름으로 늑대 괴물을 굴복시키고, 관세음보살이 현성하여 마왕을 제압하다 · 17

제72회 반사동(盤絲洞) 일곱 요정이 근본을 미혹시키니, 탁구천(濯垢泉) 샘터에서 저팔계가 체통을 잃다 · 55

제73회 원한에 사무친 요괴들은 극독으로 해를 끼치고, 손행자는 요행으로 마귀의 금빛 광채를 깨뜨리다 · 93

제74회 태백장경(太白長庚)은 마귀 두목의 사나움을 귀띔해주고, 손행자는 변화술법을 베풀어 사타동(獅駝洞)에 잠입하다 · 132

제75회 심원(心猿)은 음양 이기병(陰陽二氣瓶)에 구멍을 뚫고, 마왕은 뉘우쳐서 대도(大道)의 진(眞)으로 돌아가다 · 167

제76회 손행자는 뱃속에서 늙은 마귀의 심성을 돌이켜놓고, 저팔계와 더불어 요괴를 항복시켜 정체를 드러내게 하다 · 206

제77회 마귀 떼는 삼장 일행의 본성(本性)을 업신여기고, 손행자는 홀몸으로 석가여래의 진신(眞身)을 뵙다 · 243

제78회 손행자는 비구국 아이들을 불쌍히 여겨 신령을 보내주고, 삼장은 금란전에서 요마를 알아보고 함께 도덕을 따지다 · 281

제79회 청화동(淸華洞)을 찾아서 요괴를 잡으려다 남극수성(南極壽星)을 만나고, 조정에 들어가 군주를 올바로 각성시키고 어린것들의 목숨을 살려내다 · 314

제80회 아리따운 색녀는 원양(元陽)을 기르고자 배필을 구하려 하고, 손행자는 스승을 보호하려 사악한 요물의 정체를 간파하다 · 345

제9권 제81회~제90회

제81회 진해 선림사에서 손행자는 요괴의 정체를 알아보고, 세 형제는 흑송림(黑松林)에서 스승을 찾아 헤매다 · 17

제82회 아리따운 요녀는 삼장에게서 양기를 얻으려 하고, 당나라 스님의 원신(元神)은 끝내 도(道)를 지키다 · 55

제83회 손행자는 여괴(女怪)의 근본 내력을 알아내고, 아리따운 색녀(姹女)는 드디어 본성으로 돌아가다 · 92

제84회 가지(伽持)는 멸하기 어려우니 큰 깨우침을 원만히 이루고, 삭발당한 멸법국왕, 승려의 몸이 되어 본연으로 돌아가다 · 126

제85회 앙큼한 손행자는 저팔계를 시샘하여 골탕먹이고, 마왕은 계략 써서 당나라 스님을 손아귀에 넣다 · 159

제86회 저팔계는 위력으로 도와 괴물을 굴복시키고, 제천대성은 법력을 베풀어 요괴를 섬멸하다 · 194

제87회 하늘을 모독한 죄로 봉선군(鳳仙郡)에 가뭄이 들고, 손대성은 착한 행실 권유하여 단비를 내리게 하다 · 230

제88회 선승(禪僧)은 옥화현(玉華縣)에 이르러 법회를 베풀고, 손행자와 저팔계, 사화상은 첫 문하 제자를 받아들이다 · 261

제89회 황사(黃獅) 요괴는 훔쳐 온 병기 놓고 축하연을 베풀고, 손행자와 저팔계, 사화상은 계략으로 표두산을 뒤엎다 · 292

제90회 스승은 죽절산의 사자 소굴로, 사자 요괴들은 옥화성으로 각각 붙잡혀 가고, 도(道)를 훔치려다 선(禪)에 얽매인 구령원성은 끝내 주인에게 굴복하다 · 319

제10권 제91회~제100회

제91회 금평부(金平府)에서 정월 대보름 연등 행사를 구경하고, 당나라 스님은 현영동(玄英洞)에서 신분을 털어놓다 · 17

제92회 세 형제 스님이 청룡산에서 한바탕 크게 싸우고, 네 별자리는 코뿔소 요괴들을 포위하여 사로잡다 · 48

제93회 급고원(給孤園) 옛터에서 인과(因果)를 담론하고, 천축국 임금을 뵙는 자리에서 배필감을 만나다 · 79

제94회 네 스님은 어화원(御花園)에서 잔치를 즐기는데, 한 마리 요괴는 헛된 정욕을 품고 홀로 기뻐하다 · 108

제95회 거짓 몸으로 참된 형체와 합치려다 옥토끼는 사로잡히고, 진음(眞陰)은 바른길로 돌아가 영원(靈元)과 다시 만나다 · 139

제96회 구원외(寇員外)는 고승을 받아들여 환대하나, 당나라 스님은 부귀영화를 탐내지 아니하다 · 169

제97회 손행자는 은혜 갚으려 악독한 도적들과 마주치고, 신령으로 꿈에 나타나 저승의 원혼을 구원해주다 · 197

제98회 속된 심성이 길들여지니 비로소 껍질에서 벗어나고, 공을 이루고 수행을 채우니 진여(眞如)를 뵙게 되다 · 235

제99회 구구(九九)의 수효를 다 채우니 마겁(魔劫)이 멸하고, 삼삼(三三)의 수행을 마치니 도는 근본으로 돌아가다 · 269

제100회 삼장 법사는 곧바로 동녘 땅에 돌아오고, 다섯 성자는 마침내 진여(眞如)를 이루다 · 294

작품 해설 · 329
부록 · 483

■ 기획의 말

'대산세계문학총서'를 펴내며

근대 문학 100년을 넘어 새로운 세기가 펼쳐지고 있지만, 이 땅의 '세계 문학'은 아직 너무도 초라하다. 몇몇 의미있었던 시도에도 불구하고, 전체적으로는 나태하고 편협한 지적 풍토와 빈곤한 번역 소개 여건 및 출판 역량으로 인해, 늘 읽어온 '간판' 작품들이 쓸데없이 중간되거나 천박한 '상업주의적' 작품들만이 신간되는 등, 세계 문학의 수용이 답보 상태에 머물러 있었음을 부인하기 힘들다. 분명한 자각과 사명감이 절실한 단계에 이른 것이다.

세계 문학의 수용 문제는, 그 올바른 이해와 향유 없이, 다시 말해 세계 문학과의 참다운 교류 없이 한국 문학의 세계 시민화가 불가능하다는 의미에서, 보다 근본적으로, 우리의 문화적 시야 및 터전의 확대와 그 질적 성숙에 관련되어 있다. 요컨대 이것은, 후미에 갇힌 우리의 좁은 인식론적 전망의 틀을 깨고 세계 전체를 통찰하는 눈으로 진정한 '문화적 이종 교배'의 토양을 가꾸는 작업이며, 그럼으로써 인간 그 자체를 더 깊게 탐색하기 위해 '미로의 실타래'를 풀며 존재의 심연으로 침잠하는 작업이라 할 수 있다.

우리의 현실을 둘러볼 때, 그 실천을 위한 인문학적 토대는 어느 정도 갖추어진 듯이 보인다. 다양한 언어권의 다양한 영역에서 문학 전공자들이 고루 등장하여 굳은 전통이나 헛된 유행에 기대지 않고 나름의 가치있는 작가와 작품을 파고들고 있으며, 독자들 또한 진부한 도식을 벗어나 풍요로운 문학적 체험을 원하고 있다. 새롭게 변화한 한국어의 질감 속에서 그 체험이 이루어지기를 바라는 요청 역시 크다. 그러므로 필요한 것은 어쩌면 물적 토대뿐일지도 모른다는 판단이 우리를 안타깝게 해왔다.

이러한 시점에서, 대산문화재단의 과감한 지원 사업과 문학과지성사의 신뢰성 높은 출판을 통해 그 현실화의 첫발을 내딛게 된 것은 우리 문화계의 큰 즐거움이 아닐 수 없다. 오늘의 문학적 지성에 주어진 이 과제가 충실한 결실을 맺을 수 있도록, 우리는 모든 성실을 기울일 것이다.

'대산세계문학총서' 기획위원회